W9-CIP-171

Det blod som spillts

ÅSA LARSSON
Det blod som spillts

SPÄNNINGSROMAN † ALBERT BONNIERS FÖRLAG

Av Åsa Larsson har tidigare utgivits:

Solstorm 2003

www.albertbonniersforlag.se

ISBN 91-0-010303-9

© Åsa Larsson 2004

Omslagsfoto Elisabeth Ohlson Wallin

Omslag och grafisk form John Eyre

WS Bookwell, Finland 2004

Ty Herren drar ut från sin boning
för att straffa jordens folk för deras synd,
och jorden skall blotta det blod som spillts,
inte längre dölja de dräpta.

Jesaja 26:21

Då upphävs ert fördrag med döden,
ert avtal med dödsriket gäller inte mer.
När stormfloden kommer
slår den er till marken.
Var gång den kommer
drar den er med sig.
Morgon efter morgon kommer den,
ja, dag och natt.
Att förstå budskapet blir en fasa.

Jesaja 28:18–19

Freda

JAG LIGGER PÅ SIDAN på kökssoffan. Kan omöjligt sova. Så här mitt i sommaren är nätterna blekljusa och lämnar en ingen ro. Väggklockan ovanför mig kommer snart att slå ett. I tystnaden växer pendelns tickande. Hackar sönder varje mening. Varje försök till förnuftig tanke. På bordet ligger brevet från den där kvinnan.

Ligg still, säger jag till mig själv. Nu ligger du stilla och sover.

Jag kommer att tänka på Traja, en pointertik vi hade när jag var liten. Hon kunde aldrig komma till ro, trampade runt i köket som en osalig ande med klorna klickande mot det lackade trägolvet. Under de första månaderna hade vi henne i bur inomhus för att tvinga henne att koppla av. Familjens "sitt", "stanna", "ligg kvar" fyllde ständigt hemmet.

Nu är det likadant. Det ligger en hund i bröstet på mig som vill hoppa upp varje gång klockan tickar. Varje gång jag tar ett andetag. Men det är inte Traja som ligger på språng i mitt bröst. Traja ville bara traska runt. Springa bort rastlösheten i kroppen. Den här hunden vänder bort sitt huvud från mig när jag försöker titta på henne. Hon är fylld av onda avsikter.

Jag skall försöka somna. Någon borde låsa in mig. Jag borde ha en bur i köket.

Jag står upp och ser ut genom fönstret. Klockan är kvart över ett. Det är ljust som på dagen. Skuggorna från gammelfurorna vid tomtgränsen löper långa mot huset. Jag tänker att de ser ut som armar. Händer som sträcker sig ur sina oroliga gravar och griper efter mig. Brevet ligger där på köksbordet.

Jag är i källaren. Klockan är fem över halv två. Hunden som inte är Traja är på benen. Den springer i mitt förstånds utkanter. Jag försöker ropa på den. Vill inte följa efter den in i dessa otrampade tassemarker. Huvudet är blankt på insidan. Handen plockar från väggen. Olika föremål. Vad skall jag med dem? Släggan. Kofoten. Kättingen. Hammaren.

Händerna lägger in alltihop i bagageluckan. Det är som ett pussel. Jag kan inte se vad det föreställer. Jag sätter mig i bilen och väntar. Jag tänker på kvinnan och brevet. Det är hennes fel. Det är hon som har jagat ut mig ur mitt förstånd.

Jag kör bilen. Det finns en klocka på instrumentpanelen. Kantiga streck utan mening. Vägen bär ut ur tiden. Händerna håller så hårt i ratten att fingrarna värker. Kör jag ihjäl mig nu får de såga loss ratten från bilen och begrava mig med den. Men jag ska inte köra ihjäl mig.

Jag stannar bilen hundra meter från stranden där hon har sin båt. Jag går ner till älven. Den ligger blank och stilla och väntar. Det kluckar svagt under ekan. Solen dansar i krusningarna efter en öring som kommer upp till ytan och äter puppor. Myggorna flockas kring mig. Svirrar runt öronen. Landar runt ögonen och i nacken och suger blod. Jag bryr mig inte om dem. Ett ljud får mig att vända mig om. Det är hon. Hon står bara tio meter ifrån mig.

Hennes mun öppnar sig och formar sig kring ord. Men jag hör ingenting. Det har slagit lock för öronen. Hennes ögon smalnar. Irritationen tänds därinne. Jag tar två prövande steg framåt. Jag vet ännu inte vad jag vill. Jag befinner mig i markerna utanför vett och sans.

Nu får hon syn på kofoten i min hand. Munnen stannar upp. De smala ögonen vidgas igen. En sekund av förvåning. Sedan rädsla.

Jag får själv syn på kofoten. Min hand vitnar kring stålet. Och plötsligt är hunden tillbaka. Enorm. Tassarna är som hovar. Raggen står rätt upp från nacken ända ner till svansen. Kindtänderna blottade. Den skall svälja mig hel och hållen. Och sedan skall den sluka kvinnan.

Jag är framme vid henne. Hon ser som förhäxad på kofoten och därför träffar det första slaget rakt över tinningen. Jag knäböjer vid hennes sida och lägger kinden mot hennes mun. En varm dust mot huden. Jag är inte klar med henne än. Hunden far ut som en vanvettig mot allt i sin väg. Klorna river stora sår i marken. Jag rasar. Jag springer i vansinnets utmarker.

Och nu sträcker jag ut stegen.

KYRKVAKTMÄSTARE PIA SVONNI står i sin radhusträdgård och röker. I vanliga fall håller hon cigaretten som flickor ska mellan pek- och långfingret. Men nu håller hon den fastnupen mellan tummen och pek- och långfingret. Det är en jäkla skillnad. Det närmar sig midsommar, det är därför. Man blir som vildsinnad. Vill inte sova. Behöver det inte heller. Natten viskar och lockar och drar i en, så man måste ut.

Skogsvittrorna knyter på sig nya skor av mjukaste björknäver. Det är rena prinsesstävlingen. De glömmer sig och dansar och svansar på ängarna fast kanske någon bil passerar. Nöter ut skorna medan småbyket står gömda mellan träden och ser på med stora ögon.

Pia Svonni trycker cigaretten mot botten av den upp och nedvända blomkruka som fungerar som askkopp och släpper fimpen i hålet. Hon får ett infall att cykla ner till Jukkasjärvi kyrka. I morgon skall det hållas vigsel där. Hon har redan städat och gjort fint, men nu får hon för sig att hon skall plocka en stor bukett blomster till altaret. Hon skall vandra ut på ängen bortom kyrkogården. Där växer smörbollar, smörblommor och purpurfärgade midsommarblomster i en sky av vita hundkex. Och förgätmigejen viskar i dikeskanten. Hon stoppar mobiltelefonen i fickan och knyter på sig gympaskorna.

Midnattssolen lyser över tomten. Det veka ljuset faller in genom staketet och de långa skuggorna från spjälorna får gräsmattan att se ut som en hemvävd trasmatta i gulgröna och mörkgröna ränder. Ett gäng trastar väsnas och lever rövare i en av björkarna.

Hela vägen ner till Jukkasjärvi är en lång nerförslöpa. Pia trampar och växlar. Farten är livsfarlig. Och ingen hjälm. Håret blåser ut från huvudet. Det är som när hon var fyra år och gungade stående i däckgungan ute på gården tills det kändes som om den skulle slå runt.

Hon cyklar genom Kauppinen där några hästar glor på henne från sin hage. När hon passerar bron över Torneälven ser hon två småkillar flugfiska en bit nedströms.

Vägen löper parallellt med älven. Byn sover. Hon passerar turistområdet och värdshuset, den gamla Konsumbutiken och fula Folkets Hus. Hembygdsgårdens silvriga timmerväggar och de vita dimslöjorna på ängen innanför gärdesgården.

Längst bort i byn, vid vägens slut, står den faluröda träkyrkan. Det luktar nytjärat från takspånen.

Klocktornet är sammanbyggt med staketet. För att komma in i kyrkan går man in genom klocktornet och vandrar längs en stenbelagd gång som leder fram till kyrktrappan.

Den ena av de blå dörrarna till klocktornet står vidöppen. Pia kliver av cykeln och lutar den mot staketet.

Det ska vara stängt, tänker hon och går långsamt fram mot porten.

Något prasslar till i småbjörkarna till höger om gången ner till prästgården. Hennes hjärta tickar till och hon blir stilla och lyssnar. Det var bara ett litet prassel. Säkert en ekorre eller sork.

11

Även bakdörren till klocktornet är öppen. Hon kan se rakt genom tornet. Kyrkporten är också öppen.

Nu dunkar hjärtat till ordentligt. Nog kan Sune glömma dörren till klocktornet om han har festat till så här kvällen före midsommarafton. Men inte kyrkdörren. Hon kommer att tänka på de där ungdomarna som slog sönder rutorna till kyrkan inne i stan och kastade in brinnande trasor. Det var ett par år sedan. Vad har hänt nu? Bilder springer upp i hennes tankar. Altartavlan sprayad och nerpinkad. Långa knivmärken i de nymålade kyrkbänkarna. Förmodligen har de tagit sig in genom ett fönster och sedan öppnat dörren inifrån.

Hon rör sig mot kyrkporten. Går långsamt. Lyssnar vaksamt åt alla håll. Hur har det blivit så här? Småkillar som borde vara upptagna med att tänka på tjejer och trimma mopeder. Hur blir de kyrkbrännare och bögknackare?

När hon passerat vapenhuset stannar hon till. Står under orgelläktaren där det är så lågt i tak att längre personer måste huka. Det är tyst och skumt i kyrkan, men allt tycks vara i ordning. Kristus, Laestadius och lappflickan Maria lyser obefläckade från altartavlan. Och ändå är det någonting som får henne att tveka. Något är det som inte står rätt till därinne.

Det ligger åttiosex lik under kyrkgolvet. Oftast tänker hon inte på dem. De vilar i frid i sina gravar. Men nu känner hon deras oro stiga upp genom golvet och sticka henne som nålar under fötterna.

Vad är det med er? tänker hon.

Kyrkgången är täckt av en vävd röd matta. Precis där orgelläktaren slutar och taket öppnar sig uppåt ligger något på mattan. Hon böjer sig ner.

En sten, tänker hon först. En vit liten flisa av en sten.

Hon tar upp den med tummen och pekfingret och går mot sakristian.

Men dörren till sakristian är låst och hon vänder sig om för att gå ner för altargången igen.

När hon står där framme vid altaret ser hon nedre delen av orgeln. Den är nästan helt skymd av strävkistan, en avbalkning i trä som går tvärs över kyrkorummet från taket och ner en tredjedel av takhöjden. Men nedre delen av orgeln ser hon. Och hon ser ett par fötter hänga ner framför orgelläktaren.

Hennes första sekundsnabba tanke är att någon har tagit sig in i kyrkan och hängt sig. Och precis den där första sekunden blir hon arg för det. Känner att det är hänsynslöst. Sedan tänker hon just ingenting. Springer ner för altargången och förbi strävkistan och då ser hon kroppen som hänger framför orgelpiporna och det samiska soltecknet.

Kroppen hänger i ett rep, nej, det är inget rep, det är en kätting. En lång järnkätting.

Och nu ser hon de mörka fläckarna på mattan precis där stenflisan låg.

Blod. Kan det vara blod? Hon böjer sig ner.

Och så förstår hon. Stenen som hon har mellan tummen och pekfingret. Det är ju ingen sten. Det är en flisa av en tand.

Upp på fötter. Fingrarna släpper den vita flisan, nästan slänger den ifrån sig.

Handen fiskar upp telefonen ur fickan, slår ett ett två.

Nu har hon en kille som låter så jäkla ung i andra änden. Samtidigt som hon svarar på hans frågor rycker hon i dörren upp till orgelläktaren. Den är låst.

– Den är låst, säger hon till honom. Jag kommer inte upp dit.

Hon rusar tillbaka till sakristian. Ingen nyckel till orgelläktaren. Kan hon bryta upp dörren? Med vad?

Killen i andra änden ropar på hennes uppmärksamhet. Han säger åt henne att vänta utanför. Hjälp är på väg, lovar han.

– Det är Mildred, ropar hon. Det Mildred Nilsson som hänger där. Hon är präst här. Gud hur hon ser ut!

– Är du ute nu? frågar han. Finns det någon i närheten? Killen i telefonen får ut henne på kyrktrappan. Hon talar om för honom att ingen människa syns till.

– Lägg inte på, säger han. Häng kvar med mig. Det är hjälp på väg. Gå inte in i kyrkan igen.

– Får jag tända en cigg?

Det får hon. Det är okej att hon lägger ifrån sig luren.

Pia sätter sig ner på kyrktrappen, telefonen bredvid. Röker och noterar hur lugn och samlad hon känner sig. Men cigaretten brinner så dåligt. Till sist ser hon att hon tänt på filtret.

Efter sju minuter hör hon sirener långt bortifrån.

De tog henne, tänker hon.

Och nu börjar händerna skaka. Cigaretten sprätter iväg.

De jävlarna. De tog henne.

Freda

REBECKA MARTINSSON KLEV ur båttaxin och såg upp mot Lidö herrgård. Eftermiddagssol på den ljusgula fasaden med vit snickarglädje. Fullt med folk ute på den stora gårdsplanen. Några skrattmåsar från ingenstans skränade ovanför hennes huvud. Ihärdiga och irriterande.

Att ni orkar, tänkte hon.

Hon gav föraren för mycket dricks. Kompensation för att hon svarat enstavigt när han försökt prata.

– Jaha, så nu ska det bli stor fest, sa han med en nickning upp mot hotellet.

Hela advokatfirman var på plats därborta. Nästan tvåhundra personer minglade omkring. Pratade i grupper. Lösgjorde sig och vandrade vidare. Handskakningar och kindpussar. Man hade ställt ut en rad stora grillar. Några vitklädda personer dukade fram en grillbuffé på ett linneklätt långbord. De kilade mellan hotellets kök och långbordet som vita möss i löjligt höga kockmössor.

– Ja, svarade Rebecka och lyfte upp bagen i krokopressat skinn på axeln. Men man har överlevt värre grejer.

Han skrattade till och drog iväg så att fören höjde sig över vattnet. En svart katt slank ljudlöst ner från bryggan och försvann in i det höga gräset.

17

Rebecka började gå. Det var en trött ö efter sommaren. Upptrampad, uttorkad och nedsliten.

Här har de vandrat, tänkte hon. Alla barnfamiljer med picknickfiltar, alla salongsberusade välklädda båtmänniskor. Gräset var sprött och gulnat. Träden dammiga och törstiga. Hon kunde föreställa sig hur det såg ut i skogen. Under blåbärsris och ormbunke låg väl flaskor, burkar, använda kondomer och människofekalier i drivor.

Stigen upp till hotellet var hård som betong. Som den spruckna ryggen på en urtidsödla. Hon var själv en ödla. Nylandad med sin rymdfarkost. Iklädd människokostymen på väg in mot eldprovet. Att imitera mänskligt beteende. Se på dem omkring och göra ungefär likadant. Hoppas att inte förklädnaden skulle glipa i halsen.

Nu var hon nästan framme vid gårdsplanen.

Kom igen nu, sa hon till sig själv. Det här fixar du.

Efter det att hon hade dödat de där männen i Kiruna hade hon fortsatt sitt jobb på advokatbyrån Meijer & Ditzinger som vanligt. Det hade gått bra, trodde hon. I själva verket hade det gått åt helvete. Hon hade inte tänkt på blodet och kropparna. Nu när hon såg tillbaka på tiden före sjukskrivningen kunde hon inte riktigt komma ihåg att hon hade tänkt överhuvudtaget. Hon hade trott att hon jobbade. Men till slut hade hon bara flyttat papper från en hög till en annan. Visst sov hon dåligt. Och blev liksom frånvarande. Det kunde ta en evighet bara att göra sig i ordning på morgnarna och ta sig till jobbet. Katastrofen kom bakifrån. Hon hann aldrig se den innan den kastade sig över henne. Det var i ett enkelt m&a-ärende. Klienten hade undrat över uppsägningstiden på ett lokalhyresavtal. Och hon hade svarat helt bort i helvete. Pärmen med alla avtal rakt under näsan, men hon hade inte fattat vad som stod där. Klienten, ett franskt postorderföretag, hade krävt byrån på skadestånd.

Måns Wenngren, hennes chef, hon kom ihåg hur han hade sett på henne. Blodröd i ansiktet bakom skrivbordet. Hon hade försökt säga upp sig, men det hade han inte gått med på.

– Det skulle ju se oerhört illa ut för byrån, hade han sagt. Alla skulle tro att du har uppmanats att lämna din anställning. Att vi sviker en medarbetare med psykiska… som inte mår bra.

Hon hade vacklat ut från byrån samma eftermiddag. Och när hon stått ute på Birger Jarlsgatan i höstmörkret med ljusen från de dyra bilarna som svischade förbi och butikernas smakfullt inredda skyltfönster och krogarna nere vid Stureplan hade hon övermannats av en häftig känsla att hon aldrig skulle förmå att återvända till Meijer & Ditzinger. Hon hade känt att hon ville så långt bort från dem som möjligt. Men så blev det inte.

Hon blev sjukskriven. Först en vecka i taget. Därefter månadsvis. Läkaren hade sagt åt henne att göra det hon tyckte var roligt. Om det fanns något hon gillade med sitt jobb så skulle hon fortsätta med det.

Byrån hade börjat växa ordentligt på brottmålssidan efter Kiruna. Hennes namn och bild hade visserligen hållits utanför tidningarna, men byråns namn hade förekommit flitigt i medierna. Och det hade gett resultat. Folk hörde av sig till byrån och ville bli företrädda av ”den där tjejen som var uppe i Kiruna”. De fick standardsvaret att byrån kunde bistå med en mer erfaren brottmålsadvokat, men att den där tjejen kunde sitta med och biträda. På så sätt fick man in en fot i de stora mediebevakade rättegångarna. Under den perioden var det två gruppvåldtäkter, ett rånmord och en mutbrottshärva.

Delägarna föreslog att hon skulle fortsätta att sitta med på rättegångarna även under sin sjukskrivning. Det var ju inte så ofta. Och ett bra sätt att hålla kontakten med jobbet. Och inte behövde hon förbereda sig. Bara sitta med. Men bara om hon ville förstås.

Hon hade gått med på det eftersom hon inte tyckt att hon hade något val. Hon hade skämt ut byrån, dragit på dem ett skadestånd och förlorat en klient. Det var omöjligt att säga nej. Hon stod i skuld till dem och nickade och log.

De dagar då hon skulle sitta med i rätten kom hon sig i alla fall upp ur sängen. I vanliga fall var det de åtalade som ådrog sig de första blickarna från nämnd och domare, men nu var hon cirkusens stora attraktion. Hon fäste blicken i bordet framför sig och lät dem titta. Busar, rådmän, åklagare, nämndemän. Hon kunde nästan höra deras tankar: "så det är hon…"

Nu var hon framme vid gårdsplanen utanför herrgården. Här var gräset plötsligt grönt och friskt. De måste ha kört som dårar med sprinklern under den torra sommaren. Årets sista nyponrosor lade ut ett doftstråk som följde kvällsbrisen in mot land. Luften var behagligt varm. De yngre kvinnorna hade ärmlösa linneklänningar. De lite äldre dolde överarmarna i tunna bomullskoftor från IBlues och Max Mara. Männen hade lämnat slipsarna hemma. De sprang fram och tillbaka i sina Gantbyxor med drinkar till damerna. Kollade in glödbädden i grillarna och pratade på bönders vis med kökspersonalen.

Hon spanade i mängden. Ingen Maria Taube. Ingen Måns Wenngren.

Och där kom en av delägarna henne till mötes, Erik Rydén. På med leendet.

– Är det hon?

Petra Wilhelmsson såg Rebecka Martinsson komma upp för stigen mot herrgården. Petra var nyanställd på firman. Hon stod lutad mot broräcket utanför entrén. På hennes ena sida stod Johan Grill, också nyanställd, och på hennes andra stod Krister Ahlberg, brottmålsadvokat i trettioårsåldern.

– Ja, det är hon, bekräftade Krister Ahlberg. Firmans egen lilla Modesty Blaise.

Han tömde sitt drinkglas och ställde ner det med en liten smäll på räcket. Petra skakade långsamt på huvudet.

– Tänk att hon har dödat en människa, sa hon.

– Tre människor faktiskt, sa Krister.

– Gud, jag ryser! Titta! sa Petra och höll upp sin arm mot de två herrarna i hennes sällskap.

Krister Ahlberg och Johan Grill betraktade uppmärksamt hennes arm. Den var smal och brun. Några få ytterst fina hår hade blekts nästan vita av sommarsolen.

– Alltså, inte för att hon är tjej, fortsatte Petra, men hon ser inte ut att vara typen som…

– Det var hon ju inte heller. Hon fick ett psykiskt sammanbrott till slut. Och hon klarar inte jobbet. Sitter med på de glassiga brottmålsrättegångarna ibland. Och själv är man den som gör jobbet och får sitta på kontoret med mobilen påslagen om det skulle vara något. Medan hon är kändis.

– Är hon kändis? frågade Johan Grill. De skrev väl aldrig om henne?

– Nej, men i juristsvängen vet alla vem hon är. Juristsverige är så här litet, det kommer du snart att lära dig.

Krister Ahlberg måttade en centimeter med högerhandens tumme och pekfinger. Han såg att Petras glas var tomt och funderade på om han skulle erbjuda sig att fylla på det. Men i så fall skulle han lämna lilla Petra ensam med Johan.

– Gud, sa Petra, jag undrar hur det känns att döda en människa.

– Jag ska presentera er, sa Krister. Vi jobbar inte på samma avdelning, men vi gick kursen i kommersiell avtalsrätt ihop. Får vänta lite tills Erik Rydén har släppt ut henne ur sin famn.

Erik Rydén tog Rebecka i sina armar och hälsade henne välkommen. Han var en satt man och blev lätt varm av sina värdplikter. Hans kropp ångade som en myrmark i augusti. En dunst av Chanel Pour Monsieur och alkohol. Hennes högerhand gav honom en serie rapklappar i ryggen.

– Kul att du kunde komma, sa han med sitt allra bredaste leende.

Han tog hennes bag och gav henne ett glas champagne och en rumsnyckel i utbyte. Rebecka såg på nyckelringen. Den var en vit och rödmålad träbit som satt fästad i nyckeln med en konstfärdig liten knop.

När gästerna blir packade och tappar dem i vattnet, tänkte hon.

De bytte några fraser. Vilket väder. Beställde det till dig, Rebecka. Hon skrattade till, frågade hur läget var. Joråförfan, precis förra veckan hade han landat en stor klient i bioteknikbranschen. Och de skulle inleda en sammanslagning med ett amerikanskt bolag, så nu var det fullt upp. Hon lyssnade och log. Så anlände ännu en eftersläntrare och Erik fick fortsätta med värdplikterna.

En advokat från brottmålsavdelningen kom fram till henne. Han hälsade som om de var gamla bekanta. Hon sökte febrilt i huvudet efter hans namn, men det var som bortblåst. Han hade två nyanställda i släptåg, en tjej och en kille. Killen hade blond kalufs ovanför den sortens bruna ansikte som man bara får av segling. Han var lite kortväxt och bred över axlarna. Fyrkantig framskjutande haka och ur den uppkavlade dyra tröjan stack två starka underarmar fram.

Som en stylad Karl-Alfred, tänkte hon.

Tjejen var också blond. Manen fastklämd med ett par dyra solglasögon uppe på huvudet. Skrattgropar i kinderna. En kofta som matchade hennes kortärmade tröja hängde över Karl-Alfreds arm. De hälsade. Tjejen tjirpade som en koltrast. Hon hette Petra. Karl-Alfred hette Johan och så hette han något fint i efternamn, men Rebecka lyckades inte lägga det på minnet. Det hade blivit så det senaste året. Förut hade hon haft fack i huvudet där hon kunde sortera in information. Nu fanns det inga fack. Allt föll in huller om buller och det mesta ramlade utanför. Hon log och kramade deras händer lagom hårt. Frågade vem de jobbade för på byrån. Hur de trivdes. Vad de hade skrivit uppsats om och var de suttit ting. Ingen frågade henne om något.

Hon kryssade vidare mellan grupperna. Alla stod redo med linjalen i fickan. Mätte varandra. Jämförde med sig själva. Lön. Bostad. Namn. Vem man kände. Vad man gjort under sommaren. Någon byggde hus i Nacka. En annan sökte större våning nu sedan andra barnet kommit, helst på rätt sida av Östermalm.

– Jag är ett vrak, utbrast husbyggaren med ett lyckligt leende.

En nybliven singel i sällskapet vände sig mot Rebecka.

– I maj var jag faktiskt uppe i dina hemtrakter, sa han. Åkte skidor mellan Abisko och Kebnekaise, man fick kliva upp klockan tre på natten och åka på skaren. På dan var det så blött att man bara sjönk igenom. Då var det bara att ligga i vårsolen och njuta.

Stämningen blev plötsligt besvärad. Var han tvungen att nämna hennes hemtrakter? Kiruna trängde sig in som ett spöke mellan dem. Alla rabblade plötsligt namn på tusen andra ställen man varit på. Italien, Toscana, föräldrar i Jönköping och Legoland, men Kiruna ville inte försvinna. Rebecka stävade vidare och alla drog en lättnadens suck.

De äldre juristerna hade varit på sina sommarställen på Västkusten, i Skåne eller ute i skärgården. Arne Eklöf hade förlorat sin mamma och berättade öppenhjärtigt för Rebecka om hur sommaren gått åt till att bråka om dödsboet.

– Ja fy fan, sa han. När vår herre kommer med döden kommer djävulen med arvingarna. Ska du ha?

Han nickade mot hennes glas. Hon tackade nej. Han gav henne en nästan ilsken blick. Som om hon tackat nej till några vidare förtroenden. Förmodligen var det precis det hon gjort. Han traskade iväg mot drinkbordet. Rebecka stod kvar och såg efter honom. Det var en ansträngning att prata med folk, men en mardröm att stå där ensam med sitt tomma glas. Som en stackars krukväxt som inte ens kan be om vatten.

Jag kan gå på toaletten, tänkte hon och såg på klockan. Och jag får stanna därinne sju minuter om det inte är kö. Tre om någon står utanför och väntar.

Hon såg sig om efter en yta att ställa ner glaset på. I samma ögonblick dök Maria Taube upp vid hennes sida. Hon sträckte fram en liten bägare med waldorfsallad.

– Ät, sa hon. Man får ju ångest av att se dig.

Rebecka tog emot salladen. Minnet från i våras drog genom henne när hon såg på Maria.

Spetsig vårsol utanför Rebeckas skitiga fönster. Men hon har persiennerna neddragna. Mitt i veckan en vardagförmiddag kommer Maria på besök. Efteråt undrar Rebecka hur det kom sig att hon öppnade. Hon borde ha legat kvar under täcket och gömt sig.

Men nu. Hon går fram till ytterdörren. Knappt medveten om dörrklockans ringsignaler. Liksom frånvarande låser hon upp polislåset. Sedan vrider hon låsvredet med vänsterhanden medan högerhanden trycker ner dörrhandtaget. Huvudet är urkopplat. Precis som när man kommer på sig själv med att stå framför sitt öppna kylskåp och undra vad man gör i köket överhuvudtaget.

Efteråt tänker hon att det kanske fanns en klok liten person inuti henne. En jäntunge i röda gummistövlar och flytväst. En överlevare. Och att den lilla tjejen hade känt igen de där lätta snabba klackarna.

Tjejen till Rebeckas händer och fötter: "Sch, det är Maria. Berätta det inte för henne. Få bara upp henne och se till att hon öppnar dörren."

Maria och Rebecka sitter i köket. De dricker kaffe utan något till. Rebecka säger inte mycket. Pyramiden av sur disk på bänken, drivorna av post och reklam och tidningar på hallgolvet, de skrövliga och svettiga kläderna som hon har på kroppen berättar allt ändå.

Och mitt i allt börjar hennes händer skaka. Hon måste sätta ner kaffekoppen på bordet. De flaxar utan vett som två hönor utan huvuden.

– Inget mer kaffe för mig, försöker hon skämta.

Hon skrattar till, men det blir mest en klanglös skräll.

Maria ser henne i ögonen. Rebecka får för sig att hon vet. Hur Rebecka ibland står ute på balkongen och ser på den hårda asfalten nedanför. Och hur hon ibland bara inte förmår att gå ut och ner till affären. Utan får leva på det som finns hemma. Dricka te och äta smörgåsgurka direkt ur burken.

– Jag är ingen psykdoktor, säger Maria, men jag vet att det blir värre om man inte äter och sover. Och du måste klä på dig på morgnarna och komma ut.

Rebecka gömmer händerna under köksbordet.

– Du tror väl att jag har blivit tokig.

– Snälla du, min släkt kryllar av kvinnor med nerver. De svimmar och dånar, har panikångest och hypokondri hela tiden. Och min moster, har jag berättat om henne? Ena dan sitter hon på psyket och får hjälp med att klä på sig. Veckan efter startar hon montessoridagis. Jag är supervan.

Nästa dag erbjuder en av delägarna, Torsten Karlsson, Rebecka att låna hans torp. Maria har jobbat för Torsten med affärsjuridik innan hon bytte avdelning och började jobba tillsammans med Rebecka för Måns Wenngren.

– Du skulle göra mig en tjänst, säger Torsten. Då slipper jag oroa mig för om det har varit inbrott och åka dit bara för att vattna. Egentligen borde jag ju sälja stället. Men det är också ett jäkla besvär.

Hon borde naturligtvis ha tackat nej. Det var så uppenbart. Men den där tjejen i röda gummistövlar sa ja innan hon ens hunnit öppna munnen.

Rebecka åt pliktskyldigt av waldorfsalladen. Hon började med den halva valnöten. Så fort den kom in i munnen blev den stor som ett plommon. Hon tuggade och tuggade. Förberedde sig för att svälja. Maria betraktade henne.

– Hur är det med dig? frågade hon.

Rebecka log. Tungan kändes sträv.

– Jag har faktisk ingen aning.

– Men det känns okej att vara med i kväll?

Rebecka ryckte på axlarna.

Nej, tänkte hon. Men vad gör man? Tvingar iväg sig. Annars sitter man snart i en stuga nånstans, förföljd av myndigheterna, livrädd för folk, elallergi och en massa katter som bajsar inomhus.

– Jag vet inte, sa hon. Det känns som om folk kollar in mig när jag ser bort. Pratar om mig när jag inte är med. Så fort jag kommer börjar liksom konversationen på nytt. Förstår du? Det verkar vara "Tennis, anyone?" i panik så fort jag närmar mig.

– Det är det ju också, ler Maria. Du är ju byråns egen Modesty Blaise. Och nu går du ute på Torstens land och blir mer och mer isolerad och konstig. Det är klart de snackar om dig.

Rebecka skrattade.

– Tack, nu känns det ju bättre.

– Jag såg att du hälsade på Johan Grill och Petra Wilhelmsson. Vad tyckte du om miss Spinning? Hon är säkert jättetrevlig, men jag kan inte tycka om någon som har rumpan mellan skulderbladen. Min ända är som en tonåring. Den har liksom frigjort sig från mig och vill stå på egna ben.

– Ja, jag tyckte att jag hörde någonting släpa i gräset när du kom.

De tystnade och såg ut mot farleden där en gammal Fingal gick för motor.

– Oroa dig inte, sa Maria. Snart börjar folk bli ordentligt berusade. Och då kommer de vinglande och vill prata.

Hon vände sig mot Rebecka, lutade sig riktigt nära och sa med sluddrig röst:

– "Hur känns det att döda en människa?"

Rebeckas och Marias chef Måns Wenngren stod en bit bort och betraktade dem.

Bra, tänkte han. Bra jobbat.

Han såg hur Maria Taube fick Rebecka Martinsson att skratta. Marias händer flög i luften hit och dit, vreds och vändes. Axlarna åkte upp och ner. Det var ett under att hon höll sitt glas under kontroll. Åratal av träning i fina familjen, förmodligen. Och Rebeckas hållning mjuknade. Hon såg brun och stark ut, noterade han. Mager som ett spret, men det hade hon ju alltid varit.

Torsten Karlsson stod snett bakom Måns och studerade grillbuffén. Det sög i magen. Indonesiska lammspett, spett med cajunkryddad fläskfilé eller scampi, karibiska fiskspett med ingefära och ananas, kycklingspett med salvia och citron eller på asiatiskt vis, yoghurtmarinerade med ingefära, garam masala och gurkmeja, flera olika såser och sallader som tillbehör. Vita och röda viner, öl och cider. Han visste nog att han kallades Karlsson på taket på byrån. Kort och kompakt med det svarta håret som en rotborste på huvudet. Måns däremot, på honom satt kläderna ledigt. Till honom sa minsann inte kvinnor att han var rar, eller att han fick dem att skratta.

– Jag hörde att du skaffat ny jagga, sa han och snappade åt sig en oliv från bulgursalladen.

– Mmm, en E-type cabriolet, mint condition, svarade Måns mekaniskt. Hur mår hon?

Torsten Karlsson undrade en halv sekund om Måns frågade efter hur hans egen jagga mådde. Han såg upp, följde Måns blick och landade på Rebecka Martinsson och Maria Taube.

– Hon lånar ju ditt torp, fortsatte Måns.

– Det gick ju inte att hon skulle sitta inspärrad i sin lilla etta. Hon verkade inte ha någonstans att ta vägen. Varför frågar du henne inte själv? Hon är din biträdande.

– Därför att nu frågade jag dig, snäste Måns.

Torsten Karlsson höll upp händerna i en skjut-inte-jag-ger-mig-gest.

– Du, jag vet verkligen inte, sa han. Jag är aldrig ute på torpet. Och när jag är där så pratar vi om andra saker.

– Ja, vadå?

– Tja, om att tjära trappen, om falu rödfärg, om att hon skall kitta om fönstrena. Hon jobbar hela tiden. Ett tag var hon som besatt av komposten.

Måns blick manade honom att fortsätta. Intresserad, nästan road. Torsten Karlsson drog fingrarna genom det svarta hårborstet på huvudet.

– Ja herregud, sa han. Först satte hon igång med att bygga. Trefackskompost för trädgårds- och hushållsavfall. Och köpte

29

en råttsäker. Och sedan byggde hon en snabbkompost. Du, hon tvingade mig nästan att anteckna hur man skulle varva gräs och sand... rena vetenskapen. Och sen, när hon skulle åka på den där kursen i koncernbeskattning i Malmö, kommer du ihåg?

– Ja ja.

– Ja, då ringde hon till mig och sa att hon inte kunde åka, för komposten hade blivit, ja hur var det nu igen, det var nåt fel på den, för lite kväve. Och så hade hon hämtat hushållsavfall från nåt dagis i närheten, och nu var den för blöt. Så hon skulle vara tvungen att stanna hemma och ströa och borra.

– Borra?

– Ja, jag fick lova att åka ut dit och borra i komposten med en gammal isborr veckan då hon skulle vara borta. Och sedan hittade hon de förra ägarnas kompost en bit in i skogen.

– Ja?

– I den låg ju allt möjligt. Gamla kattskelett och trasiga glasflaskor och skit... Så då skulle hon rensa den. Hon hittade en gammal säng bakom uthuset med ett sådant där galler till sängbotten. Den använde hon som en stor sil. Skottade upp jord på sängen och skakade den så att den rena jorden silades igenom. Då skulle man ha haft med sig några klienter och presentera dem för en av våra unga lovande jurister.

Måns stirrade på Torsten Karlsson. Framför sig såg han Rebecka med rosiga kinder och håret på ända, vilt skakande i en järnsäng uppe på en jordhög. Torsten nedanför med några storögda klienter i mörka kostymer.

De brast i skratt samtidigt och kunde nästan inte hejda sig. Torsten torkade sig i ögonvrårna med baksidan av händerna.

– Fast nu har hon lugnat sig, sa han. Hon är inte lika... jag

vet inte… senast jag kom dit satt hon på trappen med en bok
och en kopp kaffe.

– Vad var det för bok? frågade Måns.

Magnus Karlsson gav honom en underlig blick.

– Tänkte jag inte på, sa han. Prata med henne.

Måns svepte glaset med rödvin.

– Jag ska säga hej, sa han. Men du vet ju. Jag är jävligt dålig
på att prata med folk. Och ännu sämre på att prata med kvin-
nor.

Han försökte skratta, men nu drog Torsten inte på mun-
nen.

– Du måste fråga hur det är med henne.

Måns pyste ut luft genom näsan.

– Ja ja, jag vet.

Jag är bättre på korttidsrelationer, tänkte han. Klienter.
Taxichaffisar. Kassörskorna på närbutiken. Inga gamla kon-
flikter och besvikelser som ligger som hoptrasslat sjögräs un-
der ytan.

Sensommarmiddag på Lidö. Röd kvällssol som lägger sig över
de mjuka klipporna som ett gyllene skal. En skärgårdskrys-
sare smyger förbi i farleden. Vassen nere vid vattnet lägger
ihop sina huvuden och prasslar och viskar med varandra.
Gästernas prat och skratt färdas över vattnet.

Middagen hade framskridit så långt att cigarettpaketen
kommit upp på borden. Det var okej att ta en bensträckare
före desserten, så det hade glesnat lite vid borden. De tröjor
och koftor som hängt runt midjor och över axlar träddes nu
på kvällsfrusna armar. Vissa tog för sig en tredje eller fjärde
gång vid grillbuffén och stod och småpratade med kockarna
som vände de fräsande spetten över glödbädden. Några hade

börjat fyllna till ordentligt. Måste hålla sig i räcket när de gick upp för herrgårdens trappa på väg mot toaletterna. Gestikulerade och spillde cigarettaska på kläderna. Pratade med snäppet för hög röst. En av delägarna insisterade på att hjälpa till när en servitris bar ut efterrätten. Han befriade henne myndigt och gentlemannamässigt från en stor bricka med tarteletter med vaniljkräm och glaserade röda vinbär. Tartletterna gled oroväckande mot brickans kanter. Servitrisen log ansträngt och utbytte en blick med kockarna som var upptagna vid grillarna. En av dem släppte det han hade för händer och skyndade med henne till köket efter resten av brickorna.

Rebecka och Maria satt nere på klipporna. Stenen släppte ifrån sig värmen som den alstrat under dagen. Maria kliade på ett myggbett på insidan av vristen.

– Torsten ska upp till Kiruna nästa vecka, sa hon. Har han berättat det?

– Nej.

– Det är det här samarbetet med Janssongruppen Revision AB. Nu när svenska kyrkan är skild från staten är det en intressant klientgrupp att binda till sig. Tanken är att sälja in ett juridiskt paket inklusive redovisning och revision till svenska kyrkans församlingar i landet. Erbjuda hjälp med allt, typ "hur blir vi av med fibromyalgi-Berit", "hur sluter vi ekonomiskt fördelaktiga avtal med entreprenörer", hela kittet. Jag vet inte, men jag tror att det finns en långsiktig plan att inleda samarbete med någon mäklare och kapa till sig kapitalförvaltningen. I alla fall ska Torsten upp och sälja in oss till kyrkorådet i Kiruna.

– Ja?

– Du kan ju följa med honom. Du vet ju hur han är. Han skulle tycka det var trevligt med sällskap.

– Jag kan inte åka till Kiruna, utbrast Rebecka.

– Nej, jag vet att du tycker det. Men jag undrar varför.

– Jag vet inte, jag…

– Vad är det värsta som kan hända? Jag menar om du skulle råka på någon som vet vem du är? Och din farmors hus, du saknar ju det, eller hur?

Rebecka bet ihop.

Jag kan inte åka dit, det bara är så, tänkte hon.

Maria svarade som om hon läst hennes tanke.

– Jag ska i alla fall be Torsten fråga dig. Har man monster under sängen är det lika bra att tända lampan och lägga sig på mage och kolla.

Dans på herrgårdens stenterrass. Abba och Niklas Strömstedt ur högtalarna. Genom de öppna fönstrena till hotellköket hörs slamret av porslin och bruset av vatten när någon spolar av tallrikarna innan de skall köras i diskmaskinen. Solen har dragit sina röda slöjor med sig ner i vattnet. Lyktor hänger från träden. Trängsel framför utomhusbaren.

Rebecka gick ner till stenkajen. Hon hade dansat med sin bordsherre och sedan slunkit iväg. Nu lade mörkret armen om henne och drog henne intill sig.

Det gick ju bra, sa hon till sig själv. Det gick så bra som man kan begära.

Hon satte sig på en träbänk vid vattnet. Ljudet av vågskvalp mot betongbryggan. Lukten av unken tång, salt hav och diesel. En lampa speglade sig i det svarta blanka.

Måns hade kommit fram till henne och hälsat precis innan alla skulle sätta sig till bords.

– Hur är det, Martinsson? hade han frågat.

Vad fan svarar man? tänkte hon.

Hans vargleende och sättet att kalla henne vid efternamn var som en stor stoppskylt: Förtroenden, tårar och uppriktighet undanbedes.

Så det var huvudet upp och fötterna ner och en redogörelse av hur hon linoljemålat fönsterkarmar ute på Torstens torp. Efter Kiruna hade det verkat som om han brydde sig om henne. Men när hon inte kunde jobba längre hade han helt försvunnit.

Då är man ingenting, tänkte hon. När man inte kan jobba.

Steg på grusgången fick henne att se upp. Först kunde hon inte urskilja något ansikte, men hon kände igen den där ljusa rösten. Det var den blonda nyanställda. Vad var det hon hette? Petra.

– Hej Rebecka, sa Petra som om de kände varandra.

Hon ställde sig alldeles för nära. Rebecka höll tillbaka sin instinkt att resa på sig, knuffa undan henne och skynda därifrån. Men så kunde man verkligen inte göra. Så hon satt kvar. Foten på det ben som låg korsat över det andra avslöjade henne. Rörde sig upp och ner av obehag. Ville springa iväg.

Petra sjönk ner bredvid henne med en pust.

– Gud, nu har Åke dansat tre danser i rad med mig. Du vet hur de är. Bara för att man jobbar för dem så tror de att man är deras personliga egendom. Jag var tvungen att smita iväg ett tag.

Rebecka grymtade något erkännande. Om en liten stund skulle hon säga att hon måste gå på toaletten.

Petra vred överkroppen mot Rebecka och lutade huvudet åt sidan.

– Jag har hört vad du var med om förra året. Det måste ha varit fruktansvärt.

Rebecka svarade inte.

Få se, tänkte hon elakt. När bytet inte vill komma ut ur sin håla måste man locka det med något. Nåt eget litet förtroende borde det bli. Man håller fram sin lilla bekännelse och byter den som ett bokmärke mot den andras hemlighet.

– Min syster hade en sån där hemsk upplevelse för fem år sedan, fortsatte Petra när Rebecka teg. Hon hittade deras grannes son drunknad i ett dike. Han var bara fyra år. Efter det blev hon…

Hon lät en obestämd handrörelse avsluta meningen.

– Jaha, här sitter ni.

Det var Karl-Alfred. Han kom fram till dem med en gin och tonic i varje hand. Han räckte den ena till Petra och efter en mikrosekund av tvekan räckte han den andra till Rebecka. Den var egentligen till honom själv.

En gentleman, tänkte Rebecka trött och satte ner glaset bredvid sig.

Hon såg på Karl-Alfred. Karl-Alfred såg lystet på Petra. Petra såg lystet på Rebecka. Karl-Alfred och Petra skulle kalasa på henne. Och sedan skulle de para sig.

Petra måste ha känt att Rebecka var på väg att fly. Att tillfället snart hade gått henne förbi. I vanliga fall hade hon låtit Rebecka löpa och tänkt att det kommer fler tillfällen. Men nu hade alltför många drinkar och glas vin till maten slammat igen hennes omdöme.

Hon lutade sig mot Rebecka. Hennes kinder var blanka och rosiga när hon frågade:

– Alltså, hur känns det att döda en människa?

Rebecka marscherade rakt genom hopen av berusade människor. Nej, hon ville inte dansa. Nej tack, hon ville inte ha något från baren. Hon hade väskan på axeln och var på väg ner mot bryggan.

Hon hade klarat av Petra och Karl-Alfred. Tagit på sig ett eftertänksamt uttryck, fäst blicken långt ute i det mörka farvattnet och svarat: "det känns fruktansvärt förstås".

Vad annars? Sanningen? "Jag har ingen aning. Jag minns inte."

Hon kanske skulle ha berättat om de där helt patetiska samtalen med terapeuten. Rebecka som sitter och ler och ler vid varje möte och till slut nästan blir full i skratt. Vad kan hon göra? Hon minns ju inte. Terapeuten som verkligen inte ler tillbaka, det här är inget att skratta åt. Och till slut bestämmer de sig för att ta en paus. Rebecka är välkommen tillbaka i framtiden.

När hon inte kan jobba längre tar hon inte kontakt med honom. Kan inte förmå sig. Tänker sig scenen där hon sitter och gråter över att inte klara av sitt liv och hans ansikte, lite lagom medkänsla som puts över vad-var-det-jag-sa-minen.

Nej, Rebecka hade svarat Petra som en normal människa att det kändes fruktansvärt men att livet ju måste gå vidare hur banalt det än kunde låta. Sedan hade hon ursäktat sig och gått därifrån. Det hade gått bra, men fem minuter senare kom vreden och nu… Nu var hon så arg att hon skulle kunna rycka upp ett träd med rötterna. Eller kanske skulle hon ställa sig mot väggen till herrgården och välta omkull den som en pappkartong. Det var bäst för de där båda blondinerna att de inte var kvar vid stenkajen för då skulle hon sparka dem i vattnet.

Plötsligt var Måns tätt bakom henne. Bredvid henne.

– Vad är det? Har det hänt något?

Rebecka saktade inte in.

– Jag sticker. En av killarna i köket sa att jag kunde låna plastekan. Jag ror över.

Måns gav upp ett misstroget läte.

– Är du inte klok? Du kan ju inte ro över i mörkret. Hur ska du ta dig vidare sen? Men stanna då, vad är det med dig?

Hon stannade upp precis innan bryggan. Snodde runt och morrade.

– Ja vad fan tror du? frågade hon. Folk frågar mig hur det känns att döda en människa. Hur i helvete ska jag veta det? Jag satt väl inte och skrev en dikt under tiden och kände efter. Jag… det bara hände!

– Vad är du arg på mig för? Jag har väl inte frågat.

Rebeckas röst blev med ens långsam.

– Nej Måns, du frågar ingenting. Det kan ingen anklaga dig för.

– Vad i helvete, svarade han, men Rebecka hade redan vänt på klacken och klampat iväg ut på bryggan.

Han satte fart efter henne. Hon hade kastat ner sin bag i ekan och knöt upp förtöjningen. Måns letade efter något att säga.

– Jag pratade med Torsten, sa han. Han berättade att han tänkt be dig följa med honom upp till Kiruna. Men jag sa att han skulle låta bli.

– Varför det?

– Varför? Jag tänkte att det var det sista du behövde.

Rebecka såg inte på honom när hon svarade.

– Jag kanske får bestämma själv vad jag behöver eller inte.

Hon började bli vagt medveten om att folk i närheten riktade in sina mottagare åt hennes och Måns håll. Man låtsades upptagna av att dansa och prata, men hade inte sorlet blivit lite tystare? Nu kanske man skulle få något att prata om nästa vecka på jobbet.

Måns verkade också ha märkt det och dämpade rösten.

– Ja, det var bara omtanke, förlåt så mycket.

Rebecka hoppade ner i båten.

– Åh, omtanke. Är det därför du har satt mig att sitta med som ett fnask på alla de där brottmålsrättegångarna?

– Men nu får du väl ge dig, fräste Måns. Du sa ju själv att du inte hade något emot det. Jag tyckte att det var ett bra sätt att hålla kontakten med jobbet. Kliv upp ur båten!

– Som om jag hade något val! Och det fattar du nog om du tänker efter!

– Men sluta med brottmålen då för fan. Kliv upp ur båten och gå upp och sov så pratar vi i morgon när du har nyktrat till.

Rebecka tog ett steg framåt i båten. Den gungade till. Ett tag for det genom Måns huvud att hon skulle klättra upp på bryggan och klappa till honom. Det vore just snyggt.

– När jag har nyktrat till? Du... du är verkligen otrolig!

Hon satte foten på bryggan och sköt ifrån. Måns funderade på att hugga tag i båten, men det vore också en syn. Hur han höll i fören tills han trillade ner i vattnet. Byråns egen farbror Melker. Båten gled ut.

– Men stick upp till Kiruna då! ropade han utan att bry sig om vem som hörde. Du får göra vad fan du vill för mig.

Båten försvann in i mörkret. Han hörde årorna slamra i klykorna och plasket när årbladen gick ner i vattnet.

Men Rebeckas röst var fortfarande nära och nu hade den glidit upp i tonläge.

– Berätta för mig vad som kan bli värre än det här.

Han kände igen den där rösten från grälkarusellerna med Madelene på den tiden. Först Madelenes tillbakahållna vrede. Och han som inte hade en aning om vad fan han gjort för fel den här gången heller. Sedan grälet, varje gång som århundradets storm. Och efter det den där rösten som höjdes en aning och snart skulle spricka ut i gråt. Då kunde det vara dags för försoning. Om man var villig att betala priset: hundhuvudet. Med Madelene hade han haft ett gammalt manus att plocka fram: Han som sa att han var en stor jävla skithög, Madelene som ett hulkande litet barn i hans famn med huvudet mot hans bröst.

Och Rebecka då… Tanken tog ett lufsande fylletrögt steg i huvudet på jakt efter de rätta orden, men det var redan för sent. Ljudet av årtagen försvann längre och längre bort.

I helvete han tänkte ropa efter henne. Det kunde hon glömma.

Plötsligt stod Ulla Carle, den ena av byråns två kvinnliga delägare, bakom honom och undrade vad det var som hände.

– Skjut mig i huvudet, sa han och gick iväg upp mot hotellet. Han tog riktning mot utomhusbaren under girlangerna av kulörta lyktor.

Polisinspektör Sven-Erik Stålnacke körde från Fjällnäs till Kiruna. Gruset smattrade mot bilens underrede och bakom honom flög vägdammet upp i ett stort moln. När han svängde av upp mot Nikkavägen reste sig Kebnekajsemassivets isblåa kropp mot himlen på hans vänstra sida.

Det är märkligt att man aldrig tröttnar, tänkte han.

Fast han hade passerat femtio blev han fortfarande lika betagen av årstidernas växlingar. Höstens höga kalla fjälluft som kom rinnande ner genom dalgångarna från högfjället. Solens återkomst om vårvintern. Det första droppandet från taken. Och islossningen. Man blev nästan värre med åren. Skulle behöva ta en veckas semester bara för att sitta och glo på naturen.

Och samma med farsan, tänkte han.

Fadern hade under sina sista levnadsår, ja det var säkert femton, ständigt upprepat samma visa: "Denna sommar blir min sista. Denna hösten var den sista jag fick uppleva."

Det var som om just detta hade skrämt honom mest med döendet. Att inte få uppleva ännu en vår, en ljus sommar, en glödande höst. Att årstiderna skulle fortsätta att komma och gå utan honom.

Sven-Erik sneglade på klockan. Halv två. En halvtimme till mötet med åklagaren. Han skulle hinna svänga förbi Annies grill och ta en burgare.

Han visste nog vad åklagaren ville. Det var nu snart tre må-
nader sedan prästen Mildred Nilsson mördades och de hade
inte kommit någonstans. Nu hade åklagaren ledsnat. Och
vem kunde klandra honom?

Omedvetet ökade han trycket mot pedalen. Han skulle ha
frågat Anna-Maria om råd, det kände han nu. Anna-Maria
Mella var hans gruppchef. Hon var mammaledig och Sven-
Erik vikarierade för henne. Det var bara det att det inte kän-
des naturligt att störa henne hemma. Det var konstigt. När de
jobbade tillsammans kändes hon så nära. Men utanför arbe-
tet kom han inte på något att säga. Han saknade henne, men
ändå hade han bara hälsat på henne en gång, precis när poj-
ken var nyfödd. Hon hade kommit in och sagt hej på station
några gånger, men då stod hela jävla hönsflocken från kans-
liet och kacklade runt henne, så det var lika gott att hålla sig
undan. I mitten av januari skulle hon komma tillbaka på rik-
tigt.

Som de hade knackat dörr. Någon borde ha sett något. I
Jukkasjärvi, där man hittat prästen hängande från orgelläkta-
ren, och i Poikkijärvi, där hon bodde. Ingenting. De hade
knackat en vända till. Inte ett skit.

Detta var så märkligt. Helt öppet på hembygdsgårdens
mark nere vid älven hade någon haft ihjäl henne. Helt öppet
hade mördaren burit kroppen till kyrkan. Det hade visserli-
gen varit mitt i natten, men det hade ju varit ljust som på da-
gen.

De hade fått reda på att hon var en kontroversiell präst. När
Sven-Erik frågat om hon hade några fiender hade ett flertal av
de aktiva kvinnorna i församlingen svarat. "Ta vilken karl
som helst." En kvinna på pastorsexpeditionen med skarpa
linjer på vardera sidan om den ihopknipna munnen hade

nästan rakt ut sagt att prästen hade sig själv att skylla. Hon hade skapat rubriker i lokalpressen även när hon levde. Bråk med kyrkorådet när hon ordnade självförsvarskurser för kvinnor i församlingens lokaler. Bråk med kommunen när hennes bibelstudiegrupp för kvinnor, Magdalena, gick ut och krävde att en tredjedel av tiderna på kommunens isrinkar skulle avsättas för tjejhockeylag och konståkningsgrupper. Och nu senast hade hon hamnat i gräl med vissa jägare och renägare. Det gällde varghonan som etablerat sig på kyrkans mark. Mildred Nilsson hade sagt att det var kyrkans skyldighet att skydda vargen. NSD hade på mittuppslaget haft en bild på henne och en av hennes motståndare i frågan under rubrikerna "Vargälskaren" och "Varghataren".

Och i Poikkijärvi prästgård på andra sidan älven från Jukkasjärvi satt hennes make. Sjukskriven och ur stånd att få någon reda i hennes kvarlåtenskap. Sven-Erik kände på nytt den plåga som hade fyllt honom när han hade talat med karlen. "Ni igen. Får ni aldrig nog?" Varje samtal hade varit som att slå sönder isskorpan i en nattgammal vak. Sorgen som flödade upp. De söndergråtna ögonen. Inga barn att dela sorgen med.

Nog för att Sven-Erik hade barn, en dotter som bodde i Luleå, men han kände igen den där jävliga ensamheten. Han levde själv frånskild i ett hus. Fast han hade ju katten, och inte var det någon som hade mördat och hängt upp hans hustru i en kätting.

Alla samtal och brev från diverse dårfinkar som erkänt sig skyldiga till dådet hade kollats. Men det hade naturligtvis inte gett något. Bara människospillror som tillfälligt satts i något slags feberliknande brand av tidningarnas rubriker.

För rubriker hade det blivit. TV och tidningarna hade blivit som tokiga. Mildred Nilsson hade mördats mitt i sommarens nyhetstorka och så var det ju inte ens två år sedan som en annan religiös ledare hade mördats i Kiruna, Viktor Strandgård, förgrundsfigur i församlingen Kraftkällan. Man hade spekulerat över likheterna trots att den som mördat Viktor Strandgård nu var död. Men vinklingen var ändå given: en kyrkans man, en kyrkans kvinna. Båda påträffade brutalt mördade i sina respektive kyrkor. Präster och pastorer fick uttala sig i riksmedierna. Kände de sig hotade? Tänkte de flytta? Var illröda Kiruna en farlig stad att bo i om man var präst? Tidningarnas sommarvikarier kom resande och granskade polisens arbete. De var unga och hungriga och lät sig inte nöja med "av utredningstekniska skäl... inga kommentarer på det här stadiet". I två veckor hade pressens envetna intresse hållit i sig.

– Det är fan så man vänder skorna upp och ner och skakar dem innan man sätter dem på fötterna, hade Sven-Erik sagt till kriminalkommissarien. För det kan hända att någon jävla journalist ramlar ut med gadden rest.

Men eftersom polisen inte kom någonvart hade nyhetsfolket till slut lämnat stan. Två personer som klämts ihjäl under en festival övertog mediautrymmet.

Under hela sommaren hade polisen arbetat efter copy-cat-teorin. Någon hade låtit sig inspireras av mordet på Viktor Strandgård. Rikskrim hade till en början varit mycket tveksamma till att göra en gärningsmannaprofil. Man hade ju inte med någon seriemördare att göra, såvitt man visste. Och det var inte alls säkert att det var en copy-cat. Men likheterna med mordet på Viktor Strandgård och mediauppbådet hade till sist gjort att en psykiater från rikskrims gärningsmannaprofilgrupp hade avbrutit sin semester och kommit upp till Kiruna.

Hon hade haft möte med Kirunapolisen under en förmiddag i början på juli. De hade varit ett tiotal som suttit och svettats i sammanträdesrummet. Man vågade inte riskera att någon utomstående hörde samtalet, så fönstrena hölls stängda. Rättspsykiatern var en kvinna i fyrtioårsåldern. Det som slagit Sven-Erik var att hon pratade om galningar, massmördare och seriemördare med ett sådant lugn och sådan förståelse, nästan kärlek. När hon drog exempel ur verkligheten sade hon ofta "den stackars mannen" eller "vi hade en ung pojke som..." eller "som tur var för honom själv blev han gripen och dömd". Och om någon berättade hon att han efter ett antal år på rättspsyk kunde skrivas ut och nu var välmedicinerad, levde ett inrutat liv med halvtidsarbete på en målerifirma och hade hund.

– Jag kan inte nog understryka, hade hon sagt, att det är polisens sak att avgöra vilken teori ni skall arbeta med. Om er mördare är en copy-cat så kan jag presentera en sannolik bild av honom, men det är ju inte säkert.

Hon hade gjort en presentation i power-point och uppmanat dem att avbryta med frågor.

– Han är man. Ålder femton till femtio. Sorry.

Det sista tillade hon när hon uppfattade deras leenden.

– Vi vill ju helst ha "tjugosju år och tre månader, arbetar som tidningsbud, bor med sin mamma och kör en röd Volvo", hade någon skojat.

Hon hade hakat på:

– Och skonummer 42. Nå, imitatörer är speciella på så sätt att de kan debutera med grov våldsbrottslighet. Han behöver alltså inte vara dömd tidigare för något allvarligare våldsbrott. Och det är ju också så att ni har säkrat fingeravtryck men inte fått träff i registret.

Nickningar i rummet.

– Han kan finnas i misstankeregistret eller dömts för småbrott som är typiska för en gränslös person. Ofredande av typen stalking eller busringning, eller kanske snatteri. Men är det en imitatör så har han suttit på sin kammare och läst om mordet på Viktor Strandgård i ett och ett halvt år. Det är en stillsam sysselsättning. Det var någon annans mord. Det räckte för honom till nu. Men från och med nu kommer han att vilja läsa om sig själv.

– Men morden är ju inte lika egentligen, hade någon invänt. Viktor Strandgård blev ju slagen och knivhuggen och fick ögonen utborrade och händerna avskurna.

Hon hade nickat.

– Det är sant. Men det kan ha sin förklaring i att det är hans första. Att sticka, skära och borra med kniv ger mer, hur ska jag säga, nära kontakt än ett längre tillhygge som verkar ha använts här. Det är en högre tröskel att ta sig över. Nästa gång kanske han är redo att använda kniv. Han kanske inte tycker om fysisk närhet.

– Han bar ju henne upp till kyrkan.

– Men då var han redan färdig med henne. Då var hon inget, bara ett stycke kött. Okej, han bor ensam eller så har han tillgång till ett helt privat utrymme, till exempel ett hobbyrum dit ingen får gå eller en verkstad eller ja, något låst utrymme. Där har han tidningsurklipp. De ligger gärna framme, helst är de uppsatta. Han är isolerad, dåligt med sociala kontakter. Det är inte otroligt att han lagt sig till med något fysiskt för att hålla folk på avstånd. Dålig hygien till exempel. Fråga om det om ni har någon misstänkt, fråga om han har några vänner, han kommer inte att ha det. Men som sagt. Det behöver inte vara en copycat. Det kan ju vara någon som försatts i ett tillfälligt raseri. Har vi oturen att få ett mord till på halsen så får vi prata igen.

Sven-Erik avbröts i sina tankar när han passerade en bilist som motionerade sin hund genom att hålla ett koppel genom en nervevad bilruta och låta hunden springa bredvid. Det var en jämthundskorsning såg Sven-Erik. Hunden galopperade med tungan hängande utanför munnen.

– Förbannade djurplågare, mumlade han och spanade i backpegeln.

Förmodligen var det en älgjägare som skulle ha hunden i trim till jakten. Han funderade ett slag på att vända bilen och ta ett snack med hundägaren. Såna där skulle inte få ha djur över huvudtaget. Resten av året fick den väl vara instängd i hundgården.

Men han vände inte tillbaka. Nyss hade han varit ute och talat med en karl som bröt besöksförbudet mot före detta hustrun och tillika vägrade att komma in på förhör fast han blev kallad.

Man bråkar dagarna i ända, tänkte Sven-Erik. Från det man kliver upp tills man går i säng. Var ska man dra gränsen? En vacker dag står man där på sin lediga dag och ryar till folk som slänger glasspapper på gatan.

Men bilden av den galopperade hunden och tanken på dess sönderslitna trampdynor gnagde i honom hela vägen in till stan.

Tjugofem minuter senare klev Sven-Erik Stålnacke in på chefsåklagare Alf Björnfots kontor. Den sextioårige åklagaren satt på skrivbordskanten med ett litet barn i famnen. Pojken drog lyckligt i snöret till lysrörsarmaturen som hängde ovanför skrivbordet.

– Och titta! utbrast åklagaren när Sven-Erik klev in. Här kommer farbror Sven-Erik. Det är Gustav, Anna-Marias grabb.

Det sista sa han till Sven-Erik och kisade närsynt. Gustav hade tagit hans glasögon och slog med dem mot lampsnöret så att det svängde hit och dit.

I samma ögonblick klev polisinspektör Anna-Maria Mella in. Hon hälsade på Sven-Erik genom att lyfta på ögonbrynen och låta skymta ett hastigt snett leende i hästansiktet. Som om de hade setts vid morgonmötet som vanligt. I själva verket var det flera månader sedan.

Han slogs av hur liten hon var. Det hade hänt förr när de varit ifrån varandra, efter semestrar till exempel. I hans tankar var hon alltid mycket större. Det märktes att hon hade varit ledig. Hon hade en sådan där djup solbränna som inte skulle försvinna förrän långt in på den mörka vintern. Fräknarna syntes inte längre eftersom de hade samma färg som resten av ansiktet. Den tjocka flätan var nästan vit. Längst upp vid hårfästet hade hon en rad sönderkliade knottbett, små bruna prickar av torkat blod.

De slog sig ner. Chefsåklagaren bakom sitt överbelamrade skrivbord och Anna-Maria och Sven-Erik på rad i hans besökssoffa. Chefsåklagaren fattade sig kort. Utredningen av mordet på Mildred Nilsson hade gått i stå. Under sommaren hade den fått ta i anspråk nästan alla resurser polisen hade, men nu måste den prioriteras ner.

– Det måste bli så, sa han beklagande till Sven-Erik som envetet såg ut genom fönstret. Vi kan inte hålla nere balanserna genom att lägga ner andra utredningar och förundersökningar. Till slut får vi JO på oss.

Han gjorde en kort paus och betraktade Gustav som plockade ut innehållet i hans papperskorg och prydligt radade upp fynden på golvet. En tom snusdosa. Ett bananskal. En tom ask Läkerol Special. Några hopknycklade papper. När papperskorgen var tömd drog Gustav av sig skorna och slängde ner dem. Åklagaren log och fortsatte.

Nu hade han lyckats övertala Anna-Maria att komma tillbaka på halvfart fram tills hon skulle gå upp till heltid igen efter jul. Tanken var alltså att Sven-Erik skulle fortsätta som gruppchef och Anna-Maria ägna sig åt mordet tills det var dags att börja jobba heltid igen.

Han sköt upp glasögonen ordentligt mot näsroten och svepte med blicken över bordet. Till sist fann han Mildred Nilssons akt och sköt över den mot Anna-Maria och Sven-Erik.

Anna-Maria bläddrade lite i akten. Sven-Erik såg över hennes axel. Han blev tung inuti. Det var som en sorg fyllde honom när han såg sidorna.

Åklagaren bad honom göra en sammanfattning av utredningen.

Sven-Erik plöjde med fingrarna i sin borstiga mustasch under några sekunders betänketid och berättade sedan utan större utvikningar att prästen Mildred Nilsson hade bragts om livet natten till midsommaraftonen den 21 juni. Hon hade hållit midnattsgudstjänst i Jukkasjärvi kyrka som slutade kvart i tolv. Elva personer deltog i gudstjänsten. Sex av dem var turister som bodde på vildmarkshotellet. De hade dragits ur sina sängar redan vid fyrasnåret på morgonen och hörts av polisen. Övriga besökare hörde till prästens tantliga, Magdalena.

– Tantliga? frågade Anna-Maria och såg upp ur akten.

– Ja, hon hade en bibelstudiegrupp bestående enbart av

kvinnor. De kallade sig Magdalena. Ett sådant där nätverk som de håller på med nuförtiden. De brukade besöka den kyrka där Mildred Nilsson höll gudstjänst. De har väckt ont blod i en del sammanhang. Uttrycket används både av deras belackare och av dem själva.

Anna-Maria nickade och såg ner i akten igen. Ögonen smalnade när hon hamnade i obduktionsprotokollet och utlåtandet från överläkare Pohjanen.

– Hon blev ordentligt sönderslagen, sa hon. "Intrycknings-brott i skallbenet... sprickor i skallbenet... krosskador i hjärnan under träffpunkterna... blödning mellan mjuka hjärn-hinnorna och hårda hinnan..."

Hon uppfattade snabba grimaser av obehag hos både åklagaren och Sven-Erik och fortsatte att ögna igenom texten tyst för sig själv.

Trubbigt okaraktäristiskt våld alltså. De flesta skadorna cirka tre centimeter långa med bindvävsbryggor mellan kanterna. Vävnaden hade krossats sönder. Men här var en lång skada: "Vänster tinning bandformat rödblått märke och svullnad... tre centimeter nedanför och två centimeter framför hörselgång på vänster sida finns bakre gräns för stämplad skada..."

Stämplad skada? Vad stod det om den i utlåtandet? Hon bläddrade framåt.

"... stämpelskadan och den långsträckta sidoavgränsade skadan över vänster tinning tyder på ett kofotsliknande vapen."

Sven-Erik fortsatte sin berättelse:

– Efter gudstjänsten bytte prästen om i sakristian, låste kyrkan och promenerade ner till älvstranden nedanför hem-bygdsgården där hon hade sin båt. Där blev hon attackerad.

Mördaren bar prästen tillbaka till kyrkan. Låste upp porten och bar upp henne till orgelläktaren, trädde en järnkätting runt hennes hals, fäste kättingen i orgeln och hängde upp henne från orgelläktaren.

Hon hittades inte långt senare av en av kyrkvaktmästarna som på impuls cyklat ner till byn för att plocka blommor till kyrkan.

Anna-Maria kastade ett öga på sin son. Han hade upptäckt lådan med papper som skulle till dokumentförstöringen. Han rev sönder papper efter papper. En ofattbar lycka.

Anna-Maria läste hastigt vidare. Stor mängd brott på överkäken och på okbenet. Ena pupillen förstorad. Vänster pupill sex millimeter, höger fyra millimeter. Det var svullnaden i hjärnan som gjorde det. "Överläppen kraftigt svullen. Höger del blåviolett missfärgning, insnitt visar kraftig svartröd blödning..." Herregud! Samtliga framtänder i överkäken avslagna. "I munhålan rikligt med blod och blodlevrar. I munhålan finns två strumpor hårt inpressade mot svalget."

– Slog nästan bara mot huvudet, sa hon.

– Två skador på bröstet, sa Sven-Erik.

– "Kofotsliknande föremål".

– Förmodligen en kofot.

– Långsträckt skada vänster tinning. Är det första slaget tror du?

– Jo. Så man får väl anta att han är högerhänt.

– Eller hon.

– Jo. Men mördaren bar henne en rätt lång bit. Från älven till kyrkan.

– Hur vet man att han bar henne? Han kanske lade henne i en skottkärra eller något.

– Vet och vet, du känner ju Pohjanen. Men han påpekade

hur blodet runnit på henne. Först har det runnit i riktning neråt mot ryggen.

– Då hon har legat på rygg på marken.

– Jo. Teknikerna hittade till slut platsen. Bara en liten bit från stranden där hon brukade ha sin båt. Hon tog båten över ibland. Bodde ju på andra sidan. I Poikkijärvi. Där på stranden vid båten låg hennes skor också.

– Sedan då? Med blödningen.

– Sedan finns det mindre rikliga rinningar från skadorna i ansiktet och huvudet ner mot hjässan.

– Okej, sa Anna-Maria. Mördaren bar henne över axeln så att huvudet hänger ner.

– Det skulle kunna vara förklaringen. Och det är ju ingen husmodersgymnastik direkt.

– Jag skulle orka bära henne, sa Anna-Maria. Hänga henne över orgeln också. Hon var ju ganska liten.

Särskilt om jag var så där... förbi mig av raseri, tänkte hon.

Sven-Erik fortsatte:

– De sista rinningarna går i riktning mot fötterna.

– När hon hängdes upp.

Sven-Erik nickade.

– Så då var hon inte död?

– Inte riktigt. Det står i utlåtandet.

Anna-Maria skummade i utlåtandet. Det fanns en liten blödning i huden under halsskadorna. Enligt rättsläkare Pohjanen pekade bilden mot ett döende. Så då var hon nästan död när hon hängdes. Förmodligen inte vid medvetande.

– De där strumporna i munhålan... började Anna-Maria.

– Hennes egna, sa Sven-Erik. Skorna låg ju kvar där vid stranden och hon var barfota där hon hängde.

– Det där har jag sett förr, sa åklagaren. Ofta när du slår

ihjäl någon på det där sättet. Offret rycker och rosslar. Det är ganska obehagligt. Och för att tysta det där rosslandet...

Han avbröt sig. Tänkte på en hustrumisshandel som slutat i dråp. Halva sovrumsgardinen nere i svalget.

Anna-Maria såg på några av fotografierna. Det sönderslagna ansiktet. Munnen som gapade svart utan framtänder. Händerna då? tänkte hon. Händernas lillfingersida? Armarna?

– Inga avvärjningsskador, sa hon.

Åklagaren och Sven-Erik skakade på sina huvuden.

– Och inga hela fingeravtryck? frågade Anna-Maria.

– Nej. Vi har en bit av ett avtryck på ena sockan.

Nu hade Gustav övergått till att rycka av alla blad han kom åt på en stor fikus som stod på golvet i en kruka med lecakulor. När Anna-Maria drog honom därifrån gav han upp ett illtjut.

– Nej och jag menar nej, sa Anna-Maria när han försökte kämpa sig ur hennes grepp och återvända till fikusen.

Åklagaren försökte säga något, men Gustav tjöt som en siren. Anna-Maria försökte muta honom med sina bilnycklar och sin mobiltelefon, men allt for i golvet med en smäll. Han hade påbörjat avlövning av fikusen och han ville avsluta sitt värv. Anna-Maria tog honom under armen och reste sig. Mötet var definitivt över.

– Jag ska sätta in en annons under "bortskänkes", sa hon mellan tänderna. Eller bytes: "välmående pojke på ett och ett halvt mot gräsklippare, allt av intresse".

Sven-Erik följde Anna-Maria till bilen. Fortfarande samma risiga Ford Escort, noterade han. Gustav glömde sina sorger när hon satte ner honom på marken så att han fick gå själv.

Först sprang han i vingligt övermod mot en duva som pickade på rester vid en papperskorg. Fågeln lyfte trött och Gustav riktade sin uppmärksamhet mot papperskorgen. Något rosafärgat hade runnit över kanten, det såg ut som en intorkad spya från lördagen. Anna-Maria fångade upp Gustav precis ögonblicket innan han var framme. Han började gråta som om hans liv var slut. Hon tryckte ner honom i bilbarnstolen och stängde dörren. Inifrån hördes hans dämpade skrik.

Hon vände sig till Sven-Erik med ett snett leende.

– Jag lämnar honom där och promenerar hem, sa hon.

– Tror fan att han protesterar när du snuvar honom på mellanmålet, sa Sven-Erik med en nick mot den motbjudande papperskorgen.

Anna-Maria höjde axlarna i en låtsad rysning. Det blev tyst mellan dem några sekunder.

– Jaha, sa Sven-Erik och flinade, då ska man behöva dras med dig igen.

– Ja stackare, log hon tillbaka. Nu är det slut på friden.

Så blev hon allvarlig.

– I tidningarna skrev de att hon var rödstrumpa, ordnade kurser i självförsvar och sånt där. Och inga avvärjningsskador!

– Jag vet, sa Sven-Erik.

Han höjde mustaschen i en eftertänksam min.

– Kanske väntade hon sig inte att bli slagen, sa han. Hon kanske kände honom.

Han flinade till.

– Eller henne! tillade han.

Anna-Maria nickade fundersamt. Bakom henne såg Sven-Erik vindkraftverken på Peuravaara. Ett av deras favoritträtoämnen. Han tyckte de var vackra. Hon att de var fula som stryk.

– Kanske, sa hon.

– Han kanske hade hund, sa Sven-Erik. Teknikerna hittade två hundhår på hennes kläder och hon hade ingen.

– Vad för sorts hund?

– Vet inte. Efter Helene i Hörby försökte man utveckla tekniken. Man kan inte avgöra vad det är för ras, men om man hittar någon misstänkt med hund kan man jämföra och se om håren kommit från just den hunden.

Skriken i bilen ökade i styrka. Anna-Maria satte sig och startade. Det måste ha gått hål på avgasröret för den lät som en plågad motorsåg när hon varvade upp. Hon drog iväg med ett ryck och brände iväg ut på Hjalmar Lundbohmsvägen.

– Fan hur du kör! ropade han efter henne genom det oljiga avgasmolnet.

I bakrutan såg han hennes hand som höjdes till en vinkning.

REBECKA MARTINSSON SATT i den hyrda SAABen på väg ner mot Jukkasjärvi. Torsten Karlsson satt på passagerarsidan med huvudet tillbakalutat och blundade, kopplade av inför mötet med kyrkoherden. Då och då kikade han ut genom bilfönstret.

– Säg till om vi passerar något att titta på, sa han till Rebecka.

Rebecka log snett.

Allt, tänkte hon. Allt det här måste man titta på. Kvällssolen mellan tallarna. Flygfäna som svirrar över rallarrosen i dikeskanten. Tjälsprickorna i asfalten. Det som ligger dött och platt på vägen.

Mötet med kyrkoherdarna i Kiruna kyrkliga samfällighet skulle inte äga rum förrän nästa morgon. Men kyrkoherden i Kiruna hade ringt Torsten.

– Om ni kommer redan på tisdag kväll, så hör av er, hade han sagt. Så får jag visa er två av Sveriges vackraste kyrkor. Kiruna och Jukkasjärvi.

– Då åker vi på tisdag! hade Torsten bestämt. Det är jäkligt viktigt att vi har honom med oss inför onsdagen. Ta på dig nåt trevligt.

– Ta på dig nåt trevligt själv! hade Rebecka svarat.

På planet hade de hamnat bredvid en kvinna som genast

kom i samspråk med Torsten. Hon var storvuxen med löst sittande linnejacka och ett väldigt hängsmycke från Kalevala runt halsen. När Torsten berättat att det var första gången han besökte Kiruna hade hon förtjust klappat ihop händerna. Sedan hade hon gett honom tips på allt han måste se.

– Jag har egen guide med mig, hade Torsten sagt och nickat mot Rebecka.

Kvinnan hade lett mot Rebecka.

– Jaha, så du har varit här förr?

– Jag är född här.

Kvinnan hade synat henne hastigt uppifrån och ner. Ett stråk av misstro i ögonen.

Rebecka hade vänt blicken ut genom fönstret och låtit Torsten fortsätta samtalet. Det hade stört henne att hon såg ut som en främling. Ordentligt nedstoppad i grå dräkt och skor från Bruno Magli.

Det är min stad, hade hon tänkt och känt sig trotsig.

Precis då hade planet svängt. Och staden låg nedanför henne. Den där klungan av bebyggelse som ihärdigt klamrat sig fast vid berget fullt av järn. Runtomkring bara fjäll och myr, lågvuxen skog och vattendrag. Hon hade dragit efter andan.

På flygplatsen hade hon också känt sig som en främling. På väg ut mot hyrbilen hade hon och Torsten mött en flock hemvändande turister. De hade luktat myggolja och svett. Fjällvinden och septembersolen hade nupit deras skinn. Brunbrända med vita kråksparkar vid ögonen efter allt kisande.

Rebecka visste hur de hade känt sig. Ömma fötter och trötta muskler efter en vecka i fjällen, nöjda och lite loja. De hade varit klädda i färgstarka anoraks och praktiska kakifärgade byxor. Själv hade hon kappa och scarf.

Torsten rätade på ryggen och spanade nyfiket ut på några

flugfiskare när de passerade älven.

– Då är det väl bara att hoppas på att vi ror i land med det här, sa han.

– Det är klart att du gör, sa Rebecka. De kommer att älska dig.

– Tror du? Det är ju illa att jag aldrig varit här förut. Jag har fan inte varit norr om Gävle.

– Nä nä, men nu är du oerhört lycklig över att vara här. Du har ju alltid velat komma upp hit och se den magnifika fjällvärlden och besöka gruvan. Nästa gång tänker du ta semester i samband med besöket och turista lite.

– Okej.

– Och inget "hur fan står ni ut under den långa mörka vintern när solen inte ens går upp"-snack.

– Självklart.

– Även om de skämtar om det själva.

– Ja ja.

Rebecka parkerade bilen utanför klocktornet. Ingen kyrkoherde. De vandrade nerför grusgången mot prästgården. Röd träpanel och vita knutar. Nedanför prästgården flöt älven. Septemberlågt vatten. Torsten dansade knottdansen. Det var ingen som öppnade när de ringde på dörren. De ringde på igen och väntade. Till sist vände de sig om för att gå.

Genom öppningen i staketet mot kyrkogården kom en man gående. Han vinkade till dem och ropade. När han kom närmare såg de att han bar prästskjorta.

– Hallå, sa han när han kom fram till dem. Ni måste vara från Meijer & Ditzinger.

Han sträckte fram handen mot Torsten Karlsson först. Rebecka fattade sekreterarposition ett halvt steg bakom Torsten.

– Stefan Wikström, sa prästen.

Rebecka presenterade sig utan titel. Han fick tro det han tyckte var bekvämt. Hon gav akt på prästen. Han var i fyrtioårsåldern. Jeans, gympaskor och prästskjorta med vit prästkrage. Han hade alltså inte precis haft någon förrättning. Ändå prästskjorta.

En sån där dygnetruntpräst, tänkte Rebecka.

– Ni hade stämt möte med kyrkoherden, Bertil Stensson, fortsatte prästen. Tyvärr fick han förhinder i kväll, så han bad mig ta emot er och visa er kyrkan.

Rebecka och Torsten svarade något artigt och följde med honom till den lilla röda träkyrkan. Det doftade tjära från spåntaket. Rebecka höll sig i de båda männens kölvatten. Prästen vände sig nästan uteslutande till Torsten när han talade. Torsten gled smidigt in i spelet och vände sig inte heller till Rebecka.

Det kunde naturligtvis vara så att kyrkoherden verkligen fått förhinder, tänkte Rebecka. Men det kunde också betyda att han bestämt sig för att vara emot byråns erbjudande.

Det var skumt inne i kyrkan. Luften stod stilla. Torsten kliade på tjugo nya knottbett.

Stefan Wikström berättade om träkyrkan från 1700-talet. Rebecka lät tankarna vandra sina egna vägar. Hon kände till historien om den vackra altartavlan och de döda som vilade under golvet. Så uppfattade hon att de hade bytt samtalsämne och lystrade till.

– Där. Framför orgeln, sa Stefan Wikström och pekade.

Torsten såg upp mot de blanka orgelpiporna och det samiska soltecknet på orgelns mitt.

– Det måste ha varit en chock för er allihop.

– Vadå? frågade Rebecka.

Prästen såg på henne.

– Ja, det var här hon hängde, sa han. Min kollega som mördades i somras.

Rebecka såg dumt på honom.

– Mördades i somras? upprepade hon.

En förvirrad paus uppstod mellan dem.

– Ja, i somras, försökte Stefan Wikström.

Torsten Karlsson stirrade på Rebecka.

– Lägg av, sa han.

Rebecka såg på honom och skakade nästan omärkligt på huvudet.

– En kvinnlig präst mördades i Kiruna i somras. Härinne. Visste du inte det?

– Nej.

Han såg oroligt på henne.

– Du måste vara den enda i hela Sverige som... jag utgick från att du visste. Det stod ju i varenda tidning. Varenda nyhetssändning...

Stefan Wikström följde deras samtal som en bordtennismatch.

– Jag har inte läst några tidningar i somras, sa Rebecka. Och inte sett på TV.

Torsten vände sina handflator uppåt i en hjälpsökande gest.

– Jag trodde verkligen... började han. Det är klart, ingen jävel...

Han avbröt sig och gav prästen en skamsen blick, fick ett leende som tecken på syndernas förlåtelse och fortsatte:

– ... ingen har väl vågat prata med dig om det. Du kanske vill vänta utanför? Eller vill du ha ett glas vatten?

Rebecka var på väg att le. Så ändrade hon sig, kunde inte bestämma sig för vilken min hon skulle ta på sig.

– Det är okej. Men jag väntar gärna utanför.

Hon lämnade männen inne i kyrkan och gick ut. Blev stående på kyrktrappan.

Jag borde förstås känna något, tänkte hon. Kanske svimma. Eftermiddagssolen värmde klocktornets vägg. Hon fick lust att luta sig, men lät bli för klädernas skull. Lukten av varm asfalt blandade sig med lukten från det nytjärade taket.

Hon undrade om Torsten just nu berättade för Stefan Wikström att det var hon som sköt Viktor Strandgårds mördare. Kanske ljög han ihop något. Han gjorde väl det som han trodde var bäst för affären. Nuförtiden låg hon ju i den sociala gottispåsen. Bland salta anekdoter och snaskigt skvaller. Hade Stefan Wikström varit advokat så hade Torsten berättat hur det låg till. Plockat fram påsen och bjudit på en Rebecka Martinsson. Men präster var kanske inte ett lika skvallrigt släkte som jurister.

De kom ut till henne efter tio minuter. Prästen skakade hand med dem bägge. Ville inte riktigt släppa taget om deras händer kändes det som.

– Det var ju olyckligt att Bertil var tvungen att åka iväg. Det var en bilolycka och då kan man inte säga nej. Vänta ska jag försöka nå honom på mobilen.

Medan Stefan Wikström försökte ringa kyrkoherden utbytte Rebecka och Torsten en blick. Då var alltså kyrkoherden upptagen på riktigt. Rebecka undrade varför Stefan Wikström var så angelägen om att de skulle träffa honom före morgondagens möte.

Han vill något, tänkte hon. Undrar vad?

Stefan Wikström stoppade ner telefonen i bakfickan med ett beklagande leende.

– Tyvärr, sa han. Bara telefonsvararen. Men vi träffas i morgon.

Kort och lättsamt avsked eftersom det ju bara var en natts sömn tills de skulle träffas igen. Torsten bad Rebecka om en penna och skrev ner en boktitel som prästen tipsat honom om. Visade uppriktigt intresse.

Rebecka och Torsten åkte tillbaka in mot stan. Rebecka berättade om Jukkasjärvi. Hur byn var före den stora turistexplosionen. Slumrande vid älven. Befolkningen som tyst rann ur den som sanden i ett timglas. Konsumbutiken rena matantikvariatet. Någon enstaka turist på hembygdsgården med bränt kaffe och en delicatodammsugare som fått en sån där vit åldersbeläggning på sig. Husen hade inte gått att sälja. Tysta och hålögda hade de stått där, med läckande tak och möss i väggarna. Ängarna igenvuxna av sly.

Och nu: turister från hela världen kom för att sova mellan renskinn i ishotellet, åka skoter i trettio graders kyla, köra hundspann och vigas i iskyrkan. Och när det inte var vinter badade man bastu på bastuflottar eller åkte forsränning.

– Stanna, ropade Torsten plötsligt. Där kan vi äta!

Han pekade på en skylt vid vägkanten. Den bestod av två handmålade brädbitar ovanpå varandra. De var sågade till pilar och pekade in mot vänster. Gröna bokstäver på vit botten förkunnade: "RUM" och "Mat till kl. 23".

– Nej, det kan vi inte, sa Rebecka. Det där är vägen ner mot Poikkijärvi. Där finns ingenting.

– Kom igen nu, Martinsson, sa Torsten och spanade förväntansfullt längs vägen. Var är din känsla för äventyr?

Rebecka suckade som en morsa och svängde in på vägen mot Poikkijärvi.

– Här finns ingenting, sa hon. En kyrkogård och ett kapell och några hus. Jag lovar dig att den som satte upp den där skylten för hundra år sedan gick i konkan en vecka senare.

– När vi vet det säkert vänder vi och åker in till stan och äter, sa Torsten sorglöst.

Asfaltsvägen övergick i grusväg. På deras vänstra sida flöt älven och man kunde se Jukkasjärvi på andra sidan. Gruset knastrade under bildäcken. På vardera sida om vägen stod trähus, de flesta rödmålade. Några trädgårdar pryddes av borttynande blommor i traktordäck och miniatyrväderkvarnar, andra av gungställningar och sandlådor. Hundar sprang så långt de kunde i sina hundgårdar och skällde hest efter den förbipasserande bilen. Rebecka kunde känna blickarna inifrån husen. En bil man inte kände igen. Vem kunde det vara? Torsten såg sig omkring som ett lyckligt barn, kommenterade de fula tillbyggnaderna och vinkade åt en äldre man som upphörde med sin lövkrattning och stirrade efter dem. De passerade några smågrabbar på cyklar och en storvuxen kille på flakmoppe.

– Där, pekade Torsten.

Restaurangen låg längst bort i byn. Det var en ombyggd gammal bilverkstad. Byggnaden såg ut som en fyrkantig lindrigt vit papplåda, den smutsvita putsen hade släppt på flera ställen. Två stora garageportar på lådans långsida vette mot vägen. Portarna var försedda med avlånga fönster för ljusinsläpp. På ena gaveln fanns en normalstor dörr och ett gallerförsett fönster. På vardera sida om dörren stod två plasturnor med brandgula tagetes. Portarna, dörren och fönsterfodren var målade i en flagig brun plastfärg. Vid andra gaveln, krogens baksida, stod några blekröda snöplogar i det höga torra höstgräset.

Tre hönor flaxade till och försvann runt hörnet när Rebecka körde upp på den grusade gårdsplanen. En dammig neonskylt med texten "LAST STOP DINER" stod lutad mot långsidan som vette ner mot älven. En hopfällbar träskylt vid sidan av dörren förkunnade "BAR öppet". På gården stod tre andra bilar parkerade.

På andra sidan vägen stod fem friggebodar. Rebecka gissade att det var de som hyrdes ut.

Hon slog av motorn. I samma stund körde flakmoppen som de passerat tidigare upp och parkerade vid husväggen. En mycket storväxt pojke satt på sadeln. Han blev sittande en stund på mopeden och såg ut att inte kunna bestämma sig för om han skulle kliva av sadeln eller inte. Han bligade under kanten på hjälmen på Rebecka och Torsten i den främmande bilen och gungade några gånger fram och tillbaka mot styret. Hans kraftiga käke flyttades från sida till sida. Till slut klev han av mopeden och gick fram till dörren. Gången var lätt framåtlutad. Blicken i backen och armarna böjda i nittio graders vinkel.

– Nu kommer köksmästaren till jobbet, skojade Torsten.

Rebecka stötte ut ett "hm", lätet som användes av biträdande jurister när man inte ville skratta åt plumpa skämt, men inte heller ville moltiga och stöta sig med en delägare eller en klient.

Nu stod den stora pojken framför dörren.

Inte helt olik en jättelik björn i grön jacka, tänkte Rebecka.

Han vände sig om och gick tillbaka till flakmoppen. Han knäppte upp sin gröna sportjacka och lade försiktigt ner den på mopedflaket och vek ihop den. Sedan knäppte han av sig hjälmen och lade den, försiktigt som om den var av tunt glas, mitt på den ihopvikta jackan. Han till och med backade ett steg och kontrollerade, gick fram igen och flyttade på hjälmen en millimeter. Huvudet fortfarande nedböjt och lite på sned.

Han sneglade mot Rebecka och Torsten och gned sig över sin stora haka. Rebecka gissade att han var strax under tjugo. Men en pojke i huvudet, helt klart.

– Vad gör han? viskade Torsten.

Rebecka skakade på huvudet.

– Jag går in och frågar om de har börjat servera middag, sa hon.

Rebecka klev ur bilen. Från det öppna fönstret med grönt myggnät kom ljudet från någon sportsändning på TV, lågmält prat och klirret från porslin. Utifrån älven hördes ljudet från en utombordare. Det luktade matos. Det hade blivit kyligare. Eftermiddagssvalkan drog som en hand över mossan och blåbärsriset.

Det är som hemma, tänkte Rebecka och såg in i skogen på andra sidan vägen. En pelarsal av smala tallar på den magra sandjorden. Solstrålarna når långt mellan de kopparfärgade stammarna över det låga riset och mossbevuxna stenarna.

Plötsligt kunde hon se sig själv. En liten tjej i stickad konstfibertröja som gjorde håret helt elektriskt när man drog den över huvudet. Manchesterjeans som var förlängda med ett kantband längst ner. Hon kommer ut ur skogsbrynet. I handen har hon en porslinsmugg fylld med blåbär som hon plockat. Hon är på väg till sommarladugården. Därinne sitter farmor. På cementgolvet brinner en liten myggrök. Precis lagom är den, har man på för mycket gräs så börjar korna hosta. Farmor mjölkar Mansikka, håller kosvansen fastklämd med sin panna mot Mansikkas sida. Det sprutar ner i hinken. Kedjorna rasslar när kossorna böjer sig ner efter mer hö.

– Jaha, Pikku-piika, säger farmor medan händerna rytmiskt kramar kospenarna. Vart har du varit hela dagen?

– I skogen, svarar den lilla Rebecka.

Hon stoppar in några blåbär i farmors mun. Först nu känner hon hur hungrig hon är.

Torsten knackade på bilrutan.

Jag vill stanna här, tänkte Rebecka och förvånades av sin egen häftighet.

Tuvorna i skogen såg ut som kuddar. Klädda med blankt mörkgrönt tjockbladigt lingonris och spädgrönt blåbärsris som försiktigt börjat stöta i rött.

Kom och lägg dig, viskade skogen. Lägg ned ditt huvud och se hur vinden vaggar trädkronorna hit och dit.

En knackning på bilrutan igen. Hon nickade till hälsning åt den storvuxna pojken. Han stod kvar ute på trappan när hon klev in.

De två garagen i den tidigare verkstaden hade byggts om till matservering och bar. Lokalen bestod av sex bord i mörkbetsad lackad furu uppställda längs väggarna med plats för sju personer vid vardera ifall en satt på hörnet. Plastmattan i korallröd marmorimitation matchades av rosamålade vävtapeter med en målad schablon som löpte runt hela rummet, till och med tvärs över svängdörren till köket. Runt de utanpåliggande rosamålade vattenledningarna hade någon snurrat lianer av konstgjord murgröna i ett försök att piffa upp stämningen. Bakom den mörkbetsade baren till vänster i rummet stod en karl med blått förkläde och torkade glas som han ställde upp i en hylla där de fick trängas med barutbudet. Han hälsade när Rebecka klev in. Han hade mörkbrunt, kortansat skägg och ring i högra örat. Den svarta t-shirtens ärmar var uppkavlade ovanför de bulliga musklerna. Vid ett av borden satt tre karlar med en spånkorg med bröd framför sig och väntade på sin mat. Besticken inrullade i vinröda pappersservetter. Blickarna på fotbollen på TV:n. Nävarna i brödkorgen.

Arbetskepsarna i en hög på en av de lediga stolarna. De var klädda i mjuktvättade flanellskjortor utanpå t-shirts med reklamtryck och nötta halslinningar. En av dem hade blå arbetsbyxor med hängslen med någon företagslogo. De två andra hade knäppt upp sina blå arbetsoveraller och krängt av sig överdelen som hängde ner på golvet bakom dem.

En ensam kvinna i medelåldern doppade sitt bröd i en tallrik soppa. Hon log hastigt mot Rebecka och stoppade sedan snabbt in brödbiten i munnen innan den ramlade isär. Vid hennes fötter låg en svart labrador med vita ålderstrimmor på nosen och sov. Över stolen bredvid henne hängde en obeskrivligt nött barbierosa täckkappa. Håret var mycket kortklippt i en frisyr som snällast kunde beskrivas som praktisk.

– Kan jag hjälpa dig med något, frågade ringen i örat bakom bardisken.

Rebecka vände sig mot honom och hann inte mer än säga ja förrän svängdörren från köket slogs upp och en kvinna i tjugoårsåldern dundrade ut med tre tallrikar. Hennes långa hår var färgat randigt i blont, onaturligt rött och svart. Hon var piercad i ögonbrynet och hade två glimmande stenar i näsvingen.

Vilken vacker tjej, tänkte Rebecka.

– Ja? sa tjejen uppfordrande till Rebecka.

Hon väntade inte på svar utan ställde ner tallrikarna på de väntande männens bord. Rebecka hade varit på väg att fråga om de serverade mat, men det såg hon ju att de gjorde.

– Det står "rum" på skylten, hörde hon sig själv fråga istället, vad kostar det?

Ringen i örat såg förbryllad på henne.

– Mimmi, sa han. Hon frågar om rum.

Den randighåriga kvinnan vände sig mot Rebecka, torkade

händerna på förklädet och strök en svettblöt hårslinga från ansiktet.

– Vi har stugor, sa hon. Typ friggebodar. Det kostar 270 kronor natten.

Vad håller jag på med? tänkte Rebecka.

Och i nästa stund tänkte hon:

Jag vill stanna här. Bara jag.

– Okej, sa hon lågt. Jag kommer in om en stund med en man och äter middag. Om han också frågar efter rum, så säger du att du bara har plats för mig.

Mimmi fick ett veck mellan ögonbrynen.

– Varför skulle jag det? sa hon. Det är ju skitdålig business för oss.

– Inte alls. Om du säger att du har plats för honom också, så ångrar jag mig och då bor vi båda på Vinterpalatset inne i stan. Så: en nattgäst eller ingen.

– Har du svårt att freda dig mot snubben eller vad är det? flinade ringen i örat.

Rebecka ryckte på axlarna. De kunde tänka vad de ville. Och vad skulle hon säga?

Mimmi ryckte på axlarna tillbaka.

– Okej då, sa hon. Men ni ska äta bägge två? Eller ska vi säga att maten bara räcker till dig?

Torsten läste menyn. Rebecka satt mitt emot honom och betraktade honom. Hans runda kinder rosafärgade av lycka. Läsglasögonen fastklämda precis så långt ner som det var möjligt utan att täppa igen andningsvägarna. Håret rufsigt på ända. Mimmi stod böjd över hans axel och pekade i menyn samtidigt som hon läste högt. Som en lärarinna och ett skolbarn.

Han älskar det här, tänkte Rebecka.

Karlarna med sina grova armar och slidknivar hängade från bältet. Som hummade besvärat till svar när Torsten svepte in i sin grå kostym och hälsade glatt. Snygga Mimmi med sin stora byst och sin höga röst. Så långt från de tillmötesgående flickorna på Sturecompagniet som man kan komma. Redan tog små berättelser form i hans huvud.

– Du kan antingen ta dagens, sa Mimmi och pekade på en svart griffeltavla på väggen där det stod "Tjälknöl med svamp- och grönsaksrisotto". Eller så kan du ta ur frysen. Det som står där kan du få med potatis eller ris eller pasta, vilket du vill.

Hon pekade i menyn där ett antal rätter radade upp sig under rubriken "ur frysen": lasagne, köttbullar, blodpalt, pitepalt, renskav, suovas och kalops.

– Man kanske skulle prova blodpalt, sa han förtjust till Rebecka.

Dörren öppnades och den storvuxna grabben som kommit på flakmopeden kom in. Han blev stående innanför dörren. Hans väldiga kroppshydda var instoppad i en randig välstruken bomullsskjorta ordentligt knäppt ända upp i halsen. Han vågade inte riktigt se på de övriga bargästerna. Huvudet höll han snett åt sidan så att den stora hakan kom att peka ut genom det långsmala fönstret. Som om den visade på en flyktväg.

– Men Nalle! utbrast Mimmi och övergav Torstens matfunderingar. Vad fin du är!

Den stora pojken gav henne ett blygt leende och en hastig blick.

– Kom in här så får jag titta på dig! ropade kvinnan med hunden och sköt undan sopptallriken.

Nu såg Rebecka hur lika Mimmi och kvinnan med hunden var. De måste vara mor och dotter.

Hunden vid kvinnans fötter lyfte huvudet och slog två trötta slag med svansen. Sedan lade den ner huvudet och somnade igen.

Pojken kom fram till kvinnan med hunden. Hon slog ihop händerna.

– Vad du var stilig! sa hon. Grattis på födelsedagen! Vilken fin skjorta!

Nalle log smickrat och höjde hakan mot taket i en nästan komisk pose som fick Rebecka att tänka på Rudolf Valentino.

– Ny, sa han.

– Ja det är klart vi ser att den är ny, sa Mimmi.

– Ska du på dans Nalle, va? ropade en av karlarna. Mimmi, fixar du fem matlådor från frysen. Ta vad du vill.

Nalle pekade på sina byxor.

– Också, sa han.

Han lyfte sina armar och höll dem rakt ut från kroppen så att alla skulle se byxorna ordentligt. Det var ett par grå chinos som hölls uppe med ett militärskärp.

– Är de också nya? Jättefina! försäkrade de båda beundrande kvinnorna.

– Här, sa Mimmi och drog ut stolen mitt emot kvinnan med hunden. Din pappa har inte kommit än, men du kan väl sitta ner med Lisa och vänta.

– Tårta, sa Nalle och satte sig.

– Det är väl klart att du ska få tårta. Tror du jag har glömt, va? Efter maten!

Mimmis hand for ut och klappade honom hastigt över håret. Så försvann hon in i köket.

Rebecka lutade sig över bordet mot Torsten.

– Jag tänkte sova här i natt, sa hon. Du vet, jag är ju uppvuxen vid den här älven några mil uppströms, så jag fick lite nostalgikänsla. Men jag skjutsar upp dig till stan och hämtar dig i morgon.

– Inga problem, sa Torsten med äventyrsrosorna i full blom. Jag kan också stanna.

– Det är ju inte Hästens sängar de har i rummen skulle jag tro, försökte Rebecka.

Mimmi kom ut med fem aluminiumförpackningar under armen.

– Vi tänkte sova här i natt, sa Torsten till henne. Har ni några lediga rum?

– Sorry, svarade Mimmi. En stuga kvar. Med nittiosäng.

– Det är okej, sa Rebecka till Torsten. Jag skjutsar dig.

Han log mot henne. Under leendet och den välbetalda framgångsrika delägaren satt en tjock pojke som hon inte ville leka med och försökte se ut som om han inte brydde sig. Det stack i henne.

När Rebecka kom tillbaka från stan var det nästan helt mörkt. Skogen stod som en siluett mot den svartblå himlen. Hon parkerade bilen framför baren och låste. Utanför baren stod flera bilar parkerade. Inifrån hördes röster från storvuxna karlar, ljudet när de med styrka tryckte gafflar genom kött och stötte mot porslinet under, TV-apparaten som en grundton under alltihop, välbekanta reklamjinglar. Nalles flakmoppe stod fortfarande kvar utanför. Hon hoppades att han hade en bra födelsedag därinne.

Stugan som hon skulle sova i stod på andra sidan landsvägen i skogsbrynet. En liten lampa över dörren lyste upp siffran fem.

Jag är ifred, tänkte hon.

Hon gick fram till stugdörren, men vände plötsligt om och gick in några meter i skogen. Granarna stod stilla och såg upp mot stjärnorna som börjat tändas. Deras långa blågröna sammetsmantlar rörde sig försiktigt över mossan.

Rebecka lade sig ner på marken. Tallarna böjde ihop sina huvuden och viskade lugnande. Sommarens sista myggor och knott sjöng en illande kör och sökte sig mot de delar av henne som de kom åt. Det kunde hon bjuda på.

Hon lade inte märke till Mimmi som var ute och slängde sopor.

Mimmi kom in till Micke i köket.

– Okej, sa hon. Nu är det äkta wacko-varning.

Hon berättade att deras nattgäst hade lagt sig, men inte i stugan i sin säng, utan utanför på marken.

– Man undrar ju, sa Micke.

Mimmi himlade med ögonen.

– Snart kommer hon väl på att hon är schamansläkt eller häxa, flyttar ut i skogen, lagar örtbrygder över öppen eld och dansar runt en seite.

Gula Ben

DET ÄR PÅSKTID. Varghonan är tre år gammal när en människa för första gången ser henne. Det är i norra Karelen vid älven Vodla. Själv har hon sett människa många gånger. Hon känner igen deras stickande lukt. Och hon förstår vad de här männen håller på med just nu. De fiskar. När hon var en gänglig ettåring smög hon sig ofta ner till älven i skymningen och glupade i sig sånt som de tvåbenta lämnat efter sig, fiskrens, inälvor, mört och id.

Volodja lägger isnät med sin bror. Brodern har huggit fyra hål och de skall lägga tre nät. Volodja står på knä vid andra hålet redo att ta emot slanan som brodern skickar under isen. Händerna är blöta och värker av köld. Och han litar inte på isen. Hela tiden ser han till att ha skidorna i närheten. Om isen ger vika kan han lägga sig på mage på skidorna och dra sig in mot land. Alexander vill lägga nät just här för det är en bra plats. Här står fisken. Vattnet är strömt och Alexander har huggit med isbillen precis där det grunda stupar brant ner i den djupa älvfåran.

Men det är ett farligt ställe. Om vattnet stiger äter älven upp isen underifrån. Volodja vet. Isen kan vara tre handsbreddar ena dagen och två fingrar tjock andra.

Han har inget val. Han hälsar på sin broders familj nu under påsken. Alexander med hustru och två döttrar trängs på nedervåningen. Alexanders och Volodjas mor huserar på övervåningen. Alexander sitter fast med ansvaret för kvinnorna. Själv lever Volodja ett kringflackande liv för oljebolaget Transneft. Förra vintern var han i Sibirien. I höstas vid Viborgska viken. De senaste månaderna har han suttit ute i skogen vid Karelska näset. När brodern föreslog att de skulle ge sig ut och lägga nät kunde han inte säga nej. Skulle han ha nekat hade Alexander gett sig iväg ensam. Och imorgon kväll skulle Volodja suttit vid middagsbordet och ätit sik som han inte idats hjälpa till att näta.

Sådan är Alexanders vrede, den får honom att tvinga ut sig själv och sin yngre bror på den farliga isen. Nu när de är här verkar trycket över Alexanders hjärta lättas. Han är nästan småleende där han står med händerna blåstela i vaken. Kanske skulle den där hopbitna vreden mildras om han fick en son, tänker Volodja.

Och precis i detta ögonblick, i den flyktiga tanken till jungfrun att barnet i broderns hustrus mage skall vara en son, får han syn på vargen. Hon står i skogsbrynet på andra sidan och iakttar dem. Inte långt borta alls. Snedögd och långbent är hon. Pälsen är ullig och vintertjock. Långa grova silverstrån sticker upp ur det ulliga. Det känns som om deras blickar möts. Brodern ser inget. Han har ryggen mot henne. Hennes ben är verkligen mycket långa. Och gula. Hon ser ut som en drottning. Och Volodja står där på knä på isen inför henne som den bypojke han är med blöta handskar och skinnmössan med öronlappar på sned över det svettblöta håret.

Zjoltye nogi, säger han. Gula ben.

Fast bara inne i sitt huvud. Läpparna rör sig inte.

Han säger inget till brodern. Kanske skulle Alexander

74

plocka upp geväret som vilar mot ryggsäcken och slänga iväg ett skott.

Så tvingas han släppa henne med blicken och ta loss nätlinan från slanan. Och när han ser upp igen är hon borta.

När Gula Ben kommit trehundra meter in i skogen har hon redan glömt de två männen på isen. Hon skall aldrig tänka på dem igen. Efter två kilometer stannar hon och ylar. Hon får svar från de andra flockmedlemmarna, de är en knapp mil bort och hon sätter av i trav. Sådan är hon. Ger sig ofta iväg på egna utflykter.

Volodja minns henne under resten av sitt liv. Varje gång han återkommer till stället där han såg henne spanar han mot skogsbrynet. Tre år senare träffar han kvinnan som blir hans hustru.

När hon för första gången vilar på hans arm berättar han om vargen med de gula långa benen.

Onsda

MÖTET ANGÅENDE MEDVERKAN i en juridisk och ekonomisk paraplyorganisation hölls i kyrkoherde Bertil Stenssons hem. Närvarande var Torsten Karlsson, delägare i Meijer & Ditzinger advokatbyrå, Stockholm, Rebecka Martinsson, advokat från samma byrå, kyrkoherdarna för Jukkasjärvi, Vittangi och Karesuando församlingar, ordförandena i kyrkoråden, ordföranden i samfällda kyrkorådet och kontraktsprosten Stefan Wikström. Rebecka Martinsson var den enda närvarande kvinnan. Mötet hade börjat klockan åtta. Nu var den kvart i tio. Klockan tio skulle det serveras kaffe som avslutning.

Kyrkoherdens matrum fick fungera som tillfällig konferenslokal. Septembersolen lyste in genom de munblåsta, ojämna glasen i de stora spröjsade fönstrena. Sparringhyllor med böcker räckte ända upp till taket. Det fanns inga prydnadssaker eller blommor någonstans. Istället var fönsterbrädorna fyllda av stenar, vissa mjuka runda och lena andra skrovliga svarta med gnistrande röda granatögon. Ovanpå stenarna låg märkligt vridna grenar. På gräsmattorna och grusgången utanför låg drivor av gula prassliga löv och nedfallna rönnbär.

Rebecka satt bredvid kyrkoherde Bertil Stensson. Hon sneglade på honom. Han var en man i ungdomlig sextioårsålder. Mysfarbror med buspojkshår i ljust silver. Solbränna och ett varmt leende.

Yrkesleende, tänkte hon. Det hade varit nästan komiskt att se honom och Torsten stå och le med varandra. Man hade kunnat tro att de var bröder, eller gamla barndomsvänner. Kyrkoherden hade skakat Torstens hand och samtidigt gripit tag om Torstens överarm med sin vänstra hand. Torsten hade visat sig charmerad. Lett och dragit handen genom håret.

Hon undrade om det var kyrkoherden som burit hem stenarna och trädgrenarna. Annars brukade det ju vara kvinnor som pysslade med sånt. Som gick på promenader efter havet och samlade på sig släta stenar tills koftorna släpade i backen.

Torsten hade använt sina två timmar väl. Snabbt hade han krängt av sig kavajen och blivit lagom personlig i tilltalet. Underhållande utan att bli oseriös och slarvig. Han hade serverat hela paketet som en treärrttersmiddag. Till fördrink hade han hällt i dem lite smicker, sådant som de redan visste. Att de var en av landets rikaste samfälligheter. Och vackraste. Förrätten bestod av små exempel på områden där kyrkan behövde juridisk kompetens, vilket var i stort sett alla, civilrätt, associationsrätt, arbetsrätt, skatterätt... Till huvudrätten hade han serverat hårda fakta, siffror och kalkyler. Visat att det skulle bli billigare och bättre att ingå avtal med firman, få tillgång till byråns samlade kompetens inom juridik och ekonomi. Samtidigt hade han öppet redovisat nackdelarna, som vägde lätt, men ändå, och därigenom gett ett trovärdigt och ärligt intryck. Det var ingen dammsugarförsäljare de hade framför sig. Nu höll han som bäst på med att skeda i dem efterrätten. Han drog ett sista exempel på vad man hade hjälpt en annan församling med.

Kyrkogårdsförvaltningen i den församlingen hade kostat

enorma summor. Många kyrkor och andra byggnader som måste underhållas, många gräsmattor som måste klippas, gravar grävas, gångar krattas och mossa skrapas bort från stenarna, vad visste han, men sådant kostade pengar. Mycket pengar. I den här församlingen hade man haft ett antal ALU-anställningar, eller vad det hette, arbetskraft som sponsras av staten genom arbetsförmedlingen. Hur som helst, församlingen hade inte så stora lönekostnader för de här personerna, så då gjorde det ju ingenting att de anställda kanske inte gjorde så många knop. Men sedan hade anställningarna övergått till tillsvidareanställningar inom kyrkan. Nu skulle kyrkan betala hela lönekostnaden. Många anställda, och flertalet av dem jobbade inte ihjäl sig, om han fick uttrycka sig så. Så man anställde fler, men arbetskulturen hade nu blivit sådan att den inte tillät att folk kom in och kavlade upp ärmarna. Då blev man nästan utfryst. Det var alltså svårt att få saker gjorda. Det förekom till och med att några anställda lyckades ha ett heltidsarbete vid sidan av sin heltidsanställning i kyrkan. Och nu var man plötsligt skild från staten, församlingen var autonom och skulle på ett helt nytt sätt ta ansvar för ekonomin. Lösningen hade bestått i att man hjälpt församlingen att lägga ut kyrkogårdsförvaltningen på entreprenad. Precis som många kommuner gjort under de senaste femton åren.

Torsten nämnde besparingssiffrorna i rena kronor och ören per år. De närvarande utbytte blickar med varandra.

Mitt i prick, tänkte Rebecka.

– Och då, fortsatte Torsten, då har jag ändå inte räknat med den besparing som det är för kyrkan med färre anställda att ha arbetsgivaransvar för. Förutom mer klirr i kassan, så får man mer tid över för kyrkans kärnverksamhet, att på olika sätt tillgodose församlingsmedlemmarnas andliga behov. Det är inte meningen att kyrkoherdar ska vara administratörer, men ofta sitter de fast i sånt.

Kyrkoherde Bertil Stensson sköt ett papper åt sidan framför Rebecka.

"Ni har verkligen gett oss en del att tänka på", stod det.

Jaha? tänkte Rebecka.

Vad ville han? Skulle de sitta och skriva till varandra som två småungar i skolan som har hemligheter för fröken. Hon log och nickade lätt.

Torsten avslutade, svarade på några frågor.

Bertil Stensson reste sig och förkunnade att kaffe skulle serveras ute i solen.

– Vi som bor häruppe får passa på, sa han. Det är inte ofta vi får nöta på utemöblerna.

Han gjorde en fösande gest mot gården och medan folk drog sig ut svepte han med sig Torsten och Rebecka till vardagsrummet. Torsten måste titta på hans målning av Lars Levi Sunna. Rebecka Martinsson lade märke till att kyrkoherden gav Stefan Wikström en blick som betydde: vänta utanför med de andra.

– Jag anser att det här är precis vad våra församlingar behöver, sa kyrkoherden till Torsten. Fast jag skulle behöva er nu, inte om ett år när allt det här kan bli verklighet.

Torsten begrundade tavlan. Den föreställde en mildögd vaja som gav di åt sin kalv. Genom den öppna halldörren såg Rebecka en kvinna som dykt upp från ingenstans bära ut en bricka med termosar och klirrande kaffekoppar.

– Vi har ju haft en mycket svår tid i församlingen, fortsatte kyrkoherden, jag antar att ni hört talas om mordet på Mildred Nilsson.

Torsten och Rebecka nickade.

– Jag måste tillsätta hennes tjänst, sa kyrkoherden. Och det är väl ingen hemlighet att hon och Stefan inte drog jämt. Stefan är emot kvinnliga präster. Jag delar inte hans uppfattning, men jag måste respektera den. Och Mildred var vår främsta lokalfeminist om jag får uttrycka mig så. Det var ingen enkel sits att vara chef för dem. Jag vet att det finns en meriterad kvinna som kommer att söka tjänsten när jag lyser ut den. Jag har inget emot henne, tvärtom. Men för arbetsrons och husfridens skull vill jag tillsätta tjänsten med en man.

– Mindre meriterad? frågade Torsten.

– Ja. Är det möjligt?

Torsten tog sig runt hakan utan att ta blicken från tavlan.

– Visst, sa han lugnt. Men stämmer den kvinnliga sökanden som du har förbigått så blir du skadeståndsskyldig.

– Och måste anställa henne?

– Nej, nej. Har tjänsten väl gått till den andre kan man inte ta jobbet ifrån honom. Jag kan ta reda på hur stora skadestånd som dömts ut i sådana mål. Det gör jag gratis.

– Han menar väl att det är du som får göra det gratis, sa kyrkoherden till Rebecka med ett skratt.

Rebecka log artigt. Kyrkoherden vände sig mot Torsten igen.

– Det skulle jag uppskatta, sa han allvarligt. Sedan är det en annan sak. Eller två.

– Skjut, sa Torsten.

– Mildred startade en stiftelse. Vi har en varghona som hon kände starkt för i skogarna runt Kiruna. Stiftelsen skulle stödja arbetet att med hålla den vid liv. Ersättning till samer, helikopterbevakning i samarbete med Naturvårdsverket...

– Ja?

– Kanske är stiftelsen inte så förankrad i församlingen som

hon hade önskat. Inte så att vi är motståndare till att ha varg, men vi vill hålla en opolitisk profil. Alla, både varghatare och vargälskare, skall kunna känna sig hemma i kyrkan.

Rebecka såg ut genom fönstret. Därute stod ordföranden i samfälligheten och kikade nyfiket in på dem. Han höll kaffefatet som ett droppskydd under hakan när han drack ur koppen. Skjortan han hade på sig var ohygglig. En gång hade den troligen varit beige, men så måste den ha tvättats med en blå socka.

Tur att han hittade en slips i Ullared som passade till, tänkte Rebecka.

– Vi vill lösa upp fonden och använda medlen till annan verksamhet som passar bättre i kyrkan, sa kyrkoherden.

Torsten lovade honom att vidarebefordra frågan till någon som kunde associationsrätt.

– Och så har vi en känslig fråga. Mildred Nilssons man bor kvar i prästgården i Poikkijärvi. Det känns ju fruktansvärt att driva honom från hus och hem, men... ja, prästgården behövs ju för annat.

– Jamen, det kan ju inte vara något bekymmer, sa Torsten. Rebecka, du skulle ju stanna här ett tag, du kan väl titta på hyresavtalet och prata med... vad heter mannen?

– Erik. Erik Nilsson.

– Om det är okej? sa Torsten till Rebecka. Annars kan jag titta på det. Det är ju en tjänstebostad, så i värsta fall får vi ta kronofogden till hjälp.

Kyrkoherden gjorde en liten grimas.

– Och om det går så långt, sa Torsten lugnt, så är det bra att ha en förbannad advokat att skylla på.

– Jag fixar det, sa Rebecka.

– Erik har Mildreds nycklar, sa kyrkoherden till Rebecka.

Alltså kyrkonycklarna. Dem vill jag ha tillbaka.

– Ja, sa hon.

– Bland annat nyckeln till hennes värdeskåp på pastorsexpeditionen. Den ser ut så här.

Han drog upp en nyckelknippa ur fickan och visade fram en nyckel för Rebecka.

– Ett värdeskåp, sa Torsten.

– För pengar, anteckningar från själavårdssamtal och, ja, sådant som man inte vill bli av med, sa kyrkoherden. En präst är ju sällan på kontoret och det passerar mycket folk på församlingshemmet.

Torsten kunde inte stå emot impulsen att fråga.

– Det är inte polisen som har den?

– Nej, sa kyrkoherden lätt, de har inte frågat efter den. Titta, nu tar Bengt Grape en fjärde bit av smörgåstårtan. Kom, annars blir vi utan.

Rebecka körde Torsten till flygplatsen. Brittsommarsol över de gulfläckiga fjällbjörkarna.

Torsten såg på henne från sidan. Han undrade om det hade varit något på gång mellan henne och Måns. Nu var hon i alla fall sur. Axlarna uppe vid öronen, munnen som ett streck.

– Hur länge blir du kvar häruppe då? frågade han.

– Vet inte, svarade hon svävande. Över helgen.

– Så jag vet vad jag ska säga till Måns när jag har tappat bort hans medarbetare.

– Han lär inte fråga, sa hon.

Det blev tyst mellan dem. Till slut kunde Rebecka inte hålla sig.

– Polisen vet ju så klart inte om att det där jävla värdeskåpet existerar, utbrast hon.

Torstens röst blev överdrivet tålmodig.

– De har väl missat det, sa han. Men vi ska inte göra deras jobb. Vi ska göra vårt jobb.

– Hon är mördad, sa Rebecka lågt.

– Vårt jobb är att lösa klientens problem så länge det inte är olagligt. Det är inte olagligt att skaffa tillbaka kyrkans nycklar.

– Nej. Och så hjälper vi dem att räkna på hur mycket det eventuellt kommer att kosta att könsdiskriminera, så att de kan bygga upp sin gubbklubb.

Torsten såg ut genom sidofönstret.

– Och jag måste vräka hennes man, fortsatte Rebecka.

– Jag sa att du inte behövde.

Äh lägg av, tänkte Rebecka. Du gav mig inget val. Annars hade du fått kronofogden att skaka ut honom ur huset.

Hon ökade farten.

Pengarna kommer först, tänkte hon. Det är viktigast.

– Ibland vill jag kräkas, sa hon trött.

– Ingår i jobbet ibland, sa Torsten. Det är bara att torka skorna och gå vidare.

POLISINSPEKTÖR ANNA-MARIA MELLA körde upp mot Lisa Stöckels hus. Lisa Stöckel var ordförande i kvinnonätverket Magdalena. Hennes hus låg ensamt uppe på en ås bortanför Poikkijärvi kapell. Bakom huset störtade åsen ner i stora grustag och på andra sidan åsen löpte älven.

Huset hade från början varit en enkel brun sportstuga byggd på sextiotalet. Senare hade den byggts ut och försetts med vita snirkliga fönsterfoder och ett överdåd av vit snickarglädje på förstubron. Nu såg det ut som en brun skokartong utklädd till pepparkakshus. Intill huset fanns en avlång fallfärdig, faluröd träbyggnad med plåttak. Ett enda spröjsat fönster med enkelglas. Vedbod, förråd och gammal ladugård, gissade Anna-Maria. Här måste ha funnits ett annat boningshus tidigare. Och så rev man det och byggde sportstugan. Lät ladugårdslängan stå kvar.

Hon körde mycket långsamt in på gården. Framför bilen sprang tre hundar kors och tvärs och skällde. Några hönor flaxade till och tog skydd i en vinbärsbuske. Vid grindstolpen stod en katt stel av koncentration beredd till språng framför ett sorkhål. Endast en irriterad piskning med svansen avslöjade att den hade noterat den bullriga Ford Escorten.

Anna-Maria parkerade framför huset. Genom sidorutan såg hon ner i gapen på hundarna som hoppade mot bildörren. Svansarna gick visserligen fram och tillbaka, men ändå. En av dem var otroligt stor. Dessutom var den svart. Hon stannade motorn.

En kvinna kom ut från huset och ställde sig på förstubron. Hon hade en barbierosa obeskrivligt ful täckkappa på sig. Hon ropade på hundarna.

– Hit!

Genast lämnade hundarna bilen och stormade upp på bron. Kvinnan i täckkappan platsade dem och kom fram till bilen. Anna-Maria klev ur och presenterade sig.

Lisa Stöckel var i femtioårsåldern. Hon var omålad. Ansiktet var solbränt efter sommaren. Runt ögonen hade hon vita strimmor efter kisande mot solen. Håret var mycket kortklippt, en millimeter kortare så skulle det stå ut från huvudet som en rotborste.

Snygg, tänkte Anna-Maria. Som en cowboy-tjej. Om man kunde tänka sig en cowboy-tjej i den där rosa täckkappan.

Kappan var verkligen anskrämlig. Den var täckt av djurhår och ur små hål och revor trängde vita tussar av stoppningen ut.

Och tjej och tjej. Visserligen kände Anna-Maria damer i femtioårsåldern som hade tjejmiddagar och skulle fortsätta vara tjejer tills de gick i graven, men Lisa Stöckel var ingen tjej. Det var något i hennes ögon som ingav Anna-Maria en känsla av att hon kanske aldrig varit tjej, inte ens när hon var liten flicka.

Och så fanns det en nästan omärklig linje som löpte på ögats undersida från ögonvrån längs ögat och ner mot kindbenet. En mörk skugga innanför ögonvråna.

Smärta, tänkte Anna-Maria. I kroppen eller i själen.

De gick tillsammans upp mot huset. Hundarna låg på förstubron och gnydde ivrigt om att få resa sig och hälsa på främlingen.

– Stanna, kommenderade Lisa Stöckel.

Det var menat till hundarna, men Anna-Maria Mella lydde också.

– Är du rädd för hundar?

– Nej, inte om jag vet att de är snälla, svarade Anna-Maria och tittade på den stora svarta.

Den långa skära tungan som en slips ur käften. Tassar som ett lejon.

– Okej, det ligger en i köket också, men hon är snäll som ett lamm. Det är de här också, de är bara ett gäng bykillar utan hyfs. Gå in du.

Hon öppnade dörren för Anna-Maria som slank in i hallen.

– Era förbannade ligister, sa Lisa Stöckel kärleksfullt till hundarna. Sen lyfte hon armen och ropade:

– Iväg!

Hundarna störtade upp, deras klor gjorde långa märken i träet när de accelererade, de tog trappen nerför förstubron i ett enda lyckligt hopp och for iväg över gårdsplanen.

Anna-Maria stod inne i den trånga hallen och såg sig omkring. Halva golvet upptogs av två hundbäddar. Där stod också en stor rostfri vattenskål, gummistövlar, kängor, gympaskor och praktiska skor i goretex. Det fanns knappt plats för både henne och Lisa Stöckel samtidigt. Väggarna var belamrade med krokar och hyllor. Där hängde flera hundkoppel, arbetshandskar, rejäla mössor och vantar, blåställ och annat. Anna-Maria undrade var hon skulle hänga sin jacka, alla krokar var fullhängda, galgarna likaså.

– Häng jackan över stolen i köket, sa Lisa Stöckel. Annars

blir den så hårig. Nej, ta för allt i världen inte av dig skorna.

Från hallen ledde en dörr in till ett vardagsrum och en till köket. I vardagsrummet stod flera banankartonger fyllda med böcker. Böcker stod i staplar på golvet. Bokhyllan i något mörkt trä med inbyggt vitrinskåp i färgat glas stod dammig och tom på den ena kortväggen.

– Ska du flytta, frågade Anna-Maria.

– Nej, jag bara… Man samlar på sig så mycket bråte. Och böckerna, de samlar ju bara damm.

Köket var möblerat med en tung möbelgrupp i gulnad lackad furu. I en kökssoffa i allmoge låg en svart labrador retriever och sov. Hon vaknade när de båda kvinnorna klev in i köket och dunkade med svansen mot bädden till hälsning. Sedan lade hon ner huvudet igen och somnade.

Lisa presenterade hunden som Majken.

– Du kan väl berätta hur hon var, sa Anna-Maria när de satt sig ner. Jag vet att ni jobbade tillsammans med det här kvinnonätverket Magdalena.

– Jag har ju berättat för han… en ganska stor karl med sån här mustasch.

Lisa Stöckel måttade med handen ett par decimeter framför överläppen. Anna-Maria log.

– Sven-Erik Stålnacke.

– Ja.

– Kan du berätta igen?

– Var ska jag börja?

– Hur lärde ni känna varandra?

Anna-Maria Mella gav akt på Lisa Stöckels ansikte. När folk backade i minnet på jakt efter en viss händelse sänkte de ofta vaksamheten. Förutsatt att det inte var en händelse som de tänkte ljuga om förstås. Ibland glömde de för en stund bort personen som satt framför dem. Genom Lisa Stöckels ansikte drog ett sekundsnabbt snett leende. För ett ögonblick något som mjuknade. Hon hade tyckt om prästen.

– För sex år sedan. Hon hade precis flyttat in i prästgården. Och till hösten skulle hon ansvara för konfirmationsundervisningen för ungdomarna här och i Jukkasjärvi. Och hon satte igång som en jakthund. Letade upp alla föräldrar till de barn som inte anmält sig. Presenterade sig och pratade om varför hon tyckte att konfirmationsundervisningen var så viktig.

– Varför var den viktig? frågade Anna-Maria som inte tyckt att den hade gett ett skit då för hundra år sedan när hon själv hade läst.

– Mildred tyckte att kyrkan skulle vara en mötesplats. Hon brydde sig inte så mycket om folk trodde eller inte, det var mellan dem och gud. Men om hon kunde få dem till kyrkan vid dop, konfirmation och vigslar och stora högtider, så att folk kunde träffas och så att de kände sig hemma nog i kyrkan för att vända sig dit om livet blev svårt att leva någon gång så… Och när folk sa att "men han tror ju inte, det känns ju fel om han bara läser för att få presenter" så sa hon att det var väl finfint att få presenter, det var inga ungdomar som gillade att läsa, varken i skolan eller kyrkan men det hörde till allmänbildningen att veta varför vi firar jul, påsk, pingst och Kristi himmelsfärd och kunna räkna upp evangelisterna.

– Så du hade en pojke eller flicka som…

– Nej, nej. Eller jo, jag har en flicka, men hon hade konfirmerats för flera år sedan då. Hon jobbar nere på krogen här i byn. Nej, det gällde min kusins pojke, Nalle. Han är utvecklingsstörd och Lars-Gunnar ville inte att han skulle konfirmeras. Så hon kom för att prata om honom. Vill du ha kaffe?

Anna-Maria tackade ja.

– Hon verkade ha retat upp folk, sa hon.

Lisa Stöckel ryckte på axlarna.

– Hon var bara så... rakt på hela tiden. Hade liksom bara framåt i växellådan.

– Hur menar du? frågade Anna-Maria.

– Jag menar att hon aldrig krusidullade till saker och ting. Det fanns inget utrymme för diplomati eller finlir. Hon tyckte att något var fel och då gick hon liksom bara rätt på.

Som när hon fick hela vaktmästarlaget emot sig, tänkte Lisa.

Hon blinkade. Men bilden i huvudet försvann inte så lätt. Först var det två citronfjärilar som dansade runt varandra över doftande sandtrav. Sedan hängbjörkens grenar som svepte försiktigt fram och tillbaka i brisen från den lugna sommarälven. Och så Mildreds rygg. Hennes militäriska marsch mellan gravstenarna. Tramp, tramp, tramp över gruset.

Lisa småspringer efter Mildred nerför gången på Poikkijärvi kyrkogård. Längst bort sitter vaktmästarteamet och har fika- paus. De pausar mycket, mest hela tiden. Jobbar när kyrko- herden tittar på. Men det finns ingen som vågar ställa krav på dem. Får man det här gänget emot sig så få man stå i en jord- hög och hålla begravningsakt. Eller överrösta en motorgräs- klippare två meter bort. Predika i iskalla kyrkor på vintern. Kyrkoherden den jävla mesen gör inte ett skit. Han har ingen anledning, de vet bättre än att jäklas med honom.

– Bråka inte om det här nu, försöker Lisa.

– Jag ska inte bråka, säger Mildred.

Och hon menar det verkligen.

Mankan Kyrö får syn på dem först. Han är gruppens informelle ledare. Fastighetschefen bryr sig inte. Mankan bestämmer. Det är honom Mildred inte skall bråka med.

Hon går rakt på sak. De andra hör på med intresse.

– Barngraven, säger hon, har ni grävt den ännu?

– Vad menar du? säger Mankan slött.

– Jag pratade precis med föräldrarna. De berättade att de valt ut platsen med utsikt mot älven vid norra delen däruppe, men att du hade avrått dem.

Mankan Kyrö svarar inte. Istället spottar han en stor loska i gräset och gräver i sin bakficka efter snusdosan.

– Du sa till dem att hängbjörkens rötter skulle växa igenom kistan och rakt igenom bäbisens kropp, fortsatte Mildred.

– Skulle de inte det då?

– Det händer var man än gräver ner en kista och det vet du. Du ville bara inte gräva däruppe under björken för att det är stenigt och finns så mycket rötter. Det var för jobbigt helt enkelt. För mig är det ofattbart att du satte din egen bekvämlighet så högt att du tyckte att det var okej att plantera sådana där bilder i deras huvuden.

Under hela tiden har hon inte höjt rösten. Gänget runt Mankan ser ner i backen. De skäms. Och de hatar den där prästen som får dem att skämmas.

– Jaha, vad vill du att jag ska göra då? frågar Mankan Kyrö. Nu har vi grävt en grav – på ett bättre ställe om du frågar mig – men vi kanske ska tvinga dem att begrava sitt barn där du vill.

– Nejdå. Nu är det för sent, du har avskräckt dem. Jag vill bara att du ska veta att om något sånt här händer igen…

Nu ler han nästan. Ska hon hota honom?

– … så prövar du min kärlek till dig för hårt, avslutar hon och går därifrån.

Lisa springer efter. Snabbt så att hon skall slippa höra kommentarerna i ryggen. Hon kan föreställa sig. Om prästens karl gav henne det hon behövde i sängen så skulle hon kanske lugna ner sig.

– Så vilka retade hon upp? frågade Anna-Maria.

Lisa ryckte på axlarna och knäppte igång kaffebryggaren.

– Var ska jag börja? Rektorn för skolan i Jukkasjärvi för att hon ställde krav på att han skulle ta itu med mobbning, tanterna från soc. för att hon blandade sig i deras verksamhet.

– Vadå?

– Tja, prästgården var alltid bebodd av kvinnor med barn som hade lämnat sina karlar…

– Hon hade startat någon stiftelse för den där vargen, sa Anna-Maria. Det var ju en rejäl debatt om det där.

– Mmm, jag har inget bröd och ingen mjölk, du får ta det svart.

Lisa Stöckel satte ner en kantstött mugg med reklamtryck framför Anna-Maria.

– Kyrkoherden och en del av de andra prästerna tålde henne inte heller.

– Varför det?

– Tja på grund av oss, kvinnorna i Magdalena, bland annat. Vi är nästan tvåhundra personer i nätverket. Och det var en mängd personer som gillade henne utan att vara medlemmar, många män faktiskt även om folk säkert har sagt motsatsen. Vi studerade bibeln med henne. Besökte de gudstjänster där hon predikade. Och jobbade praktiskt.

– Med vadå?

– En massa saker. Matlaget till exempel. Vi funderade över

vad man konkret kunde göra för ensamstående mammor. De tyckte att det var jobbigt att de alltid var så isolerade med barnen och att all tid gick åt till praktiska saker. Jobba, handla, städa, laga mat och sen var det bara TV. Så vi har gemensam middag i församlingshemmet inne i stan måndag till onsdag och härute i prästgården torsdag till fredag. Man har arbetsplikt ibland, betalar tjugo kronor för en vuxen och femton per barn. Mammorna slipper handla och laga mat några gånger i veckan. Ibland passar de varandras barn, så de kan åka och träna eller bara gå på stan ifred. Mildred var mycket för praktiska lösningar.

Lisa skrattade till och fortsatte:

– Det var livsfarligt att säga till henne att något var på tok i samhället eller så. Hon högg som en gädda, "vad kan vi göra?". Innan man visste ordet av fick man jobba. Nätverket Magdalena var ett järngäng, vilken präst skulle inte velat ha ett sådant omkring sig?

– Så de andra prästerna var avundsjuka?

Lisa ryckte på axlarna.

– Du sa att Magdalena var ett järngäng. Finns ni inte längre?

Lisa såg ner i bordet.

– Jodå.

Anna-Maria väntade på att hon skulle säga något mer, men Lisa Stöckel var envist tyst.

– Vem stod henne nära? frågade Anna-Maria.

– Vi i Magdalenas styrelse antar jag.

– Hennes man?

En rörelse av ögats iris, Anna-Maria uppfattade den. Det fanns något där.

Lisa Stöckel, det är något du inte berättar, tänkte hon.

– Såklart, svarade Lisa Stöckel.

– Var hon hotad eller rädd?

– Hon hade förmodligen någon tumör eller nåt som tryckte på den delen av hjärnan där rädslan sitter... Nej, hon var inte rädd. Och hotad, inte mer nu på senare tid än annars, det fanns ju alltid någon som behövde skära sönder däcken till hennes bil eller krossa hennes rutor...

Lisa Stöckel gav Anna-Maria en ilsken blick.

– Hon slutade anmäla till polisen för länge sedan. Mycket besvär för ingenting, det går ju aldrig att bevisa något även om man vet precis vem det är.

– Men du kanske kan ge mig några namn, sa Anna-Maria.

En kvart senare satte sig Anna-Maria Mella i sin Ford Escort och körde iväg.

Varför gör man sig av med alla sina böcker? tänkte hon.

Lisa Stöckel stod i köksfönstret och såg Anna-Marias bil försvinna nerför backen i en oljig rök. Sedan satte hon sig i kökssoffan bredvid den sovande labradoren. Hon strök hunden över halsen och bröstet på samma sätt som en tik slickar sina valpar för att få dem lugna. Hunden vaknade och dunkade några tillgivna slag med svansen.

– Vad är det med dig Majken? frågade Lisa. Du reser dig inte ens och hälsar på folk längre.

Stämbanden knöt sig i en värkande knut. Det blev hett under ögonlocken. Det var tårar som fanns där innanför. De skulle inte ut.

Hon måste ha helvetiskt ont, tänkte hon.

Hon reste sig hastigt.

Åh gud, Mildred! tänkte hon. Förlåt mig. Snälla förlåt. Jag... försöker göra det rätta, men jag är rädd.

Hon måste få lite luft, mådde plötsligt illa. Hon hann ut på förstubron och kräktes en liten hög.

Hundarna var genast där. Om hon inte ville ha det själv kunde de tänka sig att ta hand om det. Hon motade undan dem med foten.

Den där jävla polisen. Hon klev rakt in i hennes huvud och öppnade det som en bilderbok. Mildred på varenda sida. Hon orkade inte se de där bilderna längre. Som första gången för sex år sedan. Hon mindes hur hon stod vid kaninburarna. Det var matdags. Kaniner, vita, grå, svarta, fläckiga, reste sig på bakbenen och tryckte sina små nosar genom hönsnätet. Hon fördelade pellets och skrynkliga bitar av morötter och andra rotsaker i små terrakottafat. Kände en liten sorg i hjärtat för att kaninerna snart skulle bli gryta nere på krogen.

Så står hon bakom henne, prästen som flyttat in i prästgården. De har inte träffats tidigare. Lisa har inte hört henne komma. Mildred Nilsson är en liten kvinna i hennes egen ålder. Någonstans runt femtio. Hon har ett blekt litet ansikte. Håret är långt och mörkbrunt. Många gånger kommer Lisa att höra folk kalla henne oansenlig. Säga: "Inte är hon vacker men…" Lisa kommer aldrig att förstå det.

Det händer något inuti henne när hon fattar tag om den där smala handen som sträcks ut mot henne. Hon måste säga till sin egen hand att släppa taget. Prästen pratar. Till och med munnen är liten. Smala läppar. Som ett rött litet lingon. Och medan lingonmunnen pratar och pratar sjunger ögonen en vacker visa. Om något helt annat.

För första gången på – ja, hon kan inte minnas när – är Lisa rädd att sanningen ska synas på hennes utsida. Hon skulle behöva en spegel att kontrollera i. Hon som bevarat hemligheter i hela sitt liv. Som vet sanningen om att vara den vackraste flickan i byn. Nog har hon berättat om hur det var att ständigt höra "kolla hyllorna", hur det fick henne att kura ihop sig och få dålig rygg. Men det finns andra saker, tusen hemligheter.

Pappas kusin Bengt när hon var tretton. Han har huggit tag i hennes hår och virat det runt handen. Det känns som om hela hårbotten skall lossna. "Håll käften", säger han i hennes öra. Han har tvingat in henne på toaletten. Dunkar in hennes panna mot kakelväggen så att hon skall fatta att han menar allvar. Med andra handen knäpper han upp hennes jeans. Familjen sitter nere i vardagsrummet.

Hon höll käften. Hon sa aldrig något. Klippte av sig håret.

Eller sista gången hon drack sprit i sitt liv, midsommaraftonen 1965. Hon var nästan redlös. Och de var tre pojkar inifrån stan. Två av dem bor kvar i Kiruna, det var inte länge sedan hon sprang på en av dem på ICA Kupolen. Men minnet har hon släppt som en sten i en brunn, det är som om hon drömt det för länge sedan.

Och här finns åren med Tommy. Den gången han hade suttit och supit med sina kusiner från Lannavaara. Det var sent i september. Mimmi kan inte ha varit mer än tre, fyra år. Isen hade inte lagt sig. Och de hade gett honom ett gammalt ljuster. Helt värdelöst, han fattade aldrig att de bara drev med honom hela tiden. Framemot morgonen hade han ringt efter skjuts. Hon hade hämtat honom med bilen, försökt få honom att lämna ljustret där, men han hade lyckats krångla in det i kupén. Satt med sidorutan nervevad och lät det sticka ut. Skrattade och stötte ut mot mörkret.

När de kom fram bestämde han att de skulle ut och ljustra. Det var två timmar innan det skulle ljusna. Hon måste med, sa han. Ro och hålla i ficklampan. Flickan sover, sa hon. Just det, sa han. Hon skulle sova mer än två timmar till. Hon försökte få honom att ta på flytväst, vattnet var ju iskallt. Men han vägrade.

– Fy fan vad präktig du har blivit, sa han. Man är fan gift med duktiga Annika.

Det där med duktiga Annika tyckte han var roligt. Ute på vattnet upprepade han det halvhögt för sig själv ibland. "Duktiga Annika", "Styr upp lite mer mot udden, Annika".

Så föll han i vattnet. Plopp, sa det och någon sekund senare klöste han mot relingen efter något att hålla sig i. Iskallt vatten, mörk natt. Han skrek inte eller så. Andades och frustade av ansträngningen.

Åh, den där sekunden. När hon allvarligt funderade på hur hon skulle göra. Bara ta ett litet årtag bort från honom. Låta båten glida precis utom räckhåll. Med all den där spriten i kroppen. Hur lång tid skulle det ta? Fem minuter kanske.

Sedan drog hon upp honom. Det var inte lätt, hon föll nästan själv i vattnet. Ljustret hittade de inte. Kanske sjönk det. Kanske flöt det iväg i mörkret. Sur var han över det i alla fall. Förbannad på henne också, fast det var tack vare henne han levde. Hon kunde känna hur sugen han var på att klappa till henne.

Aldrig berättade hon för någon om den där kalla lusten att se honom dö. Drunkna som en kattunge i en påse.

Och nu står hon här med den nya prästen. Hon känner sig alldeles konstig inuti. Prästens ögon har klättrat in i henne.

Ännu en hemlighet att släppa ner i brunnen. Den faller ner. Ligger där och glimmar som ett smycke bland allt skräp och bråte.

DET VAR SNART tre månader sedan hans hustru hittades mördad. Erik Nilsson klev ur sin Skoda utanför prästgården. Varmt fortfarande, trots att de kommit in i september. Himlen illande blå och helt molnfri. Ljuset genom luften som skarpslipade knivar.

Han hade varit och hälsat på sitt jobb. Det hade känts bra att träffa kollegorna. De var ju som en extra familj. Snart skulle han gå tillbaka. Att få tänka på annat.

Han såg på utomhuskrukorna som stod uppradade på trappstegen och förstubron. Förtorkade blommor hängde över kanten. Han tänkte vagt att han måste ta in krukorna. Innan man visste ordet av skulle gräset vara krispigt av frost och så skulle de sprängas i kylan.

Han hade handlat på vägen. Låste upp, tog tag i matkassarna och tryckte ner dörrhandtaget med armbågen.

– Mildred! ropade han när han kommit innanför dörren.

Så blev han stående. Det var knäpptyst. Huset var tvåhundraåttio kvadratmeter tystnad. Hela världen höll sin mun. Huset svävade som en tom farkost genom ett tyst bländljust universum. Det enda som hördes var jorden som knirrande vred sig runt sin axel. Varför i hela världen ropade han på henne?

När hon levde hade han alltid vetat om hon var hemma

eller inte. Så fort han klev innanför dörren. Inget konstigt med det, brukade han säga. Spädbarn kunde ju känna lukten av sin mamma även om hon var i ett annat rum. Man förlorade inte förmågan som vuxen. Den omfattades bara inte av vår medvetenhet. Så man pratade om intuition eller sjätte sinnet.

Ibland kändes det fortfarande sådär när han kom hem. Som att hon fanns någonstans i huset. Hela tiden i rummet bredvid.

Han släppte kassarna på golvet. Gick in i tystnaden.

Mildred, ropade det i huvudet på honom.

I samma stund ringde det på dörrklockan.

Det var en kvinna. Hon var klädd i lång figurnära kappa och höga stövlar med klack. Hon hörde inte hemma där, hade inte kunnat sticka ut mer om hon stått där i bara underkläderna. Hon drog av sig höger handske och sträckte fram handen. Sa att hon hette Rebecka Martinsson.

– Kom in, sa han och strök omedvetet med handen över skägget och håret.

– Tack, det behövs inte, jag vill bara…

– Kom in, sa han igen och gick före.

Han sa åt henne att behålla skorna på och bad henne sitta ner i köket. Det var välstädat. Han städade och lagade mat när Mildred levde, varför skulle han sluta för att hon var död? Det enda han inte rörde var hennes saker. Fortfarande låg hennes röda kofta i en hög på kökssoffan. Hennes papper och post låg på arbetsbänken.

– Jaha, sa han vänligt.

Han var duktig på det. Vänlighet mot kvinnor. Under åren var det många som suttit precis vid det här köksbordet. En del hade en unge i knät och en stående på golvet bredvid med näven i ett fast grepp i mammas tröja. Andra hade inte varit på flykt från en man, utan snarare från sig själva. De stod inte ut med ensamheten i en lägenhet på Lombolo. Den där sorten som stod ute på förstubron och rökte, cigarett efter cigarett i kylan.

– Jag är här på uppdrag av din hustrus arbetsgivare, sa Rebecka Martinsson.

Erik Nilsson hade precis varit på väg att sätta sig, eller kanske fråga om hon ville ha kaffe. Men nu blev han stående. När han inte sa något fortsatte hon:

– Det är två saker. Dels vill jag ha hennes arbetsnycklar. Och så gäller det din flytt.

Han såg ut genom fönstret. Hon pratade på, nu var det hon som var lugn och vänlig. Hon upplyste honom om att prästgården var en tjänstebostad, att kyrkan kunde hjälpa honom att skaffa en lägenhet och anlita flyttfirma.

Hans andhämtning blev tung. Han knep igen med munnen. Varje andetag hördes som en fnysning genom näsan.

Nu såg han på henne med avsky. Hon slog ner blicken i bordet.

– Fy fan, sa han. Fy fan, det är så man mår illa. Är det Stefan Wikströms fru som inte kan tåla sig längre? Hon stod aldrig ut med att Mildred hade den största prästgården.

– Du, det vet jag inte. Jag...

Han slog med handflatan i bordet.

– Jag har förlorat allt!

Han gjorde en gest med näven i luften som signalerade att han samlade ihop sig själv för att inte förlora självbehärskningen.

– Vänta, sa han.

Han försvann ut genom köksdörren. Rebecka hörde hans steg uppför trappan och över golvet på övervåningen. Efter en stund var han tillbaka, släppte nyckelknippan på bordet som om den varit en hundbajspåse.

– Var det något mer? frågade han.

– Flytten, sa hon istadigt.

Och nu såg hon honom i ögonen.

– Hur känns det? frågade han. Hur känner man sig innanför de där tjusiga kläderna när man har ditt jobb?

Hon reste sig upp. Något förändrades i hennes ansikte, det drog snabbt förbi, men han hade sett det många gånger här i prästgården. Den tysta plågan. Han såg svaret i hennes öga. Hörde det lika tydligt som om hon uttalat orden: Som en hora.

Hon plockade upp sina handskar från bordet med stela rörelser, långsamt som om hon måste räkna dem för att få med sig dem. En två. Hon grep om den stora nyckelknippan.

Erik Nilsson suckade tungt och strök med hela handen över ansiktet.

– Förlåt mig, sa han. Mildred skulle ha sparkat mig i ändan. Vad är det för dag i dag?

När hon inte svarade fortsatte han:

– En vecka, jag är härifrån om en vecka.

Hon nickade. Han följde efter henne till dörren. Försökte komma på något att säga, det var inte direkt läge att fråga om hon vill ha kaffe.

– En vecka, sa han till hennes rygg när hon försvann ut.

Som om det skulle ha kunnat göra henne glad.

Rebecka vacklade ut från prästgården. Fast det kändes bara så. Hon vacklade inte alls egentligen. Benen och fötterna bar henne med taktfasta steg bort från huset.

Jag är ingenting, tänkte hon. Det finns inget kvar härinne.

Ingen människa, inget omdöme, ingenting. Jag gör vad de än ber mig om. Såklart. De på byrån är de enda jag har. Jag säger till mig själv att jag inte står ut med tanken på att gå tillbaka. Men i själva verket står jag inte ut med att hamna utanför. Jag gör vadsomhelst, precis vadsomhelst, för att få höra till.

Hon tog sikte på brevlådan och lade inte märke till den röda Ford Escorten som kom uppför grusvägen förrän den saktade ner och körde in mellan grindstolparna.

Bilen stannade.

Det gick som en elektrisk ström genom Rebecka.

Polisinspektör Anna-Maria Mella klev ur bilen. De hade träffats förut när Rebecka var Sanna Strandgårds offentliga försvarare. Och det var Anna-Maria Mella och hennes kollega Sven-Erik Stålnacke som räddade hennes liv den där natten.

Då var Anna-Maria gravid, som en kub, nu var hon smal. Men bredaxlad. Hon såg stark ut fast hon var så kort. Håret i samma tjocka fläta på ryggen som förut. Vita jämna tänder i det brunbrända hästansiktet. En ponnypolis.

– Hej! utbrast Anna-Maria Mella.

Sen blev hon tyst. Hela hon var en enda fråga.

– Jag… sa Rebecka, kom av sig och tog sats igen. Min byrå har en grej på gång med församlingar i svenska kyrkan, vi har haft ett säljmöte och… ja, det var några saker som de behövde hjälp med när det gäller prästgården och eftersom vi ändå var här så har jag pratat med…

Hon avslutade meningen med en nick inemot huset.

– Men det har inget att göra med… frågade Anna-Maria.

– Nej, när jag kom upp visste jag inte ens… nej. Vad blev det? frågade Rebecka och försökte grimasera fram ett leende i ansiktet.

– En pojke. Jag har precis börjat jobba efter mammaledig-

heten, så jag är med och utreder mordet på Mildred Nilsson.
Rebecka nickade. Hon såg upp på himlen. Den var helt
tom. Nyckelknippan vägde ett ton i fickan.

Vad är jag? tänkte hon. Jag är inte sjuk. Jag har ingen sjuk-
dom. Bara lat. Lat och galen. Jag har inga egna ord att säga.
Tystnaden äter sig inåt.

– Konstig värld vi lever i va? sa Anna-Maria. Först Viktor
Strandgård och nu Mildred Nilsson.

Rebecka nickade igen. Anna-Maria log. Hon verkade helt
obesvärad av den andras tystnad, men nu väntade hon tål-
modigt på att Rebecka skulle säga något.

– Vad tror du själv? fick Rebecka ur sig. Är det någon som
har haft en klippbok om mordet på Viktor och som beslutade
sig för att göra en egen uppföljning?

– Kanske.

Anna-Maria såg upp i en tall. Hörde en ekorre springa upp-
för stammen, men såg den inte. Den höll sig på andra sidan,
kom upp i kronan och rasslade omkring uppe bland gre-
narna.

Kanske var det någon galning som blivit inspirerad av Vik-
tor Strandgårds död. Eller så var det någon som kände henne.
Som visste att hon hade lett en gudstjänst i kyrkan, visste vil-
ken tid den slutade och att hon skulle komma ner till båtplat-
sen. Hon försvarade sig inte. Och varför hängde någon upp
henne? Det var som under medeltiden när man spetsade folks
huvuden på pålar. Till varnagel för andra.

– Hur är det med dig? frågade Anna-Maria.

Rebecka svarade att det var bra. Bara bra. Det hade ju varit
en jobbig tid efteråt förstås, men hon hade fått hjälp och stöd.
Anna-Maria svarade att det var ju bra, mycket bra.

Anna-Maria såg på Rebecka. Hon tänkte på hur det var den

där natten när polisen åkte till stugan i Jiekajärvi och fann henne. Själv hade hon inte kunnat följa med eftersom hennes värkar hade satt igång. Men efteråt drömde hon ofta om det. I drömmen åkte hon skoter genom mörkret och snöstormen. Rebecka låg blödande på kälken. Snön sprutade i ansiktet på henne. Hela tiden var hon livrädd att köra på någonting. Så körde hon fast. Stod där i kylan. Skotern i ett vanmäktigt rytande. Hon brukade vakna med ett ryck. Låg där och såg på Gustav som sov och snusade mellan henne och Robert. På rygg. Fullkomligt trygg. Armarna åt sidorna i nittio graders vinkel uppåt på spädbarns vis. Allt gick bra, brukade hon tänka. Allt gick bra.

Det gick inte så jävla bra, tänkte hon nu.

– Ska du åka tillbaka till Stockholm nu eller? frågade hon.

– Nej, jag tog lite ledigt.

– Du hade ju din farmors hus i Kurravaara, bor du där?

– Nej, jag... nej. Här i byn. Krogen har några stugor.

– Så du har inte varit till Kurravaara?

– Nej.

Anna-Maria såg forskande på Rebecka.

– Om du vill ha sällskap kan vi åka dit tillsammans, sa hon.

Rebecka tackade nej. Det var bara det att hon inte haft tid ännu, förklarade hon. De sade hejdå. Innan de skildes åt sa Anna-Maria:

– Du räddade de där barnen.

Rebecka nickade.

Jag kan inte trösta mig med det, tänkte hon.

– Vad hände med dem? frågade hon. Jag anmälde ju misstänkta övergrepp till soc.

– Det blev väl just ingenting med den utredningen, sa Anna-Maria. Sedan flyttade hela familjen från staden.

Rebecka tänkte på flickorna. Sara och Lova. Hon harklade sig och försökte tänka på något annat.

– Det är ju dyrt för kommunen sådant där, sa Anna-Maria. Utredningar kostar pengar. Omhändertaganden av barn kostar skitmycket pengar. Driva mål i länsrätt kostar pengar. Ur barnets synpunkt vore det bättre om hela den där apparaten låg under staten. Men nu är den bästa lösningen för kommunen att problemen flyttar iväg. Fan, det har hänt att jag har lyft ungar ur en krigszon på 52 kvadratmeter. Och sedan får man höra att kommunen köpt en bostadsrätt åt familjen i Örkelljunga.

Hon tystnade. Märkte att hon satte igång att babbla bara för att Rebecka Martinsson verkade vara så på gränsen.

När Rebecka gick vidare ner mot bykrogen såg Anna-Maria efter henne. Hon greps av en plötslig längtan efter sina barn. Robert var hemma med Gustav. Hon ville lägga näsan mot Gustavs mjuka huvud, känna hans starka små barnaarmar runt halsen.

Så drog hon efter andan och rätade upp ryggen. Solen i det vitgula höstgräset. Ekorren fortfarande igång i trädkronan på andra sidan vägen. Leendet rann tillbaka i henne. Det var aldrig så långt borta. Nu skulle hon prata med Erik Nilsson, prästens make. Sedan skulle hon åka hem till familjen.

Rebecka Martinsson gick ner mot värdshuset. Nu talade skogen bakom henne. Kom hit, sa den. Vandra långt in. Jag är utan slut.

Hon kunde föreställa sig den vandringen:

Pinnsmala tallar av hamrad koppar. Vinden i kronorna högt uppe låter som forsande vatten. Granar som ser svartbrända ut av skägglav. Ljuden under stegen: frasandet av torr fönsterlav och bägarlav, knastret av hackspettens ätna tallkottar. Ibland går man på mjuk barrmatta längs en djurstig. Då hörs bara ljudet av tunna kvistar som knäcks under fötterna. Man går och går. Först är tankarna i huvudet som en trasslig garnhärva. Grenarna skrapar mot hennes ansikte eller nuddar i hennes hår. En efter en dras trådarna ur garnhärvan ut. Fastnar i träden. Flyger iväg med vinden. Till slut är huvudet tomt. Och man färdas. Genom skog. Över ångande dofttung myr där fötterna sjunker mellan palsarna och kroppen klibbar. Upp efter en fjällsida. Frisk vindil. Dvärgbjörken krypande, glödande efter marken. Så lägger man sig ner. Och sedan faller snön.

Hon mindes plötsligt hur det var när hon var barn. Den där längtan att färdas in i det där oändliga som en indian. Fjällvråken seglande över hennes huvud. I sina drömmar hade hon ryggsäck på ryggen och sov under bar himmel. Farmors hund Jussi var alltid med. Ibland var det med kanot hon färdades.

Hon mindes hur hon stod i skogen och pekade. Frågade sin pappa: "Om jag går ditåt, vart kommer jag då?" Och fadern svarade. Ny poesi beroende på vartåt fingret pekade och var de befann sig: "Tjålme." "Latteluokta." "Över Rautasälven." "Genom Vistasvagge och över Drakryggen."

Hon måste stanna till. Tyckte nästan att hon kunde se dem. Svårt att komma ihåg pappans verkliga ansikte. Det är för att hon sett för många fotografier av honom. De har trängt ut hennes egna minnen. Men skjortan känner hon igen. Bomull, men len som siden av alla tvättar. Vit botten, svarta och röda streck som bildar rutmönster. Kniven i bältet. Skinnet mörkt och blankt. Det vackert mönstrade skaftet i ben. Hon själv, inte mer än sju, det vet hon ju säkert. Blå maskinstickad syntetmössa med mönster av vita snöflingor och rejäla stövlar. Liten kniv i bältet hon också. Den är mest för syns skull. Nog har hon försökt använda den. Skulle vilja tälja med den. Figurer. Som Emil i Lönneberga. Men den är för klen. Ska hon bruka kniven får hon låna pappas. Den är bättre när hon vill spänta ved eller spetsa grillpinnar, tälja ibland, fast det just inte blir något.

Rebecka vände ner blicken mot sina högklackade långskaftade stövlar från Lagersons.

Sorry, sa hon till skogen. Nuförtiden är jag så fel klädd.

Micke Kiviniemi for med trasan över bardisken. Klockan var strax efter fyra på tisdagseftermiddagen. Deras nattgäst, Rebecka Martinsson, satt ensam vid ett av fönsterborden och såg ut mot älven. Hon var den enda kvinnliga gästen, hade ätit älgskav med mos och Mimmis svamppytt, satt med sitt rödvinsglas och drack då och då, omedveten om blickarna från unkisarna.

Unkisgänget var de första som brukade dyka in. På lördagarna kom de redan vid tretiden för att äta tidig middag, dricka några öl och slå ihjäl de ensamma timmarna innan det började nåt bra på TV:n. Nu satt Malte Alajärvi och tjafsade med Mimmi som vanligt. Han gillade att göra det. Senare skulle kvällsgänget dyka upp för att dricka öl och kolla på sport. Det var mest singelmän som kom till Mickes och åt. Men några par brukade dyka upp. Och några från kvinnoligan också. Och det hände ofta att personal från Jukkasjärvi turistby tog båt över älven och kom och käkade.

– Vad fan är dagens middag? klagade Malte och pekade i menyn. Gno...

– Gnocchi, sa Mimmi. Det är som små pastabitar. Gnocchi med tomat och mozzarella. Och så kan du få antingen en grillad köttbit eller kyckling till.

Hon ställde sig bredvid Malte och drog demonstrativt upp beställningsblocket ur förklädet.

Som om hon skulle behöva det, tänkte Micke. Hon kunde ta emot beställningar från sällskap på tolv personer och hålla i huvudet. Helt otrolig.

Han såg på Mimmi. I valet mellan Rebecka Martinsson och Mimmi så vann Mimmi hans tävling med hästlängder. Mimmis morsa Lisa hade ju också varit en fining när hon var ung, det visste gubbarna i byn att berätta. Och Lisa var fortfarande vacker. Det var svårt att dölja trots att hon alltid gick osminkad i hopplösa kläder och klippte håret själv. Mitt i natten med fårsaxen, som Mimmi sa. Men medan Lisa stängde av sin skönhet så gott hon förmådde bjussade Mimmi på sin. Förklädet tajt runt höfterna. Det randiga håret som ringlade sig ut ur den lilla snusnäsduken som hon hade knutet runt huvudet. Tajta svarta tröjor med generös urringning. Och när hon böjde sig fram för att torka bordet kunde vem som ville få en trevlig titt ner i klyftan mellan hennes lätt gungande bröst som hölls på plats av en bh med spetskant. Alltid, röd, svart eller lila. Bakifrån kunde man få sig en skymt av den tatuerade ödlan som hon hade högst upp på högra skinkan när de lågt skurna jeansen gled nedåt i böjen.

Han kom ihåg när de först träffades. Hon var och hälsade på sin mamma och erbjöd sig att jobba en kväll. Det var folk som ville äta och hans brorsa hade som vanligt inte dykt upp, fast hela den här krog-grejen hade varit hans idé från början, och Micke stod ensam i baren. Hon erbjöd sig att svänga ihop lite pubmat och servera. Ryktet spred sig redan samma kväll. Killarna hade stått inne på muggen och ringt i mobilerna till sina kompisar. Alla kom och kollade in henne.

Så blev hon kvar. Ett tag, sa hon alltid lite svävande när han försökte få besked. När han försökte säga att det vore bra för verksamheten att veta, så man kunde planera framåt blev hon avig i tonen.

– Låt bli att räkna med mig då.

Senare, när de hamnade i säng, vågade han fråga igen. Hur länge hon skulle bli kvar.

– Tills nåt bättre dyker upp, svarade hon då och flinade.

Och de var inget par, så mycket hade hon gjort klart för honom. Han hade själv haft ett antal flickvänner. Till och med bott ihop med en av dem ett tag. Så han visste vad orden betydde. Du är en jättefin person men... Jag är inte redo... Skulle jag bli kär i någon just nu så vore det i dig... Kan inte binda mig. Det betydde bara: Jag älskar dig inte. Du duger just nu.

Hon hade ändrat hela stället. Börjat med att hjälpa honom bli av med brorsan. Som varken jobbade eller amorterade på skulderna. Bara kom dit och söp med polarna utan att betala för sig. Ett gäng losers som lät brorsan vara kungen för kvällen så länge han bjöd.

– Valet är enkelt, hade Mimmi sagt till brodern. Antingen avveckla rörelsen och då sitter du där med skulderna. Eller så överlåter du till Micke.

Och brorsan undertecknade. Rödkantade ögon. Den lite ofräscha kroppslukten som sipprade genom t-shirten som han inte bytt på dagar. Och den där nya vresigheten i rösten. Alkis-snäset.

– Men skylten är min, hade brodern förkunnat och skjutit avtalet ifrån sig med en hastig rörelse.

– Jag har en massa idéer, fortsatte han och knackade sig på huvudet.

– Du kan ta den när du vill, hade Micke sagt.

Tänkt: that'll be the day.

Han kom ihåg hur brodern hade hittat skylten på internet. En begagnad krogskylt från USA. "LAST STOP DINER", vita neonbokstäver mot röd botten. Då hade de varit löjligt nöjda med den. Vad brydde sig Micke om den sedan? Han hade haft andra planer redan då. "Mimmis" var ett bra namn på en krog. Fast det hade hon inte velat veta av. Det fick bli "Mickes bar & kök".

– Varför måste du göra så konstiga grejer?

Malte såg ner i menyn med bedrövad min.

– Det är inget konstigt, sa Mimmi. Exakt som kroppkakor faktiskt, fast mindre.

– Kroppkakor och tomater, kan det bli konstigare eller? Nej, ge mig nåt ur frysen. Jag tar en lasagne.

Mimmi försvann mot köket.

– Och strunta i kaninfödan, ropade Malte efter henne. Hörde du? Ingen sallad!

Micke vände sig mot Rebecka Martinsson.

– Blir du kvar i natt också? frågade han.

– Ja.

Vart skulle jag ta vägen? tänkte hon. Vart skulle jag åka? Vad skulle jag göra? Här är det åtminstone ingen som känner mig.

– Den där prästen, sa hon sedan. Hon som dog.

– Mildred Nilsson.

– Hur var hon?

– Skitbra, tyckte jag. Hon och Mimmi är det bästa som har hänt den här byn. Och det här stället också. Här var det bara en massa ogifta gubbar i åldern arton till åttiotre när jag startade. Men sedan Mildred flyttade hit så började tanterna också komma. Hon satte som fart på byn.

– Var det prästen som sa åt dem att gå på krogen?

Micke skrattade.

– För att äta! Hon var sådär. Tyckte att tanterna skulle komma sig ut lite. Ta paus från köket. Och så tog de med sig sina karlar hit och käkade ibland när de inte iddes laga. Och det blev en helt annan stämning här på krogen när damerna började komma hit. Förr satt ju bara gubbarna här och gnällde.

– Det gjorde vi väl inte, invände Malte Alajärvi som tjuv-lyssnat.

– Du gjorde det då och gör det fortfarande. Sitter här och kollar över älven och gnäller på Yngve Bergqvist och Jukkas-järvi…

– Ja, men han Yngve…

– Och gnäller på maten och regeringen och på att det aldrig är något bra på TV…

– En massa jävla lekprogram!

– … och på allt!

– Allt jag har sagt om Yngve Bergqvist är att han är en jävla lurendrejare som säljer vad fan som helst bara det står "Arctic" före. Det är Arctic sled-dogs och arctic safari och fan japanerna betalar väl tvåhundra extra för att få gå på äkta arctic shit-house.

Micke vände sig till Rebecka.

– Du fattar.

Så blev han allvarlig.

– Varför frågar du? Du är väl inte journalist?

– Nej nej, jag bara undrade. Hon bodde ju här och så… Nej, den där advokaten som jag var här med igår kväll, jag jobbar för honom.

– Bär hans väska och bokar flygbiljetter?

– Nåt sånt.

Rebecka Martinsson såg på klockan. Hon hade både fruktat och önskat att Anna-Maria Mella skulle dyka upp skitförbannad och kräva att få nyckeln till kassaskåpet. Men förmodligen hade prästens man inte berättat om den. Kanske hade han ingen aning om vart nycklarna gick. Det var ett jäkla skit alltihop. Hon såg ut genom fönstret. Det började mörkna. Utanför hörde hon en bil köra upp på grusplanen utanför krogen.

Hennes mobiltelefon brummade i väskan. Hon rotade fram den och såg på displayen. Advokatfirmans växel.

Måns, tänkte hon och sprang ut på trappan.

Det var Maria Taube.

– Hur går det? frågade hon.

– Jag vet inte, svarade Rebecka.

– Jag pratade med Torsten. Han sa att ni hade dem i nätet i alla fall.

– Mmm...

– Och att du blev kvar för att ta hand om lite grejer.

Rebecka svarade inte.

– Har du varit i, vad heter den, byn där din farmors hus ligger?

– Kurravaara. Nej.

– Är det illa?

– Nej, det är inget.

– Varför åker du inte dit då?

– Det har bara inte blivit, sa Rebecka. Jag har varit lite för upptagen med att hjälpa blivande klienter med en massa skitgöra.

– Fräs inte åt mig, raring, sa Maria mjukt. Nu får du berätta. Vad är det du har gjort för skitgöra?

Rebecka berättade. Hon kände sig med ens så trött att hon ville sätta sig ner på trappsteget.

Maria suckade i andra änden.

– Fan ta Torsten, sa hon. Jag ska…

– Det ska du inte alls, sa Rebecka. Det värsta är ändå kassaskåpet. Det är den där döda prästens personliga grejer. Det kan ju vara brev och… vad som helst. Om någon ska ha vad som finns i det är det hennes man. Och polisen. Det kan vara bevisning, vi vet ju ingenting.

– Hennes chef lämnar väl material som kan vara av intresse vidare till polisen, försökte Maria Taube.

– Kanske, sa Rebecka dämpat.

Det blev tyst mellan dem en stund. Rebecka sparkade med skon i gruset.

– Men jag trodde att du åkte upp för att gå in i lejonets kula, sa Maria Taube. Det var ju därför du följde med dit upp.

– Ja ja.

– Alltså, fan, Rebecka, ja jaa inte mig! Jag är din vän och jag måste säga det här. Du bara backar och backar. Om du inte vågar åka in till stan och inte vågar åka till Kurrkavaara…

– Kurravaara.

– … utan sitter och gömmer dig på nån bykrog utefter älven, vart ska du då ta vägen till slut?

– Jag vet inte.

Maria Taube blev tyst.

– Det är inte så enkelt, sa Rebecka till slut.

– Tror du att jag tror det då? Jag kan komma upp och göra dig sällis om du vill.

– Nej, knipsade Rebecka av.

– Okej, jag har sagt det. Och jag har erbjudit mig.

– Och jag uppskattar det, men…

– Du behöver inte uppskatta. Nu måste jag jobba om jag ska komma hem före midnatt. Jag ringer. Måns frågade hur det var med dig förresten. Jag tror faktiskt att han oroar sig. Du Rebecka, kommer du ihåg när man var på badhuset när man gick i skolan. Om man hoppade från femman direkt så behövde man inte vara rädd för de andra höjderna sedan. Åk upp till Kristallkyrkan och gå på hallelujagudstjänst. Så är det värsta gjort sedan. Berättade inte du för mig redan i julas att Sanna och hennes familj och Thomas Söderbergs familj hade flyttat från Kiruna?

– Du berättar väl inte för honom.

– Vem?

– För Måns. Att jag… inte vet jag.

– Nejdå. Jag ringer, okej.

ERIK NILSSON SITTER blick stilla vid köksbordet i prästgården. Hans döda hustru sitter på andra sidan. Han törs inte säga något på en lång stund. Knappt andas törs han. Minsta ord eller rörelse och verkligheten knistrar till och faller i tusen bitar.

Och om han blinkar är hon nog borta när han öppnar ögonen.

Mildred flinar till.

Du är rolig du, säger hon. Du kan tro på universums oändlighet, att tiden är relativ, kan kröka sig och gå baklänges.

Klockan på väggen har stannat. Fönstren är svarta speglar. Hur många gånger har han inte åkallat sin döda hustru de senaste tre månaderna. Önskat att hon skulle komma glidande i mörkret fram till hans säng när han lagt sig på kvällen. Eller att han skulle höra hennes röst i vindens viskning genom träden.

Du kan inte stanna här, Erik, säger hon.

Han nickar. Det är bara så mycket. Vad skall han göra av alla saker, böcker, möbler. Han vet inte i vilken ände han skall börja. Det är ett oöverstigligt hinder. Så fort han tänker på det övermannas han av en sådan trötthet att han måste lägga sig ner fast det är mitt på dagen.

Skit i det då, säger hon. Skit i prylarna. Inte bryr jag mig om sådant.

Han vet att det är sant. Alla möbler kommer från hennes föräldrahem. Hon var enda dotter till en kyrkoherde och båda hennes föräldrar dog medan hon gick på universitetet.

Hon vägrar att tycka synd om honom. Det har hon alltid gjort. Det gör honom fortfarande hemligt arg på henne. Det där var den onda Mildred. Inte ond i betydelsen elakmenande eller illvillig. Utan den Mildred som gjorde ont. Som gav honom ett sår. Vill du stanna hos mig så är jag glad, sa hon när hon levde. Men du är en vuxen människa, väljer själv ditt liv.

Var det rätt? tänker han som så många gånger förut. Får man vara så kompromisslös? Jag levde hennes liv fullt ut. Visst, jag valde själv. Men ska man inte gå varandra till mötes i kärleken?

Nu ser hon ner i bordet. Han kan inte börja tänka på barn igen för då försvinner hon väl som en skugga genom väggen. Han måste rycka upp sig. Han har alltid måstat rycka upp sig. Det är nästan svart i köket.

Det var hon som inte hade velat. De första åren låg de med varandra. På kvällarna. Eller mitt i natten om han väckte henne. Lampan alltid släckt. Och han kunde ännu känna hennes stela illa dolda motvilja om han ville göra mer än bara sticka in den. Till slut upphörde det av sig själv. Han slutade närma sig, hon brydde sig inte. Ibland gick såret upp och de grälade. Han kunde snörvla om att hon inte älskade honom, att hennes jobb tog allt. Att han ville ha barn. Och hon, vände sina handflator uppåt: Vad vill du ha av mig? Om du är olycklig så måste du själv resa dig upp och gå. Och han: Vart då? Till vem? Stormarna lade sig alltid till vila. Vardagen lunkade på. Och det var alltid, eller nästan alltid, gott nog för honom.

Hennes spetsiga armbåge på bordsskivan. Pekfingernagelen knackar fundersamt på den lackade ytan. Hon ser så där försjunket enveten ut som hon brukar när hon fått någon idé i huvudet.

Han är van vid att laga mat åt henne. Ta fram tallriken med plastfilm över ur kylen och mikra när hon kommer hem sent. Se till att hon äter. Eller tappa upp ett bad. Säga till henne att hon inte skall snurra håret runt fingret för då kommer hon att bli flintskallig till slut. Men nu vet han inte vad han skall göra. Eller säga. Han vill fråga henne hur det är. Där bortanför.

Jag vet inte, svarar hon. Men det drar i mig. Starkt.

Jaha, det kunde han ha gett sig fan på. Hon är här för att hon vill något. Han blir med ens livrädd för att hon ska försvinna. Poff bara.

– Hjälp mig, säger han till henne. Hjälp mig härifrån.

Hon ser på honom att han inte klarar det på egen hand. Och hon ser hans vrede. Den osjälvständiges och beroendes hemliga hat. Men det gör inget längre. Hon reser sig upp. Lägger handen bakom hans nacke. Drar in hans ansikte mot sitt bröst.

Nu sticker vi, säger hon efter en stund.

Klockan är kvart över sju när han för sista gången i sitt liv stänger dörren till prästgården bakom sig. Allt han tar med sig får plats i en konsumkasse. En av grannarna drar gardinen åt sidan, lutar sig mot sin fönsterruta och betraktar honom nyfiket när han slänger in kassen i bilens baksäte.

Mildred sätter sig på passagerarsidan. När bilen rullar ut genom grindstolparna känner han sig nästan upprymd. Som den sommaren innan de gifte sig. När de bilade runt på Irland. Och Mildred småler bestämt där hon sitter.

De stannar till på vägen utanför Mickes. Han skall bara lämna prästgårdsnyckeln till den där Rebecka Martinsson.

Till hans förvåning står hon utanför krogen. Hon har mobiltelefonen i handen, men pratar inte i den. Armen hänger rakt ner vid sidan. När hon får syn på honom ser hon nästan ut som om hon vill springa iväg. Han närmar sig försiktigt, nästan vädjande. Som mot en skygg hundstackare.

– Jag tänkte ge dig nyckeln till prästgården, säger han. Så kan du ge den till kyrkoherden samtidigt med Mildreds arbetsnycklar och säga att jag är ute ur huset.

Hon säger ingenting. Tar emot nyckeln. Frågar ingenting om hans möbler och ägodelar. Står där. Mobiltelefonen i den ena handen, nyckeln i den andra. Han skulle vilja säga något. Be om förlåtelse kanske. Ta henne i famnen eller stryka henne över håret.

Men Mildred har klivit ur bilen och står vid vägen och ropar på honom.

Kom nu! ropar hon. Du kan inte göra något för henne. Någon annan hjälper henne.

Så han vänder om och lufsar iväg till bilen.

Så fort han sätter sig släpper ledsenheten som Rebecka Martinsson smittat honom med. Vägen upp till stan är mörk och äventyrlig. Mildred sitter bredvid. Han parkerar utanför hotell Ferrum.

– Jag har förlåtit dig, säger han.

Hon ser ner i knäet. Skakar lite på huvudet.

Jag har inte bett om förlåtelse, säger hon.

KLOCKAN ÄR TVÅ på natten. Rebecka Martinsson sover. Nyfikenheten klättrar in genom fönstret som en slingrande växt. Slår rot i hennes hjärta. Skickar ut rötter och utskott som metastaser i hennes kropp. Tvinnar sig runt revbenen. Spinner en kokong runt hennes bröstkorg.

När hon vaknar mitt i natten har den vuxit till ett okuvligt tvång. Nu har ljuden från krogen tystnat i höstnatten. En gren snärtar och slår ilsket på friggebodens plåttak. Det är nästan fullmåne. Det dödsbleka ljuset faller in genom fönstret. Glimmar till i nyckelknippan som ligger där på furubordet.

Hon stiger upp och klär på sig. Behöver inte tända lampan. Månljuset räcker till. Hon ser på sin klocka. Hon tänker på Anna-Maria Mella. Hon gillar den där polisen. Det är en kvinna som har valt att försöka göra det rätta.

Hon går ut. Det blåser hårt. Björkar och rönnar piskar vilt omkring sig. Tallstammarna knirrar och knakar.

Hon sätter sig i bilen och kör iväg.

Hon kör till kyrkogården. Det är inte långt. Inte är den stor heller. Hon behöver inte leta länge förrän hon hittar prästens grav. Mycket blommor. Rosor. Ljung. Mildred Nilsson. Och ett blankt utrymme för hennes man.

Hon var född samma år som mamma, tänker Rebecka. Mamma skulle ha blivit femtiofem i november.

Det är tyst. Men Rebecka kan inte höra tystnaden. Det blåser så hårt att det bullrar i öronen.

Hon står där en stund och ser på stenen. Sedan går hon tillbaka till bilen som står parkerad utanför muren. När hon sätter sig i bilen blir det tyst.

Vad trodde du? säger hon till sig själv. Att prästen skulle sitta genomskinlig på gravstenen och peka med hela handen?

Det hade förstås varit lättare då. Men det är hennes eget beslut.

Så kyrkoherden vill ha nyckeln till Mildred Nilssons kassaskåp. Vad finns där? Varför har ingen berättat om kassaskåpet för polisen? De vill ha sin nyckel levererad diskret. Det är meningen att Rebecka ska göra det.

Det spelar ingen roll, tänker hon. Jag kan göra precis vad som faller mig in.

POLISINSPEKTÖR ANNA-MARIA MELLA vaknade mitt i natten. Det var kaffet. När hon drack kaffe för sent på kvällen vaknade hon alltid mitt i natten och fick ligga och vända sig en timme innan hon kunde somna om. Ibland klev hon upp. Det var egentligen en ganska skön tid. Hela familjen sov och hon kunde lyssna på radio med en kopp kamomillte i köket eller vika tvätt eller vad som helst och försjunka i egna funderingar.

Hon gick ner i källaren och slog på strykjärnet. Lät samtalet med den mördade prästens make spela upp sig i huvudet.

Erik Nilsson: Vi sätter oss här i köket så att vi har uppsikt över din bil.

Anna-Maria: Jaha?

Erik Nilsson: Våra bekanta brukar parkera nere vid krogen eller en bit härifrån i alla fall. Annars finns risken att man får däcken sönderskurna eller lacken repad eller nåt.

Anna-Maria: Jaha.

Erik Nilsson: Äh, det är inte så illa. Men för ett år sedan, då var det mycket sådant där.

Anna-Maria: Har ni anmält till polisen?

Erik Nilsson: De kan inte göra något. Även om man vet vem det är så finns det ju aldrig några bevis. Det är aldrig någon som ser något. Folk är väl rädda också. Det kan bli deras uthus som brinner nästa gång.

Anna-Maria: Satte någon eld på erat uthus?

Erik Nilsson: Ja, det var en man här i byn… Vi tror väl att det var han i alla fall. Hans hustru lämnade honom och bodde här i prästgården ett tag.

Det var sjysst, tänkte Anna-Maria. Erik Nilsson hade sin chans att klämma till henne där, men passade. Han skulle ha kunnat låta rösten gå över i bitterhet, pratat om polisens passivitet och till slut hållit dem ansvariga för hustruns död.

Hon strök en av Roberts skjortor, herregud den var helt nött i manschettkanterna. Skjortan ångade under järnet. Det luktade gott av nystruken bomull.

Och så hade han en stor vana att prata med kvinnor, det märktes. Ibland glömde hon sig och svarade på hans frågor, inte för att skapa förtroende hos honom, utan för att han lyckades skapa förtroende hos henne. Som när han frågade om hennes barn. Han hade koll på vad som var typiskt för deras åldrar. Frågade om Gustav lärt sig ordet nej än.

Anna-Maria: Det beror på. Om det är jag som säger nej begriper han inte. Men om det är han…

Erik Nilsson skrattar men blir med ens allvarlig.

Anna-Maria: Stort hem.

Erik Nilsson: (suckar) Det har aldrig varit ett hem egentligen. Det är hälften prästgård och hälften hotell.

Anna-Maria: Men nu är det tomt.

Erik Nilsson: Ja, kvinnogruppen Magdalena tyckte att det skulle bli för mycket prat. Du vet, prästänklingen tröstar sig med diverse utsatta kvinnor. De har väl rätt antar jag.

Anna-Maria: Jag måste fråga, hur hade ni det, du och din hustru?

Erik Nilsson: Måste du?

Anna-Maria: –

Erik Nilsson: Bra. Jag respekterade Mildred oerhört.

Anna-Maria: –

Erik Nilsson: Hon var ingen dussinkvinna. Ingen dussin-
präst heller. Hon var så otroligt... passionerad i allt hon tog
sig för. Kände verkligen att hon hade ett kall här i Kiruna och
i byn.

Anna-Maria: Varifrån kom hon från början?

Erik Nilsson: Hon var infödd Uppsalabo. Dotter till en kyr-
koherde. Vi träffades när jag läste fysik. Hon brukade säga att
hon slogs mot lagomheten. "Så fort man känner för starkt så
tillsätter kyrkan en krisgrupp." Hon pratade för mycket och
för snabbt och för fort. Och hon blev nästan manisk när hon
fått en idé i huvudet. Det kunde göra en galen. Tusen gånger
önskade man att hon skulle ha varit mer lagom. Men... (slår
ut med handen)... när en sådan person rycks bort... det är
inte bara min förlust.

Hon hade sett sig om i huset. På Mildreds sida av parets dub-
belsäng var det tomt. Inga böcker. Ingen väckarklocka. Ingen
bibel.

Plötsligt hade Erik Nilsson stått bakom henne.

– Hon hade eget rum, sa han.

Det var ett litet gavelrum. I fönstret fanns inga blommor
utan en lampa och några keramikfåglar. Den smala sängen
stod fortfarande obäddad som hon måste ha lämnat den. En
röd fleecemorgonrock låg vårdslöst slängd över den. Bredvid
på golvet en pelare av böcker. Anna-Maria hade sett på tit-
larna: Överst bibeln, Språk för en vuxen tro, Biblisk uppslags-
bok, några barn- och ungdomsböcker, Anna-Maria kände
igen Nalle Puh, Anne på Grönkulla och under alltsammans en

oredig hög urrivna tidningsartiklar.

– Här finns inget att se, sa Erik Nilsson trött. Här finns inget mer för er att se.

Det var konstigt, tänkte Anna-Maria och vek ihop barnens kläder. Det var som om han höll kvar sin döda hustru. Hennes post låg oöppnad i en stor hög på bordet. På hennes nattygsbord stod hennes vattenglas kvar och bredvid dem låg läsglasögonen. Det var så fint och städat annars, han klarade bara inte av att städa ut henne. Och det var ett vackert hem. Som hämtat ur någon sådan där inredningstidning. Och ändå, han hade sagt att det inte var ett hem utan "hälften prästgård, hälften hotell". Och så sa han att han "respekterade henne". Märkligt.

Rebecka körde sakta in till stan. Månens gråvita ljus sögs upp av asfalten och det multnande lövtäcket. Träden drogs hit och dit i vinden, verkade nästan sträcka sig hungrigt efter det där fattiga ljuset, men fick ingenting. De förblev nakna och svarta. Urvridna och plågade strax före vintersömnen.

Hon åkte förbi församlingshemmet. Det var en låg byggnad i vitt tegel och mörkbetsat trä. Hon svängde upp på Gruvvägen och parkerade bakom gamla kemtvätten.

Hon kunde fortfarande ändra sig. Men nej, det kunde hon inte.

Vad är det värsta som kan hända? tänkte hon. Jag kan åka fast och betala dagsböter. Bli av med ett jobb som jag ju redan blivit av med.

Så här långt kommen kändes det som att det allra värsta vore att åka tillbaka och lägga sig igen. Sätta sig på planet tillbaka till Stockholm i morgon och fortsätta hoppas på att hon skulle bli så pass möblerad på insidan att hon kunde börja jobba igen.

Hon kom att tänka på sin mamma. Minnet steg upp till ytan starkt och verkligt. Hon kunde nästan se henne genom sidorutan. Snygg i håret. Den ärtgröna kappan som hon sytt själv med brett skärp i midjan och pälskrage. Den som fick grannfruarna att himla med ögonen när hon svassade förbi.

Vem trodde hon att hon var egentligen? Och de högklackade stövlarna som hon inte har köpt i Kiruna utan i Luleå.

Det är som en kärleksstöt i bröstet. Hon blir sju år gammal och sträcker ut sin hand efter sin mamma. Hon är så fin i kappan. Och i ansiktet också. Någon gång när hon var ännu yngre har hon sagt: "Du är som en Barbie, mamma." Och mamma skrattade och kramade om henne. Rebecka passade på och drog in alla de där goda lukterna på nära håll. Mammas hår luktade på ett gott sätt. Pudret i ansiktet på ett annat. Och parfymen i halsgropen. Rebecka sa så där vid senare tillfällen också: "Du ser ut som en Barbie", bara för att mamma hade blivit så nöjd. Men hon blev aldrig lika nöjd igen. Det var som att det bara fungerade första gången. "Sluta nu", sa modern till sist.

Nu besinnade Rebecka sig. Det fanns mer. Om man tittade lite närmare. Det där som grannfruarna inte såg. Att skorna var av billig kvalitet. Att naglarna var spruckna och nerbitna. Att handen som förde cigaretten till läpparna darrade till en smula, som de gör på personer som är lite nervöst lagda.

De få gånger Rebecka kom att tänka på henne mindes hon henne alltid som frusen. Med dubbla ylletröjor och raggsockar hemma vid perstorpsbordet i köket.

Eller som nu, axlarna är lätt uppdragna, det finns inte plats med någon tjock tröja i den snygga kappan. Handen som inte håller i cigaretten gömmer sig i kappfickan. Hennes blick söker sig in i bilen och faller på Rebecka. Smala forskande ögon. Mungiporna nedåt. Vem är det som är tokig nu?

Jag har inte blivit tokig, tänkte Rebecka. Jag är inte som du.

Hon klev ut ur bilen och gick med snabba steg mot församlingshemmet. Nästan sprang ifrån minnet av kvinnan i den ärtgröna kappan.

Lampan ovanför bakdörren till församlingshemmet hade någon lämpligt kastat sönder. Rebecka prövade nycklarna i knippan. Det kunde vara larmat. Antingen billighetsvarianten: ett larm som bara går i huset, för att skrämma bort tjuvar. Eller ett riktigt som går till ett vaktbolag.

Det är lugnt, intalade hon sig. Det är inte nationella insatsstyrkan som kommer springande utan en trött vakt i en bil kommer att stanna utanför huvudentrén. Gott om tid att hinna undan.

Plötsligt var det en av nycklarna som passade. Rebecka vred om och gled in i mörkret innanför. Det var tyst. Inget larm. Heller inget pipande som indikerade att hon hade sextio sekunder på sig att knappa in en kod. Församlingshemmet var ett suterränghus, så bakdörren låg på övervåningen och huvudentrén låg på bottenplanet. Pastorsexpeditionen låg på övervåningen, det visste hon. Hon brydde sig inte om att smyga.

Ingen är här, sa hon till sig själv.

Det kändes som om hennes steg ekade när hon snabbt gick över stengolvet mot pastorsexpeditionen.

Rummet med värdeskåpen låg innanför pastorsexpeditionen. Det var trångt och saknade fönster, hon var tvungen att tända i taket.

Pulsen gick upp några hack och hon fumlade med nyckeln när hon prövade dem i låsen till de grå omärkta skåpen. Om någon skulle komma nu hade hon ingenstans att komma undan. Hon försökte lyssna nedåt trappan och utåt gatan. Nycklarna skrällde som kyrkklockor.

När hon prövade det tredje skåpet vred sig nyckeln smidigt i låset. Det måste vara Mildred Nilssons. Rebecka öppnade och såg in.

Det var ett litet värdeskåp. Där fanns inte mycket, ändå var det nästan fullt. Ett antal hårda pappersaskar och små tygpåsar med smycken. Pärlhalsband, några tunga guldringar med stenar, örhängen. Två släta vigselringar som såg gamla ut, arvegods. En blå pappersmapp, i den låg en hög med papper. Flera brev låg också i skåpet. Adresserna på kuverten var skrivna med olika handstil.

Vad gör jag nu? tänkte Rebecka.

Hon funderade över vad kyrkoherden kunde tänkas känna till om innehållet i skåpet? Skulle han sakna något?

Hon tog ett andetag och sedan gick hon igenom alltihop. Satt på golvet och sorterade i högar omkring sig. Nu fungerade huvudet som det brukade, jobbade snabbt, tog in information, bearbetade och sorterade. En halvtimme senare slog Rebecka på pastorsexpeditionens kopiator.

Breven tog hon som de var. Kanske fanns det avtryck eller spår på dem. Hon lade dem i en plastpåse som hon hittade i en låda.

Hon kopierade de papper som låg i den blå mappen. Kopiorna lade hon tillsammans med breven i plastpåsen. Hon ställde tillbaka mappen i skåpet och låste, släckte lampan och begav sig iväg. Klockan var halv fyra på morgonen.

Anna-Maria Mella vaknade av att hennes dotter Jenny ryckte henne i armen.

– Mamma, det är någon som ringer på dörren.

Barnen visste att det var förbjudet att öppna på konstiga tider. Som polis i en liten stad kunde man få märkliga besökare på konstiga tider. Gråtmilda busar som sökte upp den enda biktmor de hade eller kollegor med allvarliga ansikten och bilmotorn igång. Och ibland, ytterst sällan visserligen, men det hände, någon som var arg eller påtänd, oftast bådadera.

Anna-Maria klev upp, sa åt Jenny att krypa ner bredvid Robert och gick ner i hallen. Hon hade mobilen i morgonrocksfickan, numret till centralen redan slaget, kollade först genom titthålet sedan öppnade hon dörren.

Rebecka Martinsson stod utanför.

Anna-Maria bad henne komma in. Rebecka stannade precis innanför dörröppningen. Tog inte av sig. Ville inte ha en kopp te eller något.

– Du utreder ju mordet på Mildred Nilsson, sa hon. Det här är brev och kopior av personliga papper som var hennes.

Hon räckte över en plastpåse med papper och brev och redogjorde kort för hur hon fått tag på materialet.

– Du förstår säkert att det inte vore bra för mig om det kom fram att jag lämnat det här till er. Kan du komma på någon alternativ förklaring så är jag tacksam. Kan du det inte så...

Hon ryckte på axlarna.

– ...så får jag stå mitt kast, avslutade hon med ett snett leende.

Anna-Maria kikade ner i påsen.

– Ett kassaskåp på pastorsexpeditionen? frågade hon.

Rebecka nickade.

– Varför har ingen berättat för polisen att...

Hon avbröt sig och såg på Rebecka.

– Tack! sa hon. Jag ska inte berätta hur vi fått tag på dem.

Rebecka gjorde en ansats att gå.

– Du gjorde rätt, sa Anna-Maria. Det vet du, eller hur?

Det var svårt att veta om hon pratade om det som hände för snart två år sedan i Jiekajärvi eller om hon menade kopiorna och breven i plastpåsen.

Rebecka gjorde en rörelse med huvudet. Det kunde vara en

nickning. Men kanske var det en huvudskakning.

När hon gått stod Anna-Maria kvar i hallen. Hon hade en obetvinglig lust att skrika rätt ut. Vad i helvete, ville hon vråla. Hur fan kunde de låta bli att ge oss det här?

REBECKA MARTINSSON SITTER på sängen i sin friggebod. Hon kan precis urskilja konturen av stolsryggen mot fönstrets grå rektangel av månljus.

Nu, tänkte hon. Nu borde paniken komma. Får någon reda på det här så är jag rökt. Jag blir dömd för olaga intrång och egenmäktigt förfarande, får aldrig något jobb igen.

Men paniken ville inte komma. Inte någon ånger heller. Istället kände hon sig lätt om hjärtat.

Jag får väl jobba som spärrvakt, tänkte hon.

Hon lade sig ner och såg upp i taket. Kände sig lite upprymd på ett förryckt sätt.

I väggen bökade en mus omkring. Gnagde och sprang upp och ner. Rebecka knackade på väggen och då blev den tyst en stund. Sedan satte den igång igen.

Rebecka log. Och somnade. Med kläderna på och utan att ha borstat tänderna.

Hon drömde.

Hon sitter på sin pappas axlar. Det är blåbärstider. Pappa har konten på ryggen. Tungt blir det, med både konten och Rebecka.

– Luta inte, säger han när hon sträcker sig efter skägglav som hänger i träden.

131

Bakom dem går farmor. Blå syntetkofta och grå huivi. Hon har det där sparsamma sättet att röra sig i skogen. Lyfter inte foten högre än vad som behövs. En sorts vägvinnande lunk med korta steg. Två hundar har de i sällskap. Jussi, gråhunden, håller sig efter farmor. Han börjar bli till åren, sparar på krafterna. Och Jacki, unghunden, en obestämbar spetshundskorsning, far hit och dit, nosen får aldrig nog, försvinner utom synhåll, ibland hör man honom skälla någon kilometer bort.

Sent på eftermiddagen ligger hon vid eldstaden och sover medan de vuxna gått längre bort och plockar. Hon har pappas Helly Hansen som kudde. Eftermiddagssolen värmer, men skuggorna är långa. Elden håller myggen borta. Hundarna kommer då och då och tittar till henne. Puttar lätt med nosarna i hennes ansikte för att raskt ge sig av igen innan hon hunnit klappa dem eller lägga armen om deras halsar.

Gula Ben

DET ÄR SENVINTER. Solen reser sig över trädtopparna och värmer skogen. Sjok av tung snö glider ner från träden. En besvärlig tid med jakten. Under dagen mjuknar det djupa vita täcket av värmen. Då är det tungt att löpa efter byte. Jagar flocken om natten i månskenet eller i gryningen skär skaren sönder deras tassar.

Alfahonan börjar löpa. Hon blir rastlös och retlig. Den som kommer i närheten får räkna med att bli nafsad eller uppläxad. Hon ställer sig inför de underordnade hannarna och kissar med benet så högt lyft att hon nästan har svårt att hålla balansen. Hela flocken påverkas av hennes lynnighet. Det morras och ylas. Slagsmål bryter hela tiden ut mellan medlemmarna. Ungvargarna vankar oroligt omkring i utkanten av viloplatsen. Hela tiden är det någon av de äldre vargarna som sätter dem på plats. Vid måltiderna bevakas rangordningen stenhårt.

Alfahonan är Gula Bens halvsyster. För två år sedan utmanade hon den gamla alfatiken precis vid den här tiden på året. Ledartiken skulle till att löpa och hävdade sin överhöghet gentemot de övriga honorna. Hon vände sig mot Gula Bens halvsyster, sträckte fram sitt gråstrimmiga huvud, drog upp läpparna och blottade tänderna i ett hotfullt gurglande. Men istället för att förskräckt krypa bakåt med svansen intryckt

133

mellan benen antog Gula Bens halvsyster utmaningen. Hon såg gammeltiken rakt i ögonen och reste ragg. Slagsmålet bröt ut på bråkdelen av en sekund och var över på en minut. Den gamla ledartiken förlorade. Ett djupt bett vid sidan av halsen och ett söndertrasat öra räckte för att hon gnällande skulle dra sig bakåt. Gula Bens halvsyster drev iväg gammeltiken från flocken. Och flocken fick en ny alfatik.

Gula Ben hävdade sig aldrig mot gammeltiken. Inte heller reser hon sig mot halvsystern. Ändå är det som om halvsystern är särskilt retlig mot henne. Vid ett tillfälle griper hon tag med sina käftar över Gula Bens nos och leder henne ett halvt varv genom flocken i ett stadigt grepp. Gula Ben kryper ödmjukt efter med krummad rygg och frånvänd blick. Ungvargarna far upp på tassarna och börjar oroligt trampa runt. Efteråt slickar Gula Ben undergivet sin halvsysters mungipor. Hon vill inte bråka eller hävda sig.

Den silvergrå alfahannen är svårflörtad. På gammeltikens tid följde han efter henne i veckor innan hon bestämde sig för att slutligen para sig. Han nosade henne i baken och satte de andra hannarna på plats inför hennes åsyn. Ofta, ofta återkom han till henne där hon låg. Han brukade putta på henne med framtassen för att fråga: "nu då?"

Nu ligger alfahannen loj och till synes ointresserad av Gula Bens halvsyster. Han är sju år gammal och det finns ingen i flocken som visar minsta intresse att försöka ta hans plats. Om bara något år kommer han att vara äldre och svagare och måsta hävda sig mer. Men nu kan han ligga här och låta solen värma hans päls medan han slickar sina tassar eller snappar lite snö. Gula Bens halvsyster uppvaktar honom. Ställer sig på huk och urinerar nära honom för att väcka hans intresse. Stryker förbi honom. Angelägen och blodig runt svansroten.

Till slut faller han till föga och betäcker henne. Hela flocken andas ut. Spänningen i gruppen sjunker omedelbart.

De två ettåringarna väcker Gula Ben och vill leka. Hon har legat halvslumrande under en tall en bit bort. Men nu kastar sig ungvargarna över henne. Den ena dunsar med de väldiga framtassarna i snön. Hela kroppen i lekfull framåtvikt. Den andra kommer sättande i full karriär och flyger över henne där hon ligger. Hon far upp på benen och sätter efter dem. De skäller och gläfser så det ekar mellan träden. En förskrämd ekorre far upp som ett rött streck efter en trädstam. Gula Ben hinner ikapp den ena ettåringen och han gör en dubbelvolt i snön. Sedan brottas de en stund och därefter är det hennes tur att bli jagad. Hon pilar som en iller mellan trädstammarna. Saktar ibland in för att de nästan ska hinna upp henne och sätter därefter iväg som ett skott. Hon blir inte fångad förrän hon vill det.

KLOCKAN HALV SJU på morgonen tog Mimmi frukostpaus. Hon hade varit igång med arbetet på krogen sedan klockan fem. Nu blandades dofterna av nybakt bröd och kaffe med oset från nygjord lasagne och pyttipanna. Femtio matlådor i aluminium stod och svalnade på den rostfria arbetsbänken. Hon hade arbetat i köket med svängdörren uppställd för att det inte skulle bli så varmt. Och för att de gillade det, gubbarna. Det var väl som ett sällskap. Att se henne flänga runt och jobba, fylla på kaffekannan. Och de kunde ändå äta ifred, inga granskande kritiska blickar om man råkade tugga med öppen mun eller spilla lite kaffe på skjortan.

Innan hon satte sig för att äta frukost själv flög hon ut till matsalen och skämde bort frukostgästerna genom att gå runt med kannan och fylla på kaffe. Hon trugade och räckte fram brödkorgen. I detta ögonblick tillhörde hon dem alla, hon var deras fru, deras dotter, deras mor. Hennes randiga hår var fortfarande blött efter morgonduschen, flätat under snusnäsduken som hon hade knuten runt huvudet. Det räckte med de blickar hon fick. Hon skulle aldrig springa omkring på krogen med utslaget, blött hår som droppade ner på hennes tajta tröja från H & M. Miss wetter and wetter t-shirt. Hon ställde kannan på värmeplattan och förkunnade:

– Det är bara och ta, nu måste jag sitta ner en kvart.

– Mimmi, kom hit och spill, gnolade en av männen retsamt till svar.

Några av dem skulle strax iväg till jobbet. Det var de som tog snabba små klunkar av kaffet för att få i sig det kvickt fast det fortfarande var för hett, slukade smörgåsarna i två tuggor. De andra fördrev någon timme här innan de vankade hem till ensamheten. De försökte starta samtal och bläddrade planlöst i gårdagens tidning, dagens skulle inte komma än på länge. I byn sa man inte att man var arbetslös eller sjukskriven eller förtidspensionerad. Man sa att man gick hemma.

Deras nattgäst Rebecka Martinsson satt ensam vid ett av borden mot älvsidan och såg ut genom fönstret. Åt sin fil med müsli och drack kaffe utan brådska.

Mimmi bodde i en etta inne i stan. Hon hade behållit den trots att hon i praktiken bodde med Micke i huset närmast krogen. När hon bestämde sig för att bli kvar ett tag hade hennes mamma sagt något lamt om att hon ju kunde bo hos henne. Det hade varit så uppenbart att hon kände sig tvungen att fråga, det skulle aldrig ha fallit Mimmi in att tacka ja. Hon hade drivit krogen med Micke drygt tre år nu och inte förrän förra månaden gav Lisa henne en reservnyckel till huset.

– Man vet ju aldrig, hade hon sagt och blicken hade farit runt överallt. Om det händer något eller så... Hundarna är ju därinne.

– Visst, hade Mimmi svarat och tagit emot nyckeln. Hundarna.

Alltid de där jävla hundarna, hade hon tänkt.

Lisa hade sett att Mimmi blev sur och tvär, men det var inte hennes stil att låtsas märka något och försöka prata. Nej, då var det dags att bege sig. Var det inte något möte i nätverket Magdalena så var det djuren hemma, kanske måste kaninburarna städas eller så måste någon av hundarna till veterinären. Mimmi klättrade upp på arbetsbänken i oljat trä bredvid kylskåpet. Om hon drog upp benen kunde hon trängas där med de färska kryddorna som växte i ursköljda konservburkar. Det var ett bra ställe. Man kunde se Jukkasjärvi på andra sidan älven. En båt ibland. Det fönstret fanns inte på den tiden då lokalen var verkstad. Micke gav det till henne i present. "Här skulle jag vilja ha ett fönster", hade hon sagt. Och så hade han fixat det.

Inte var hon arg på hundarna. Inte svartsjuk heller. Oftast kallade hon dem för brorsorna. Men som på den tiden då hon bodde i Stockholm, aldrig att Lisa kom och hälsade på. Eller ens ringde. "Det är klart att hon älskar dig", brukade Micke säga, "hon är ju din mamma." Han fattade inget.

Det är väl något genetiskt fel med oss, tänkte hon. Jag kan ju inte heller älska.

Om hon någon gång träffade på en riktig skitstövel så kunde hon förstås bli, inte förälskad, det var ett alldeles för tamt ord, Konsums blåvita variant på känslan, nej, då kunde hon bli psykotisk, beroende, missbrukare. Det hade ju hänt. Särskilt en gång, under Stockholmsåren. När man slet sig loss ur en sådan relation så följde stora köttstycken av en med.

Med Micke var det något annat. Honom skulle hon kunna skaffa barn med, om hon nu hade trott att hon kunde älska ett barn. Men han var bra, Micke var bra.

Nedanför fönstret gick några av hönorna och rafsade i höstgräset. Precis när hon satte tänderna i sitt nybakta bröd hörde hon ljudet av en moped ute på vägen. Den svängde in på grusplanen och stannade.

Nalle, tänkte hon.

Det hände titt som tätt att han kom till krogen på morgnarna. Om han vaknade före sin pappa och lyckades smita iväg ohörd. Annars var regeln att han skulle äta frukost hemma.

Efter en liten stund stod han utanför fönstret där hon satt och knackade på rutan. Han hade på sig ett par brandgula hängselbyxor som någon gång i tiden tillhört en televerksarbetare. Reflexbanden nere vid fötterna var nästan helt bortnötta av flitig användning och tvättar. På huvudet bar han en blå mössa av bävernylon med flaxiga öronlappar. Den gröna täckjackan var alldeles för kort. Slutade i midjan.

Han gav henne ett av sina obetalbara kluriga leenden. Det delade på hans kraftiga ansikte, den stora käken for iväg åt höger, ögonen smalnade, ögonbrynen for upp. Det var omöjligt att inte le tillbaka, det gjorde inget att hon inte fick äta sin macka ifred.

Hon öppnade fönstret. Han stack händerna i jackfickorna och fiskade fram tre ägg. Såg på henne som om han utfört en avancerad trollkonst. Han brukade gå in i hönshuset och plocka ägg åt henne. Hon tog emot dem.

– Bra! Tack! Jaha, är det Matfriar-Mårten som är ute och far?

Det kom ett hummande skratt ur hans strupe. Som en startmotor som inte vill i slow-motion, hmmm-hmmm.

– Eller kanske Diskar-Dennis?

Han svarade med ett förtjust nej, visste att hon skojade med honom, men skakade ändå energiskt på huvudet för säkerhets skull. Han hade inte kommit hit för att diska.

– Hungrig va? frågade hon och Nalle vände på klacken och försvann runt hörnet.

Hon hoppade ner från sin plats, drog igen fönstret, stjälpte i sig en klunk kaffe och tog en stor tugga av smörgåsen. När hon kom ut i matsalen hade han satt sig mitt emot Rebecka Martinsson. Han hade hängt jackan över ryggen på stolen bredvid men behållit mössan på. Det var en vana de hade. Mimmi drog av honom mössan, och rufsade i hans täta kort-klippta borst.

– Skall du sitta där borta istället? Så kan du se om det far förbi några fräsiga bilar.

Rebecka Martinsson log mot Nalle.

– Han får gärna sitta med mig, sa hon.

Mimmis hand for ut och rörde vid Nalle igen. Gnuggade honom lite på ryggen.

– Vill du ha plättar eller fil och smörgås?

Hon visste, men det var bra för honom att prata. Och be-stämma själv. Hon såg hur ordet formades i munnen under några sekunder innan det kom ut. Käken rörde sig åt det ena och andra hållet. Sedan med bestämdhet:

– Plättar.

Mimmi försvann iväg till köket. Hon tog ut femton småplättar ur kylen och slängde in dem i micron.

Nalles pappa Lars-Gunnar och hennes mamma Lisa var kusiner. Nalles pappa var pensionerad polis och sedan nästan trettio år jaktledare i laget. Detta gjorde honom till en mäktig man. Han var stor rent kroppsligt också, precis som Nalle. En respektingivande polis på den tiden. Och snäll också, enligt vad folk sa. Det hände fortfarande att han gick på begrav-ningar när det var någon gammal småbuse som dött. Sådana gånger var ofta Lars-Gunnar och prästen de enda närva-rande.

När Lars-Gunnar träffade Nalles mamma var han redan över femtio. Mimmi kom ihåg när han kom och hälsade på med Eva första gången.

Jag kan inte ha varit mer än sex år, tänkte hon.

Lars-Gunnar och Eva satt i skinnsoffan i vardagsrummet. Mamma Lisa sprang ut och in i köket med fikabröd och mjölk och mer kaffe och gudvetvad. Det var på den tiden då hon anpassade sig. Senare skilde hon sig och slutade helt med bakandet och matlagandet. Mimmi kan nästan föreställa sig hur Lisa äter sin middag i den där sportstugan. På stående fot, baken lutad mot arbetsbänken, skedar i sig något ur en konservburk, kanske kall köttsoppa från Bong.

Men den gången. Lars-Gunnar i soffan med armen runt Evas axlar, ett ovanligt ömt uttryck för att vara man i den här byn och kanske särskilt för att vara han. Stolt var han. Hon var, kanske inte söt, men mycket yngre än han, som Mimmi är nu, någonstans mellan tjugo och trettio. Var denna turistande, semesterlediga socialtjänstarbetare träffade Lars-Gunnar kan Mimmi inte föreställa sig. Men Eva sa upp sig från sitt jobb i... Norrköping, om Mimmi minns rätt, och fick jobb på kommunen och flyttade in i hans föräldrahem, där han fortfarande bodde. Efter ett år föddes Nalle. Fast då hette han Björn. Ett lämpligt namn på ett stort brottarämne till bäbis.

Det kan inte ha varit lätt, tänkte Mimmi. Komma från en stor stad och flytta hit till byn. Dra barnvagnen fram och tillbaka efter byvägen under mammaledigheten och bara tanterna att prata med. Att hon inte blev tokig. Fast det var ju det hon blev förstås.

Micron plingade till och Mimmi skar upp två skivor glass och skedade över en klick jordgubbssylt på plättarna. Hon hällde upp ett stort glas mjölk och bredde tre stora smörgåsar av grovt bröd. Tog tre hårdkokta ägg från en gryta på gasspisen och ställde alltihop plus ett äpple på en bricka och bar ut till Nalle.

– Och inga fler plättar förrän du har ätit det andra, sa hon strängt.

När Nalle var tre år fick han hjärninflammation. Eva ringde till vårdcentralen. De blev tillsagda att vänta lite. Så gick det som det gick.

Och när han var fem flyttade Eva. Hon lämnade Nalle och Lars-Gunnar och flyttade tillbaka till Norrköping.

Eller rymde, tänkte Mimmi.

I byn pratades det om hur hon stack ifrån sitt barn. En del klarar inte av att ta ansvar, sa man. Och man ställde sig frågan hur man bara kan. Att man bara kunde göra det. Överge sitt barn.

Mimmi vet inte. Men hon vet hur det känns att kvävas i byn. Och hon kan föreställa sig hur Eva gick i bitar i det där rosa eternithuset.

Lars-Gunnar blev kvar i byn med Nalle. Pratade ogärna om Eva.

– Vad skulle jag göra? sa han bara. Jag kan ju inte tvinga henne.

När Nalle var sju år återvände hon. Eller rättare, Lars-Gunnar hämtade henne från Norrköping. Närmaste grannen kunde berätta om hur han bar henne i sina armar in i huset. Cancern hade snart ätit upp henne. Tre månader senare var hon borta.

– Vad skulle jag göra? sa Lars-Gunnar igen. Hon var ju min sons mor.

Eva begravdes på Poikkijärvi kyrkogård. En mor och en syster kom upp till jordfästningen. De stannade inte länge. Övervarade begravningskaffet precis så länge som de var tvungna. Bar Evas skam i hennes ställe. De övriga begravningsgästerna såg dem inte i ögonen, stirrade dem i ryggen.

– Och där stod Lars-Gunnar och tröstade dem, sa man till varandra. Kunde inte de ha tagit hand om den där kvinnan när hon var döende. Istället var det Lars-Gunnar som hade ordnat med allt. Och det syntes på honom. Han hade säkert gått ner femton kilo. Såg grå och sliten ut.

Mimmi undrade hur det hade gått om Mildred hade funnits då. Kanske hade Eva passat in med kvinnorna i Magdalena. Kanske hade hon skilt sig från Lars-Gunnar men blivit kvar i byn, orkat ta hand om Nalle. Kanske hade hon till och med kunnat fortsätta vara gift med honom.

Första gången Mimmi träffade Mildred satt prästen på Nalles moppeflak. Han skulle fylla femton om tre månader. Ingen i byn sa något om att en förståndshandikappad pojke som ännu inte hade åldern inne körde omkring med ett motorfordon. Herregud, det var ju Lars-Gunnars pojke. De hade minsann inte haft det så lätt. Och så länge Nalle höll sig på byvägen...

– Aj min rumpa, skrattar Mildred inuti Mimmis huvud och hoppar av moppeflaket.

Mimmi sitter utanför Mickes. Hon har tagit ut en av stolarna och sitter i lä för vårvinden, röker en cigarett och vänder näsan mot solen i hopp om att få lite färg. Nalle ser nöjd ut. Han vinkar till Mimmi och Mildred, vänder och åker därifrån så gruset sprutar. Två år tidigare har han varit Mildreds konfirmand.

Mimmi och Mildred presenterar sig. Mimmi blir lite förvånad, hon vet inte vad hon väntat sig, men hon har hört så mycket om den här prästen. Att hon är bråkig. För frispråkig. Att hon är underbar. Att hon är så klok. Att hon inte är klok.

Och nu står hon där och ser så vanlig ut. Ja, trist, om hon skall vara helt ärlig. Mimmi hade nog väntat sig att det skulle finnas ett elektriskt fält kring henne, men allt hon ser är en medelålders kvinna i omoderna jeans och praktiska eccoskor.

– Han är en sådan välsignelse! säger Mildred och gör en rörelse med huvudet mot moppeknattret efter byvägen.

Mimmi mumlar och suckar något om att Lars-Gunnar inte haft det så lätt.

Det är som en betingad reflex. När byn sjunger sin visa om Lars-Gunnar och hans svaga unga hustru och efterblivna pojke, så är det refrängen: "synd om... tänk vad somliga får gå igenom... inte haft det så lätt".

Mildred får ett skarpt veck mellan ögonbrynen. Ser prövande på Mimmi.

– Nalle är en gåva, säger hon.

Mimmi svarar inte. Hon köper inte alla-barn-är-en-gåva-och-det-finns-en-mening-med-allt-som-sker-konceptet.

– Jag fattar inte hur man orkar hålla på och prata om Nalle som om han var en sådan börda. Har du tänkt på hur gott humör man blir på av att vara med honom?

Det är sant. Mimmi tänker på föregående morgon. Nalle väger för mycket. Han är alltid sugen och hans pappa har jämt göra med att förhindra att han alltid äter. En omöjlig uppgift. Tanterna i byn kan inte motstå Nalles matfrierier och ibland kan inte Micke och Mimmi göra det heller. Som i går. Plötsligt stod Nalle i krogköket med en av hönorna under armen. Lill-Anni, en cochin, lägger inte många ägg, men är snäll och tillgiven och har inget emot att bli klappad. Men ivägburen från flocken vill hon inte bli. Nu sparkar hon med sina små hönsben och kacklar oroligt under Nalles stora arm.

– Anni! säger Nalle till Micke och Mimmi. Smörgås.

Han vrider huvudet åt vänster och kröker nacken så att han ser på dem snett under lugg. Ser klurig ut. Det är omöjligt att avgöra om han är medveten om att han inte lyckas lura dem en sekund.

– Bär ut hönan, säger Mimmi och försöker se sträng ut.

Micke brister ut i skratt.

– Vill Anni ha en smörgås? Ja, då är det väl säkrast att hon får det.

Nalle får en smörgås i ena handen och med hönan under den andra marscherar han ut på gården. Han släpper ner Anni och smörgåsen försvinner med en väldig fart in i munnen.

– Hallå! ropar Micke från bron. Skulle inte Anni få den där?

Nalle vänder sig mot honom med en teatraliskt beklagande min.

– Slut, säger han uppgivet.

Prästen Mildred pratar vidare:

– Nog vet jag att det har varit arbetsamt för Lars-Gunnar. Men om Nalle inte hade varit utvecklingsstörd, hade han verkligen varit till större glädje för sin far? Jag undrar det.

Mimmi ser på henne. Prästen har rätt.

Hon tänker på Lars-Gunnar och hans bröder. Hon kan inte komma ihåg deras pappa, Nalles farfar. Men hon har hört berättas. Isak var en hård gubbe. Tuktade barnen med svångremmen. Och ibland hårdare tillhyggen än så. Fem söner och två döttrar fick han.

– Fy fan, sa Lars-Gunnar vid något tillfälle. Jag var så rädd för min egen far att jag kissade på mig ibland. Långt upp i skolåldern.

Mimmi minns den kommentaren mycket väl. Hon var liten då. Kunde inte tro att jättestora Lars-Gunnar någonsin varit rädd. Eller liten. Kissat på sig!

Vad de måste ha ansträngt sig för att inte bli som sin far, de där bröderna. Men ändå finns han där inom dem. Det där föraktet för svaghet. En hårdhet som går i arv från far till son. Mimmi tänker på Nalles kusiner, några av dem bor i byn, är med i jaktlaget, sitter på krogen.

Men Nalle är immun mot allt det där. Lars-Gunnars då och då uppblossande bitterhet mot Nalles mamma, sin egen far, världen i allmänhet. Irritationen över Nalles tillkortakommanden. Självömkandet och hatet som bara kommer ut ordentligt när de där karlarna dricker, men som alltid finns där under ytan. Nalle kan hänga med huvudet, men högst några sekunder. Han är ett lyckligt barn i en vuxen mans kropp. Genomsnäll och genomärlig. Bitterhet och dumhet biter inte på honom.

Om han inte varit hjärnskadad. Om han varit normal. Nog vet hon hur landskapet mellan far och son hade sett ut då. Kargt och torftigt. Tuktat av det där föraktet för den egna inkapslade svagheten.

Mildred. Hon vet inte hur rätt hon har.

Men Mimmi ger sig inte in på några resonemang. Hon rycker på axlarna till svar, säger att det var trevligt att råkas, men nu måste hon fortsätta att jobba.

Nu hörde Mimmi Lars-Gunnars röst ute i matsalen.

– Men för helvete, Nalle.

Inte arg. Mer trött och uppgiven.

– Jag har ju sagt åt dig, frukost äter vi hemma.

Mimmi kom ut i matsalen. Nalle satt framför sin tallrik och hängde skamset med huvudet. Slickade bort mjölkmustaschen från överläppen. Plättarna var uppätna, äggen och smörgåsarna likaså, bara äpplet låg orört kvar.

– Fyrtio kronor, sa Mimmi en knivsudd för muntert till Lars-Gunnar.

Det kan han ha, snålvargen, tänkte hon.

Han hade frysen fylld av gratiskött från jaktlaget. Tanterna i byn hjälpte honom gratis med städning och tvätt, de kom med hembakat bröd och bjöd honom och Nalle på middag.

När Mimmi började på krogen åt Nalle sina frukostar där gratis.

– Ni ska inte ge honom någonting när han kommer, förklarade Lars-Gunnar. Han blir bara tjock.

Och Micke gav Nalle frukost, men eftersom han egentligen inte hade Lars-Gunnars tillåtelse så hade han inte mage att ta betalt.

Mimmi hade mage.

– Nalle har ätit frukost, sa hon till Lars-Gunnar första gången hon hade morgonen. Fyrtio spänn.

Lars-Gunnar hade gett henne en förvånad blick. Sökt sig om i lokalen efter Micke, som låg hemma sov.

– Ni ska inte ge honom när han kommer och tigger, började han.

– Får han inte äta här får du hålla honom härifrån, sa Mimmi. Kommer han får han äta. Äter han får du betala.

Från och med den gången betalade han. Till Micke också när det var han som hade morgonen.

Nu log han till och med mot henne och beställde kaffe och plättar till sig själv. Han stod upp vid sidan av bordet där Nalle och Rebecka satt. Kunde inte bestämma sig för var han skulle slå sig ner. Till slut satte han sig vid grannbordet.

– Kom och sätt dig här, sa han. Damen kanske vill vara ifred.

Damen svarade inte och Nalle satt kvar där han satt. När Mimmi kom med plättarna och kaffet frågade han:

– Kan Nalle vara här idag?

– Mera, sa Nalle när han såg sin pappas plätthög.

– Äpplet först, sa Mimmi orubbligt.

– Nej, sa hon sedan och vände sig till Lars-Gunnar. Jag har fullt upp idag. Magdalena ska ha höstmiddag och planerings-möte här i kväll.

Ett stråk av missnöje for genom honom som ett korsdrag. Genom de flesta gubbarna när kvinnonätverket kom på tal.

– Ett litet tag bara? försökte han.

– Mamma då? sa hon.

– Jag vill inte fråga Lisa. Hon har fullt upp inför mötet i kväll.

– Någon annan av tanterna då? Alla gillar ju Nalle.

Hon såg hur Lars-Gunnar begrundade alternativen. Inget här i världen var gratis. Nog fanns det tanter som han kunde fråga. Men det var just detta. Att be om en tjänst. Besvära. Bli någon stort tack skyldig.

Rebecka Martinsson såg på Nalle. Han stirrade på sitt äpple. Svårt att avgöra om han kände det som om han var till besvär eller om han bara fann det prövande att tvingas äta äpplet innan han fick mer plättar.

– Nalle kan vara med mig om han vill, sa hon.

Lars-Gunnar och Mimmi såg förvånat på henne. Hon såg nästan förvånat på sig själv.

– Ja, jag tänkte inte göra något speciellt idag, fortsatte hon. Kanske åka på någon utflykt... Om han vill följa med så... Ni får mitt mobilnummer.

– Hon bor i en av stugorna, sa Mimmi till Lars-Gunnar. Re-becka...

– ... Martinsson.

Lars-Gunnar nickade mot Rebecka till hälsning.

– Lars-Gunnar, Nalles pappa, sa han. Om det inte är något besvär...

Det är klart att det är besvär, men hon bjussar väl på det, tänkte Mimmi ilsket.

– Inget besvär, försäkrade Rebecka.

Jag har hoppat från femman, tänkte hon. Nu kan jag göra vad jag vill.

I KONFERENSRUMMET PÅ POLISHUSET satt polisinspektör Anna-Maria Mella tillbakalutad i sin stol. Hon hade kallat till ett morgonmöte med anledning av de brev och andra papper som funnits i Mildred Nilssons kassaskåp.

Förutom hon själv fanns två män i rummet. Det var hennes kollegor Sven-Erik Stålnacke och Fred Olsson. På bordet framför dem låg ett tjugotal brev. De flesta i sina sprättade kuvert.

– Då kör vi väl igång, sa hon.

Hon och Fred Olsson drog på sig kirurghandskar och satte igång att läsa.

Sven-Erik satt med händerna knutna på bordsskivan, den stora ekorrsvansen under näsan rakt ut som en rotborste. Han såg mest ut som om han ville slå ihjäl någon. Till slut drog han långsamt på sig gummihandskarna som om de var boxarhandskar.

De ögnade genom breven. De flesta var från församlingsmedlemmar med problem. Det var skilsmässor och dödsfall, otroheter och oro för barn.

Anna-Maria höll upp ett brev.

– Det här är ju omöjligt, sa hon. Kolla, det går absolut inte att läsa, det ser ut som en snurrad telefonsladd som löper efter sidorna.

– Ge hit, sa Fred Olsson och sträckte fram handen.

Han höll brevet först så nära ansiktet att det tog i näsan. Sedan förde han det långsamt bort så att han till slut läste med sträckta armar.

– Det handlar om teknik, sa han och ömsom kisade med ögonen ömsom spärrade upp dem. Först ser man småorden, "och" "jag" "så", sen kan man utgå från dem. Jag tar det sedan.

Han lade ner brevet och återgick till det han läst i innan. Han gillade den här sortens arbete. Söka i databaser, göra slagningar, samköra register, efterforska personer som saknade fast adress. "The truth is out there", brukade han säga och koppla upp sig. Han hade många bra tjallare i adressboken och ett stort socialt kontaktnät, folk som kände till saker om det ena eller andra.

– Här har vi en som är förbannad, sa han efter en stund och höll upp ett brev.

Det var skrivet på ett rosatonat brevpapper med galopperande hästar med flygande manar högst upp i högra hörnet.

– "Din tid är snart UTE, Mildred", läste han. "Snart uppenbaras sanningen om dig för ALLA. Du predikar LÖGN och lever en LÖGN. Vi är MÅNGA som har tröttnat på dina LÖGNER"… bla bla bla…

– Lägg det i en plastficka, sa Anna-Maria. Vi skickar de intressanta till SKL. Shit!

Fred Olsson och Sven-Erik Stålnacke såg upp.

– Kolla! sa hon. Kolla på det här!

Hon vecklade upp ett papper och höll upp det mot kollegorna.

Det var en teckning. Bilden föreställde en kvinna med långt hår som hängde i en snara. Den som gjort teckningen var skicklig. Inte ett proffs, men en duktig amatör, så mycket kunde Anna-Maria se. Runt om den dinglande kroppen slingrade sig eldstungor och på en gravkulle i bakgrunden stod ett svart kors.

– Vad står det längst ner? frågade Sven-Erik.

Anna-Maria läste högt.

– "SNART MILDRED".

– Det där... började Fred Olsson.

– ... skickar jag till Linköping nu! fortsatte Anna-Maria. Om det finns avtryck... Vi måste ringa dem och säga att vi vill ha prioritet på det här.

– Stick iväg du, sa Sven-Erik. Jag och Fred går igenom resten.

Anna-Maria lade in brevet och kuvertet i varsin plastficka. Sedan skyndade hon sig ut ur rummet.

Fred Olsson böjde sig disciplinerat ner över brevhögen igen.

– Den här är fin, sa han. Här står det att hon är en ful manshatande hysterika som ska passa sig jävligt noga för "nu har vi ruttnat på dig din jävla subba, tänk dig för när du går ut på kvällen, se dig om, dina barnbarn kommer inte att känna igen dig". Hon hade väl inga barn? Hur skulle hon då kunna haft barnbarn?

Sven-Erik satt fortfarande och såg på dörren där Anna-Maria försvunnit ut. Hela sommaren. Hela sommaren hade de här breven legat i värdeskåpet medan han och kollegorna famlade omkring i intet.

– Allt jag vill veta, sa han utan att titta på Fred Olsson, är hur i heta helvete de där prästerna kunde underlåta att berätta för mig att Mildred Nilsson hade ett privat värdeskåp på pastorsexpeditionen!

Fred Olsson svarade inte.

– Jag har god lust att skaka de där herrarna upp och ner och fråga vad de håller på med, fortsatte han. Fråga vad de tror att vi håller på med!

– Men nu har ju Anna-Maria lovat Rebecka Martinsson... började Fred Olsson.

– Men jag har inte lovat något, röt Sven-Erik och slog handflatan i bordsskivan så den hoppade.

Han reste sig och gjorde en maktlös gest med handen.

– Ta det lugnt, sa han. Inte springer jag iväg och gör något tok. Jag måste bara få, inte vet jag, samla mig en stund.

Med dessa ord lämnade han rummet. Dörren smällde igen bakom honom.

Fred Olsson återgick till breven. Egentligen var det allra bäst så. Han trivdes med att jobba ensam.

KYRKOHERDE BERTIL STENSSON och prästen Stefan Wikström stod i det lilla rummet innanför pastorsexpeditionen och såg in i Mildred Nilssons värdeskåp. Rebecka Martinsson hade lämnat både nyckeln till prästgården i Poikkijärvi och nyckeln till kassaskåpet.

– Ta det lugnt nu, sa Bertil Stensson. Tänk på...

Han avslutade meningen med en nick ut mot expeditionen där kanslisterna satt.

Stefan Wikström sneglade på sin chef. Kyrkoherdens mun drog ihop sig i en fundersam min. Slätades ut och drog ihop sig. Som på en liten guldhamster. Den korta satta kroppen i en välstruken rosa skjorta från Shirt Factory. En djärv färg, det var kyrkoherdens döttrar som ekiperade honom. Passade bra till det brunbrända ansiktet och det silverfärgade pojkrufset.

– Var är breven? sa Stefan Wikström.

– Kanske brände hon dem, sa kyrkoherden.

Stefan Wikströms röst gick upp ett hack.

– Till mig sa hon att hon hade dem i behåll. Tänk om någon i Magdalena har dem nu. Vad ska jag säga till min fru?

– Kanske ingenting, sa Bertil Stensson lugnt. Jag måste komma i kontakt med hennes man. Han måste få smyckena.

De blev stående tysta.

Stefan Wikström såg tigande på skåpet. Han hade trott att

detta skulle bli en stund av befrielse. Att han skulle hålla breven i sin hand och vara av med Mildred för gott. Men nu. Hennes grepp om hans nacke var lika hårt som tidigare.

Vad begär du av mig, Herre, tänkte han. Det står skrivet att du inte prövar över förmåga, men nu har du drivit mig till gränsen för vad jag mäktar med.

Han kände sig snärjd. Snärjd av Mildred, av sin hustru, sitt yrke, sitt kall där han bara gav och gav utan att någonsin få tillbaka. Och efter Mildreds död kände han sig snärjd av sin chef kyrkoherde Bertil Stensson.

Förut hade Stefan glatt sig åt det far och son-förhållande som uppstått dem emellan. Men nu kände han av det pris som skulle betalas. Han stod under Bertils fot. Han kunde se på blicken hos kvinnorna på kansliet vad Bertil sa om honom bakom hans rygg. De lade huvudena lite på sned och fick något ömkande i blicken. Han kunde nästan höra Bertil: "Stefan har det inte lätt. Han är känsligare än man tror." Känsligare lika med svagare. Att kyrkoherden vid några tillfällen gått in och tagit hans gudstjänster hade inte skett i tysthet. Alla hade informerats, på ett till synes slumpartat sätt. Han kände sig förminskad och utnyttjad.

Jag skulle kunna försvinna, tänkte han plötsligt. Gud tar vård om sparven.

Mildred. Då i juni var hon borta. Plötsligt. Men nu var hon tillbaka. Kvinnonätverket Magdalena hade kommit på fötter. De ropade aggressivt efter fler kvinnliga präster i pastoratet. Och det var som om Bertil redan hade glömt bort hur hon verkligen var. När han talade om henne nuförtiden gjorde han det med värme i rösten. Hon hade ett stort hjärta, suckade han. Hon hade en större herdebegåvning än jag själv, tillstod han generöst. Med det fick han också sagt att hon var en större herdebegåvning än Stefan, eftersom Bertil var mer herde än Stefan.

Jag är i alla fall inte en lögnare, tänkte Stefan hetsigt. Hon var en aggressiv bråkstake, drog till sig trasiga kvinnor och gav dem eld istället för balsam. Döden kunde inte ändra detta faktum. Det var en besvärlig tanke detta att Mildred hade satt trasiga människor i brand. Många skulle kunna påstå att hon satte även honom i brand.

Men jag är inte trasig, tänkte han. Det var inte därför.

Han stirrade in i värdeskåpet. Tänkte på hösten 1997.

Kyrkoherde Bertil Stensson har kallat Stefan Wikström och Mildred Nilsson till möte. Med sig har han kontraktsprost Mikael Berg i egenskap av ansvarig för personalfrågor. Mikael Berg sitter stelt på sin stol. Han är i femtioårsåldern. Byxorna han bär är tio-femton år gamla. Och på den tiden vägde Mikael tio-femton kilo mer. Håret ligger tunt och klistrigt på huvudet. Då och då drar han häftigt efter andan. Handen far upp, vet inte vart den skall ta vägen, stryker över håret på huvudet, far ner i knäet igen.

Stefan sitter mitt emot. Tänker att han skall bevara sitt lugn. Under hela det samtal som de nu har framför sig skall han bevara sitt lugn. De andra kan få höja sina röster, men han är inte sådan.

De väntar på Mildred. Hon kommer direkt ifrån en skolandakt och har meddelat att hon nog blir några minuter sen.

Bertil Stensson ser ut genom fönstret. Rynka mellan ögonbrynen.

Så kommer Mildred. Kliver in genom dörren samtidigt som hon knackar. Röda kinder. Håret har blivit småkrusigt av den fuktiga höstluften utomhus.

Hon slänger jackan på en stol, häller upp kaffe åt sig ur termosen.

Bertil Stensson förklarar varför de är där. Församlingen håller på att bli delad i två, säger han. En Mildred-del och, han säger inte Stefan-del, och resten.

– Jag gläder mig åt det engagemang du skapar kring dig, säger han till Mildred. Men det är en ohållbar situation för mig. Det börjar likna ett krig mellan feministprästen och kvinnohatarprästen.

Stefan hoppar nästan till där han sitter.

– Jag är ju verkligen ingen kvinnohatare, säger han bestört.

– Nej, men det är ju så man har fått till det, säger Bertil Stensson och skjuter fram måndagens NSD på bordet.

Ingen behöver titta i den. Alla har läst artikeln. "Kvinnopräst ger svar på tal" lyder rubriken. I artikeln har man citerat ur Mildreds predikan förra veckan. Hon har berättat att stolan egentligen är en romersk kvinnodräkt. Att den har använts sedan trehundratalet när man började med liturgiska dräkter. "Dagens prästkläder är alltså egentligen kvinnokläder, vet Mildred Nilsson att berätta", står det i artikeln. "Jag kan ändå acceptera manliga präster, det står ju: 'här är icke kvinna eller man, icke jude eller grek.'"

Stefan Wikström har också fått uttala sig i artikeln. "Stefan Wikström uppger att han inte ser sig personligen påhoppad i predikan. Han älskar kvinnor, vill bara inte se dem i predikstolen."

Stefan blir tung i hjärtat. Han känner sig lurad. Visserligen har han sagt vad som står där, men i sammanhanget blir det helt fel. Journalisten hade frågat:

– Du älskar dina bröder. Hur är det med kvinnor? Är du kvinnohatare?

Och han hade naivt svarat absolut inte. Han älskade kvinnor.

– Men du vill inte se dem i predikstolen.

Nej, hade han svarat. Grovt uttryckt så var det väl så. Men det fanns ingen värdering i detta hade han tillagt. I hans ögon var diakonissans arbete lika viktigt som prästens.

Nu säger kyrkoherden att han inte vill se fler markeringar av det här slaget från Mildreds sida.

– Men Stefans markeringar då? säger hon lugnt. Han och hans familj går inte i kyrkan om jag predikar. Vi kan inte ha gemensam konfirmation eftersom han vägrar att samarbeta med mig.

– Jag kan inte gå runt bibelordet, säger Stefan.

Mildred gör en otålig rörelse med huvudet. Bertil ikläder sig sin tålmodighet. De har hört det här förut inser Stefan, men vad kan han göra, det är fortfarande sant.

– Jesus valde tolv män till lärjungar, framhärdar Stefan. Översteprästen var alltid en man. Hur långt kan vi avlägsna oss från bibelordet i vår anpassning till rådande samhällsvärderingar utan att det till slut upphör vara kristendom?

– Alla lärjungar och överstepräster var ju dessutom judar, svarar Mildred. Hur förhåller du dig till det? Och läs Hebréerbrevet, numera är Jesus vår överstepräst.

Bertil håller upp händerna i en gest som betyder att han inte vill ge sig in i den diskussion som de redan haft flera gånger förut.

– Jag respekterar er båda, säger han. Och jag har gått med på att inte placera någon kvinna i ditt distrikt, Stefan. Jag vill än en gång poängtera att ni försätter mig och församlingen i en besvärlig sits. Ni flyttar fokus till en konflikt. Och jag vill uppmana er båda att inte gå i polemik, framför allt inte från predikstolen.

Han ändrar ansiktsuttryck. Från sträng till försonlig. Han nästan blinkar till mot Mildred som i samförstånd.

– Vi kan väl försöka koncentrera oss på vårt gemensamma uppdrag. Jag skulle vara glad om jag slapp höra att ord som mansmakt och könsmaktstruktur flyger omkring i kyrkan. Du får väl tro på Stefan, Mildred. Att det inte är en markering att han inte går i kyrkan när du predikar.

Mildred ändrar inte en min. Hon ser Stefan stint i ögonen.

– Det är bibelordet, säger han och han kan minsann stirra tillbaka. Jag kommer inte runt det.

– Män slår kvinnor, säger hon, drar efter andan och fortsätter. Män nedvärderar kvinnor, dominerar dem, trakasserar dem, dödar dem. Eller skär av deras könsorgan, tar livet av dem som nyfödda, tvingar dem att gå gömda bakom slöja, låser in dem, våldtar dem, hindrar dem från att utbilda sig, ger dem mindre lön och mindre möjlighet att få makt. Förvägrar dem att bli präster. Jag kommer inte runt det.

Det blir knäpp tyst i tre sekunder ungefär.

– Nämen Mildred, försöker Bertil.

– Hon är ju sjuk i huvudet, ropar Stefan. Kallar du mig... Jämställer du mig med kvinnomisshandlare. Det här är inte en diskussion, det här är ju förtal och jag vet inte...

– Vad? säger hon.

Och nu står de båda upp, någonstans i bakgrunden hör de Bertil och Mikael Berg: lugna er, sätt er ner.

– Vad av allt detta är förtal?

– Det finns inget utrymme, säger Stefan vänd mot Bertil. Vi kan inte mötas. Jag behöver inte finna mig i... Vi kan omöjligt samarbeta, det förstår du ju själv.

– Det har du ju aldrig kunnat, hör han Mildred säga bakom hans rygg när han stormar ut ur rummet.

Kyrkoherde Bertil Stensson stod tyst framför kassaskåpet. Han visste att hans unga kollega väntade att han skulle säga något lugnande. Men vad kunde han säga?

Naturligtvis hade hon inte bränt breven eller slängt dem. Om han bara hade känt till dem. Han kände sig mycket irriterad på Stefan för att han inte berättat om dem.

– Är det något annat jag borde veta? frågade han.

Stefan Wikström såg på sina händer. Tystnadsplikten kunde vara ett tungt kors att bära.

– Nej, sa han.

Bertil Stensson upptäckte till sin häpnad att han saknade henne. Han hade blivit bestört och chockerad när hon mördades. Men han hade inte trott att han skulle sakna henne. Förmodligen var han orättvis. Men det som hos Stefan förut hade känts behagligt. Hans tjänstvillighet och hans... ah, det var ett löjligt ord, beundran för sin chef. Allt det där kändes nu när Mildred var borta som behagsjukt och besvärande. De hade behövt balansera varandra, hans små barn. Så hade han sett dem många gånger. Fast Stefan var över fyrtio och Mildred hade passerat femtio. Kanske för att de var barn till kyrkoherdar bägge två.

Åh, hon kunde konsten att reta upp en. Ibland med små medel.

Trettondagsmiddagen till exempel. Nu kände han sig småaktig för att han blivit så irriterad. Men han hade ju inte vetat att det skulle bli den sista för Mildred.

Stefan och Bertil stirrar som förhäxade på Mildreds frammarsch på bordet mellan dem. Det är kyrkans trettondagsmiddag, en tradition sedan några år. Stefan och Bertil sitter bredvid varandra mitt emot Mildred. Personalen håller på att duka undan efter huvudrätten och Mildred mobiliserar. Hon startade med att värva soldater till sin lilla armé. Grep saltkvarnen med ena handen och pepparkvarnen med den andra. Förde dem mot varandra och så fick de ta en svängom medan hon liksom försjunket följde samtalet som väl handlade om julens intensiva arbetsperiod som nu var till ända och kanske om den senaste vinterförkylningen som gick och sådant där. Hon petade ner kanterna på stearinljuset också. Redan då kunde Bertil se hur Stefan nästan fick hålla sig i bordskanten för att inte rycka undan ljusstaken och ropa: peta inte på allt!

Hennes vinglas stod fortfarande på hennes kant som en drottning på ett schackbräde och väntade på sin tur.

När Mildred sedan börjar prata om vargen som det har stått om i tidningarna under julveckan skjuter hon förstrött över salt- och pepparströaren in på Bertils och Stefans sida av bordet. Vinglaset kommer också i rörelse. Mildred berättar att vargen har vandrat över ryska och finska gränsen och glaset far ut i stora svängar över bordet så långt hennes arm når, över alla möjliga gränser.

Hon pratar på, vinrosig om kinderna, och flyttar omkring på föremålen på bordet. Stefan och Bertil känner sig trängda och märkvärdigt besvärade av hennes framfart på bordsduken.

Håll dig på din sida, vill de ropa.

Hon berättar att hon har tänkt. Hon har tänkt att det borde ligga en stiftelse under kyrkan som ska skydda vargen. Kyrkan är ju markägare, det ingår i kyrkans ansvar, tycker hon.

Bertil har blivit lite påverkad av enmansschackspelet på duken och biter ifrån.

– Enligt min mening skall kyrkan ägna sig åt sin coreverksamhet, församlingsarbete och inte åt skogsbruk. Rent principiellt alltså. Vi borde inte ens äga skog. Kapitalförvaltning skall vi lämna åt andra.

Mildred håller inte med.

– Vi är satta att förvalta jorden, säger hon. Det är precis mark vi ska äga och inte aktier. Och om kyrkan äger mark kan den förvaltas på rätt sätt. Nu har den här vargen vandrat över in på svenskt territorium och in på kyrkans marker. Får den inte speciellt beskydd så blir den inte långlivad, det vet du också. Någon jägare eller renägare kommer att skjuta den.

– Så stiftelsen…

– Skulle hindra det, ja. Med pengar och samarbete med Naturvårdsverket så kan vi märka vargen och bevaka den.

– Och på det sättet skulle du stöta bort människor, invänder Bertil. Alla måste få plats i kyrkan, jägare, samer, vargvänner – alla. Men då kan kyrkan inte ta ställning på det sättet.

– Vårt förvaltarskap då? säger Mildred. Vi skall vårda jorden och i det måste ju räknas utrotningshotade djurarter också? Och inte ta politisk ställning? Om kyrkan hade haft den inställningen i alla tider skulle vi väl fortfarande ha slaveri?

Nu måste de skratta åt henne. Hon ska då alltid överdriva och ta i.

Bertil Stensson sköt igen kassaskåpsdörren och låste. Han stoppade nyckeln i fickan. I februari hade Mildred bildat sin stiftelse. Varken han eller Stefan Wikström hade gjort motstånd.

Hela idén med stiftelsen hade irriterat honom. Och nu när han ser tillbaka och försöker göra det ärligt så irriterar det honom att inse att han av feghet inte höll emot. Han var rädd att bli sedd som varghatare och gud vet vad. Men han fick Mildred att gå med på ett mindre provocerande namn än Stiftelsen vargbeskydd i norr. Det blev Jukkasjärvi församlings viltvårdsstiftelse istället. Och han och Stefan fick bli firmatecknare tillsammans med Mildred.

Och senare under våren, när Stefans fru reste iväg med de yngsta barnen till sin mamma i Katrineholmstrakten och stannade borta länge hade Bertil inte tänkt så mycket på det.

Så här efteråt skavde det naturligtvis i honom.

Men Stefan borde ha sagt något, tänkte han till sitt försvar.

Rebecka parkerade bilen på gårdsplanen till sin farmors hus i Kurravaara. Nalle hoppade ur bilen och sprang ett nyfiket varv runt huset.

Som en lycklig hund, tänkte Rebecka när hon såg honom försvinna runt knuten.

I nästa sekund fick hon dåligt samvete. Inte fick man likna honom vid en hund.

Septembersol på den grå eterniten. Vinden som gick i lugna strömmar genom det höga höstgräset, bleknat och näringsfattigt. Lågvatten, en motorbåt långt borta. Från ett annat håll, ljudet av en vedkap. Annars, tystnad, stillhet. En svag bris mot ansiktet, som en försiktig hand.

Hon såg på huset igen. Fönstrena var bedrövliga. De borde häktas ner, skrapas, kittas och målas. Med samma mörkgröna färg som förut, ingen annan. Hon tänkte på mineralullen som låg packad i nedgången till källaren som skydd mot kalluften som annars skulle strömma upp, bilda rimfrost på väggarna och bli till grå fuktfläckar. Den borde rivas ut. Man borde täta, isolera, installera en fläkt. Göra en bra jordkällare. Man borde rädda det hålögda växthuset innan det var för sent.

– Kom så går vi in, ropade hon till Nalle som sprungit ner till Larssons rödtimrade härbre och drog i dörren.

Nalle kom lufsande över potatislandet. Skorna blev tjocka av lera på undersidan.

– Du, sa han och pekade på Rebecka när han kom upp på bron.

– Rebecka, svarade Rebecka. Jag heter Rebecka.

Han nickade till svar. Skulle snart fråga henne igen. Han hade redan frågat några gånger, men ännu inte sagt hennes namn.

De gick uppför trappan och in i farmors kök. Lite rått och fuktigt. Kändes kallare än utomhus. Nalle gick först. I köket öppnade han ogenerat alla garderober och skrubbar, alla skåp och lådor.

Bra, tänkte Rebecka. Han får öppna och alla spöken får flyga ut.

Hon log åt hans lufsande stora gestalt, åt de sneda kluriga leenden som han ibland skickade mot henne. Det kändes fint att ha honom med.

Sådär kan också en riddare se ut, tänkte hon.

Tryggheten i att allt var sig likt kom över henne. Lade armen om henne. Drog ner henne i soffan bredvid Nalle som hittat en banankartong med serietidningar. Han sorterade ut dem han gillade. De måste vara i färg, det blev Kalle Anka mest. Han lade tillbaka Agent X9, Fantomen och Buster i kartongen. Hon såg sig om. De blåmålade stolarna runt det gamla blanknötta slagbordet. Det brummande kylskåpet. Klisterdekorationerna som föreställde olika kryddor på kakelplattorna ovanför den svarta Näfveqvarnspisen. Bredvid vedspisen stod den elektriska med vridrattar i brun och orange plast. Farmors hand överallt. På träställningen över spisen trängdes torkade växter med grytor och rostfria skopor. Farbror Affes fru Inga-Lill hängde fortfarande upp knippen där. Kattfot, renfana, polarull, smörblommor och rölleka. Några köpta rosafärgade eterneller också, det fanns aldrig på farmors tid. Farmors vävda trasmattor på golvet, till och med på kökssoffan som skydd. Broderade dukar ovanpå allt, till och med ovanpå trampsymaskinen i hörnet. Broderade brickband, i det farfars bricka som han gjorde av tändstickor den sista tiden när han vart sjuk. Kuddfodralen hade hon vävt eller virkat.

Skulle jag kunna bo här? tänkte Rebecka.

Hon såg ner på ängen. Det var ingen som slog eller brände den nuförtiden, det syntes. Stora tuvor, gräset kom upp genom ett lager av ruttet fjolårsgräs. Tusen och tusen sorkhål säkert. Så här från ovan såg hon bättre hur ladutaket såg ut. Frågan var om det överhuvudtaget gick att rädda. Hon blev med ens missmodig. Ett hus dör när det blir övergivet. Sakta men säkert. Det vittrar sönder, det slutar andas. Det spricker, sätter sig, möglar.

Var ska man börja? tänkte Rebecka. Bara fönstrena är mer än ett heltidsjobb. Jag kan inte lägga tak. Balkongen håller inte att gå ut på längre.

Så skakade huset till. Dörren smällde igen därnere. Det lilla klockspelet innanför dörren med texten: "Jopa virkki puu visainen kielin kantelon kajasi tuota soittoa suloista" darrade till och släppte ifrån sig några spröda toner.

Sivvings stämma ljöd genom huset. Tog sig stark uppför trappen och trängde in genom halldörren.

– Hallå!

Några sekunder senare uppenbarade han sig i dörröppningen. Farmors granne. Storvuxen åt alla håll. Håret vitt och mjukt som videull på huvudet. Vitgul militärundertröja under en blå jacka av bävernylon. Stort leende när han fick syn på Rebecka. Hon reste sig upp.

– Rebecka, sa han bara.

I två kliv var han framme vid henne. Slöt henne i sina armar.

Inte brukade de kramas, knappt ens när hon var liten flicka. Men hon struntade i att stelna till. Tvärtom. Slöt ögonen de två sekunder som kramen varade. Drev ut i ett hav av vila. Om man lät bli att räkna handskakningar hade ingen människa rört henne sedan… ja, det var Erik Rydén när han hälsade henne välkommen på firmans fest på Lidö. Och dessförinnan ett halvår sedan när de tog blodprov på vårdcentralen.

Så var kramen över. Men Sivving Fjällborg höll kvar henne med högerhanden runt hennes vänstra överarm.

– Hur är det med dig? frågade han.

– Bra, log hon tillbaka.

Hans ansikte blev allvarligare. Han höll henne en sekund till innan han släppte henne. Sedan kom leendet tillbaka.

– Och du har en kamrat med dig.

– Javisst, det här är Nalle.

Nalle hade försjunkit i en Kalle Anka-tidning. Svårt att veta om han kunde läsa eller bara tittade på bilderna.

– Jaha, då får ni allt följa med mig och fika, för jag har minsann något finfint att titta på hemma hos mig. Hur är det Nalle? Saft och bulle? Eller dricker du kaffe?

Nalle och Rebecka följde Sivving i hälarna som två kalvar.

Sivving, tänkte Rebecka och log. Det ordnar sig. Man får ta ett fönster i taget.

Sivvings hus låg på andra sidan vägen. Rebecka berättade att hon kommit upp till Kiruna för jobbets räkning och blivit kvar på en kort semester. Sivving ställde inga besvärliga frågor. Varför hon inte bodde i Kurravaara till exempel. Rebecka noterade att hans vänstra arm hängde kraftlös efter sidan och att vänster fot släpade efter i steget, inte mycket, men ändå. Hon frågade inte heller.

Sivving bodde i pannrummet i källaren. Det blev mindre att städa och mindre ödsligt. Bara när hans barn och barnbarn kom på besök användes resten av huset. Men det var ett trivsamt pannrum. Det porslin och husgeråd som han behövde till vardags fick plats på en brunbetsad stringhylla. Där fanns en säng och ett litet köksbord med perstorpsskiva, en stol, en kommod och en elektrisk kokplatta.

På hundbädden bredvid sängen låg Sivvings vorstehtik Bella. Och bredvid henne låg fyra valpar. Bella svansade hastigt upp och hälsade på Rebecka och Nalle. Hade inte tid att låta sig klappas bara drog in dem helt fort i nosen och gav sedan sin husse två buffar och en slick.

– Det är bra gumman, sa Sivving. Jaha, Nalle, vad tycker du? Fina va?

Nalle verkade knappt höra. Han såg oavvänt på valparna med ett förklarat uttryck i ansiktet.

– Åh, sa han, åh, och satte sig ner på huk vid bädden och sträckte sig efter en sovande valp.

– Jag vet inte… började Rebecka.

– Nej, låt han, sa Sivving. Bella är en tryggare morsa än jag hade trott om henne.

Bella lade sig bredvid de tre valparna som låg kvar i bädden. Hon hade hela tiden koll på Nalle som lyft upp den fjärde och satt sig ner lutad mot väggen med valpen i famnen. Valpen vaknade och attackerade Nalles hand och tröjärm efter förmåga.

– Tänk att de är så där, skrattade Sivving. Det är som att det fanns en on off-knapp på dem. Ena stunden far de runt som härvelkors och så, pang bara, somnar de tvärt.

De drack kaffe under tystnad. Det gjorde inget. Det var nog att se Nalle på rygg på golvet med valparna som klättrande över hans ben, drog i hans kläder och kämpade sig upp på hans mage. Bella passade på att tigga till sig en bulle vid bordet. Snålvattnet rann i två strängar ur hennes käft när hon satte sig bredvid Rebecka.

– Du har visst lärt dig fint sätt, skrattade Rebecka.

– Gå på bädden, sa Sivving till Bella och viftade med handen.

– Du, jag tror att hon har nedsatt hörsel på örat som är mot dig, sa Rebecka och skrattade ännu mer.

– Jag får skylla mig själv, klagade Sivving. Men du vet, man sitter här i ensamheten, då blir det lätt att man faller till föga och delar med sig. Och sedan…

Rebecka nickade.

– Men hördu, sa Sivving glatt. Nu när du har en stor grabb med dig, då kan ni hjälpa mig att ta upp bryggan. Ett tag tänkte jag försöka dra upp den med traktorn, men jag är rädd att den inte håller.

Bryggan var vattensjuk och tung. Älven låg och trög. Nalle och Sivving stod ute i vattnet på varsin sida och slet. Sommarens sista flygfän passade på att bita dem i nacken. Solen och ansträngningen gjorde att deras kläder hamnade i en hög uppe på backen. Nalle hade på sig Sivvings extrastövlar. Rebecka hade hämtat andra kläder uppifrån farmoderns hus. Den ena stöveln var sprucken så hon hade snabbt blivit blöt om högerfoten. Nu stod hon på landbacken och drog, det klafsade om socken i stöveln. Hon kunde känna rännilarna av svett nerför ryggen. Hårbotten också. Blöt och salt.

– Nu känner man att man lever, stönade hon till Sivving.

– Kroppen i alla fall, svarade Sivving.

Han såg nöjt på henne. Visste att det låg som en befrielse i hårt kroppsarbete när själen plågades. Nog skulle han sätta henne i arbete om hon kom tillbaka.

Efteråt åt de köttsoppa och knäckebröd i Sivvings pannrum. Sivving hade trollat fram tre pallar, de fick plats runt bordet. Rebecka hade fått på sig torra sockar.

– Jaha, det var ju bra att det smakade, sa Sivving till Nalle som öste in köttsoppa tillsammans med stora bitar knäckebröd med ett tjockt lager smör och ost. Du får komma hit och hjälpa mig fler gånger.

Nalle nickade med munnen full med mat. Bella låg på bädden med de snusande valparna under magen. Hennes öron rörde sig ibland. Hon hade koll på folket fast ögonen var stängda.

– Och du Rebecka, sa Sivving, är ju alltid välkommen.

Hon nickade och såg ut genom källarfönstret.

Tiden går långsammare här, tänkte hon. Fast nog märker man att den går. En ny brygga. Ny för mig, den har redan många år på nacken. Katten som försvinner i gräset är inte Larssons Mirri. Hon är död och borta för länge sedan. Jag vet inte vad hundarna heter som jag hör skälla långt bortifrån. Förr visste jag. Kände igen Pilkkis hesa ettriga stridslystna skällande. Hon kunde hålla på hur länge som helst. Sivving. Snart behöver han hjälp med att skotta och handla mat. Kanske kunde jag stå ut här?

Anna-Maria Mella körde upp sin röda Ford Escort på Magnus Lindmarks gård. Enligt Lisa Stöckel och Erik Nilsson var alltså detta den man som inte gjort någon hemlighet av att han hatat Mildred Nilsson. Som skurit sönder hennes bildäck och satt eld på prästgårdens uthus.

Han höll på att tvätta sin Volvo och stängde av vattnet och lade ner slangen när hon svängde in på gårdsplanen. Kring fyrtio. Lite kortväxt, men han såg stark ut. Rullade upp ärmarna på skjortan när hon klev ur bilen. Ville väl visa musklerna lite.

– Kör du ånglok, skojade han.

I nästa ögonblick insåg han att hon var polis. Hon kunde se hur hans ansikte förändrades. En blandning av förakt och slughet. Anna-Maria kände att hon borde haft Sven-Erik med sig.

– Jag tror inte att jag har lust att svara på några frågor, sa Magnus Lindmark innan hon ens hunnit öppna munnen.

Anna-Maria presenterade sig. Drog upp brickan också, fast hon inte brukade vifta med den i onödan.

Vad gör jag nu? tänkte hon. Det finns inga möjligheter att tvinga honom.

– Du vet ju inte ens vad det gäller, försökte hon.

– Få se låt mig gissa, sa han och drog ihop ansiktet i en

konstlad tänkarmin och gned med pekfingret mot hakan. En fitta till präst som fick vad hon förtjänade kanske? Och nu måste jag känna efter, nix jag känner inte för att prata om det.

Oj, tänkte Anna-Maria, han gillar verkligen det här.

– Okej, sa hon och log helt obesvärat. Då tar jag väl mitt ånglok och tuffar iväg igen.

Hon vände om och gick till bilen.

Han kommer att ropa, hann hon tänka.

– Om ni får tag på killen som gjorde det, ropade han, ring mig så att jag får komma in och trycka hans hand.

Hon gick den sista biten fram till sin bil. Vände sig mot honom med handen på handtaget. Sa inget.

– Hon var en jävla slyna som fick vad hon förtjänade. Har du inget block? Skriv upp det.

Anna-Maria hissade upp ett block och penna ur fickan. Skrev "jävla slyna".

– Hon verkar ha retat upp en hel del folk, sa hon liksom för sig själv.

Han kom fram till henne där hon stod, ställde sig hotfullt nära.

– Det kan du ge dig fan på, sa han.

– Varför var du arg på henne.

– Arg, spottade han. Arg, det blir jag på hundjäveln när hon står och trädskäller efter en ekorre. Jag är inte den hycklande typen, har inga problem med att erkänna att jag hatade henne. Och det var inte bara jag som gjorde det.

Prata på, tänkte Anna-Maria och nickade inkännande.

– Varför hatade du henne?

– För att hon knäckte mitt äktenskap, därför! För att min pojke började kissa i sängen när han var elva år gammal! Vi hade problem, Anki och jag, men när hon hade snackat med

Mildred, då var det inte tal om att lösa något. Jag sa: "vill du gå i familjerådgivning, jag gör det om du vill", men nej, den där jävla prästen stökade runt i huvet på henne tills hon lämnade mig. Och tog ungarna med sig. Det trodde du inte att kyrkan höll på med vad?

– Nej. Men du...

– Anki och jag grälade, visst. Men det kanske du gör med din gubbe ibland?

– Ofta. Men du blev alltså så arg att du...

Anna-Maria avbröt sig och bläddrade i sitt block.

– ...satte eld på hennes uthus, punkterade hennes däck, krossade rutorna i hennes växthus.

Magnus Lindmark log brett mot henne och sa med len röst:

– Men det där var inte jag.

– Nehej, vad gjorde du natten mot midsommarafton.

– Har jag redan sagt, sov hos en kompis.

Anna-Maria läste i blocket.

– Fredrik Korpi. Sover du ofta över hos dina killkompisar.

– När man är så jävla dragen att man inte kan köra hem så...

– Du sa att du inte var den enda som hatade henne? Vilka andra?

Han svepte ut med armen.

– Vem som helst.

– Omtyckt, har jag hört.

– Av en massa hysteriska kärringar.

– Och en del män.

– Som bara är hysteriska kärringar. Fråga vilken, ursäkta uttrycket, riktig karl som helst så får du höra. Här var hon ju på jaktlaget också. Skulle dra in arrendet och fan vet. Men om du tror att Torbjörn slog ihjäl henne så tror du också jävligt fel.

– Torbjörn?

– Torbjörn Ylitalo, kyrkans skogvaktare och ordförande i jaktföreningen. De hade värsta grälet i våras. Han skulle nog gärna ha satt bössan i käften på henne. Jävlar när hon satte igång med den där vargstiftelsen. Och det där, det är en klassfråga. Det är jävligt lätt för en massa stockholmare att älska vargar. Men den dagen vargen kommer ner till deras golfbanor och groggverandor och käkar upp deras pudlar till frukost, då blir det jakt!

– Mildred Nilsson var väl inte stockholmare?

– Nä, men någonstans där nerifrån. Torbjörn Ylitalos kusin fick sin gråhund dödad av varg när han var ner till Värmland och hälsade på svärföräldrarna julen nittionio. Den var jaktchampion med eftersöksdiplom. Du, han satt på Mickes och grinade när han berättade om när han hittade hunden. Eller rättare sagt resterna av hunden. Det var bara skelett och lite blodiga skinnslamsor kvar av den.

Han såg på henne. Hon höll ansiktet uttryckslöst, vad trodde han, att hon skulle svimma för att han pratade om skelett och skinnslamsor?

När hon inte sa något vred han huvudet åt sidan, blicken svepte ut över tallarna iväg mot de fransiga drivande molnen på den kallblå hösthimlen.

– Jag var tvungen att gå till en advokat innan jag fick träffa mina egna ungar. Fy fan, fy fan. Jag hoppas hon hann lida. Det gjorde hon va?

NÄR REBECKA OCH NALLE kom tillbaka till Mickes bar & kök var klockan redan fem på eftermiddagen. Lisa Stöckel kom gående ner mot krogen från landsvägen och Nalle sprang henne till mötes.

– Hund! ropade han och pekade på Lisas hund Majken. Liten!

– Vi har kollat på valpar, förklarade Rebecka.

– Becka! ropade han och pekade på Rebecka.

– Ojdå, nu har du blivit populär, log Lisa mot Rebecka.

– Valparna var en höjdare, svarade Rebecka blygsamt.

– Hundar överhuvudtaget, sa Lisa. Du gillar hundar, visst Nalle? Jag hörde att du tog hand om Nalle idag, det ska du ha tack för. Jag kan betala om du har haft kostnader för mat eller så.

Hon tog upp en plånbok ur fickan.

– Nej nej, sa Rebecka och viftade avvärjande med handen så att Lisa tappade plånboken på backen.

Alla plastkort ramlade ut på gruset, lånekortet från biblioteket, medmerakortet och ICA-kortet, VISA-kortet och körkortet.

Och fotografiet på Mildred.

Lisa böjde sig hastigt för att rafsa ihop allting, men Nalle hade redan plockat upp fotografiet på Mildred. Det var taget under en bussresa som Magdalena gjorde till ett retreat i Uppsala. Mildred skrattade överraskat och förebrående mot kameran. Det var Lisa som höll i den. De hade stannat för en bensträckare.

– Illred, sa Nalle till fotografiet och lade det mot kinden.

Han log mot Lisa som stod där med en otåligt utsträckt hand. Hon fick hålla i sig för att inte rycka det ifrån honom. Det var ju en jäkla tur att ingen annan var där.

– Ja, de två var kompisar, sa hon och nickade mot Nalle som fortfarande höll fotot mot kinden.

– Det verkar ha varit en speciell präst, sa Rebecka allvarligt.

– Mycket, sa Lisa. Mycket.

Rebecka böjde sig ner och klappade hunden.

– Han är en sådan välsignelse, sa Lisa. Man glömmer alla sina bekymmer när man är tillsammans med honom.

– Är det inte en tik? frågade Rebecka och tittade under magen på hunden.

– Nej, jag pratade om Nalle, sa Lisa. Det här är Majken.

Hon gav hunden en förströdd klapp.

– Jag har många hundar.

– Jag gillar hundar, sa Rebecka och strök Majken över öronen.

Det är värre med människor va? tänkte Lisa. Jag vet. Jag var så själv länge. Är väl fortfarande så.

Men Mildred hade fått henne till allt. Redan från början. Som när hon fick Lisa att hålla föredrag om privatekonomi. Lisa hade försökt vägra. Men Mildred hade varit... envis var ett löjligt ord. Man kunde inte stoppa ner Mildred i det ordet.

– Bryr du dig inte? frågar Mildred. Bryr du dig inte om människor?

Lisa sitter på golvet med Bruno liggande bredvid. Hon klipper hans klor.

Majken står bredvid som en sjuksköterska och övervakar. De andra hundarna ligger i hallen och hoppas att det aldrig skall bli deras tur. Om de håller sig riktigt tysta och lugna, kanske Lisa glömmer bort dem.

Och Mildred sitter på kökssoffan och förklarar. Som om felet var att Lisa inte fattar. Kvinnogruppen Magdalena vill hjälpa kvinnor som är helt under isen rent ekonomiskt sett. Långtidsarbetslösa, långtidssjukskrivna biståndstagare med kronofogden efter sig och kökslådorna fulla av papper från inkassoföretag och myndigheter och gud vet allt. Och nu råkar Mildred veta att Lisa arbetar som skuld- och budgetrådgivare på kommunen. Mildred vill att Lisa skall ha en kurs för de här kvinnorna. Så att de får ordning på sin privatekonomi.

Lisa vill svara nej. Säga att hon faktiskt inte bryr sig om människor. Att hon bryr sig om sina hundar, katter, getter, får, lamm. Älgkon som kom förrförra vintern, mager som ett spret, som hon stödfodrade.

– De kommer inte att komma dit, svarar Lisa.

Hon klipper den sista klon på Bruno. Han får en klapp och försvinner iväg till resten av gänget i hallen. Lisa reser sig upp.

– De säger "ja, ja, jättebra" när du bjuder in dem, fortsätter hon. Sedan dyker de inte upp.

– Vi får väl se, säger Mildred och hennes ögon smalnar.

Sedan drar hon ut den lilla lingonmunnen i ett brett leende. En rad små tänder, som på ett barn.

Lisa blir helt knäsvag, tittar åt något annat håll, säger: "jag kommer väl" bara för att få iväg prästen därifrån innan hon drattar på ändan.

Tre veckor senare står Lisa framför en grupp kvinnor och

pratar. Ritar på en vit tuschtavla. Cirklar och tårtbitar, rött, grönt och blått. Sneglar på Mildred, törs knappt se på henne. Ser på de andra åhörarna istället. Lite finklädda, gud bevars. Billiga blusar. Noppiga koftor. Guldfärgade bijouterier. De flesta lyssnar snällt. Andra stirrar nästan hatiskt på Lisa, som om det var hennes fel hur de har det.

Så småningom dras hon med i andra projekt i kvinnogruppen. Det går av bara farten. Hon går till och med på bibelstudiegruppen ett tag. Men till sist funkar det inte längre. Hon kan inte titta på Mildred, för det känns som om de andra kan läsa hennes ansikte som en öppen bok. Hon kan inte undvika att se på henne hela tiden, det blir också så uppenbart. Hon vet inte vart hon skall ta vägen. Hör inte vad de pratar om. Tappar pennan och har sig. Till slut går hon inte dit mer.

Hon håller sig borta från kvinnogruppen. Rastlösheten är som en obotlig sjukdom. Hon vaknar mitt i nätterna. Tänker på prästen hela tiden. Hon börjar springa. Mil efter mil. Först efter landsvägar. Sedan torkar det upp i markerna och hon kan springa i skogen. Hon åker till Norge och köper en hund till, en Springer Spaniel. Den håller henne sysselsatt. Hon kittar om fönstrena och lånar inte jordfräsen av grannen till potatislandet som hon brukar, vänder för hand istället under de ljusa majkvällarna. Ibland tycker hon att hon hör telefonen ringa inifrån huset, men hon svarar inte.

– Kan jag få kortet, Nalle, sa Lisa och försökte få rösten att låta neutral.

Nalle höll i kortet med bägge händer. Hans leende gick från öra till öra.

– Illred, sa han. Gunga.

Lisa stirrade på honom, tog kortet ifrån honom.

– Ja, jag tänker det, sa hon till slut.

Till Rebecka sa hon, lite för snabbt, men Rebecka verkade inte märka något:

– Nalle konfirmerades för Mildred. Och den konfirmationsundervisningen var ganska… okonventionell. Hon förstod att han var ett barn, så det var nog mycket gunga på lekplatsen och åka med båten och äta pizza. Eller hur Nalle, du och Mildred, ni åt pizza. Quattro Stagione, va?

– Han åt tre portioner köttsoppa idag, sa Rebecka.

Nalle lämnade dem och började gå mot hönshuset. Rebecka ropade hejdå efter honom, men han tycktes inte höra.

Lisa tycktes inte heller höra när Rebecka sa hejdå och försvann iväg till sin friggebod. Svarade frånvarande, såg efter Nalle.

Lisa tassade efter Nalle som en räv efter sitt byte. Hönshuset låg på krogens baksida.

Hon tänkte på vad han sagt när han såg kortet på Mildred. "Illred. Gunga." Men Nalle gungade inte. Hon skulle vilja se den gunga som han fick plats i. Så det kan inte ha varit så att de var på en lekplats tillsammans och gungade.

Nalle öppnade hönshusdörren. Han brukade plocka in äggen åt Mimmi.

– Nalle, sa Lisa och försökte fånga hans uppmärksamhet. Nalle, såg du Mildred gunga?

Hon pekade med handen ovanför sig.

– Gunga, svarade han.

Hon följde efter honom in. Han stack in handen under hönorna och plockade äggen som de ruvade på. Skrattade när de ilsket pickade på hans hand.

– Var det högt uppe? Var det Mildred?

– Illred, sa Nalle.

Han stoppade äggen i fickorna och gick ut.

Herregud, tänkte Lisa. Vad håller jag på med? Han uppre-
par ju vad jag än säger.

– Såg du rymdraketen? frågade hon och gjorde en flygande
rörelse med handen. Woschh!

– Woschh! log Nalle och drog med en svepande rörelse
fram ett ägg ur fickan.

Ute på landsvägen stannade Lars-Gunnars bil och tutade.

– Din pappa, sa Lisa.

Hon höjde handen i en hälsning mot Lars-Gunnar. Hon
kunde känna hur stel och avig den var. Kroppen var en förrä-
dare. Det var helt omöjligt för henne att möta hans blick eller
ens växla ett ord.

Hon stannade kvar bakom krogen medan Nalle skyndade
iväg till bilen.

Tänk inte på det där, sa hon till sig själv. Mildred är död. In-
genting kan ändra på det.

Anki Lindmark bodde i en lägenhet på andra våningen på Kyrkogatan 21 D. Hon öppnade dörren när Anna-Maria Mella ringde på och kikade ut över en säkerhetskedja. Hon var i trettioårsåldern, kanske lite yngre. Håret var hemmablonderat med utväxt. Hon hade en lång kofta och jeanskjol. Genom dörrspringan slogs Anna-Maria av att kvinnan var ganska lång, säkert ett halvt huvud längre än sin före detta man. Anna-Maria presenterade sig.

– Är du Magnus Lindmarks före detta? frågade hon.

– Vad har han gjort? frågade Anki Lindmark.

Så blev ögonen bakom säkerhetskedjan stora.

– Är det något med pojkarna?

– Nej, sa Anna-Maria. Jag vill bara ställa några frågor. Det går fort.

Anki Lindmark släppte in henne, hakade på säkerhetskedjan och låste dörren.

De gick in i köket. Det var städat och prydligt. Havregryn, O'boypulver och socker i tupper-wareburkar på arbetsbänken. En liten duk över mikron. På fönsterbrädan stod trätulpaner i en vas, en glasfågel och en liten miniatyrkärra i trä. Barnteckningar var fastsatta med magneter på kylen och frysen. Riktiga gardiner med omtag, kappa och rynkad kant.

Vid köksbordet satt en kvinna i sextioårsåldern. Hon hade morotsfärgat hår och gav Anna-Maria Mella en arg blick. Skakade fram en mentolcigarett ur ett paket och tände.

– Min mamma, förklarade Anki Lindmark när de satte sig.

– Var har du barnen? frågade Anna-Maria.

– Hos min syster. Kusinen fyller år idag.

– Din förra man, Magnus Lindmark... började Anna-Maria.

När Anki Lindmarks mamma hörde sin före detta svärsons namn blåste hon ut ett rökmoln i en fnysning.

– ... han har själv sagt att han hatade Mildred Nilsson, fortsatte Anna-Maria.

Anki Lindmark nickade.

– Han orsakade skadegörelse på hennes egendom, sa Anna-Maria.

I nästa sekund hade hon kunnat bita av sig tungan. "Orsakade skadegörelse på egendom", vad var det för myndighetssnack? Det var den där rökande morotskvinnans smala ögon som fick henne att bli formell.

Sven-Erik, kom och hjälp mig, tänkte hon.

Han kunde prata med kvinnor.

Anki Lindmark ryckte på axlarna.

– Alltså, allt vi pratar om är mellan dig och mig, sa Anna-Maria i ett försök att skjuta ihop kontinentalsocklarna. Är du rädd för honom?

– Berätta varför du bor här, sa modern.

– Jo, sa Anki Lindmark. I början efter att jag lämnat honom bodde jag i mammas stuga i Poikkijärvi...

– Den är såld nu, sa modern. Vi kan inte vara därute nåt mer. Fortsätt.

– ... men Magnus höll på och ge mig artiklar ur kvällstidningarna om bränder och sådant, så till slut tordes jag inte bo där mer.

– Och polisen kan inte göra ett dugg, sa modern och log ett glädjelöst leende.

– Han är inte dum mot pojkarna, det är han inte. Men ibland när han dricker så... ja, då kan han komma upp i trappen och vråla och skrika åt mig... hora och allt möjligt... sparka på dörren. Så det är lika bra att bo så här där man har grannar och inga fönster i markplanet. Men innan jag fick den här lägenheten och tordes bo själv med pojkarna så bodde jag hos Mildred. Men det vart ju så att hon fick krossade fönster och han... och uppskurna bildäck... och så brann det ju då i hennes uthus.

– Och det var Magnus?

Anki Lindmark såg ner i bordet. Hennes mamma lutade sig mot Anna-Maria.

– De enda som inte tror att det var han, det är ju för fan polisen, sa hon.

Anna-Maria lät bli att ge sig in på ett resonemang om skillnaden mellan att tro på något och att kunna bevisa det. Hon nickade eftertänksamt istället.

– Allt jag hoppas är att han skall hitta någon ny, sa Anki Lindmark. Helst få barn med henne. Men det har ju blivit bättre nu, sedan Lars-Gunnar pratade med honom.

– Lars-Gunnar Vinsa, sa modern. Han är polis, eller var, han är ju pensionär nu. Och så är han jaktledare i jaktföreningens jaktlag. Han pratade med Magnus. Och är det något som Magnus inte vill så är det att bli av med sin plats i laget.

Lars-Gunnar Vinsa, nog visste Anna-Maria vem han var. Men han hade bara jobbat ett år efter det att hon började i Kiruna och de hade aldrig jobbat ihop. Så hon kunde inte säga att hon kände honom. Han hade en utvecklingsstörd pojke mindes hon. Hon kom ihåg hur hon fick reda på det också. Lars-Gunnar och en kollega hade tagit en heroinmissbrukartjej som var stökig inne på Kupolen. Lars-Gunnar hade frågat om hon hade sprutor i fickorna innan han visiterade henne. Näråförfan, dem hade hon hemma i lägenheten. Så Lars-Gunnar hade stuckit ner händerna i hennes fickor för att söka genom dem och stuckit sig på en spruta. Tjejen hade kommit in på stationen med en överläpp som en sprucken fotboll och blodet forsande ur näsan. Kollegorna hade hindrat Lars-Gunnar från att anmäla sig själv, det var vad Anna-Maria hade hört. Det var 1990. Att få ett säkert svar på ett HIV-test tog sex månader. Under tiden som följde pratade man mycket om Lars-Gunnar och hans sexåriga pojke. Pojkens mamma hade övergett sitt barn och Lars-Gunnar var den enda han hade.

– Så Lars-Gunnar pratade med Magnus efter branden? frågade Anna-Maria.

– Nej, det var efter katten.

Anna-Maria väntade tyst.

– Jag hade en katt, sa Anki och harklade till som om något satt sig i strupen på henne. Skrållan. När jag stack ifrån Magnus försökte jag ropa på henne, men hon hade varit borta ett tag. Jag tänkte att jag skulle komma tillbaka senare och hämta henne. Jag var så nervös. Jag ville inte träffa Magnus. Han höll på och ringde. Till mamma också. Mitt i natten ibland. I alla fall så ringde han till mitt jobb och sa att han hade hängt en påse med grejer som var mina på dörren till lägenheten.

Hon tystnade.

Modern puffade ut ett rökmoln mot Anna-Maria. Det drev isär i tunna slöjor.

– Det var Skrållan i påsen, sa hon när hennes dotter inte fortsatte. Och hennes ungar. Fem stycken. Huvudet var av på allihop. Det var bara blod och päls.

– Vad gjorde du?

– Nå, vad skulle hon göra? fortsatte mamman. Ni kan ju inte göra något. Det sa ju till och med Lars-Gunnar. Om man anmäler till polisen skall det ju vara något brott. Det hade ju kunnat vara djurplågeri om de lidit. Men eftersom han hade huggit huvudena av dem så hade de ju säkert inte hunnit plågas någonting. Skadegörelse hade det kunnat vara om de haft något ekonomiskt värde, typ varit raskatter eller någon dyr jakthund eller så. Men det här var ju bara bondkatter.

– Ja, sa Anki Lindmark. Men inte tror jag att han skulle slå ihjäl...

– Jamen, sedan då? sa modern. När du hade flyttat hit? Kommer du ihåg hur det vart med Peter?

Modern fimpade sin cigarett och fiskade fram en ny som hon tände.

– Peter bor i Poikkijärvi. Han är också frånskild, men gud vilken snäll och fin kille. Nå, han och Anki började träffas lite...

– Som kompisar bara, sköt Anki in.

– En morgon när Peter var på väg till jobbet körde Magnus ut bilen framför honom. Magnus stannade sin bil och hoppade ut. Det gick inte att köra förbi för Magnus hade parkerat bilen liksom snett över den där smala grusvägen. Och Magnus hoppar ur och går fram till sin bagagelucka och plockar fram ett brännbollsträ. Så går han fram mot Peters bil. Och Peter sitter där och tror att han skall dö och tänker på sina egna ungar, tänker att han kanske kommer bli ett kolli. Sen bara lägger Magnus upp ett gapflabb och kliver in i sin egen bil igen och åker därifrån så gruset sprutar. Så tog det dejtandet slut, eller hur Anki?

– Jag vill inte bråka med honom. Han är fin mot pojkarna.

– Nä, du törs knappt gå på Konsum. Det är knappt någon skillnad mot förr när du var gift med han. Jag är så jävla trött på det. Polisen! Inte ett skit kan de göra.

– Varför var han så arg på Mildred? frågade Anna-Maria.

– Han sa att det var hon som liksom påverkade mig att lämna honom.

– Gjorde hon det?

– Nej, vet du, sa Anki. Jag är faktiskt en vuxen människa. Jag tar mina egna beslut. Och det har jag sagt till Magnus.

– Vad sa han då?

– "Är det Mildred som har sagt åt dig att säga så?"

– Vet du vad han gjorde natten mot midsommarafton? Anki Lindmark skakade på huvudet.

– Har han slagit dig någon gång?

– Men aldrig pojkarna.

Det var dags att gå.

– En sista grej bara, sa Anna-Maria. När du bodde hos Mildred. Vad fick du för intryck av hennes man? Hur hade de det?

Anki Lindmark och hennes mor bytte en blick.

Byns samtalsämne, tänkte Anna-Maria.

– Hon kom och gick som katten, sa Anki. Men han tycktes trivas med det så… Ja, de var då aldrig ovänner eller så.

KVÄLLEN SMÖG SIG PÅ. Hönorna gick in i hönshuset och tryckte ihop sig tätt intill på sittpinnen. Vinden mojnade och lade sig ner i gräset. Detaljer suddades ut. Gräs, träd och hus flöt ut i den dunkelblå himlen. Ljuden kröp närmare, blev skarpare.

Lisa Stöckel lyssnade till gruset under sina egna steg där hon kom gående på vägen ner mot krogen. Hon hade sin hund Majken i släptåg. Om en timma skulle kvinnonätverket Magdalena ha höstmöte med middag på Mickes.

Hon skulle hålla sig nykter och ta det lugnt. Stå ut med det där snacket om att allt måste gå vidare utan Mildred. Att Mildred kändes lika nära nu som när hon levde. Det var bara att bita i insidan av läpparna, hålla fast sig i stolen och inte resa sig upp och ropa: Det är slut med oss! Ingenting kan fortsätta utan Mildred! Hon är inte nära! Hon är en ruttnande sörja nere i jorden! Jord ska hon åter varda! Och ni, ni skall åter varda stugsittare, kaffekokerskor, fibromyalgitanter, skvaller-kärringar. Och ni ska läsa Hemmets Journal och ICA Kuriren och serva era karlar.

Hon klev in genom dörren och åsynen av hennes dotter av-bröt hennes tanke.

Mimmi. Drog med en trasa över borden och fönsterbrä-dorna. Det trefärgade håret i två tjocka kringlor ovanför öronen. Rosa spetskant på bh:n som tittade fram ur urringningen på den svarta tajta tröjan. Svettrosiga kinder, förmodligen hade hon stått i köket och fixat maten.

– Vad blir det? frågade Lisa.

– Jag körde lite medelhavstema. Små olivbröd med röror som entré, svarade Mimmi utan att dra ner på tempot med trasan. Nu gick den över den blanka bardisken. Hon eftertorkade med handduken som hon alltid bar invikt innanför förklädeskanten i midjan.

– Det finns tsatsiki, tapenade och hummus, fortsatte hon. Sedan är det bönsoppa med pistou, det var lika bra att köra vegetariskt för alla, hälften av er är ju ändå sådana där gräsätare.

Hon tittade upp och flinade till mot Lisa som precis drog av sig kepsen.

– Men morsan, utbrast hon. Hur fan ser du ut i skallen? Är det hundarna som får gnaga av dig håret när det blir för långt?

Lisa drog med handen över snaggen på huvet för att försöka släta till den. Mimmi kollade på sin klocka.

– Jag fixar det, sa hon. Dra fram en stol och sätt dig.

Hon försvann ut genom svängdörren till köket.

– Mascarponeglass och hjortron till efterrätt, ropade hon inifrån köket. Den är helt…

Hon lät en uppskattande busvissling avsluta meningen.

Lisa drog fram en stol, hängde av sig täckkappan och satte sig. Majken la sig omedelbart vid hennes fötter, bara den här korta promenaden hade gjort henne trött, eller så hade hon ont, förmodligen det senare.

Lisa satt stilla som i kyrkan medan Mimmis fingrar drog genom håret och saxen jämnade av alltihop till en fingerbredds längd.

– Hur kommer det att gå nu då, utan Mildred? frågade Mimmi. Här har du tre virvlar på raken.

– Vi fortsätter väl som vanligt tänker jag.

– Med vadå?

– Middagarna för morsor med barn, den rena trosan och vargen.

Den rena trosan hade börjat som ett insamlingsprojekt. När det gällde den praktiska hjälp som socialen erbjöd missbrukande kvinnor så hade det visat sig att hjälpen var mycket inriktad på män. Det fanns engångshyvlar och kalsonger i klädpaketen, men inga trosor och inga tamponger. Kvinnor fick nöja sig med blöjliknande bindor och herrkalsonger. Magdalena hade erbjudit socialen ett samarbete som bestod i inköp av trosor och tamponger och hygienprodukter som roll-on och balsam. Vidare hade man blivit kontaktpersoner. Kontaktpersonens namn lämnades till den hyresvärd som kunde övertalas att upplåta en bostad till den missbrukande kvinnan. Blev det problem kunde värden ringa till kontaktpersonen.

– Hur ska ni göra med vargen?

– Vi hoppas ju på bevakning i samarbete med Naturvårdsverket. Nu när snön kommer och man kan spåra på skoter så ligger hon ju risigt till om vi inte får till det där med bevakningen. Men vi har en del pengar i stiftelsen nu så vi får väl se.

– Nu kommer du inte undan, det vet du vad? sa Mimmi.

– Vad menar du?

– Det är du som måste bli motorn i Magdalena.

Lisa blåste bort några stickiga hår som lagt sig under ögat.

– Aldrig, sa hon.

Mimmi skrattade.

– Tror du att du har något val? Jag tycker det är lite humor,

190

du har ju aldrig varit någon föreningsmänniska, det trodde du aldrig? Gud, när jag fick höra att du blivit ordförande. Micke fick ge mig första hjälpen.

– Tror jag säkert, sa Lisa torrt.

Nej, tänkte hon. Det trodde jag aldrig. Det var mycket jag inte trodde om mig själv.

Mimmis fingrar gick i hennes hår. Ljudet av saxskären mot varandra.

Den försommarkvällen… tänkte Lisa.

Hon kom ihåg hur hon satt i köket och sydde nya överdrag till hundbäddarna. Saxskären gick mot varandra. Swisch, swisch, klipp, klipp. TV:n stod på i vardagsrummet. Två av hundarna låg i vardagsrumssoffan, man kunde nästan tro att de slötittade på Aktuellt. Lisa lyssnade på nyheterna med ett halvt öra medan hon klippte. Sedan lät hon symaskinen dundra på i raksträckorna över tygstyckena, symaskinspedalen i botten.

Karelin låg i hundbädden i hallen och snarkade. Inget kan se löjligare ut än en sovande, snarkande hund. Han låg på rygg med bakbenen i vädret och ut åt sidorna. Ena örat hade hamnat över ögat som en piratlapp. Majken låg på sängen i sovrummet, tassen över nosen. Då och då kom små ljud ur hennes strupe och det ryckte i benen. Den nya Springer Spanieln låg tryggt bredvid.

Så med ens rycks Karelin upp ur sin sömn. Han far upp och börjar skälla som en tokig. Hundarna i vardagsrummet störtar upp från soffan och gör honom sällskap. Majken och Springer Spaniel-valpen kommer farande och springer nästan omkull Lisa som också har rest sig upp.

Som om det skulle vara möjligt att inte förstå kommer Karelin in till köket och berättar högljutt för Lisa att det står någon på förstubron, att de har besök, att det är någon som kommer.

Det är Mildred Nilsson, prästen. Hon står därute på bron. Kvällssolen bakifrån förvandlar de yttersta stråna i hennes hår till en krona av guld.

Hundarna stormar över henne. De blir överlyckliga över besöket. Skäller, gormar och piper, Bruno till och med sjunger en stump. Svansarna tjongar mot dörrposten och förstubroräcket.

Mildred böjer sig ner och hälsar på dem. Det är bra. Hon och Lisa kan inte se på varandra alltför länge. Så fort Lisa såg henne därute kändes det som om de båda vadat ner i en strömfåra. Nu får de lite tid att vänja sig. De ser hastigt på varandra, sedan bort. Hundarna slickar Mildred i ansiktet. Mascaran hamnar under ögonbrynen, hennes kläder blir håriga.

Strömmen är stark. Nu gäller det att hålla i sig. Lisa håller sig i dörrhandtaget. Hon kommenderar hundarna på bädden. I vanliga fall ryar hon och härjar, det är hennes normala samtalston med jyckarna och de bryr sig inte stort om det. Nu kommer kommandot nästan som en viskning.

– Gå på bädden, säger hon och gör en lam rörelse med handen in mot huset.

Hundarna ser förbryllade på henne, ska hon inte gapa på dem? Men de lommar iväg i alla fall.

Mildred tar sats. Lisa ser att hon är arg. Lisa är huvudet högre, hon sträcker lite på nacken.

– Var har du varit? säger Mildred ilsket.

Lisa lyfter på ögonbrynen.

– Här, svarar hon.

Ögonen fastnar på Mildreds sommarmärken. Prästen har

fått fräknar. Och fjunen i ansiktet, på överläppen och käkbenen, har blivit blonda.

– Du vet vad jag menar, säger Mildred. Varför kommer du inte till bibelstudiegruppen?

– Jag… börjar Lisa och jagar runt i skallen efter någon vettig ursäkt.

Sedan blir hon arg. Varför ska hon behöva förklara det? Är hon inte vuxen? Femtiotvå år, då kanske man får lov att göra vad man vill?

– Jag har väl annat för mig, säger hon. Rösten låter snäsigare än hon vill.

– Vadå för annat?

– Du vet nog!

Där står de som två härkar. Bröstkorgarna häver sig upp och ned.

– Du vet nog varför jag inte kommer, säger Lisa till slut.

Nu har de vadat ut till armhålorna. Prästen tappar fotfästet i strömmen. Tar ett steg mot Lisa, häpet och ilsket på samma gång. Och något annat också i blicken. Munnen öppnar sig. Drar efter andan som man gör innan man försvinner under vatten.

Strömmen för med sig Lisa. Hon tappar greppet om dörrhandtaget. Far emot Mildred. Handen landar runt Mildreds nacke. Håret är som ett barns under hennes fingrar. Hon drar Mildred till sig.

Mildred i hennes armar. Hennes hud är så mjuk. De vacklar inslingrade i varandra in i hallen, dörren blir ostängd, står och slår mot förstubroräcket. Två av hundarna smiter ut.

Den enda vettiga tanke Lisa tänker: De håller sig på tomten.

De snavar till över skor och hundbäddar i hallen. Lisa går baklänges inåt. Armarna fortfarande runt Mildred, en runt midjan, en runt nacken. Mildred tätt inpå, föser henne inåt, händerna under Lisas tröja, fingrarna på Lisas bröstvårtor.

De snubblar sig genom köket, ramlar ner på sängen i sovrummet. Där ligger Majken och luktar blöt hund, hon kunde inte motstå ett dopp i älven tidigare under kvällen.

Mildred på rygg. Av med kläderna. Lisas läppar mot Mildreds ansikte. Två fingrar djupt i hennes sköte.

Majken lyfter på huvudet och ger dem en blick. Lägger sig sedan till ro med en suck, nosen mellan tassarna. Nog har hon sett flockmedlemmar para sig förut. Det är inget konstigt med det.

Efteråt kokar de kaffe och tinar bullar. Äter som två utsvultna, hur många som helst. Mildred matar hundarna också och skrattar, tills Lisa säger åt henne på skarpen att sluta, de kommer att bli sjuka, men hon skrattar samtidigt som hon försöker vara sträng.

De sitter där i köket mitt i ljusa sommarnatten. Täcken omkring sig på varsin stol på varsin sida av bordet. Hundarna har drabbats av festämning och tramsar omkring.

Då och då far händerna ut över bordet i ett möte.

Mildreds pekfinger frågar Lisas handrygg: "Är du kvar?" Lisas handrygg svarar: "Ja!" Lisas långfinger och pekfinger frågar insidan av Mildreds handled: "Skuld? Ånger?" Mildreds handled svarar: "Nej!"

Och Lisa skrattar.

– Bäst jag börjar i bibelstudiegruppen då, säger hon.

Mildred brister ut i skratt tillbaka. En bit av en halvtuggad kanelbulle ramlar ut ur munnen och ner på bordet.

– Ja herregud, vad får man inte vara beredd att göra för att få folk till bibelstudierna.

Mimmi ställde sig framför Lisa och granskade sitt verk. Saxen i handen som ett draget svärd.

– Sådär, sa hon. Nu slipper man skämmas.

Hon rufsade hastigt med handen i Lisas hår. Sedan drog hon loss kökshandduken från förklädeslinningen och borstade hårdhänt bort hår från Lisas nacke och axlar.

Lisa kände med handen över snaggen.

– Ska du inte kolla i spegeln? frågade Mimmi.

– Nä, det är säkert bra.

KVINNONÄTVERKET MAGDALENAS höstmöte. Micke Kiviniemi hade dukat upp ett litet drinkbord utomhus, precis utanför dörren bredvid trappen som ledde in till krogen. Det var mörkt nu, nästan svart ute. Och ovanligt varmt för årstiden. Han hade skapat en liten stig från landsvägen över grusplanen fram till trappen, kantat den med värmeljus i glasburkar. På trappen och på drinkbordet stod flera hemtillverkade ljuslyktor.

Han fick sin belöning. Hörde deras oh och ah redan uppe vid landsvägen. Nu kom de. Trippande, gående, klivande över gruset. Ett trettiotal kvinnor. Den yngsta snart trettio, den äldsta just fyllda sjuttiofem.

– Vad fint, sa de till honom. Det känns precis som utomlands.

Han log tillbaka. Men svarade inte. Tog skydd bakom drinkbordet. Kände sig som en djurskådare i ett gömsle. De skulle inte bry sig om honom. De skulle agera naturligt, som om han inte var där. Han kände sig upprymd, som om han var grabb och låg mellan träden på de nedfallna löven och spionerade.

Grusplanen utanför krogen, som ett stort rum i mörker fullt av ljud. Deras fötter på grus, fnitter, tjatter, kackel, pladder. Ljuden färdades. Sträckte sig övermodigt uppåt mot det svarta stjärntaket. Löpte oblygt ut över älven, nådde husen på andra sidan. Sögs upp av skogen, de svarta granarna, den törstiga mossan. Sprang efter landsvägen och påminde byn: vi finns.

De doftade och hade klätt sig fina. Nog syntes det att de inte var några rikingar. Klänningarna var omoderna. Långknäppta bomullskoftor över klockade blommiga kjolar. Hempermanentat hår. Skor från OBS.

De klarade av mötespunkterna på dryga halvtimman. Pliktlistorna fylldes snabbt med namn på frivilliga, fler händer i luften än vad som behövdes.

Sedan åt de middag. De flesta av dem var ovana drickare, de blev till sin lite bestörta förtjusning raskt berusade. Mimmi småskrattade åt dem där hon for mellan borden. Micke hölls ute i köket.

– Åh gud, utropade en av kvinnorna när Mimmi bar in efterrätten, jag har inte haft så här roligt sedan...

Hon avbröt sig och fäktade sökande med sin smala arm. Den stack ut som en tändsticka ur klänningsärmen.

– ...sedan Mildreds begravning, ropade någon.

Det blev knäpp tyst en sekund. Sedan bröt de alla ut i ett hysteriskt skratt, ropade i munnen på varandra att det var sant, att Mildreds begravning hade varit... ja, dökul, och så klämde de i och skrattade så mycket som det klena skämtet var värt.

Begravningen. De hade stått där i sina svarta kläder när kistan sänktes ned. Försommaren hade stuckit dem i ögonen med sin skarpa sol. Humlorna som dunsade in i begravningsarrangemangen. Björklöven späda och blanka som om de varit vaxade. Trädkronorna som gröna kyrkor sprängfulla av parningsvilliga fågelhannar och svarande honor. Naturens sätt att säga: jag bryr mig inte, jag stannar aldrig, jord skall du åter varda.

Hela den där överjordiskt vackra försommaren som bakgrund till det där förfärliga hålet i marken, den hårdlackade kistan.

Bilderna i deras huvuden av hur hon såg ut. Skallen som en krossad kruka innanför huden.

Majvor Kangas, en av kvinnorna i nätverket, hade bjudit hem dem efter begravningskaffet.

– Häng med! hade hon sagt. Min gubbe har åkt till stugan, jag vill inte vara ensammen.

Så de hade åkt hem till henne. Suttit dämpade i finrummets svarta, pösiga skinnsoffor. Hade inte haft mycket att säga, inte ens om vädret.

Men Majvor hade haft något upproriskt i sig.

– Nu ni! hade hon sagt. Hjälp till!

Hon hade hämtat en hög pall med två trappsteg från köket, klättrat upp och öppnat småskåpen ovanför hallgarderoberna. Därifrån hade hon langat ner ett tiotal flaskor; whisky, konjak, likörer, calvados. Några av de andra tog emot.

– Det här är ju fina grejer, hade någon av dem sagt och läst på flaskorna. Tolvårig single malt.

– Vi får ju av svärdottern jämt när hon åker utomlands, hade Majvor förklarat. Men Tord, han öppnar ju aldrig, det är ju bara petflaskor och grogg när han bjuder. Och jag är ju inte mycket för sådant där, men nu...

Hon hade låtit en effektfull paus avsluta meningen. Hjälptes ner från trappstegspallen som en drottning från sin tron. En kvinna på varje sida som höll i varsin hand.

– Vad säger Tord?

– Vad ska han säga? hade Majvor sagt. Inte ens när han

fyllde sextio förra året öppnade han.

– Låt han dricka sitt eget rävgift!

Och så hade de blivit lite på örat. Sjungit psalmer. Förklarat varandra sin tillgivenhet. Hållit tal.

– Skål för Mildred, hade Majvor ropat. Hon var den mest okuvliga kvinna jag någonsin träffat.

– Hon var galen!

– Nu får vi vara galna på egen hand!

De hade skrattat. Gråtit en skvätt. Men mest skrattat.

Det var begravningen.

Nu såg Lisa Stöckel på dem. De åt av mascarponeglassen och berömde Mimmi när hon svepte förbi.

De kommer att klara sig, tänkte hon. De fixar det.

Det gjorde henne glad. Eller kanske inte glad, men lättad.

Och samtidigt: ensamheten hade henne på kroken, en hulling genom hjärtat, vevade in henne.

Efter Magdalenas höstmöte vandrade Lisa hemåt i mörkret. Klockan var strax efter midnatt. Hon passerade kyrkogården och vandrade upp på åsen som löpte uppströms längs älven. Hon gick förbi Lars-Gunnars hus, kunde precis skönja det i månskenet. Det var mörkt i fönstrena.

Hon tänkte på Lars-Gunnar.

Byns hövding, tänkte hon. Byns starke man. Den som fick entreprenören som hade snöröjningen att ploga vägen ner till Poikkijärvi först, innan han plogade ner till Jukkasjärvi. Den som hjälpte Micke när det blev problem med utskänkningstillståndet.

Inte för att Lars-Gunnar själv drack så mycket nere på krogen. Nu för tiden drack han ganska sällan. Det var annat förr. Förr om åren drack karlarna jämt. Fredag, lördag och minst en gång mitt i veckan också. Och då söp man till duktigt. Sedan blev det någon öl mest varenda dag. Det var väl så. Någon gång måste man lugna ner sig annars gick det åt pipan.

Nej, Lars-Gunnar tog det lugnt med spriten. Sist Lisa sett honom riktigt berusad var för sex år sedan. Året innan Mildred flyttade till byn.

Han kom faktiskt hem till henne den gången. Hon kunde fortfarande se honom sitta där i hennes kök. Stolen försvinner under honom. Han har armbågen på knäet och pannan i handflatan. Andas flåstungt. Klockan är strax över elva på kvällen.

Det är inte bara det att han har druckit. Flaskan står på bordet framför honom. Han hade den i handen när han kom. Som en flagga: Jag har druckit, jävlar i mig jag ska fortsätta dricka ett bra tag till.

Hon hade gått och lagt sig när han knackade på dörren. Inte för att hon hörde honom knacka, hundarna talade om för henne så fort han satte foten på hennes förstubro.

Det är förstås ett slags förtroende att han kommer till henne när han är på det här sättet. Försvagad av alkohol och känslor. Hon vet bara inte vad hon skall göra med det. Hon är inte van vid detta. Att folk anförtror sig. Hon är inte en person som inbjuder till sådant.

Men hon och Lars-Gunnar är ju släkt. Och hon håller mun, det vet han ju.

Hon står i morgonrocken och lyssnar på hans visa. Visan om hans olyckliga liv. Den olyckliga och svekfulla kärleken. Och Nalle.

– Förlåt, mumlar Lars-Gunnar i näven. Jag borde inte ha kommit hit.

– Det är okej, säger hon trevande. Prata på du medans jag…

Hon kommer inte på vad hon ska göra, men något måste hon ta sig för för att hindra sig själv från att bara springa ut ur huset.

– ... medans jag förbereder maten tills i morgon.

Så blir det så att han pratar medan hon skär kött och grönsaker till köttsoppa. Mitt i natten. Rotselleri och morötter och purjolök och kålrot och potatisar och gud och hans moster. Men Lars-Gunnar verkar inte tycka att det är något konstigt med det. Han är uppfylld av sitt eget.

– Jag var tvungen att åka hemifrån, bekänner han. Innan jag for... Jag är inte nykter, det erkänner jag. Innan jag for satt jag vid Nalles sängkant med bössan mot hans huvud.

Lisa säger inget. Slantar moroten som om hon inget hört.

– Jag tänkte på hur det ska bli, suckar han. Vem ska ta hand om honom när jag är borta? Han har ju ingen.

Och det är ju sant, tänkte Lisa.

Hon hade kommit fram till sitt pepparkakshus uppe på åsen. Månen lade en tunn silverbeläggning på överdådet av snickarglädje på husets veranda och fönsterfoder.

Hon gick uppför förstutrappen. Hundarna skällde och for runt som vansinniga därinne, kände igen hennes steg. När hon öppnade flög de ut genom dörren för att avlägga kvällspiss vid tomtgränsen.

Hon gick in i vardagsrummet. Allt som fanns kvar därinne var den gapande tomma bokhyllan och soffan.

Nalle har ingen, tänkte hon.

Gula Ben

DET VÅRAS. Enstaka snöfläckar under de blågrå granarna och de straka furorna. Varm bris söderifrån. Solen silar sig genom grenverket. Överallt rasslar smådjur omkring i fjolårsgräset. I luften flyter hundratals dofter omkring som i en gryta. Kåda och nyutsprungen björk. Varm jord. Öppet vatten. Söt hare. Skarp räv.

Alfatiken har grävt en ny lya i år. Det är ett gammalt rävgryt som ligger i en söderslänt tvåhundra meter ovanför en tjärn. Marken är lättgrävd sandjord, men alfatiken har ändå gjort ett drygt arbete med att vidga gången i rävgrytet så att den skall passa henne, städa ut all gammal bråte från rävarnas tid och gräva ut en bokammare tre meter in under slänten. Gula Ben och en av de andra tikarna har fått hjälpa till ibland, men det mesta har hon gjort själv. Nu tillbringar hon sina dagar i närheten av lyan. Ligger framför öppningen i vårsolen och dåsar. De andra vargarna kommer med mat. När alfahannen kommer till henne med något att äta reser hon sig och kommer honom till mötes. Slickar och gnyr tillgivet innan hon glupar i sig gåvorna.

Så en morgon går alfatiken in i lyan och kommer inte ut mer den dagen. Sent på kvällen krystar hon ut valparna. Slickar dem rena. Äter upp alla hinnor, navelsträngar och moderkakan. Buffar dem tillrätta under magen. Ingen dödfödd måste hon bära ut. Räven och korpen blir utan den middagen. Resten av flockmedlemmarna lever sitt liv utanför lyan. Tar småbyten mest, håller sig i närheten. Ibland kan de höra det svaga pipandet när någon valp har kravlat sig åt fel håll. Eller blivit bortbuffad av ett syskon. Endast alfahannen har tillåtelse att krypa in och spy upp mat åt alfatiken.

Efter tre veckor och en dag bär alfahonan ut dem ur lyan för första gången. Fem stycken. De andra vargarna vet knappt till sig av glädje. Försiktigt hälsar de. Nosar och buffar. Slickar ungarnas klotrunda magar och under deras svansar. Efter bara en liten stund bär alfatiken in dem i lyan igen. Valparna är helt utmattade av alla nya intryck. De två ettåringarna gör en lycklig rusning genom skogen och jagar varandra.

Det är en härlig tid som börjar för flocken. Alla vill hjälpa till med småttingarna. De leker outtröttligt. Och lekfullheten smittar av sig på alla. Till och med alfatiken kan ge sig in i dragkamp om en gammal trädgren. Valparna växer och är alltid hungriga. Deras nosar blir längre och deras öron spetsigare. Det går fort. Ettåringarna turas om att ligga på pass utanför lyan när de andra drar ut på jakt. När de vuxna kommer tillbaka svansar ungarna fram. Tigger och gnyr och slickar de stora vargarnas mungipor. Som svar kastar de vuxna vargarna upp röda högar av slukat kött. Blir det något över kan barnvakten få.

Gula Ben försvinner inte iväg på egna vandringar. Under den här tiden håller hon sig till flocken och de nya valparna. Hon ligger på rygg och leker hjälplöst byte under två av dem. De kastar sig över henne, den ena sätter sina sylvassa valptänder i hennes läppar och den andra attackerar vildsint hennes svans. Hon puffar omkull den som nyss hängde i hennes läpp

203

och lägger sin enorma tass över den. Valpen har fullt sjå med att befria sig. Kravlar och kämpar. Till slut kommer den loss. Rusar ett varv runt henne på sina ulliga tassar, kommer tillbaka och kastar sig med ett övermodigt morrande över hennes huvud. Biter stridslystet i hennes öron. Så faller de plötsligt i djup trygg sömn. Den ena mellan hennes framben, den andra med huvudet på sitt syskons mage. Gula Ben passar på att dåsa lite hon också. Hon snappar halvhjärtat efter geting som kommer för nära, missar, ett sövande sus av insekter över blommorna. Morgonsolen stiger över talltopparna. Fåglarna störtar genom luften under sin jakt efter föda att kräkas upp i sina ungars vidöppna gap.

Man blir trött av valplek. Lyckan flyter genom henne som vårvatten.

POLISINSPEKTÖR SVEN-ERIK STÅLNACKE vaknade halv fem på morgonen.

Förbannade katt, var det första han tänkte.

I vanliga fall var det katten Manne som väckte honom vid den här tiden. Katten brukade ta sats från golvet och landa förvånansvärt tungt på Sven-Eriks mage. Om Sven-Erik bara grymtade till och vände sig på sidan, brukade Manne vandra upp och ner på sidan av Sven-Eriks kropp som en bergsbestigare på toppen av en fjällrygg. Ibland gav katten ifrån sig ett eländigt jamande som betydde antingen att han ville ha mat eller att han ville bli utsläppt. Oftast både och. Nu på en gång.

Ibland försökte Sven-Erik vägra att kliva upp, mumlade "det är mitt i natten kattarsel" och snodde in sig i täcket. Då skedde promenaderna på husses kropp med allt längre utfällda klor. Till slut brukade Manne kloa Sven-Erik i skalpen.

Att kasta ner katten på golvet eller fösa ut honom ur sovrummet och stänga dörren hjälpte föga. Då gick Manne lös med allt han hade på mjuka möbler och gardiner.

– Det är en för jävla smart katt, brukade Sven-Erik säga. Han vet att då kastar jag ut honom. Och det var ju det han ville hela tiden.

Han var en ganska respektingivande karl. Hade starka överarmar, breda handryggar. Någonting i ansikte och hållning som visade en mångårig vana att handskas med det mesta, mänskligt elände, påtända bråkmakare. Och han fann ett nöje i att vara besegrad av en katt.

Men denna morgon var det alltså inte Manne som väckte honom. Han vaknade ändå. Av vanan. Kanske av sin längtan efter den där strimmige unge herrn som ständigt terroriserade honom med sina önskningar och infall.

Han satte sig tungt upp på sängkanten. Inte skulle han kunna somna om. Nu var det fjärde natten som den jäkla katten var borta. Nog kunde han vara borta en natt, ibland två. Det var inget att oroa sig över. Men fyra.

Han gick ner för trappan och öppnade ytterdörren. Natten grå som ylle, på väg mot dag. Han gav upp en lång vissling, gick in till köket, hämtade en kattmatsburk och ställde sig på bron och slog på burken med en matsked. Ingen katt. Till slut fick han ge upp, det blev kallt i bara kortkalsongerna.

Så är det, tänkte han. Det är frihetens pris. Risken att man blir överkörd eller tagen av räven. Förr eller senare.

Han måttade upp kaffe i perkolatorn.

Bättre det ändå, tänkte han. Bättre det än att Manne skulle ha blivit sjuk och svag och att han skulle ha varit tvungen att ta honom till veterinären. Det skulle ha varit ett jäkla skit.

Perkolatorn drog igång med ett gurglande och Sven-Erik gick upp till sovrummet och tog på sig kläderna.

Kanske hade Manne gjort sig hemmastadd hos någon annan. Det hade ju hänt förut. Att han kommit hem efter två tre dagar och inte varit ett dugg hungrig. Uppenbart välmatad och utsövd. Det var väl någon kärring som hade tyckt synd om han och släppt in han. Någon pensionär som inte hade annat för sig än att koka lax och ge han gräddmjölk.

Sven-Erik fylldes plötsligt av en oresonlig ilska mot denna

okända person som släppte in och tog sig an en katt som inte tillhörde personen ifråga. Förstod människan inte att det fanns någon som gick och oroade sig och undrade vart katten tagit vägen. Det syntes ju på Manne att han inte var hemlös, blank i pälsen och tillgiven. Han skulle skaffa halsband till Manne. Borde ha gjort det för länge sedan. Det var bara det att han var rädd att han skulle fastna någonstans. Det var det som hindrat honom, tanken på Manne fast i ett snår där han fick svälta ihjäl eller hängande i ett träd.

Han åt en ordentlig frukost. De första åren efter att Hjördis lämnat honom hade det mest varit kaffe på stående fot. Men sedan hade han bättrat sig. Han skottade håglöst in skedar med lättyoghurt och änglamarksmusli. Perkolatorn hade tystnat och det doftade nybryggt kaffe i köket.

Han hade tagit över Manne från sin dotter när hon flyttade till Luleå. Han borde aldrig ha gjort det. Det kände han nu. Det var ett jäkla besvär bara, ett jäkla besvär.

Anna-Maria Mella satt vid köksbordet med sitt morgonkaffe. Klockan var sju. Jenny, Petter och Marcus låg fortfarande och sov. Gustav var vaken. Han busade runt i sovrummet på övervåningen och kröp fram och tillbaka över Robert.

Framför henne på bordet låg en kopia av den rysliga teckningen av den hängda Mildred. Rebecka Martinsson hade tagit kopior av en del papper också, men Anna-Maria fattade inte ett skit av det. Hon hatade siffror och matte och sådant.

– Morgon!

Hennes son Marcus släntrade in i köket. Påklädd! Han öppnade kylskåpsdörren. Marcus var sexton år.

– Nämen, sa Anna-Maria och kollade på klockan. Brinner det på övervåningen eller?

Han flinade. Fick med sig mjölk och flingor och satte sig bredvid Anna-Maria.

– Jag har prov, sa han och slevade in mjölk och cornflakes. Då kan man inte bara hoppa ur sängen och springa dit. Man måste ladda kroppen.

– Vem är du? sa Anna-Maria. Vad har du gjort av min son?

Det är Hanna, tänkte hon. Gud signe henne.

Hanna var Marcus flickvän. Hennes ambitiösa inställning till skolarbetet smittade av sig.

– Cool, sa Marcus och drog till sig teckningen på Mildred. Vad är det här?

– Ingenting, svarade Anna-Maria, tog ifrån honom teckningen och vände den upp och ner.

– Nämen allvarligt. Få kolla!

Han tog tillbaka bilden.

– Vad betyder det? sa han och pekade på gravkullen som syntes bakom den dinglade kroppen.

– Tja, att hon skall dö och begravas kanske.

– Jamen, vad betyder den? Ser du inte?

Anna-Maria tittade på bilden.

– Nej.

– Det är ju en symbol, sa Marcus.

– Det är en gravkulle med ett kors på.

– Titta då! Konturerna är dubbelt så tjocka som konturerna i resten av bilden. Och korset fortsätter ju ner i jorden och slutar i en krok.

Anna-Maria tittade. Han hade rätt.

Hon reste sig upp och rafsade ihop papprena. Motstod en impuls att pussa sin son, rufsade till honom i håret i stället.

– Lycka till på provet! sa hon.

I bilen ringde hon till Sven-Erik.

– Ja, sa han sedan han hämtat sin kopia av bilden. Det är ett kors som går genom en halvcirkel och slutar i en krok.

– Vi måste få reda på vad den betyder. Vem kan svara på sådant?

– Vad sa de på krimlab?

– De får väl bilden idag. Finns det tydliga avtryck så får de fram dem i eftermiddag, annars tar det längre tid.

– Det borde ju finnas någon professor i religion som kan svara på det där med symboler, sa Sven-Erik fundersamt.

– Du är klok som en bok, du! sa Anna-Maria. Fred Olsson får snoka fram någon så faxar vi iväg den. Ta och klä på dig nu så hämtar jag upp dig.

– Jaha?

– Du får hänga med mig till Poikkijärvi. Jag ska snacka med Rebecka Martinsson om hon fortfarande är kvar där.

Anna-Maria rattade sin blekröda Ford Escort ner mot Poikkijärvi. Sven-Erik satt bredvid och tryckte reflexmässigt fötterna i golvet. Att hon alltid måste köra som en ungdomsbrottsling.

– Rebecka Martinsson gav ju mig kopior också, sa hon. Jag fattar ingenting av det där. Alltså, det är ju något ekonomiskt, men du vet...

– Ska vi inte fråga EKO-gruppen då?

– De har ju alltid häcken full. Man frågar och så får man svar efter en månad. Det är väl lika bra att fråga henne. Hon har ju redan sett det. Och hon vet ju varför hon gav det till oss.

– Är det verkligen en bra idé?

– Har du någon bättre idé?

– Men vill hon verkligen bli indragen i det här?

Anna-Maria ruskade otåligt på flätan.

– Det var ju hon som gav mig kopiorna och breven! Och hon skall inte bli indragen i något. Vad kan det ta? Tio minuter av hennes semester.

Anna-Maria bromsade hastigt in och svängde vänster ner på Jukkasjärvivägen, gasade upp i nittio, bromsade igen och svängde höger ner mot Poikkijärvi. Sven-Erik höll sig i dörrhandtaget, tanken gick från att man skulle ha behövt ett åksjukepiller och därifrån osökt till katten som hatade att åka bil.

– Manne är försvunnen, sa han och såg ut på de solsmyckade tallarna som svepte förbi.

– Oj då, sa Anna-Maria. Hur länge?

– Fyra dagar. Han har aldrig varit borta så länge.

– Han kommer tillbaka, sa hon. Det är ju varmt ute fortfarande, klart att han vill vara ute.

– Nej, sa Sven-Erik med fast röst. Han har blivit överkörd. Den där katten ser jag aldrig igen.

Han längtade efter att hon skulle säga emot honom. Hon skulle protestera och försäkra. Han skulle framhärda i sin övertygelse om att katten var för evigt borta. Så att han fick ur sig lite av oron och sorgen. Så att hon fick i honom lite hopp och förtröstan. Men hon släppte ämnet.

– Vi åker inte ända fram, sa hon. Jag tror inte att hon vill ha den uppmärksamheten.

– Vad gör hon här egentligen? frågade Sven-Erik.

– Vet inte.

Anna-Maria var på vippen att säga att hon trodde att Rebecka kanske inte mådde nåt vidare, men hon lät bli. Då skulle Sven-Erik säkert tvinga henne att avstå från besöket. Han var alltid blötare än hon när det gällde sådant. Kanske berodde det på att hon hade barn som bodde hemma. Det mesta av hennes beskyddarinstinkter och omtanke förbrukades hemma.

REBECKA MARTINSSON ÖPPNADE dörren till sin friggebod. När hon fick syn på Anna-Maria och Sven-Erik fick hon två djupa streck mellan ögonbrynen.

Anna-Maria stod längst fram, något ivrigt i blicken, en setter med vittring. Sven-Erik bakom, honom hade Rebecka inte sett sedan hon låg på sjukhuset för snart två år sedan. Det kraftiga håret som växte runt öronen hade gått från mörkgrått till silver. Mustaschen fortfarande som en död gnagare under näsan. Han såg mer förlägen ut, verkade begripa att de inte var välkomna.

Även om ni räddat mitt liv, tänkte Rebecka.

Hastiga tankar for genom hennes huvud. Som silkesdukar genom en magikers hand. Sven-Erik vid kanten av hennes sjukhussäng: "Vi gick in i hans bostad och förstod att vi måste hitta dig. Tjejerna är okej."

Jag minns bäst före och efter, tänkte Rebecka. Före och efter. Egentligen borde jag fråga Sven-Erik. Hur det såg ut när de kom fram till kojan. Han kan berätta om blodet och kropparna.

Du vill att han ska säga att du hade rätt, sa en röst inom henne. Att det var nödvärn. Att du inte hade något val. Fråga bara, han kommer säkert att säga det du vill höra.

De satte sig i den lilla stugan. Sven-Erik och Anna-Maria på

Rebeckas säng. Rebecka på den enda stolen. På det lilla elementet hängde en t-shirt, ett par strumpor och ett par trosor över ei saa peittää-klisterlappen.

Rebecka gav de blöta kläderna en hastig besvärad blick. Men vad skulle hon göra? Knyckla ihop de blöta underbyxorna och slänga in dem under sängen? Eller ut genom fönstret kanske?

– Så? sa hon kort, orkade inte vara artig.

– Det gäller kopiorna du gav mig, förklarade Anna-Maria. Det är en del jag inte fattar.

Rebecka grep om sina knän.

Men varför? tänkte hon. Varför måste man minnas? Vältra sig i det och älta? Vad finns det för vinst i det? Vem kan garantera att det hjälper? Att man inte bara drunknar i mörkret.

– Vet ni… sa hon.

Hon talade med mycket låg röst. Sven-Erik såg på hennes smala fingrar runt knäskålarna.

– … jag måste be er gå, fortsatte hon. Jag gav er kopiorna och breven. Jag fick dem genom att begå ett brott. Kommer det ut kostar det mig jobbet. Dessutom vet folk här inte vem jag är. Alltså, de vet vad jag heter. Men inte att det var jag som var inblandad i händelsen ute i Jiekajärvi.

– Kom igen, vädjade Anna-Maria och satt kvar som fastgjuten på sin rumpa fast Sven-Erik gjorde en ansats att resa sig. Jag har en mördad kvinna att bekymra mig om. Om någon frågar vad vi gjorde här, säg att vi letade en bortsprungen hund.

Rebecka såg på henne.

– Den var bra, sa hon långsamt. Två civilklädda poliser på spaning efter en bortsprungen hund. Dags för polismyndigheten att se över sin resursfördelning.

– Det kanske är min hund, försökte Anna-Maria stukat.

De teg en stund. Sven-Erik höll på att dö av obehag där han satt på sängkanten.

– Få se då, sa Rebecka till slut och sträckte ut handen efter mappen.

– Det är det här, sa Anna-Maria och vände fram ett papper i mappen och pekade.

– Det är utdrag ur en bokföring, sa Rebecka. Den här posten är markerad med överstrykningspenna.

Rebecka pekade på en siffra i en kolumn med rubriken 1930.

– Nitton trettio är ett tillgångskonto, checkräkning. Det är krediterat med 179 000 kronor mot konto sjuttiosex tio. Det är övriga personalkostnader. Men det är skrivet för hand med blyerts här i marginalen "Utbildning??"

Rebecka strök en hårslinga tillrätta bakom örat.

– Det här då? frågade Anna-Maria. "Ver", vad betyder det.

– Verifikat, underlaget. Kan vara faktura eller något annat som visar vad kostnaden har bestått av. Jag tycker att det verkar som om hon undrar över den här kostnaden, därför tog jag med den.

– Vad är det för företag då? undrade Anna-Maria.

Rebecka ryckte på axlarna. Sedan pekade hon på sidans övre högra hörn.

– Organisationsnumret börjar på åttioett. Då är det en stiftelse.

Sven-Erik skakade på huvudet.

– Jukkasjärvi församlings viltvårdsstiftelse, sa Anna-Maria efter någon sekund. En stiftelse som hon bildade.

– Hon undrade över den där utbildningskostnaden, sa Rebecka.

Det blev tyst igen. Sven-Erik viftade efter en fluga som ville landa på honom hela tiden.

– Hon verkar ha retat upp en del folk, sa Rebecka.

Anna-Maria log glädjelöst.

– Pratade med en av de uppretade igår, sa hon. Han hatade Mildred Nilsson för att hans förra fru bodde där med barnen sedan hon lämnat honom.

Hon berättade för Rebecka om de halshuggna kattungarna.

– Och vi kan ju inte göra något, avslutade hon. De där bondkatterna representerar inget ekonomiskt värde, det är inte skadegörelse. De hann förmodligen inte lida, så det är inte djurplågeri. Då känner man sig maktlös. Som att man kunde göra mer nytta på ICA:s fruktavdelning. Jag vet inte, känner du sådär också?

Rebecka log snett.

– Jag håller ju nästan aldrig på med brottmål, sa hon undvikande. Och då är det ju ekonomisk brottslighet. Men visst, det här med att stå på den misstänktes sida... Ibland kan jag känna någon sorts motvilja mot mig själv. När man företräder någon riktigt samvetsbefriad person. Man upprepar "alla har rätt till ett försvar" som en besvärjelse mot det där...

Hon sa inte ordet självförakt, utan lät en axelryckning avsluta meningen.

Anna-Maria noterade det, att Rebecka Martinsson ofta ryckte på axlarna. Skakade av sig ovälkomna tankar, kanske, ett sätt att avbryta jobbiga tankebanor. Eller så var hon som Marcus. Hans eviga axelryckningar var ett sätt att markera distans till resten av världen.

– Du har aldrig funderat på att byta sida då? frågade Sven-

Erik. De söker assistentåklagare mest hela tiden, folk stannar ju inte häruppe.

Rebecka log lite besvärat.

– Det är klart, sa Sven-Erik och det märktes att han kände sig som en idiot, du tjänar väl tre gånger så mycket som en åklagare.

– Det är inte det, sa Rebecka. Jag jobbar överhuvudtaget inte just nu, så framtiden är…

Hon ryckte på axlarna igen.

– Men du sa till mig att du var här i jobbet, sa Anna-Maria.

– Ja, jag jobbar lite då och då. Och när en av delägarna skulle hit upp så ville jag följa med.

Hon är sjukskriven, insåg Anna-Maria.

Sven-Erik gav henne en sekundsnabb blick, han hade också fattat.

Rebecka reste sig upp för att markera att samtalet var över. De tog adjö.

När Sven-Erik och Anna-Maria gått bara några steg hörde de Rebecka Martinssons röst bakom sig.

– Olaga hot, sa hon.

De vände sig om. Rebecka stod på stugans lilla förstubro. Hon höll handen mot en av stolparna som bar upp brotaket, lutade sig lite.

Hon såg så ung ut, tänkte Anna-Maria. För två år sedan hade hon varit en sådan där karriärtjej. Hon hade verkat sådär supersmal och superdyr och det långa mörka håret hade varit klippt i en riktig frisyr, inte bara rakt av som Anna-Marias. Nu var Rebeckas hår längre. Och klippt rakt av. Hon hade jeans och t-shirt. Ingen make-up. Och höftbenen som stack ut precis vid jeanslinningen och den där trötta men envetet upprätta hållningen där hon tagit stöd mot stolpen förde Anna-

Marias tankar till den sortens vuxna barn som hon träffade på i jobbet ibland. Maskrosungar som tog hand om sina alkoholiserade eller psykiskt sjuka föräldrar, lagade mat åt syskonen, höll fasaden uppe så gott det gick och ljög för socialtjänsten och polisen.

– Han med kattungarna, fortsatte Rebecka. Det är olaga hot. Det verkar ju som om hans agerande var avsett att framkalla fruktan hos förra frun. Det krävs inga uttalade hot enligt lagen. Och hon blev ju rädd, eller hur. Kanske kvinnofridsbrott. Lite beroende på vad han gjort för övrigt skulle det kunna räcka som grund för besöksförbud.

När Sven-Erik Stålnacke och Anna-Maria Mella gick längs med byvägen på väg mot bilen mötte de en lejongul Merca. I den satt Lars-Gunnar och Nalle Vinsa. Lars-Gunnar gav dem en lång blick. Sven-Erik höjde handen till hälsning, det var ju inte så många år sedan Lars-Gunnar gick i pension.

– Ja just det, sa Sven-Erik och såg efter Mercan som försvann ner mot Mickes bar & kök. Han bor ju härnere i byn, undrar hur det är med grabben hans.

KYRKOHERDE BERTIL STENSSON höll lunchmässa i Kiruna kyrka. En gång varannan vecka kunde stans befolkning fira nattvard under sin lunchrast. Ett tjugotal personer hade samlats i lilla salen.

Komminister Stefan Wikström satt på femte raden närmast gången och ångrade att han hade gått dit.

Ett minne dök upp i hans huvud. Fadern, också han kyrkoherde, hemma i kökssoffan. Stefan bredvid, tio år gammal kanske. Pojken som babblar på, han har något i handen, något han vill visa, nu minns han inte vad. Fadern med tidningen framför ansiktet som förlåten i templet. Och plötsligt börjar pojken gråta. Så moderns bedjande röst bakom honom: du kan väl lyssna på honom en stund, han har väntat på dig hela dagen. I ögonvrån ser Stefan att hon har förklädet på sig. Det måste vara middagstid. Och nu sänker fadern tidningen, irriterad över avbrottet i läsningen, dagens enda stund av vila innan middagen, förorättad också, över anklagelsen i situationen.

Stefans pappa var död sedan många år. Stackars mamma också. Men det var precis så kyrkoherden fick honom att känna sig nu. Som det irriterande barnet i behov av uppmärksamhet.

Stefan hade försökt låta bli att gå på lunchmässan. En röst

inom honom hade bestämt sagt: Gå inte dit! Ändå gick han. Han hade intalat sig själv att det inte var för kyrkoherde Bertil Stenssons skull, utan att han var i behov av nattvarden.

Han hade trott att det skulle bli lättare när Mildred var borta, men det hade tvärtom blivit svårare. Mycket svårare. Det är som den förlorade sonen, tänkte han.

Han hade varit den plikttrogna, skötsamma hemmavarande sonen. Hur mycket hade han inte genom åren ställt upp för Bertil, tagit tråkiga begravningar, tråkiga gudstjänster på sjukhus och ålderdomshem, avlastat kyrkoherden med pappersarbete, Bertil var värdelös när det gällde administration, låst upp för kyrkans unga på fredagkvällar.

Bertil Stensson var fåfäng. Han hade lagt beslag på hela samarbetet med ishotellet i Jukkasjärvi. Vigslar och dop i iskyrkan var hans. Alla evenemang som hade minsta chans att hamna i lokaltidningarna lade han också beslag på, som krisgruppen efter bussolyckan där sju ungdomar på skidresa miste livet eller specialbeställda gudstjänster för sametinget. Däremellan tyckte kyrkoherden mycket om att vara ledig. Och det var Stefan som gjorde allt detta möjligt, som täckte upp och tog över.

Mildred Nilsson hade varit som den förlorade sonen. Eller rättare sagt: som den förlorade sonen måste ha varit medan han fortfarande bodde kvar hemma. Innan rastlösheten drog iväg med honom till främmande land. Stökig och orolig måste han ha gått sin fader på nerverna, precis som Mildred.

Alla trodde att han, Stefan, hade varit den som tålt Mildred sämst. Men de hade fel, Bertil hade bara varit skickligare på att dölja sin ovilja.

Det hade varit annorlunda då, medan hon levde. Kring allt vad den kvinnan tog i blev det bråk och stridigheter. Och Bertil hade varit glad och tacksam över Stefan, hemmasonen. Stefan kunde se framför sig hur Bertil brukade komma in på hans rum på församlingshemmet. Han hade ett särskilt sätt, ett kodsystem som signalerade: du är min utvalde. Han uppenbarade sig i dörröppningen, ugglelik med sitt silverfärgade tjocka hår och sin satta kropp och med läsglasögonen antingen på sned uppe på huvudet eller långt ner på näsan. Stefan brukade se upp från sina papper. Bertil såg sig nästan omärkligt över axeln, slank in och sköt igen dörren bakom sig. Han sjönk ner i Stefans besöksfåtölj med en befriad suck. Och log.

Någonting klickade till inuti Stefan varje gång. Oftast hade kyrkoherden inget särskilt ärende, det kunde vara råd i småangelägenheter, men man fick intrycket av att han ville vara ifred en stund. Alla sprang till Bertil, Bertil smet iväg till Stefan.

Men efter Mildreds död hade det förändrats. Hon fanns inte längre där som en skavig söm i kyrkoherdens sko. Och nu verkade plötsligt Stefans plikttrogenhet skava. Numera sa Bertil ofta: "vi behöver väl inte vara så formella" och "Gud tillåter oss nog att vara praktiska", ord som han övertagit från Mildred.

Och när Bertil talade om Mildred var det i så överdrivet positiva ordalag att Stefan blev kroppsligen illamående av alla lögner.

Och Bertil hade slutat besöka Stefan på rummet. Stefan satt där, oförmögen att få något ur händerna, plågades och väntade.

Ibland passerade kyrkoherden den öppna dörren. Men nu var det andra koder, andra signaler: snabba steg, en blick in genom den gapande dörröppningen, en nick, ett hastigt leende. Bråttom-hur-är-läget, betydde det. Och innan Stefan ens hunnit besvara leendet var kyrkoherden försvunnen.

Förr hade han alltid vetat var kyrkoherden befann sig, numera hade han ingen aning. Kanslipersonalen frågade efter Bertil och gav Stefan konstiga blickar när han tvingade fram ett leende och skakade på huvudet.

Den döda Mildred var omöjlig att besegra. I främmande land hade hon blivit faderns älsklingsbarn.

Nu var gudstjänsten snart slut. De sjöng en avslutande psalm och gick i Guds frid.

Stefan skulle ha gått nu. Rakt ut och hem bara. Men han kunde inte hjälpa det, fötterna klev iväg fram till Bertil.

Bertil stod och småpratade med en av gudstjänstbesökarna, gav Stefan en snabb sidoblick, släppte inte in honom i samtalet, Stefan fick vänta.

Så fel det blev nu. Om Bertil bara hälsat hade Stefan kunnat tacka kort för mässan och gå därifrån. Nu verkade det som om han hade något särskilt på hjärtat. Han blev tvungen att hitta på ett ärende.

Äntligen gick den kvardröjande gudstjänstbesökaren. Stefan kände sig tvungen att förklara sin närvaro.

– Jag kände att jag behövde fira nattvard, sa han till Bertil.

Bertil nickade. Kyrkvärden bar ut vinet och oblaten, gav kyrkoherden en liten blick. Stefan följde Bertil och kyrkvärden i hälarna in i sakristian, deltog utan att vara tillfrågad i bönen över brödet och vinet.

– Har du hört något från den där byrån? frågade han när de avslutat bönen. Om vargstiftelsen och så?

Bertil krånglade av sig mässhaken, stolan och alban.

– Jag vet inte, sa han. Kanske löser vi inte upp den i alla fall. Jag har inte bestämt mig än.

Kyrkvärden tog all tid i världen på sig att hälla vinet i piscinan och lägga oblaterna i ciboriet. Stefan gnisslade tänder.

– Jag trodde att vi var överens om att kyrkan inte kunde ha en sådan stiftelse, sa han lågt.

Och förresten så är det väl kyrkorådets beslut och inte ditt ord allena, tänkte han.

– Jaja, men tillsvidare finns den ju i alla fall, sa kyrkoherden och nu hörde Stefan en tydlig otålighet under den milda stämman. Om jag nu tycker att vi ska bekosta beskydd för vargen eller lägga pengar på utbildning är en fråga som vi får ta upp i senare i höst.

– Och jaktarrendet?

Nu log Bertil stort.

– Så, inte ska väl du och jag stå och dividera om detta. Det är ett beslut som kyrkorådet får ta när den tiden kommer.

Kyrkoherden klappade Stefan på axeln och gick.

– Hälsa Kristin! sa han utan att vända sig om.

Stefan fick en klump i strupen. Han såg ner på sina händer, de stela långa fingrarna. Riktiga pianofingrar brukade modern säga när hon levde. Mot slutet, när hon satt i sin lägenhet på servicehuset och allt som oftast förväxlade honom med fadern, plågade detta tjat om fingrarna honom. Hon höll i hans händer och beordrade vårdpersonalen att beskåda dem: titta på hans händer, helt omärkta av kroppsarbete. Pianofingrar, skrivbordshänder.

Hälsa Kristin.

Om man nu skulle våga börja se saker som de verkligen förhöll sig så var det hans livs misstag att gifta sig med henne.

Stefan kunde riktigt känna hur han hårdnade inuti. Hårdnade mot Bertil, mot hustrun.

Jag har burit dem länge nog, tänkte han. Det måste få ett slut.

Mamma måste begripit om Kristin. Det han fastnat för hos Kristin var just hennes likhet med modern. Det lite docklika utseendet, det behagfulla sättet, den goda smaken.

Men visst hade mamma sett. "Så personligt", hade modern sagt om Kristins hem första gången hon besökte sonens flickvän, "trivsamt". Det var när han läste i Uppsala. Trivsamt och personligt, två bra ord att ta till när man inte utan att ljuga kunde säga vackert eller smakfullt. Och han kom ihåg moderns nästan roade leende när Kristin visat upp sina arrangemang med torkade eterneller och rosor.

Nej, Kristin var ett barn som var halvbra på att imitera och härma efter. Hon blev aldrig samma sorts prästfru som hans mamma varit. Och vilken chock han hade fått första gången han kom hem till stökiga Mildred. Alla kollegorna med familjer hade varit hembjudna till Mildred på julglögg. En intressant blandning på folk hade det blivit med de hembjudna prästfamiljerna, Mildred själv, Mildreds man i skägg och förkläde, parodiskt förtryckt, och de tre kvinnor som för tillfället tagit sin tillflykt till Poikkijärvi prästgård. En av kvinnorna hade haft två barn som måste ha fallit under alla bokstavskombinationer som fanns.

Men Mildreds hem, det hade varit som en Carl Larssonmålning. Samma ljusa lätthet, ombonat men aldrig överlastat, samma smakfulla enkelhet som rått i Stefans barndomshem. Stefan hade inte fått ihop det med Mildreds person. Är det här hennes hem? hade han tänkt. Han hade väntat sig en bohemisk röra med högar av sparade tidningsartiklar i lagerbokhyllor och orientaliska kuddar och mattor.

Han kom ihåg Kristin efter den glöggen. "Varför bor inte vi i Poikkijärvi prästgård?" hade hon undrat. "Den är större, den skulle passa oss bättre, vi som har barn."

Nog hade mamma sett att det där sköra draget hos Kristin som Stefan drogs till inte bara var något skört utan något mycket trasigt. Något sprucket och vasst som Stefan skulle skada sig på förr eller senare.

Han greps av en plötsligt uppflammande bitterhet mot modern.

Varför sa hon inget? tänkte han. Hon borde ha varnat mig. Och Mildred. Mildred som använde stackars Kristin.

Han kom ihåg den där dagen i början av maj när hon viftade med de där breven.

Han försökte fösa ut Mildred ur sitt minne. Men hon var lika påträngande nu som då. Klampade på. Precis som då.

– Fint, säger Mildred och störtar in på Stefans kontor.

Det är den 5 maj. Om knappt två månader kommer hon att vara död. Men nu är hon mer än levande. Hennes kinder och näsa är röda som nyvaxade äpplen. Hon sparkar igen dörren bakom sig.

– Nej, sitt! säger hon till Bertil som försöker fly ur besöksfåtöljen. Jag vill tala till er båda.

Tala till, vad säger man om den inledningen. Bara den säger ju allt om hur hon kunde vara.

– Jag har tänkt på det här med vargen, inleder hon.

Bertils knä far upp över det andra. Armarna lägger sig i kors på bröstet. Stefan lutar sig bakåt i sin stol. Bort från henne. De känner sig mästrade och uppläxade innan hon ens har hunnit tala om vad hon har på hjärtat.

– Kyrkan arrenderar ut sin mark till Poikkijärvi jaktförening för tusen kronor om året, fortsätter hon. Avtalet löper på sju år och förlängs automatiskt om det inte sägs upp. Det har varit så sedan 1957. Då bodde den dåvarande kyrkoherden i

Poikkijärvi prästgård. Och han gillade att jaga.

– Men vad har det med... börjar Bertil.

– Får jag prata färdigt! Vem som helst kan visserligen gå med i föreningen, men det är styrelsen och jaktlaget som har hela nyttan av arrendet. Och eftersom jaktlagets antal i stadgarna är maximerat till tjugo, så släpps inga nya in. I praktiken är det först när någon dör som styrelsen väljer in en ny. Och alla i styrelsen är medlemmar i laget. Så samma gäng gubbar sitter i det där laget. På de senaste tretton åren har det inte tillkommit en enda ny medlem.

Hon avbryter sig och ser stint på Stefan.

– Undantaget dig, förstås. När Elis Wiss frivilligt lämnade laget så valdes du in, det var väl sex år sedan?

Stefan svarar inte, det är hennes sätt att uttala ordet frivilligt. Han blir helt vit på insidan av raseri. Mildred fortsätter:

– Enligt stadgarna får bara jaktlaget jaga med kulvapen, så jaktlaget har lagt beslag på all älgjakt. Vad gäller övrig jakt så kan lämpliga medlemmar lösa dagskort, men allt som fälls delas upp mellan aktiva i föreningen och det är – surprise! – styrelsen som avgör hur den fördelningen mellan föreningens aktiva skall ske. Men jag tänker så här. Både LKAB och Yngve Bergqvist är intresserade av arrendet. LKAB för sina anställda och Yngve för turister. Då skulle vi kunna öka avgiften avsevärt. Och då menar jag riktigt rejält. För de pengarna kan vi ägna oss åt ett vettigt skogsbruk. För allvarligt talat, vad gör Torbjörn Ylitalo egentligen? Springer ärenden åt jaktlaget! Vi håller till och med den där gubbklubben med en gratis anställd.

Torbjörn Ylitalo är jägmästare i kyrkan. Han är en av de tjugo medlemmarna i jaktlaget och ordförande i jaktföreningen. Stefan är medveten om att mycket av Torbjörns arbetstid går åt till att planera jakten med Lars-Gunnar som är jaktledare, underhålla kyrkans jaktstugor, jakttorn och röja jaktpass.

– Så, avslutar Mildred. Det blir pengar till skogsvård, men framför allt pengar till vargskydd. Kyrkan kan donera arrendet till stiftelsen. Nu har ju Naturvårdsverket märkt henne, men det behövs mer pengar till bevakningen.

– Jag förstår inte ens varför du tar upp det här med mig och Stefan, avbryter Bertil, hans röst är mycket lugn, förändringar av arrendet är väl ändå en fråga för kyrkorådet?

– Vet du, säger Mildred, jag tycker att det är en fråga för församlingen.

Det blir tyst i rummet. Bertil nickar en gång. Stefan känner hur det värker i vänster axel, en smärta som letar sig upp längs nacken.

De förstår precis vad hon menar. De kan precis se hur den här diskussionen kommer att se ut om den förs i församlingen och, naturligtvis, i tidningen. Gubbklubben som jagar gratis på kyrkans mark och till och med lägger beslag på de djur de inte fäller själva.

Stefan är medlem i jaktlaget, han kommer inte undan.

Men kyrkoherden har också sina skäl att hålla jaktlaget om ryggen. Jaktlaget håller hans frys välfylld. Bertil kan alltid bjuda flott på älgfilé och skogsfågel. Och nog har jaktlaget gjort annat också som kompensation för kyrkoherdens tysta godkännande av deras välde. Bertils timrade stuga till exempel. Laget har byggt den och underhåller den.

Stefan tänker på sin plats i jaktlaget. Nej, han känner på den. Som om den var en varm och len sten i hans ficka. Det är så den är, hans hemliga lyckosten. Han kommer fortfarande ihåg när han fick platsen. Bertils arm runt hans axlar när han blev presenterad för jägmästaren Torbjörn Ylitalo. "Stefan jagar", hade kyrkoherden sagt, "han skulle tycka att det var roligt att få en plats i laget." Och Torbjörn, feodalherre i kyrkans skogsrike, nickade, inte ens en avog min tillät han sig. Två månader senare hade Elis Wiss sagt upp sin plats i laget. Efter fyrtiotre år. Stefan invaldes bland de tjugo.

– Det är orättfärdigt, säger Mildred.

Kyrkoherden reser sig upp ur Stefans besöksfåtölj.

– Jag kan diskutera detta när du inte är i affekt, säger han till Mildred.

Så går han. Lämnar Stefan med henne.

– Hur ska det gå till, säger Mildred till Stefan. Så fort jag tänker på det hamnar jag i affekt.

Så ler hon stort.

Stefan ser häpet på henne. Vad flinar hon åt? Fattar hon inte att hon just gjort sig totalt och helt omöjlig? Att hon just levererat en krigsförklaring utan like. Det är som att inuti denna rätt intelligenta kvinna, för det är hon, det måste han erkänna, så bor det en efterbliven lallande idiot. Vad ska han göra nu? Han kan inte störta ut ur rummet, det är ju hans rum. Han sitter villrådig kvar på sin stol.

Så ser hon plötsligt allvarligt på honom, öppnar sin handväska och tar fram tre kuvert som hon håller fram. Det är hans hustrus handstil.

Han reser sig upp och tar emot breven. Det knyter sig i mellangärdet. Kristin. Kristin! Han vet vad det är för sorts brev utan att ha läst dem. Han dunsar tillbaka ner på stolen.

– Två av dem är ganska obehagliga i tonen, säger Mildred.

Ja, det kan han tänka sig. Det är inte första gången. Det är Kristins vanliga visa. Med lite olika variationer är den sig alltid lik. Två gånger har han gått igenom det redan. De kommer till en ny plats. Kristin leder barnkörer och har söndagsskola, en förtjusande liten sångfågel som sjunger det nya ställets lov i alla tonarter. Men när den första förälskelsen, ja, han måste kalla det så, har gått över börjar hennes missnöje. Verkliga och inbillade oförrätter som hon samlar på som bokmärken i ett album. En period av huvudvärk, läkarbesök och anklagelser mot Stefan som inte tar hennes besvär på allvar. Sedan gnisslar något till på allvar mellan henne och någon anställd eller någon församlingsmedlem. Och snart drar hon ut i krigståg på bygden. På förra stället blev det till sist en riktig cirkus, med facket som drogs in och en anställd på pastorsexpeditionen som ville få den psykiska kollapsen klassad som arbetsskada. Och Kristin, som bara kände sig orättvist anklagad. Och till slut flytten, oundviklig. Första gången var det med en unge, andra gången med tre. Nu går äldsta pojken i högstadiet, en mycket känslig tid.

– Jag har två till i samma stil, säger Mildred.

När hon gått sitter Stefan kvar med breven i högerhanden.

Hon har snarat honom som en ripa, känner han och vet nog inte själv om han menar Mildred eller sin hustru.

REBECKA MARTINSSONS CHEF Måns Wenngren satt och gnisslade på sin kontorsstol. Det hade han inte märkt förut, att den knirrade så där irriterande när man höjde och sänkte den. Han tänkte på Rebecka Martinsson. Sedan lät han bli att tänka på henne.

Han hade egentligen massor att göra. Telefonsamtal och mejl att besvara. Kunder och klienter att underhålla. Hans biträdande jurister hade börjat lägga papper och gula post-it-lappar med meddelanden på hans stolsits för att han skulle se dem. Men nu var det ju bara en timma kvar till lunch så han kunde lika gärna skjuta upp allting lite till.

Han brukade säga om sig själv att han var rastlös. Han kunde nästan höra sin förra fru Madelene säga "Ja, det låter ju bättre än lynnig, otrogen och på flykt från sig själv." Men rastlös var ju sant också. Oron hade gripit honom redan i vaggan. Hans mor hade berättat om hur han skrikit sig igenom nätterna det första året. "Han blev lite lugnare när han lärde sig gå. Ett tag."

Hans tre år äldre bror hade tusen gånger berättat om hur de sålde julgranar. En av familjens arrendatorer hade erbjudit Måns och brodern extrajobb med julgransförsäljning. De var bara grabbar. Måns hade precis börjat skolan. Men räkna kunde han redan, visste brodern att berätta. Särskilt pengar.

Så de hade sålt granar. Två små nasare på sju och tio. "Och Måns tjänade så in i helvete mycket mer än oss andra", berättade brodern. "Vi kunde ju inte begripa hur det gick till, han fick ju bara fyra kronor per gran i provision precis som vi. Men medan vi andra bara stod och frös och väntade på att klockan skulle bli fem så sprang Måns omkring och snackade med alla farbröder och tanter som var där och tittade. Och om någon tyckte att en gran var för lång så erbjöd han sig att kapa den på plats, det kunde ju ingen motstå, en liten knatte med sågen lika lång som han själv. Och nu kommer det fina i kråksången: stumparna som han hade kapat av sågade han av grenarna på och de grenarna band han ihop till stora granruskor som han sålde för en femma stycket. Och den femman gick rakt ner i hans egen ficka. Arrendatorn – vad fan var det han hette, var det Mårtensson – vart ju skitförbannad. Men vad skulle han göra?"

Här gjorde brodern halt i historien och lyfte ögonbrynen i en min som sa allt om arrendatorns maktlöshet mot markägarens förslagne pojke. "Businessman", avslutade han, "alltid businessman."

Ända upp i medelåldern hade Måns försvarat sig mot den etiketten. "Juridik är inte samma sak som business", hade han sagt.

"Visst fan är det det", brukade brodern säga. "Visst fan är det det."

Själv hade brodern i sitt tidiga vuxenliv bott utomlands och gjort gud-vet-vad och en del annat och till slut kommit hem till Sverige och rott i land en socionomexamen och var nu chef för socialförvaltningen i Kalmar.

Så småningom hade Måns i alla fall slutat försvara sig inför brodern. Och varför måste alltid framgången ursäktas?

"Visst", svarade han numera, "business och pengar på banken." Och så brukade han berätta om senaste bilköpet eller traden eller bara om sin senaste mobiltelefon.

Broderns hat kunde Måns läsa om i sin svägerskas ögon. Måns fattade det inte. Brodern hade hållit ihop sitt äktenskap. Barnen kom och hälsade på.

Nej, nu gör jag det, tänkte han och reste sig från knirrstolen.

Maria Taube kvittrade ett hejdå i telefonen och lade på. Förbannade klienter, ringde och vräkte ur sig frågor som var så oprecisa och allmänna att det inte gick att svara på dem. Det tog en halvtimme bara att försöka fatta vad de ville.

Det knackade på hennes dörr och innan hon hann svara stack Måns in huvudet.

Lärde du dig verkligen ingenting på Lundsberg? tänkte hon irriterat. Till exempel att vänta på "kom in".

Som om han läst hennes tanke bakom hennes leende sa han:

– Har du tid?

När fick han senast ett nej på den frågan? tänkte Maria, gjorde en gest mot sin besöksstol och knappade bort inkommande samtal.

Han sköt igen dörren bakom sig. Ett dåligt tecken. Hennes tankar for iväg på jakt efter något hon förbisett eller glömt, någon klient som hade anledning att vara missnöjd. Hon kom inte på något. Det var det värsta med det här jobbet. Hon kunde stå ut med stressen och hierarkin och övertiden, men den där mörka avgrunden som ibland öppnade sig under fötterna på en. Som missen Rebecka gjort. Så jävla lätt hänt, att sumpa några miljoner.

Måns satte sig ner och såg sig omkring, fingrarna trummade mot låret.

– Fin utsikt, flinade han.

Utanför fönstret trängde sig den smutsbruna grannfasaden tätt intill. Maria skrattade artigt, men höll tyst.

Kläm fram med det nu då, tänkte hon.

– Hur går det med...

Måns lät en obestämd gest mot pappershögarna på hennes skrivbord avsluta frågan.

– Bra, svarade hon och hejdade sig innan hon började berätta om något hon höll på med.

Han vill inte veta, förmanade hon sig själv.

– Så... har du hört något från Rebecka? frågade Måns.

Maria Taubes axlar sjönk ner en centimeter.

– Ja.

– Hörde av Torsten att hon blev kvar däruppe ett tag.

– Ja.

– Vad gör hon?

Maria tvekade.

– Jag vet inte riktigt.

– Var inte så jävla svår nu, Taube. Jag vet att det var ditt förslag att hon skulle åka upp dit. Och jag kan väl ärligt säga att jag inte tycker att det var en så lysande idé. Och nu vill jag veta hur det är med henne.

Han gjorde en paus.

– Hon jobbar ju faktiskt här, avslutade han.

– Fråga henne själv, sa Maria.

– Det är inte så lätt. Sist jag försökte ställde hon till en jäkla scen, om du minns.

Maria tänkte på hur Rebecka rott iväg från firmafesten. Hon var inte klok.

– Jag kan inte snacka med dig om Rebecka. Det fattar du väl, hon skulle bli skitsur.

– Och jag då? frågade Måns.

Maria Taube log hult.

– Du är ju ändå skitsur jämt, sa hon.

Måns flinade till, upplivad av den lilla respektlösheten.

– Jag minns när du började jobba hos mig, sa han. Snäll och söt. Gjorde vad man sa till dig.

– Jag vet, sa hon. Vad den här byrån gör med folk...

Rebecka Martinsson och Nalle dök upp utanför Sivving Fjällborgs dörr som två daglönare. Han tog emot dem som om de varit väntade och bjöd ner dem i pannrummet. Bella låg i en trälåda bäddad med ett lager trasmattor och sov med valparna i en hög om varandra under magen. Hon öppnade bara ett öga och dunkade med svansen till hälsning när gästerna klev in.

Vid ettiden hade hon åkt hem till Nalle och ringt på dörren. Nalles pappa Lars-Gunnar hade öppnat. Stor i dörröppningen. Hon hade stått ute på bron och känt sig som en liten femåring som frågar kompisens förälder om kompisen får komma ut och leka.

Sivving satte på kaffe och dukade fram tjocka porslinsmuggar med stora blommönster i gult, orange och brunt. Han lade upp polarkakor i en korg och plockade fram Bregott och ett paket prickig korv ur kylen.

Det var svalt nere i källaren. Lukten av hund och nykokat kaffe blandade sig med den svaga efterlukten av jord och betong. Höstsolen föll in genom det smala källarfönstret uppe vid taket.

Sivving såg på Rebecka. Hon måste ha hämtat kläder från farmoderns magasin. Han kände igen den där svarta anoraken med vita snöflingor. Han undrade om hon visste att den hade tillhört hennes mamma. Förmodligen inte.

Och ingen hade väl talat om för henne hur lik hon var sin mamma. Samma mörkbruna långa hår och markerade ögonbryn. Den där fyrkantiga ögonformen och ögats iris i en obestämbar ljus sandfärg med en mörk ring.

Valparna vaknade. Stora tassar och öron, bök och liv, svansar som små propellrar i rytmer mot trälådans kant. Rebecka och Nalle satte sig på golvet och delade med sig av sina smörgåsar medan Sivving dukade undan.

– Det finns inget som luktar så gott, sa Rebecka och drog in djupt med näsan mot ett valpöra.

– Och just den där är inte tingad, sa Sivving. Ska du slå till?

Valpen tuggade på Rebeckas hand med sylvassa tänder. Hans päls var chokladbrun och så kort och mjuk att den kändes som len hud. Baktassarna var till hälften doppade i vitt.

Hon satte ner den i lådan och reste sig upp.

– Det går inte. Jag väntar därute.

Hon hade varit nära att säga att hon jobbade för mycket för att kunna ha hund.

Rebecka och Sivving tog upp potatisen. Sivving gick före och drog upp blasten med sin friska hand. Rebecka gick efter med hackan.

– Just gräva och hacka, sa Sivving, det är som förgjort. Annars hade jag tänkt be Lena, hon kommer nu i helgen med pojkarna.

Lena var hans dotter.

– Jag gör det gärna, sa Rebecka.

Hon drog med hackan, det gick lätt i sandjorden, och plockade upp de mandelpotatisar som lossnat från blasten och blivit kvar i jorden.

Nalle sprang omkring på gräsmattan med en tjädervinge i ett snöre och lekte med valparna. Då och då sträckte Rebecka och Sivving ut ryggarna och såg åt deras håll. Man måste le. Nalle med handen som höll i snöret högt ovanför sig i luften, sprang tjutande med höga knän. Valparna med all otyglad jaktlust som ett koppel efter. Bella låg på sidan i gräset och värmde sig i höstsolen. Lyfte huvudet ibland för att snappa en irriterande broms eller kolla till småttingarna.

Jag är ju naturligtvis inte normal, tänkte Rebecka. Klarar inte av att umgås med jämnåriga arbetskamrater, men en gammal gubbe och en efterbliven, ja, då känner jag att jag kan vara mig själv.

– Jag kommer ihåg när jag var liten, sa hon. Efter det att ni vuxna hade tagit upp potatisen gjorde ni alltid upp en eld i landet på kvällen. Och vi ungar fick baka potatisar som hade blivit kvar.

– Svartbrända utanpå, lite färdiga ytterst och råa inuti. Nog minns jag. Och ni sen, när ni kom in. Sotiga och jordiga från topp till tå.

Rebecka log åt minnet. Elden hade man lärt sig att ha respekt för, den fick egentligen inte ungar ta ansvar för. Men kvällen efter potatisupptagningen var ett undantag. Då var elden deras. Det var hon, kusinerna och Sivvings Mats och Lena. De satt i den mörka höstkvällen och såg in i lågorna. Petade med pinnarna. Kände sig precis som indianer i en pojkbok.

De kom in till farmor först vid tio-elva-tiden på kvällen, det var ju mitt i natten nästan. Lyckliga och skitiga. Då hade de vuxna badat bastu för länge sedan och satt och kvällsfikade. Farmor och farbror Affes fru Inga-Lill och Sivvings fru Maj-Lis drack te. Sivving och farbror Affe med varsin Tuborg.

Hon kom ihåg gubbarna på bilden. "Hvergang."

Hon och de andra ungarna hade vett att stanna i hallen. Inte dra in med halva potatislandet i köket.

– Jaha, här kommer hottentotterna, skrattade Sivving. Inte vet jag just hur många det är för det är mörkt som ett gruvhål i hallen och de är helt svarta i skinnet. Ta och skratta riktigt så man får räkna tandraderna.

De skrattade. Tog emot handdukar från farmor. Sprang ner till bastun vid älvstranden och badade i eftervärmen.

ORDFÖRANDEN I POIKKIJÄRVI jaktförening Torbjörn Ylitalo stod ute på gården och kapade ved när Anna-Maria Mella kom. Hon stannade bilen och klev ut. Han stod med ryggen mot henne. De röda skyddskåporna över öronen gjorde att han inte hade hört henne. Hon passade på att se sig omkring lite ostört.

Välskötta pelargoner i fönstret bakom smårutiga köksgardiner. Förmodligen gift alltså. Rabatterna rensade. Inte ett nedfallet löv kvar på gräsmattan. Staketet prydligt målat i falurött med vita uddar.

Anna-Maria tänkte på sitt eget algfläckiga staket och plastfärgen som hängde i fnasor på södergaveln.

Nästa sommar måste vi måla, tänkte hon.

Fast var det inte precis det hon hade tänkt förra hösten?

Torbjörn Ylitalos vedkap åt sig genom trät med ett genomträngande tjut. När han slängde den sista biten åt sidan och böjde sig efter ett nytt meterlångt stycke passade Anna-Maria på att hojta till.

Han vände sig om, drog ner hörselskydden runt nacken och slog av kapen. Torbjörn Ylitalo var i sextioårsåldern. Lite grov, men välansad på något sätt. Det hår som fanns kvar på huvudet var precis som skägget grått och välklippt. När han fått av sig skyddsglasögonen öppnade han den blankblå arbetsjackan och fick fram ett par smidiga, båglösa Svennis-glasögon som han klämde fast på den stora klumpen till näsa. Solbränd och väderbiten ovanför den vita halsen. Örsnib-barna var två stora skinnlappar, men Anna-Maria lade märke till att rakapparaten hade gått över dem också.

Inte som Sven-Erik, tänkte hon.

Ur hans öron växte ibland rena häxkvastar ut.

De satte sig i köket. Anna-Maria tackade ja till kaffe när Tor-björn Ylitalo sa att han ändå skulle ha en kopp själv.

Han måttade i bryggaren och letade tafatt i frysen, verkade lättad när Anna-Maria avböjde fikabröd.

– Har du semester nu inför älgjakten? frågade Anna-Maria.

– Nej, men jag har ju rätt fria arbetstider vet du.

– Mmm, du är jägmästare i kyrkan.

– Jo.

– Och ordförande i jaktföreningen, medlem i jaktlaget.

Han nickade.

De småpratade en stund om jakt och bärplockning.

Anna-Maria drog fram block och penna ur innerfickan på jackan som hon inte hängt av sig. Hon lade dem på bordet framför sig.

– Som jag sa därute så gäller det Mildred Nilsson. Du och hon kom inte överens har jag hört.

Torbjörn Ylitalo såg på henne. Han log inte, det hade han inte gjort en enda gång hittills. Han drack utan brådska en klunk av kaffet, ställde ner koppen på fatet och frågade:

– Vem har sagt det?

– Var det så?

– Vad kan jag säga, det bär mig emot att tala illa om de döda, men hon sådde mycket split och förbittring här i byn.

– På vilket sätt då?

– Jag säger det rätt ut: hon var manshatare. Jag tror uppriktigt att hon ville att byns kvinnor skulle skilja sig från sina karlar. Och då är det inte så mycket man kan göra.

– Är du gift?

– Yes box!

– Försökte hon få din fru att lämna dig?

– Nä, inte hon. Men andra.

– Exakt vad var du och Mildred osams om då?

– Tja, det här med kvoteringen i jaktlaget var ju en jävla idé som hon hade. Påtår?

Anna-Maria skakade på huvudet.

– Du vet, varannan damernas. Det tyckte hon skulle vara ett krav för att vi skulle få jaktarrendet förlängt.

– Och det tyckte du var en dålig idé.

Nu kom det lite eftertryck i hans annars nästan sävliga sätt att prata.

– Men det fanns väl ingen annan än hon själv som tyckte att det var en bra idé. Och jag är ingen kvinnohatare, men nog ska man väl konkurrera om platser till företagsstyrelser och riksdag och för den del till vårt lilla jaktlag på lika villkor. Det skulle väl verkligen vara ojämlikhet om du fick en plats bara för att du var kvinna. Och hur skulle du då få någon respekt? Och dessutom: vad är det för fel på att låta karlarna hålla på med jakten. Ibland tänker jag att jakten är den sista utposten. Låt oss få ha åtminstone den ifred. Inte fan insisterade väl jag på att få var med i hennes kvinnobibelgrupp.

– Så ni var osams om detta, du och Mildred?

– Osams och osams, hon visste vad jag tyckte.

– Magnus Lindmark sa att du gärna skulle ha satt bössan i käften på henne.

Anna-Maria funderade en stund på om hon borde ha berättat det. Fast det kunde den där jäveln som högg huvudet av kattungar ha.

Torbjörn Ylitalo verkade inte bli upprörd. Han till och med log lite för första gången. Ett trött, nästan omärkligt leende.

– Det handlar nog mera om Magnus egna känslor, sa han. Men Magnus dödade henne inte. Och inte jag heller.

Anna-Maria svarade inte.

– Om jag hade dödat henne så skulle jag ha skjutit henne och grävt ner henne ordentligt i någon myr, sa han.

– Visste du om att hon ville säga upp ert arrende?

– Jo, men hon hade ingen i kyrkorådet på sin sida, så det betydde då ingenting.

Torbjörn Ylitalo reste sig upp.

– Du, om det inte var något mera så måste jag fortsätta med veden.

Anna-Maria reste sig upp. Hon såg hur han ställde undan deras koppar på diskbänken.

Sedan tog han kaffekannan och ställde in den med det varma kaffet i kylen.

Hon kommenterade det inte. Och de tog adjö helt lugnt ute på gårdsplanen.

Anna-Maria Mella åkte iväg från Torbjörn Ylitalo. Hon skulle åka till Erik Nilsson igen. Fråga om han kände till vem som hade skickat teckningen till hans hustru.

Hon parkerade bilen utanför grindstolparna in till prästgården. Brevlådan svämmade över av tidningar och post, locket stod rakt upp. Snart skulle det regna in i lådan. Räkningar, reklam och tidningar skulle bli en stor papier-machéklump. Anna-Maria har sett såna där översvämmade brevlådor förut i sitt liv. Grannar ringer, brevlådan ser ut sådär, polisen går in och därinne finns döden. På det ena eller andra sättet.

Hon drog ett andetag. Först skulle hon känna på dörren. Låg prästens karl därinne kunde det mycket väl vara öppet. Var det låst skulle hon kika in genom fönstrena på bottenvåningen.

Hon gick upp på förstubron. Den var prydd med måttfull vitmålad snickarglädje, vita korgstolar och stora blåglaserade krukor vars innehåll torkat ihop till hård cement med brunbrända prassliga rester av sommarblomster i.

I samma ögonblick som hon lade handen på dörrhandtaget trycktes det ner och dörren öppnades inifrån. Anna-Maria skrek inte. Förmodligen rörde hon inte en min. Men inuti skuttade hon till. Magen knöt sig.

En kvinna kom ut på bron, krockade nästan med Anna-Maria, och ropade till av förskräckelse.

Hon var runt fyrtio, uppspärrade mörkbruna ögon med långa täta fransar. Inte så mycket längre än Anna-Maria, kort alltså. Men hon var spädare och mer finlemmad. Handen som for upp mot bröstet var långfingrad, handleden smal.

– Oj, log hon.

Anna-Maria Mella presenterade sig.

– Jag söker Erik Nilsson.

– Aha, sa kvinnan. Han… är inte här.

Hennes röst svävade iväg.

– Han har flyttat härifrån, sa hon. Alltså, prästgården tillhör ju kyrkan. Det är verkligen ingen som har tvingat iväg honom, men… Förlåt, jag heter Kristin Wikström.

Hon sträckte fram den späda handen mot Anna-Maria. Sedan fick hon något förläget över sig och verkade känna ett behov av att förklara sin närvaro.

– Det är min man Stefan Wikström som ska flytta in i prästgården nu när Mildred… Ja, alltså inte bara han. Jag och barnen också förstås.

Hon skrattade kort.

– Erik Nilsson har inte flyttat sina möbler eller tillhörigheter och vi vet inte var han håller hus och… ja, jag gick hit för att se hur mycket det är att göra.

– Så ni vet inte var Erik Nilsson håller hus?

Kristin Wikström skakade på huvudet.

– Din man då? frågade Anna-Maria.

– Han vet inte heller.

– Nej, men jag undrar: Var håller han hus?

Kristin Wikström fick små rynkor ovanför överläppen.

– Vad vill du honom?

– Fråga lite.

Kristin Wikström skakade långsamt på huvudet med bekymrad min.

– Jag skulle verkligen önska att han fick vara ifred, sa hon. Han har haft en mycket tung sommar. Ingen semester. Poliser hela tiden. Journalister, de ringer till och med på nätterna vet du, och vi törs inte dra ur jacket för min mamma är ju gammal och sjuk, tänk om det är hon som ringer. Och den rädsla som vi alla känner för att det ska vara någon galning som… Man törs inte släppa ut barnen ensamma. Hela tiden oroar jag mig för Stefan.

Men sorgen över en mistad kollega nämnde hon inte, konstaterade Anna-Maria kallt.

– Är han hemma? frågade Anna-Maria skoningslöst.

Kristin Wikström suckade. Såg på Anna-Maria som om denna var ett barn hon blivit besviken på. Mycket besviken.

– Jag vet faktiskt inte, sa hon. Jag är inte den sortens kvinna som måste ha total kontroll på min man hela tiden.

– Då försöker jag i Jukkasjärvi prästgård först och är han inte där så åker jag in till stan, sa Anna-Maria Mella och höll emot lusten att himla med ögonen.

Kristin Wikström står kvar på förstubron till Poikkijärvi prästgård. Hon ser efter den röda Escorten. Hon tyckte inte om den där kvinnliga polisen. Hon tycker inte om någon. Jo, det gör hon ju förstås. Hon älskar Stefan. Och barnen. Hon älskar sin familj.

I huvudet har hon en filmprojektor. Hon tror inte att det är så vanligt. Ibland visar den bara tokigheter. Men nu skall hon sluta ögonen och titta på en film som hon tycker mycket om. Höstsolen värmer i ansiktet. Det är fortfarande sensommar, man kan inte tro att det här är Kiruna så varmt som det är. Det passar bra också. För filmen är från nu i våras.

Vårsolen lyser in genom fönstret och värmer hennes ansikte. Färgerna är mjuka. Bilden är så softad att det ser ut som om hon har en gloria runt håret. Hon sitter på en stol i köket. Stefan sitter på en stol bredvid. Han har böjt sig framåt och har huvudet i hennes famn. Hennes händer går över hans hår. Hon säger: schh. Han gråter. "Mildred", säger han. "Jag orkar snart inte längre." Allt han vill ha är lugn och ro. Arbetsro. Ro i hemmet. Men med Mildred som sår sitt gift i församlingen… Hon stryker över hans mjuka hår. Det är en helig stund. Stefan är så stark. Han söker aldrig tröst hos henne. Hon njuter av att få vara allt detta för honom. Något får henne att se upp. I dörröppningen står deras äldste son Benjamin. Gud som han ser ut med det där långa håret och de snäva, svarta, söndertrasade jeansen. Han stirrar på sina föräldrar. Säger inte ett pip. Ser bara helt vild ut i ögonen. Hon rynkar ögonbrynen för att visa att han skall försvinna. Hon vet att Stefan inte vill att barnen skall se honom så här.

Filmen tar slut. Kristin tar tag i trappräcket. Det här ska bli hennes och Stefans hus. Om Mildreds man tror att han bara kan lämna kvar alla möblerna och att ingen kommer att våga flytta ut dem, då tror han fel. När hon går mot bilen låter hon filmen spela upp sig i huvudet igen. Den här gången redigerar hon bort sonen Benjamin.

ANNA-MARIA ÅKTE in på gårdsplanen till Jukkasjärvi prästgård. Hon ringde på, men det var ingen som öppnade.

När hon vände sig om kom en grabb gående mot huset. Han var i Marcus ålder, femton kanske. Hans hår var långt och färgat blanksvart. Under ögonen var han sotsvart av kajal. Han bar en sliten svart skinnjacka och svarta tights med enorma hål vid knäna.

– Hej! ropade Anna-Maria. Bor du här? Jag söker Stefan Wikström, vet du om…

Längre hann hon inte. Killen stirrade på henne. Så vände han tvärt och sprang. Löpte iväg efter vägen. För ett ögonblick kände Anna-Maria att hon skulle springa efter och ta fast honom, men sedan besinnade hon sig. Varför då?

Hon satte sig i bilen och körde mot stan. Spanade efter den svartklädda killen när hon körde genom byn, men han syntes inte till.

Kunde det ha varit någon av prästfamiljens barn? Eller var det någon som kanske hade tänkt försöka ta sig in. Som blev överraskad av att någon var där?

Det var något annat också som knackade på i hennes skalle. Stefan Wikströms fru. Hon hette Kristin Wikström.

Kristin. Det namnet kände hon ju igen.

Så kom hon på det. Körde in mot vägkanten och stannade

bilen. Sträckte sig efter högen med de brev till Mildred som Fred Olsson hade sorterat ut och tyckte var av intresse.

Två av dem var undertecknade med "Kristin".

Anna-Maria ögnade igenom dem. Det ena var daterat i mars och var handskrivet med prydlig stil:

"Låt oss vara ifred. Vi vill ha lugn och ro. Min man behöver arbetsro. Vill du att jag ska stå på knä? Jag står på knä. Och ber: Lämna oss ifred."

Det andra var daterat en dryg månad senare. Man såg att det var samma person som skrivit, men handstilen var yvigare, g-krokarna var långa och vissa ord kladdigt överstrukna:

"Du kanske tror att vi inte VET. Men alla förstår att det inte är någon tillfällighet att du sökte tjänsten i Kiruna endast ett år efter det att min make tillträtt sin tjänst här i stan. Men jag FÖRSÄKRAR dig, vi VET. Du samarbetar med grupper och organisationer som har som ENDA uppgift att motarbeta honom. Du förgiftar brunnar med ditt HAT. Det HATET skall du själv dricka!"

Vad gör jag nu? tänkte Anna-Maria. Åker tillbaka och trycker upp henne mot väggen?

Hon ringde Sven-Erik Stålnacke från mobilen.

– Vi snackar med hennes karl istället, föreslog han. Jag var ändå på väg till församlingshemmet för att få bokföringen från den där vargstiftelsen.

Stefan Wikström suckade tungt där han satt bakom sitt skrivbord. Sven-Erik Stålnacke hade tagit plats i besöksfåtöljen. Anna-Maria Mella stod med armarna i kors lutad mot dörren.

Ibland var hon så… opedagogisk, tänkte Sven-Erik och såg på Anna-Maria.

Egentligen skulle han ha tagit den här snubben själv, det hade varit bättre. Anna-Maria gillade honom inte och iddes inte dölja det. Visst, Sven-Erik hade ju också läst om bråken mellan Mildred och den här prästen, men nu var de ju här i jobbet.

– Ja, jag känner till breven, sa prästen.

Han hade vänster armbåge på skrivbordet och lutade pannan mot fingertopparna och tummen.

– Min fru… hon… hon blir dålig ibland. Inte så att hon är psykiskt sjuk, men ostadig av och till. Det här är inte hon egentligen.

Sven-Erik Stålnacke och Anna-Maria Mella teg.

– Hon ser spöken mitt på ljusan dag emellanåt. Hon skulle aldrig… ni tror väl inte…?

Han släppte pannan med handen och slog handflatan i bordet.

– Det är i så fall helt absurt. Herregud, Mildred hade hundra fiender.

– Däribland du? frågade Anna-Maria.

– Verkligen inte! Är jag misstänkt också? Jag och Mildred var oense i sakfrågor, det är sant, men att jag eller stackars Kristin skulle ha något med mordet på henne att göra...

– Det har vi ju inte heller påstått, sa Sven-Erik.

Han rynkade ögonbrynen på ett sätt som fick Anna-Maria att tystna och lyssna.

– Vad sa Mildred om de här breven? frågade Sven-Erik.

– Hon informerade mig om att hon hade fått dem.

– Varför behöll hon dem, tror du?

– Jag vet inte, själv sparar jag till och med alla julkort jag får.

– Visste flera om detta?

– Nej, och jag skulle vara tacksam om det kunde få fortsätta att vara så.

– Så Mildred berättade inte för någon annan.

– Nej, inte vad jag vet.

– Kände du tacksamhet över detta?

Stefan Wikström blinkade till.

– Va?

Det var nästan så att han brast i skratt. Tacksam. Skulle han ha varit tacksam mot Mildred? Tanken var så befängd! Men vad skulle han säga? Inget kunde han berätta. Mildred hade honom fortfarande i bur. Och hon hade satt hans hustru som lås. Och förväntat sig hans tacksamhet.

I mitten av maj hade han förödmjukat sig och gått till Mildred och bett henne om breven. Han gjorde henne sällskap på en promenad nerför Skolgatan på väg ner mot lasarettet. Hon skulle besöka någon. Det var den värsta tiden på året. Inte hemma i Lund naturligtvis. Men i Kiruna. Gatorna var fulla av grus och allsköns skräp som smält fram ur snön. Ingen grönska. Bara smuts, skräp och dessa drivor av grus.

Stefan hade pratat med sin hustru i telefonen. Hon var hos sin mamma i Katrineholm med de yngsta barnen. Hon lät gladare på rösten.

Stefan ser på Mildred. Hon verkar också glad. Vänder ansiktet mot solen och drar ibland djupt och njutningsfullt efter andan. Det måste vara en välsignelse att inte ha något skönhetssinne. Då biter väl inte grus och smuts på humöret.

Nog är det konstigt, tänker han, inte utan bitterhet, att Kristin blir gladare och hämtar kraft av att vara ifrån honom ett tag. Så är inte hans bild av äktenskapet egentligen, man hämtar kraft ifrån och stödjer varandra. Att hon inte var det stöd han hoppats på har han för länge sedan accepterat. Men nu börjar det kännas som om hon inte tycker att han räcker till för henne heller. "Åh, ett tag till", svarar hon svävande när han undrar hur länge hon skall vara borta.

Mildred vill inte ge honom breven.

– Du kan slå mitt liv i spillror när som helst, säger han till henne med ett skevt leende.

Hon ser fast på honom.

– Då får du öva dig i att lita på mig, säger hon.

Han ser på henne från sidan. När de går så här sida vid sida blir det tydligt hur liten hon är. Hennes framtänder är verkligen onaturligt smala. På alla sätt ser hon ut som en sork.

– Jag tänker ta upp frågan om jaktarrendet för Poikkijärvi jaktförening med kyrkorådet. Arrendet går ut nu till jul. Om vi arrenderar till någon som kan betala…

Han kan inte tro sina öron.

– Är det så det är, säger han och förvånas av hur lugn han låter. Du hotar mig! Om jag röstar för ett fortsatt arrende för föreningen så berättar du om Kristin. Det var lågt, Mildred.

Nu visar du verkligen ditt sanna jag.

Han känner hur munnen lever sitt eget liv i ansiktet. Den förvrids i en gråtnära grimas.

Om Kristin bara får vila lite så kommer hon i balans igen. Men om det här med breven kommer ut. Han vet att hon inte klarar av det. Han kan redan höra hur hon anklagar folk för att tala om henne bakom hennes rygg. Hon kommer att skaffa sig fler fiender. Snart för hon krig på flera fronter samtidigt. Och så går de under.

– Nej, säger Mildred. Jag hotar inte. Jag håller tyst i vilket fall som helst. Jag skulle bara önska att du…

– Skulle känna tacksamhet?

– … kunde tillmötesgå mig i en enda sak, säger hon trött.

– Gå emot mitt samvete?

Och nu flammar hon upp. Visar sitt innersta jag.

– Åh kom igen! Det är väl knappast det det är? En samvetsfråga.

Sven-Erik Stålnacke upprepade sin fråga:

– Kände du tacksamhet över detta? Med tanke på att ni inte var de bästa vänner så var det ju generöst av henne att inte berätta för någon om breven.

– Ja, klämde Stefan fram efter en stund.

Sven-Erik hummade till. Anna-Marias rygg lättade från dörren.

– En sak till, sa Sven-Erik. Vargstiftelsens bokföring. Finns den här på församlingshemmet?

Stefan Wikströms irisar rörde sig oroligt över ögonvitorna som akvariefiskar i en skål.

– Vad?

– Vargstiftelsens bokföring, finns den här?

– Ja.

– Den vill vi gärna se.

– Ska ni inte ha något sorts tillstånd från åklagaren för det?

Anna-Maria och Sven-Erik sneglade snabbt på varandra. Sven-Erik reste sig upp.

– Ursäkta, sa han. Jag måste låna toaletten, var…?

– Vänster, ut genom kanslidörren direkt vänster igen.

Sven-Erik försvann iväg.

Anna-Maria plockade fram kopian av teckningen på den hängda Mildred.

– Någon skickade den här till Mildred Nilsson. Har du sett den förut?

Stefan Wikström tog emot den. Hans hand darrade inte.

– Nej, sa han.

Han räckte tillbaka teckningen.

– Du har inte fått någon liknande?

– Nej.

– Och har ingen aning om vem som kan ha skickat den? Hon nämnde den aldrig?

– Jag och Mildred var inte förtrogna med varandra.

– Du kanske kan skriva en lista till mig på folk som du kan tänka dig att hon skulle prata med. Då menar jag dem som jobbade i kyrkan eller här på församlingshemmet.

Anna-Maria Mella såg på honom medan han skrev. Hon hoppades att Sven-Erik gjorde vad han skulle därute snabbt.

– Du har barn? frågade hon.

– Ja. Tre pojkar.

– Hur gammal är din äldsta?

– Femton.

– Hur ser han ut? Liknar han dig eller?

Stefan Wikströms röst blev med ens lite släpig.

– Det är omöjligt att svara på. Man kan inte veta hur han ser ut under all hårfärg och allt smink. Han är i... en fas.

Han såg upp och log. Anna-Maria förstod att det där fadersleendet och det där med konstpausen och ordet "fas" var någonting som han använde rutinmässigt när han pratade om sonen.

Stefan Wikströms leende slocknade.

– Varför undrar du över Benjamin? frågade han.

Anna-Maria tog listan ur hans hand.

– Tack för hjälpen, sa hon och gick.

Sven-Erik Stålnacke klev direkt från Stefan Wikströms rum ut till pastorsexpeditionen. Tre kvinnor fanns därinne. En av dem vattnade blommorna i fönstrena, de andra två satt vid sina datorer. Sven-Erik gick fram till en av dem och presenterade sig. Hon var i hans egen ålder, knappt sextio, blank nästipp och snälla ögon.

– Vi vill gärna titta på bokföringen till den där Vargstiftelsen, sa han.

– Okej.

Hon försvann iväg mot en av bokhyllorna och kom tillbaka med en mapp med nästan inget innehåll. Sven-Erik såg fundersamt på dem. Bokföring borde vara stora högar med papper, fakturor, kolumner och räkningar.

– Var det allt, frågade han misstroget.

– Ja, sa hon. Det är inte så värst många transaktioner, mest inbetalningar.

– Jag lånar den här ett tag.

Hon log.

– Behåll den, det är bara utskrifter och kopior. Jag skriver ut nytt från datorn.

– Du, sa Sven-Erik och sänkte rösten. Jag skulle behöva fråga om en grej, kan vi…

Han nickade ut mot det tomma trapphuset.

Kvinnan följde honom ut.

– Det finns en faktura som rör utbildningskostnader, sa Sven-Erik. En rätt stor post…

– Ja, sa kvinnan. Jag vet vilken du menar.

Hon funderade en stund, som om hon tog sats.

– Det där var inte rätt, sa hon. Mildred var mycket arg. Stefan och hans familj åkte på semester till USA i slutet av maj. För stiftelsens pengar.

– Hur kunde han göra det?

– Han och Mildred och Bertil var firmatecknare i stiftelsen var och en för sig. Så det var inga problem. Han tänkte väl att ingen skulle märka, eller så gjorde han det för att reta henne, vad vet jag.

– Vad hände?

Kvinnan såg på honom.

– Ingenting, sa hon. De strök väl ett streck över det. Och Mildred sa att han hade besökt Yellowstone där de bedriver ett vargprojekt så, ja, vad jag vet så blev det inget bråk om det där.

Sven-Erik tackade henne och hon gick tillbaka till sin plats framför datorn. Han funderade på om han skulle gå tillbaka till Stefans kontor och fråga om den där resan också. Men det var ju ingen brådska, de kunde prata med honom om det i morgon. Instinktivt kände han att han behövde få fundera ett tag. Och under den tiden var det ingen mening med att skrämma upp folk.

– Han rörde inte en min, sa Anna-Maria till Sven-Erik i bilen. När jag visade teckningen för Stefan Wikström så rörde han inte en min. Antingen är han helt totalt känslokall eller så hade han fullt upp med att dölja vad han kände. Du vet, man är så inställd på att verka lugn så att man glömmer att man ändå borde låtsas reagera på något sätt.

Sven-Erik hummade.

– Åtminstone så borde han ju ha blivit lite intresserad, fortsatte Anna-Maria. Tittat på den lite. Så skulle jag ha reagerat. Blivit upprörd om det var någon jag brydde mig om. Och lite kittlad av sensationen om jag inte kände henne eller rentav inte tyckte om henne. Jag skulle ha tittat en stund.

Han svarade faktiskt inte på min sista fråga, tänkte hon sedan. När jag undrade om han hade någon aning om vem som kunde ha skickat den? Han sa bara att han och Mildred var inte förtrogna med varandra.

Stefan Wikström gick ut till kansliet. Han kände sig svagt illamående. Han borde åka hem och äta middag.

Kanslitjejerna såg nyfiket på honom.

– De ställde rutinfrågor om Mildred, sa han.

De nickade, men han kunde se att de ändå undrade. Vilket ord. Rutinfrågor.

– Pratade de med er? frågade han.

Kvinnan som pratat med Sven-Erik svarade.

– Ja, han den där stora karlen ville ha vargstiftelsens bokföring.

Stefan stelnade till.

– Du gav den väl inte till dem? De har ingen rätt att…

– Visst fick han den! Där står väl inga hemligheter?

Hon såg skarpt på honom. Han kände de andras blickar också. Så vände han på klacken och gick med några snabba kliv in på sitt rum.

Kyrkoherden fick säga vad han ville. Nu måste Stefan prata med honom. Han ringde upp Bertil på mobilen. Kyrkoherden satt i bilen. Rösten försvann ibland. Stefan berättade att polisen varit där. Och att de lånat med sig stiftelsens bokföring.

Bertil verkade inte bli upprörd. Stefan sa att eftersom de båda satt i styrelsen för stiftelsen så hade inget formellt fel begåtts, men ändå.

– Blir det en nyhetsgrej så vet man ju hur det kommer att låta. Då framställs vi som försnillare.

– Det blir nog bra, sa kyrkoherden lugnt. Du, nu måste jag parkera, vi får höras av.

Av hans lugn förstod Stefan att kyrkoherden inte skulle stå bakom honom om USA-resan blev känd. Han skulle aldrig erkänna att de båda pratat ihop sig om det. "Det finns mycket pengar som ligger i stiftelsen till ingen nytta just nu", hade ju kyrkoherden själv sagt. Och så hade de diskuterat någon sorts kompetenshöjande resa. De satt i styrelsen för en viltvårdsstiftelse, men kunde inget om vargar. Så det hade bestämts att Stefan skulle åka till Yellowstone. Och på något sätt hade det blivit så att Kristin och småpojkarna följde med, på det sättet fick han hem dem från Katrineholm.

Underförstått var det väl så att ingen hade tänkt berätta för Mildred att pengarna kom från stiftelsen. Så var det förstås någon på kansliet som inte kunde låta bli att springa och skvallra för henne.

Hon hade konfronterat honom när han kom tillbaka från resan. Han hade sansat förklarat nödvändigheten av att någon faktiskt hade kunskaper i stiftelsens styrelse. Han var ju också den lämpligaste, jägare och skogsmänniska. Han kunde ju vinna en respekt och en förståelse som Mildred inte skulle få om hon så försökte i tusen år.

Han hade väntat sig ett vredesutbrott. Någon liten undangömd del såg nästan fram emot det. Gladde sig åt den röda uppvisningen av hennes förlorade kontroll mot den djupblå fonden av hans eget lugn och besinning.

Istället hade hon lutat sig mot hans skrivbord. Tungt, på ett sätt som gjorde att han ett ögonblick hade tänkt att hon kanske var hemligen sjuk, njurarna eller hjärtat. Vänt sitt ansikte mot honom. Vitt under vårvinterns solbränna. Ögonen två svarta rundlar. Ett löjligt tygdjur med knappögon som fått liv och börjat prata och plötsligt är mycket skrämmande.

– När jag pratar med kyrkorådet om jaktarrendet inför årsskiftet så ska du ligga lågt, begriper du? sa hon. Annars får polisen utreda om det här var rätt eller fel.

Han hade försökt säga att hon gjorde sig löjlig.

– Välj själv, hade hon sagt. Jag tänker inte dalta med dig i evighet.

Han hade sett häpet efter henne. När hade hon daltat med honom? Hon var ju som ett ris av brännässlor.

Stefan tänkte på kyrkoherden. Han tänkte på sin fru. Han tänkte på Mildred. Han tänkte på kanslipersonalens blickar. Plötsligt kändes det som om han tappade kontrollen över sin andning. Han flämtade som en hund i en bil. Han måste försöka lugna ner sig.

Jag kan ta mig ur det här, tänkte han. Vad är det för fel på mig?

Redan som pojke hade han sökt sig till kamrater som förtryckte och utnyttjade honom. Han fick springa ärenden och lämna ifrån sig sitt godis. Senare punktera däck och kasta sten för att bevisa att kyrkoherdens son inte var någon mes. Och nu som vuxen så söker han upp människor och sammanhang där han behandlades som smuts.

Han grep efter telefonen. Ett samtal bara.

LISA STÖCKEL SITTER på trappen till sitt pepparkakshus. Den knarkande sockerbagarens examensprov som Mimmi kallar det. Hon ska snart vandra ner till krogen. Hon äter middag där varenda dag numera. Mimmi verkar inte tycka att det är konstigt. I köket har Lisa nu bara en djuptallrik, en sked och en konservburksöppnare till kattmaten. Hundarna svansar omkring vid tomtgränsen. Nosar och pissar på vinbärsbuskarna. Hon tycker nästan att de ser lite frågande ut när hon inte hojtar på dem.

Pissa ni vart ni vill, tänker hon med ett halvleende.

Hårdheten i människohjärtat är en märklig sak. Den är som sommarfötter. Man kan springa på tallkottar och på grus. Men spricker hälen blir det djupt.

Hårdheten har alltid varit hennes styrka. Nu är den hennes svaghet. Hon försöker hitta orden att säga till Mimmi, men det är helt utsiktslöst. Allt det som skulle sägas borde ha sagts för länge sedan och nu är det för sent.

Och vad skulle hon ha sagt då? Sanningen? Knappast. Hon kommer ihåg när Mimmi var sexton. Hon och Tommy hade varit skilda i många år redan. Han drack sig igenom helgerna. Det var tur att han var en sådan duktig plattsättare. Så länge han hade jobb höll han sig till öl måndag till torsdag. Mimmi oroade sig. Såklart. Tyckte att Lisa skulle prata med honom.

Frågade: "Bryr du dig inte om pappa?" Lisa hade svarat jo. Det var en lögn. Hon som hade bestämt sig för att det fick vara slutljuget. Men Mimmi var Mimmi. Lisa brydde sig inte ett skit om Tommy. "Varför gifte du dig med pappa egentligen?" hade Mimmi frågat en annan gång. Lisa hade insett att hon inte hade en aning. Det var en nästan omtumlande upptäckt. Hon hade inte lyckats komma ihåg vad hon hade tänkt eller känt under den där perioden när de började träffas, gick i säng, förlovade sig, när hon fick hans bomärke runt fingret. Och sedan kom Mimmi. Hon hade varit en sådan härlig unge. Och samtidigt den boja som för alltid förband Lisa med Tommy. Hon hade tvivlat på sina moderskänslor. Hur borde en mor känna för sitt barn? Hon visste inte. "Jag skulle kunna dö för henne", hade hon tänkt ibland när hon stått och sett på Mimmi när hon sov. Men det betydde ju ingenting. Det var som att lova bort utlandsresor om man skulle vinna en miljon på Triss. Lättare att dö för barnen i teorin än att sätta sig ner och läsa för dem i en kvart. Den sovande Mimmi gjorde henne sjuk av längtan och samvetskval. Den vakna Mimmi med sina små händer som sökte sig över hennes ansikte och in i hennes ärmar på jakt efter hud och närhet gav henne krypningar.

Det hade känts som en omöjlighet att ta sig ur äktenskapet. Och när hon sedan äntligen gjorde det var hon förvånad över hur lätt det hade gått. Det var ju bara att packa och flytta. Tårar och skrik var som olja i vatten.

Med hundarna blir det aldrig komplicerat. De bryr sig inte om hennes avighet. De är absolut ärliga och oförtröttligt glada.

Som Nalle. Lisa måste le när hon tänker på honom. Hon kan se det på hans nya kamrat, den där Rebecka Martinsson.

När Lisa såg henne första gången i tisdags kväll hade hon den där vadlånga kappan och blanka skarfen, säkert äkta siden. Stiff höjdarsekreterare eller vad hon nu var. Och det var något med henne, en mikrosekunds fördröjning kanske. Som om hon alltid tänkte sig för innan hon svarade, gestikulerade eller ens drog på smilbanden. Nalle bryr sig inte om sådant. Han klampar in i folks hjärtan utan att ta av sig skorna. En dag med Nalle, sedan gick Rebecka Martinsson klädd i en anorak från sjuttiotalet och hade håret uppsatt i ett brunt gummiband, ett sånt där som sliter loss halva håret när man tar bort det.

Och han vet inte hur man ljuger. Varannan torsdag serverar Mimmi afternoon-tea på krogen. Det har blivit en sådan där grej som tanterna inifrån stan åker ut till Poikkijärvi för. Nybakade scones och marmelad, sju sorters kakor. Förra torsdagen hade Mimmi ryat med sträng röst: Vem har bitit en tugga av kakorna? Nalle som suttit och ätit mellanmål, smörgåsar och mjölk, hade blixtsnabbt sträckt upp handen i vädret och omedelbart bekänt: "Jag!"

Välsignade Nalle, tänker Lisa.

Precis de orden som Mildred sa tusen gånger.

Mildred. När Lisas hårdhet sprack rann Mildred in. Lisa blev helt kontaminerad.

Det är bara tre månader sedan de låg i utdragssoffan i köket. Det blev ofta så för att hundarna hade ockuperat sängen och Mildred vädjade "kör inte ner dem, ser du inte hur mysigt de har det?"

Så här i början av juni har Mildred fullt upp egentligen. Det är skolavslutningar, konfirmationer, barngruppsavslutningar, junioravslutningar, kyrkans unga-avslutningar och en massa vigslar. Lisa ligger på vänster sida på armbågen. Hon håller en cigarett i höger hand. Mildred sover, eller så är hon vaken, någonstans däremellan förmodligen. Hennes rygg är alldeles hårig, täckt med ett mjukt fjun som växer nedåt mot ryggraden. Det är en extra gåva, detta att Lisa som är så hundgalen får en älskade som har en rygg som en valpmage. Eller vargmage kanske.

– Vad är det med dig och den där vargen? frågar Lisa.

Mildred har haft en riktig vargavår. Hon har fått nittio sekunder på Aktuellt och pratat varg. Tusen Toner har haft konsert där intäkterna gått till stiftelsen. Hon har till och med predikat om varghonan.

Mildred vänder sig på rygg. Hon tar över cigaretten från Lisa. Lisa ritar tecken på hennes mage.

– Oj, säger hon och det märks att hon anstränger sig för att svara på frågan. Det är något med vargar och kvinnor. Vi liknar varandra. Jag ser på den här varghonan och påminns om vad vi är skapade till. Vargar är otroligt tåliga. Tänk att de lever i polartrakter i femtiogradig köld och i öknen i femtiogradig hetta. De är revirmedvetna, sätter sina gränser benhårt. Och de strövar långt och fritt. De hjälps åt i flocken, är lojala, älskar sina valpar över allt annat. De är som vi.

– Du har ju inga valpar, säger Lisa och ångrar sig nästan genast, men Mildred blir inte stött.

– Jag har ju er, skrattar hon.

– De vågar stanna när det krävs, fortsätter Mildred sin predikan, de vågar lämna när det krävs, de vågar bråka och bita ifrån om det behövs. Och de är… levande. Och lyckliga.

Hon blåser ut rök, försöker göra ringar medan hon funderar.

– Det har med min tro att göra, säger hon. Hela Bibeln är full av män med det där stora uppdraget, som kommer före allt annat, hustru och barn och... ja, allt. Det är Abraham och Jesus och... Pappa gick i deras fotspår i sitt prästyrke ska du veta. Mamma fick ta ansvar för boplatserna och tandläkarbesöken och julkorten. Men för mig är Jesus den som tillåter kvinnor att börja tänka, bryta upp om de måste, vara som en varghona. Och när jag vill bli bitter och grinig så säger han till mig: Kom igen nu, var lycklig istället.

Lisa fortsätter rita på Mildreds mage, pekfingret löper över brösten och höftbenen.

– Du vet att de hatar henne va? säger hon.

– Vilka då? frågar Mildred.

– Karlarna i byn, säger Lisa. De i jaktlaget. Torbjörn Ylitalo. I början av åttiotalet dömdes han för jaktbrott. Han sköt en varg nere i Dalarna. Hans fru kommer ju därifrån.

Mildred sätter sig upp.

– Du skojar!

– Jag skojar inte. Egentligen skulle han ha blivit av med sin vapenlicens. Men du vet, Lars-Gunnar var ju polis. Och det är polismyndigheten som beslutar om sådant där och han drog i sina kontakter så...Vart ska du?

Mildred har skuttat upp från kökssoffan. Hundarna kommer störtande. De tror att de skall få komma ut. Hon bryr sig inte om dem. Sliter på sig kläderna.

– Vart ska du? frågar Lisa igen.

– Den här jävla gubbklubben, ryar Mildred. Hur kan du? Hur kan du bara ha vetat det här hela tiden?

Lisa sätter sig upp. Hon har alltid vetat. Hon var ju gift med Tommy och Tommy var kompis med Torbjörn Ylitalo. Hon ser på Mildred som misslyckas med att få på sig sitt armbandsur och lägger det i fickan istället.

– De jagar gratis, fräser Mildred. Kyrkan servar dem med

allt, de släpper ingen jävel över bron, särskilt inte kvinnor. Men kvinnorna, de jobbar och fixar och får vänta på sin lön i himlen. Jag är så jävla trött på det. Det sänder verkligen ut en signal om hur kyrkan ser på män och kvinnor, men nu jävlar!

– Gud vad du svär!

Mildred vänder sig mot Lisa.

– Det borde du också göra! säger hon.

Magnus Lindmark stod i sitt köksfönster i skymningen. Han hade inte tänt lamporna. Alla konturer och föremål ute och inne hade blivit luddiga, börjat lösas upp, var på väg in i mörkret.

Han såg ändå tydligt jaktledaren Lars-Gunnar Vinsa och ordföranden i jaktföreningen Torbjörn Ylitalo komma gående längs landsvägen upp mot Magnus hus. Han höll sig bakom gardinen. Vad fan ville de? Och varför kom de inte med bil? Hade de parkerat bilarna en bit ifrån och gått sista biten? Varför det? Han fylldes med ett stort obehag.

Vad de nu än ville så skulle han minsann tala om för dem att han inte hade tid. Till skillnad från de där så hade han faktiskt ett jobb. Ja det är klart, Torbjörn Ylitalo var ju jägmästare, men inte fan jobbade han, det kunde ingen påstå.

Det var inte ofta Magnus Lindmark fick besök nuförtiden, sedan Anki stack med pojkarna. Då hade han tyckt att det var skitjobbigt med alla hennes släktingar och pojkarnas kompisar. Och det var inte hans stil att hyckla och flina upp sig. Så till slut vart det så att hennes syrror och kompisar gav sig av när han kom hem. Det hade passat honom utmärkt. Han hade svårt för att folk satt och jiddrade på det där viset i timmar. Hade de inget att ta sig för?

Nu stod de ute på förstubron och knackade på. Magnus bil

stod ute på gården så det gick inte att låtsas som om man inte var hemma.

Torbjörn Ylitalo och Lars-Gunnar Vinsa klev in utan att vänta på att Magnus skulle öppna dörren. Nu stod de i köket.

Torbjörn Ylitalo tände kökslampan.

Lars-Gunnar såg sig om. Magnus såg plötsligt själv sitt kök.

– Det är lite... Det har varit mycket nu, sa han.

Diskhon svämmade över av unken disk och gamla mjölkförpackningar. Två pappkassar fulla av sura tomburkar innanför dörren. Kläder som han droppat på golvet innan han duschat, han borde ha slängt ner dem i tvättstugan. Bordet överbelamrat av reklam, post, gamla kvällstidningar och en filtallrik där filen torkat och spruckit. På arbetsbänken bredvid mikron låg en isärplockad båtmotor som han skulle fixa någon gång.

Magnus frågade, men ingen av dem ville ha kaffe. Inte en öl heller. Magnus tog själv en pilsner, hans femte för i kväll.

Torbjörn gick rakt på sak.

– Vad är det du går och säger till polisen? undrade han.

– Vad fan menar du?

Torbjörn Ylitalos ögon smalnade. Lars-Gunnar Vinsa fick något tungt i hållningen.

– Gör dig inte dum, grabben, sa Torbjörn. Att jag skulle ha velat skjuta prästen.

– Ah skitsnack! Den där polisbruden är full av skit, hon...

Han hann inte längre. Lars-Gunnar hade tagit ett steg framåt och gav honom en hurril som, ja, det var som att få en örfil av en grizzly.

– Du står inte här och ljuger oss rakt upp i ansiktet!

Magnus blinkade till och for upp med handen mot den hettande kinden.

– Vad fan, gnällde han.

– Jag har ställt upp för dig, sa Lars-Gunnar. Du är en jävla loser, det har jag alltid tyckt. Men för din farsas skull så har du fått gå med i laget. Och stanna kvar trots dina jävla tilltag. Trotset glimmade till i Magnus.

– Vadå? Är du en bättre person, du? Är du finare än jag eller?

Nu var det Torbjörn som gav honom en knuff i bröstet. Magnus vacklade bakåt, slog baksidan av låren mot arbetsbänken.

– Nu lyssnar du, grabben!

– Jag har stått ut med dig, fortsatte Lars-Gunnar. Med att du var ute och sköt in nya bössan mot trafikskyltar med dina kompisar. Det där jävla slagsmålet i jaktkojan förrförra året. Du tål inte sprit. Dricker ändå och gör så in i helvetes dumma grejer.

– Vad fan, slagsmål, det var ju han Jimmys kusin som...

En ny knuff i bröstet från Torbjörn. Magnus tappade ölburken på golvet. Där blev den liggande. Ölen rann ut på golvet.

Lars-Gunnar strök svetten ur pannan. Det rann runt ögonbrynen ner mot kinderna.

– Och de där jävla kattungarna...

– Ja, fy fan, höll Torbjörn med.

Magnus fylleskrattade lite dumt.

– Vad fan, några katter...

Lars-Gunnar slog honom i ansiktet. Knuten näve. Rakt över näsan. Det kändes som om ansiktet sprack. Blodet rann varmt ner över munnen.

– Kom igen, röt Lars-Gunnar. Här, här!

Han pekade på sin egen haka.

– Kom igen! Här! Nu har du chansen att slåss med en riktig karl. Din fega jävla kvinnoplågare. Du är en jävla skam. Kom igen!

Han formade bägge händer till krokar som han vinkade till sig Magnus med. Sträckte fram hakan som lockbete.

Magnus höll högerhanden under sin blödande näsa, det rann in under skjortärmen. Han vinkade avvärjande med vänsterhanden.

Plötsligt tog Lars-Gunnar stöd mot köksbordet, lutade sig tungt över det.

– Jag går ut, sa han till Torbjörn Ylitalo. Innan jag gör mig olycklig.

Innan han försvann ut genom dörren vände han sig om.

– Du kan anmäla om du vill, sa han. Jag bryr mig inte. Det är precis vad jag väntar mig av dig.

– Men det gör du inte, sa Torbjörn Ylitalo när Lars-Gunnar gått ut. Och nu håller du käft med snack om mig och jaktlaget överhuvudtaget. Hör du det?

Magnus nickade.

– Får jag höra om din glappande käft igen, så ska jag personligen se till att du får ångra dig. Fattar du?

Magnus nickade igen. Han höll upp ansiktet för att blodet skulle sluta strömma ut ur näsan. Det rann ner i strupen istället, smakade som järn.

– Jaktarrendet ska förnyas till årsskiftet, fortsatte Torbjörn. Om det blir en massa snack eller bråk... ja, vem fan vet. Det är inget som är säkert här i världen. Du har din plats i laget, men då får du sköta dig.

De blev tysta en stund.

– Så, se till att du får lite is på det där, sa Torbjörn till slut.

Så gick han också.

Ute på trappan satt Lars-Gunnar Vinsa med händerna runt huvudet.

– Nu sticker vi, sa Torbjörn Ylitalo.

– Fan, sa Lars-Gunnar Vinsa. Men farsan slog ju morsan vet du. Så jag blir helt tokig… Jag borde ha slagit ihjäl honom, farsan alltså. Vet du, när jag hade gått klart polisskolan och flyttade tillbaka hit, då försökte jag få henne att skiljas från honom. Men då på sextiotalet var man ju tvungen att prata med prästen först. Så den där jäveln övertalade henne att stanna hos gubben.

Torbjörn Ylitalo såg ut över den igenvuxna äng som gränsade till Magnus Lindmarks gård.

– Kom nu, sa han.

Lars-Gunnar Vinsa reste sig mödosamt.

Han tänkte på den där prästen. Hans blanka hårlösa skalle. Halsen som en hög fläskkorvsringar. Fy fan. Morsan hade suttit med finkappan på. Väskan i knäet. Lars-Gunnar satt bredvid som sällskap. Prästen hade smålett. Som om det var något jävla skämt. "Gamla människan", hade prästen sagt till henne. Morsan var bara precis fyllda femtio. Hon skulle leva i över trettio år till. "Ska ni inte försonas med er make istället?" Efteråt hade hon varit mycket tyst. "Nu var det avklarat", hade Lars-Gunnar sagt, "nu har du snackat med prästen och nu kan du skilja dig från honom." Men morsan hade skakat på huvudet. "Det är lättare nu när ni ungar flyttat hemifrån", hade hon svarat. "Hur skulle han klara sig?"

Magnus Lindmark såg de två männen försvinna ner längs vägen. Han öppnade frysen och grävde. Fick fram en plastpåse med frusen köttfärs, lade sig på vardagsrumssoffan med en ny öl och den frusna köttfärsen mot näsan och slog på TV:n. Det var någon dokumentär om dvärgar, stackars jävlar.

Rebecka Martinsson köper en matlåda av Mimmi. Hon
är på väg ner till Kurravaara. Kanske skall hon stanna där i
natt. Med Nalle har det bara känts bra att vara där. Nu skall
hon pröva på egen hand. Hon skall basta och doppa sig i äl-
ven. Hon vet hur det kommer att kännas. Kallt vatten, vassa
stenar under fötterna. Den häftiga inandningen när man
slänger sig i, snabba simtag utåt. Och den oförklarliga känslan
av att vara ett med alla åldrar av sig själv. Hon har doppat sig
där, simmat där, som sexåring, tioåring, trettonåring, ända
tills hon flyttade från stan. Det är samma stora stenar, samma
strandlinje. Samma kyliga kvällshöstluft som rinner som en
älv av luft över älven av vatten. Det är som en rysk docka som
äntligen får in alla delar och kan vrida ihop överdel och un-
derdel och veta att även den minsta lilla finns i tryggt förvar
därinne.

Sedan skall hon äta middag ensam i köket och titta på TV.
Hon kan låta radion gå medan hon diskar. Kanske kommer
Sivving över när han ser att det lyser.

– Så du var ute på äventyr med Nalle idag?

Det är Micke som pratar, krogägaren. Han har snälla ögon.
De går dåligt ihop med hans tatuerade bulliga armar, skägget
och ringen i örat.

– Ja, svarar hon.

– Kul. Mildred och han var ofta ute ihop.

– Ja, säger hon.

Jag har gjort något för henne, tänker hon.

Nu har Mimmi kommit ut med Rebeckas matkartong.

– I morgon kväll, säger Micke, skulle du vilja jobba lite extra här då? Det är lördag, alla har haft semester klart, skolorna har börjat, det kommer bli mycket folk. Femtio spänn i timmen, mellan åtta och ett, plus drillen.

Rebecka ser häpet på honom.

– Visst, säger hon och täpper igen om den där roade minen. Varför inte?

Hon åker iväg. Känner sig full av bus.

Gula Ben

NOVEMBER. Gryningsljuset kommer grått och trögt. Det har snöat under natten och fortfarande singlar dunlätta flingor ner i den tysta skogen. Någonstans ifrån hörs klangen från en korp.

Vargflocken sover helt översnöad i en liten sänka. Inte ens öronen sticker upp. Alla valparna utom en har överlevt sommaren. Nu är det elva medlemmar i flocken.

Gula Ben reser sig och ruskar av sig snön. Vädrar. Snön har lagt sig som en filt över alla gamla doftstråk. Sopat luften och marken ren. Hon skärper sinnena. Det skarpa ögat. Det vakna örat. Och där. Hon hör ljudet när en älg reser sig ur sin nattlega och skakar snön från kroppen. Den befinner sig en kilometer bort. Hungern gör sig påmind som ett värkande hål i hennes mage. Hon väcker de andra och signalerar. De är många nu och kan jaga så stort byte.

Älgen är ett farligt villebråd. Den har starka bakben och vassa klövar. Den kan med lätthet sparka av hennes käke som en kvist. Men Gula Ben är en skicklig jägare. Och djärv.

Flocken travar lugnt på i riktning mot älgen. De får snart upp doftspåret. Med irriterade tysta gläfsanden och nafsanden blir valparna, som nu blivit sju månader, tillsagda att hålla sig bakom resten av flocken. De har redan börjat fånga småvilt, men i den här jakten får de bara vara med som åskådare. De vet att de är något stort på gång och darrar av tillbakahållen upphetsning. De äldre sparar sina krafter. Det är bara de då och då höjda nosarna som vittnar om att det inte bara är fråga om en vanlig förflyttning, utan början på en krävande jakt. Det är troligare att den misslyckas än att den lyckas, men Gula Ben har en beslutsamhet i steget. Hon är hungrig. Och numera arbetar hon hela tiden hårt för flocken. Törs inte lämna den för att ge sig av på egna strövtåg som förr. Hon känner på sig att hon är på väg att drivas ut ur gemenskapen. En vacker dag kanske hon inte tillåts återvända till dem. Hennes halvsyster, alfatiken, håller henne mycket kort. Gula Ben närmar sig ständigt alfaparet med böjda bakben och krummad rygg för att visa dem sin underkastelse. Rumpan släpar i backen. Hon kryper och slickar deras mungipor. Hon är flockens skickligaste jägare, men det hjälper inte längre. De klarar sig utan henne och någonstans vet de allihop att hennes tid är utmätt.

Rent fysiskt är det Gula Ben som är överlägsen. Hon är snabb och långbent. Störst av honorna i flocken. Men hon har inget ledarhuvud. Tycker om att göra utflykter på egen hand från flocken. Ogillar bråk och avleder gärna gräl och kiv med att svansa till sig och invitera till lek istället. Hennes halvsyster däremot, kliver upp från sin vila och sträcker på sig samtidigt som hon ser sig om med en stenhård fråga i blicken: "Nå? Är det någon som har tänkt gruffa med mig idag?" Hon är kompromisslös och orädd. Man anpassar sig eller sticker, det kommer snart hennes ungar att få lära sig. Hon skulle aldrig tveka att döda om det blev bråk. Med henne i ledarparet får rivaliserande flockar akta sig nogsamt för att komma in på deras revir. Hennes rastlöshet får hela flocken på tassarna i jakt på byte eller i en förflyttning för att vidga sitt territorium.

Nu har älgen fått vittring på flocken. Det är en ungtjur. De hör knakandet av grenar som knäcks när den sätter fart genom skogen. Gula Ben drar upp stegen i en galopp. Nysnön är inte djup, risken är stor att älgen kommer att löpa ifrån dem. Gula Ben lösgör sig från de andra och springer i en halvcirkel för att genskjuta den.

Efter två kilometer hinner flocken upp den. Gula Ben har fått den att stanna, gör små utfall, men håller sig undan från krona och klövar. De andra grupperar sig runt det stora djuret. Tjuren trampar runt, redo att försvara sig mot den första som törs sig på ett utfall. Det blir en av hannarna. Han biter fast i älgens bakhas. Älgen sliter sig loss. Det blir ett stort sår, muskler och senor avslitna. Men vargen drar sig inte undan tillräckligt snabbt och älgen sparkar omkull honom så han rullar bakåt. När han kommer på tassar linkar han till lite. Två revben är knäckta. De andra vargarna drar sig tillbaka några steg och älgen bryter sig fri. Blödande från bakhasen försvinner den i snåren.

Den har för mycket krafter kvar. Bäst att låta den löpa blödande och trötta ut sig. Vargarna sätter efter sitt byte. I utsträckt trav den här gången. Ingen brådska. De kommer snart att hinna upp den store igen. Den sparkade vargen linkar på i deras spår. Den närmaste tiden kommer han att vara helt beroende av de andras jaktlycka för att överleva. Blir bytet för litet kommer det inte att finnas något annat än ben kvar till honom när han får äta. Om de måste färdas för långt i jakten kommer han inte orka med att följa dem. När snön blir djup kommer det bli smärtsamt att ta sig fram.

Efter fem kilometer attackerar vargflocken igen. Nu är det Gula Ben som gör grovarbetet. Hon tar täten i galoppen. Avståndet mellan flocken och älgen minskar snabbt. De andra så tätt efter att hennes bakben kan känna deras huvuden. Allt som är är den store. Hans blod i hennes nos. De är i kapp. Hon hänger sig fast i tjurens högra bakhas. Det är det farligaste ögonblicket, hon tappar inte och sekunden efter hänger en varg i andra hasen. En annan tar blixtsnabbt över Gula Bens grepp när hon släpper. Hon tar ett snabbt språng framåt och klipper igen käkarna om älgens strupe. Älgen faller på knä i snön. Gula Ben drar i dess hals. Det stora djuret försöker uppbåda krafter att resa sig. Sträcker huvudet mot himlen. Alfahannen hugger om älgens mule och drar ner dess huvud mot marken. Gula Ben får ett nytt grepp runt halsen och sliter av strupen.

Livet rinner snabbt ur älgen. Snön färgas röd. Valparna får en signal. Fritt fram. De kommer stormande och kastar sig över det döende djuret. Får dela jaktens triumf, ruskar i ben och mulen. De äldre vargarna fläker upp tjuren med sina starka käkar. Kroppen ångar i morgonkylan.

I träden ovanför samlas svarta fåglar.

Anna-Maria Mella såg ut genom köksfönstret. Grannfrun torkade fönsterbrädorna på husets utsida. Igen! Hon gjorde det en gång i veckan. Anna-Maria hade aldrig varit inne hos dem, men hon kunde föreställa sig att allting därinne var undanplockat, dammfritt och dessutom pyntat. Grannarnas flit med huset och tomten. Det eviga krypandet på knä efter maskrosor. Det omsorgsfulla snöskottandet och formandet av perfekta snövallar. Fönsterputsningen. Gardinbytena. Ibland fyllde det Anna-Maria med en oresonlig irritation. Ibland med medlidande. Och nu med någon sorts avundsjuka. Att ha hela huset städat någon gång, det vore något.

– Nu torkar hon fönsterbrädorna igen, sa hon till Robert.

Robert hummade från botten av sportsidorna och kaffemuggen. Gustav satt framför grytskåpet och drog ut allt som fanns därinne.

Anna-Maria kände en trög våg av olust komma över sig. De skulle köra igång med lördagsstädningen. Men det var hon som måste ta det där initiativet. Kavla upp ärmarna och få igång de andra. Marcus sov över hos Hanna. Smitaren! Hon borde förstås vara glad. Att han hade flickvän och kompisar. Den värsta mardrömmen var ju att ungarna skulle bli udda och utanför. Men det där rummet!

– Idag får du säga till Marcus att han ska städa, sa hon till Robert. Jag orkar inte hålla på och tjata.

– Hallå! sa hon efter en stund. Finns jag eller?

Robert såg upp från tidningen.

– Jamen, du kan väl svara. Så man vet om du har lyssnat eller inte!

– Ja, jag ska säga till honom, sa Robert. Varför låter du sådär?

Anna-Maria ryckte upp sig.

– Förlåt, sa hon. Det är bara… Alltså Marcus jävla rum. Jag blir rädd. Jag tror att det är farligt på riktigt att gå in där. Jag har gått in i knarkarkvartar som har varit, du vet, klippta ur Sköna Hem jämfört med det där.

Robert nickade allvarligt.

– Pratande ludna äppelskrottar… sa han.

– De skrämmer mig!

– … dansar drogade i ångorna från ett jäst bananskal. Vi får köpa några hamsterburar till våra nya vänner.

Bäst att smida medan…

– Om du tar köket, så börjar jag däruppe, föreslog Anna-Maria.

Det var lika bra. På övervåningen var det ett sådant kaos. Golvet i hennes och Roberts sovrum var belamrat av smutstvätt och halvfulla plastpåsar och bagar från deras bilsemester som ännu inte blivit uppackade. Fönsterbrädorna var täckta av döda flygfän och blomblad. Toaletten var ett snusk. Och barnens rum…

Anna-Maria suckade. Det där sorterandet och röjandet var inte Roberts starka sida. Det skulle ta honom en evighet. Bättre att han fick torka spisen, köra igång disken och dammsuga på nedervåningen.

Det var så förbannat trist, kände hon. Tusen gånger hade de bestämt att de skulle veckostäda på torsdagkvällarna istället. Då skulle det vara städat och fint när fredagseftermiddagen kom och helgen började. Och så kunde man äta nåt gott på fredagen och helgen skulle bli längre och lördagen kunde ägnas åt något trevligare och alla skulle vara tillsammans och vara så in i baljan lyckliga i det välstädade huset.

Men det blev alltid så här. På torsdagen var man helt slut, städa fanns bara inte på listan. På fredagen blundade man för röran, hyrde en film som hon alltid somnade till och så gick lördagen åt till städning, halva helgen förstörd. Ibland blev det inte av förrän på söndagen, och då startade städpasset oftast med att hon fick ett utbrott.

Och så alla de där sakerna som aldrig blev gjorda. Högarna i tvättstugan, hon kom aldrig ikapp, det var omöjligt. Alla vidriga garderober. Sist hon hade stuckit in huvudet i Marcus garderob, hon hade hjälpt honom att leta efter något vad det nu var, så hade hon lyft högen med ylletröjor och annan bråte och då hade ett smalt litet kryp kryllat iväg och försvunnit in i de nedre lagren. Hon ville inte tänka på det. När lyfte hon bort badkarsfronten senast? Alla jävla kökslådor med skrot. Hur hade alla andra tid? Och ork?

Hennes jobbtelefon spelade sin lilla melodi ute i hallen. Ett noll åtta-nummer som hon inte kände igen på displayen.

Det var en man som presenterade sig som Christer Elsner, professor i religionshistoria. Det gällde den där symbolen som polismyndigheten i Kiruna hade frågat om.

– Ja? sa Anna-Maria...

– Tyvärr, så har jag inte kunnat hitta den här symbolen. Den liknar det alkemiska tecknet för prov eller pröva, men det är den där kroken som fortsätter ner genom halvcirkeln som skiljer dem åt. Halvcirkeln står ju ofta för det ofullkomliga eller ibland det mänskliga.

– Så den finns inte? frågade Anna-Maria besviket.

– Ah, nu kommer vi ju raskt in på de svåra frågorna, sa professorn. Vad finns? Vad finns inte? Finns Kalle Anka?

– Nej, sa Anna-Maria. Han existerar ju bara i fantasin.

– I ditt huvud?

– Ja. Och i andras, men inte i verkligheten.

– Hmm. Hur är det med kärlek då?

Anna-Maria gav upp ett överraskat skratt. Det kändes som om något trevligt drog igenom henne. Hon blev upplivad av att tänka en ny tanke för en gångs skull.

– Nu vart det jobbigt, sa hon.

– Jag har inte kunnat hitta symbolen, men jag letar ju i historien. Symboler uppkommer ju någon gång. Den kan ju vara ny. Det finns många symboler inom vissa musikgenrer. Likaså inom viss litteratur, fantasy och sådant.

– Vem vet något om sådant då?

– Musikskribenter. När det gäller böcker så finns det en välsorterad bokaffär för science fiction och fantasy och sådant här i Stockholm. I Gamla Stan.

De avslutade samtalet. Anna-Maria tyckte att det var tråkigt. Hon hade gärna pratat mer. Fast vad skulle hon säga till honom? Man borde kunna förvandla sig till hans hund. Och så kunde han gå ut med hunden i skogen. Och prata om sina senaste tankar och funderingar, många gjorde ju så med sina hundar. Och Anna-Maria, för ögonblicket förvandlad till hund, kunde lyssna. Utan att känna sig pressad att komma med några intelligenta svar.

Hon gick in i köket. Robert hade inte rört sig ur fläcken.

– Jag måste sticka till jobbet, sa hon. Jag kommer tillbaka om en timme.

Hon funderade ett tag på om hon skulle be honom köra igång med städningen. Men hon lät bli. Han skulle ändå inte göra det. Och om hon då bett honom om det skulle hon bli så förbannad och besviken när hon kom tillbaka och hittade honom sittande här vid köksbordet exakt som när hon stuckit iväg.

Hon pussade honom hejdå. Det var bättre att vara sams.

Tio minuter senare var Anna-Maria på jobbet. I hennes postfack låg ett fax från SKL. De hade hittat massor av fingeravtryck på hotteckningen – från Mildred Nilsson. De skulle göra fler körningar. Det skulle ta några dagar.

Hon ringde nummerupplysningen och bad om att få numret till en science fiction-bokhandel som skulle ligga någonstans i Gamla Stan. Mannen på nummerupplysningen hittade det direkt och kopplade henne.

Hon framförde sitt ärende till kvinnan som svarade, beskrev tecknet.

– Sorry, sa bokhandlaren. Jag kommer inte på något så här direkt. Men faxa över en bild, så ska jag fråga några av mina kunder.

Anna-Maria lovade att göra det, tackade för hjälpen och lade på.

I samma stund som hon satte ner telefonluren ringde det. Hon lyfte luren igen. Det var Sven-Erik Stålnacke.

– Du måste komma, sa han. Det är den där prästen Stefan Wikström.

– Ja?

– Han är försvunnen.

Kristin Wikström stod i köket i prästgården i Jukkasjärvi och grät hejdlöst.

– Här! skrek hon till Sven-Erik Stålnacke. Här är Stefans pass. Hur kan ni fråga om det? Han har inte gett sig av, säger jag ju. Skulle han lämna sin familj? Han som är den finaste... Jag säger ju att någonting har hänt honom.

Hon kastade passet på golvet.

– Jag förstår, sa Sven-Erik men vi måste ändå ta det här i ordning. Kan du inte sätta dig ner?

Det var som om hon inte hörde honom. Hon steg omkring förtvivlad i köket, stötte emot möbler och gjorde sig illa. På kökssoffan satt två pojkar på fem och tio, de byggde tillsammans med lego på en grön bottenplatta och verkade inte särskilt bekymrade av moderns förtvivlan eller Sven-Eriks och Anna-Marias närvaro i köket.

Ungar, tänkte Anna-Maria. De kan härbärgera allt.

Med ens kändes hennes och Roberts problem så obetydligt små.

Än sen då att jag städar mer än han? tänkte hon.

– Hur ska det gå? ropade Kristin. Hur ska jag klara mig?

– Han har alltså inte varit hemma i natt, sa Sven-Erik. Är du säker på det?

– Han har inte legat i sängen, kved hon. Jag bäddar alltid

rent på fredagar och hans sida är orörd.

– Han kanske kom hem sent och sov på soffan? försökte Sven-Erik.

– Vi är gifta! Varför skulle han inte sova hos mig?

Sven-Erik Stålnacke hade åkt ner till Jukkasjärvi prästgård för att fråga Stefan Wikström om utlandsresan som familjen Wikström gjort på stiftelsens bekostnad. Han hade mötts av den storögda hustrun. "Jag skulle precis ringa polisen", hade hon sagt.

Det första han hade gjort var att låna nyckeln till kyrkan och springa dit. Det hade inte hängt en död präst från orgelläktaren. Sven-Erik hade nästan varit tvungen att sätta sig i kyrkbänken, så lättad hade han blivit. Sedan hade han ringt in till stationen och fått ut folk att kolla stadens övriga kyrkor. Efter det hade han ringt Anna-Maria.

– Vi måste få numren till din makes bankkonton, har du dem?

– Men vad är det med er? Hör ni inte? Ni måste ut och leta efter honom. Något har ju hänt! Han skulle aldrig... Han kanske ligger...

Hon tystnade och stirrade på sina söner. Sedan stormade hon ut på gården. Sven-Erik följde efter henne. Anna-Maria passade på att se sig om.

Hon öppnade hastigt lådorna i köket. Ingen plånbok. Ingen jacka i hallen hade en plånbok i fickan. Hon gick upp till övervåningen. Det var som Kristin Wikström sagt. Ingen hade sovit på den ena halvan av dubbelsängen.

Från sovrummet kunde man se båtplatsen där Mildred Nilsson hade haft sin eka. Platsen där hon blev mördad.

Och ljust var det ju, tänkte Anna-Maria. Natten före midsommaraftonen.

Inget armbandsur på hans nattygsbord.

Klocka och plånbok verkade han ha haft med sig.

Hon gick ner igen. Ett av rummen tycktes vara Stefans arbetsrum. Hon drog i skrivbordslådorna, de var låsta. Efter en stunds sökande hittade hon nyckeln bakom några böcker i bokhyllan. Hon öppnade. Där fanns inte så mycket. Några brev som hon ögnade igenom. Inget verkade ha någonting med honom och Mildred att göra. Inget var från någon eventuell älskarinna. Hon sneglade ut genom fönstret. Sven-Erik och Kristin stod på gårdsplanen och pratade. Bra.

I vanliga fall skulle de ha avvaktat några dagar. Oftast rörde det ju sig om frivilliga försvinnanden.

En seriemördare, tänkte Anna-Maria. Om han hittas död så är det det vi har på halsen. Då vet vi.

Ute på gårdsplanen hade Kristin Wikström sjunkit ner i en trädgårdssoffa. Sven-Erik lirkade ur henne uppgifter om allt möjligt. Vem de kunde ringa för att ta hand om barnen. Namn på Stefan Wikströms nära vänner och släktingar, kanske visste någon av dem mer än hustrun gjorde. Om de hade något fritidshus. Om familjen bara ägde den bil som stod på gården?

– Nej, snörvlade Kristin. Hans bil är borta.

Tommy Rantakyrö ringde och rapporterade att de hade kollat av kyrkor och kapell. Ingen död präst.

En stor katt kom spatserande självsäkert nerför grusgången mot huset. Främlingen på gården ägnade han knappt en blick. Han ändrade inte kurs eller slank in i det höga gräset. Gången blev möjligen något hukande, svansföringen låg. Den var mörkt grå. Pälsen var lång och mjuk, gav nästan ett dunigt intryck. Sven-Erik tyckte att den såg opålitlig ut. Platt huvud, gula ögon. Om en sådan där stor jävel hade gett sig på Manne, då hade Manne inte haft en chans.

Sven-Erik kunde se framför sig hur Manne låg och tryckte någonstans på katters vis, i ett dike kanske, eller under ett hus. Illa tilltygad och försvagad. Till sist ett lätt byte för räv eller någon jakthund. Bara att knäcka ryggraden på honom, snipp snapp.

Anna-Marias hand nuddade vid hans axel. De gick undan en bit. Kristin Wikström såg rakt fram. Höger hand knuten framför ansiktet, bet i pekfingret.

– Vad säger du? frågade Anna-Maria.

– Vi lyser honom, sa Sven-Erik och såg på Kristin Wikström. Jag har en riktigt dålig känsla. Nationellt så länge. Tullen också. Vi kollar flyget och hans konton och mobilen. Och vi lär snacka med hans kollegor och vänner och släktingar.

Anna-Maria nickade.

– Övertid.

– Ja, men vad fan ska åklagaren säga? När pressen får nys om det här då...

Sven-Erik slog ut med händerna i en hjälpsökande gest.

– Vi måste fråga henne om breven också, sa Anna-Maria. De hon skrev till Mildred.

– Men inte nu, sa Sven-Erik bestämt. När någon kommit och tagit pojkarna.

Micke Kiviniemi såg ut över lokalen från sin strategiska position bakom bardisken. Kung i sitt rike. I sitt stökiga, slamriga rike som luktade matos, cigarettrök, öl och aftershave med en underlukt av svett. Han tappade upp öl på löpande band, någon gång emellanåt ett glas rött eller till och med vitt eller en whisky. Mimmi sprang som en cirkusråtta mellan borden och kärleksgnabbade medan hon svepte med trasan och tog upp beställningar. Han hörde hennes "kycklinggryta eller lasagne, det är det som finns".

TV:n stod på i hörnet och bakom baren var musikanläggningen igång. Rebecka Martinsson svettades i köket. In och ut med mat i mikron. Hämtade backar med smutsiga glas bakom baren och kom ut med rena. Det var som en schysst film. Alla tråkigheter kändes långt borta: Skattemyndigheten. Banken. Måndagmorgnar när han vaknade med en känsla av att vara så jäkla trött ända in i skelettet och låg och lyssnade på hur råttorna bökade i soptunnorna.

Om bara Mimmi hade kunnat bli lite svartsjuk över att han gett Rebecka Martinsson jobb så skulle det ha varit helt perfekt. Men hon hade bara tyckt att det var bra. Han hade hejdat sig själv från att säga något om att Rebecka Martinsson var något nytt för gubbarna att titta på. Mimmi skulle inte ha sagt något, men han hade en känsla av att hon hade en liten låda undangömd någonstans. Och i den lilla lådan samlade hon hans misstag och övertramp och en dag när lådan var full så skulle hon packa och dra. Utan förvarning. Det var bara tjejer som brydde sig som gav en förvarning.

Men nu, nu var hans rike fullt av liv som en myrstack om våren.

Det här är jobb som jag klarar, tänkte Rebecka Martinsson och dundrade på med vattensprutan över tallrikarna innan backen åkte in i maskinen.

Man behövde inte tänka eller koncentrera sig. Bara bära, slita och skynda på. Tempo hela tiden. Hon var omedveten om hur hon log med hela ansiktet när hon kånkade ut en back med rena glas till Micke.

– Går det bra? frågade han och log tillbaka.

Hon kände telefonen burra i förklädesfickan och drog upp den. Inte en chans att det var Maria Taube. Hon jobbade visserligen jämt, men inte en lördagkväll. Då var hon ute och blev bjuden på drinkar.

Måns nummer på displayen. Hennes hjärta skuttade till.

– Rebecka, hojtade hon i luren och tryckte handen mot andra örat för att höra.

– Måns, hojtade Måns Wenngren tillbaka.

– Vänta lite, ropade hon i luren. Ett ögonblick, det är så stökigt här.

Hon störtade ut genom krogen, lyfte luren mot Micke och höll upp andra handens fingrar, sa ljudlöst: "fem minuter" med tydliga läpprörelser. Micke nickade godkännande och hon slank ut på gårdsplanen. Den svala uteluften fick håren på armarna att resa sig.

Nu hörde hon att det var ett jäkla liv i andra änden också. Måns var på krogen. Så blev det lugnare.

– Sådär, nu kan jag prata, sa hon.

– Jag också. Var är du? frågade Måns.

– Utanför Mickes bar & kök i Poikkijärvi, det är en by en bit utanför Kiruna. Var är du?

– Utanför Spyan, det är en liten bykrog i utkanten av Stureplan.

Hon skrattade. Han lät glad. Inte så jäkla avvisande. Han var väl full. Det struntade hon i. De hade inte pratat med varandra sedan kvällen då hon rodde iväg från Lidö.

– Är du ute och festar? frågade han.

– Nej, faktiskt, jag jobbar svart.

Nu blir han förbannad, tänkte Rebecka. Fast kanske inte, det var en chansning.

Och Måns skrattade högt.

– Jaha, med vadå?

– Jag har fått ett schysst jobb i disken, sa hon med överspelad entusiasm. Tjänar femtio spänn i timmen, det blir tvåhundrafemtio i kväll. Och så har jag blivit lovad att få behålla dricksen också, men jag vet inte, det är så få som kommer in i köket för att trycka dricks i handen på diskaren, så jag har nog blivit lite blåst.

Hon hörde Måns skratta i andra änden. Ett frustande höhöande som avslutades med ett nästan bedjande uhuuande. Hon visste att det där uhuuandet ackompanjerade när han torkade sig under ögonen.

– Fan, Martinsson, snörvlade han.

Mimmi stack ut huvudet genom dörren och gav Rebecka en blick som betydde kris.

– Du jag måste sluta, sa Rebecka. Annars får jag löneavdrag.

– Då blir du skyldig dem pengar, förstår jag. När kommer du tillbaka?

– Jag vet inte.

– Jag får nog komma och hämta dig, sa Måns. Du är inte tillräknelig.

Gör det, tänkte Rebecka.

Klockan halv tolv kom Lars-Gunnar Vinsa till krogen. Han hade inte Nalle med sig. Blev stående i lokalen och såg sig om. Det var som vind i gräs. Alla påverkades av hans närvaro. Några händer i luften och nickningar till hälsning, några samtal som stannade upp, saktade in för att sedan fortsätta. Några huvudvridningar. Han registrerades. Han lutade sig över bardisken och sa till Micke:

– Den där Rebecka Martinsson, har hon stuckit eller?

– Nä, sa Micke. Hon jobbar faktiskt här i kväll.

Något i Lars-Gunnar fick honom att fortsätta:

– Det var en engångsgrej, mycket folk ikväll och Mimmi har häcken full ändå.

Lars-Gunnar sträckte sin björnram över disken och drog med sig Micke mot köket.

– Kom, jag vill snacka med henne och jag vill att du ska vara med.

Mimmi och Micke hann utbyta en blick innan Micke och Lars-Gunnar försvann genom svängdörrarna till köket.

Vad nu då? frågade Mimmis ögon.

Vad vet jag, svarade Micke.

Vind i gräset igen.

Rebecka Martinsson stod i köket och spolade disk.

– Jaha, Rebecka Martinsson, sa Lars-Gunnar. Kom med mig och Micke ut på baksidan så får vi snacka.

De gick ut genom bakdörren. Månen som fiskfjäll över den svarta älven. De dova krogljuden. Det susade i tallkronorna.

– Jag vill att du berättar för Micke här vem du är, sa Lars-Gunnar Vinsa lugnt.

– Vad vill du veta? sa Rebecka. Jag heter Rebecka Martinsson.

– Du kanske ska berätta vad du gör här?

Rebecka såg på Lars-Gunnar. Om det var någonting hon lärt sig i jobbet så var det att aldrig börja babbla och pladdra.

– Du verkar ha något på hjärtat, sa hon. Prata du.

– Du kommer härifrån, eller inte härifrån, men från Kurravaara. Du jobbar som advokat och det var du som hade ihjäl de där tre pastorerna ute i Jiekajärvi för två år sedan.

Två pastorer och en sjuk pojke, tänkte hon.

Men hon rättade honom inte. Stod tyst.

– Jag trodde du var sekreterare, sa Micke.

– Du förstår ju att vi undrar, vi som bor här i byn, sa Lars-Gunnar. Varför en advokat ställer sig i köket här och jobbar under falsk flagg. Det du tjänar ikväll är väl vad en lunch på stan kostar för dig i vanliga fall. Man undrar ju varför du nästlar dig in här... snokar. Du vet, jag bryr mig inte egentligen. Folk är fria att göra vad de vill för mig, men jag tyckte att Micke hade rätt att få veta. Och dessutom...

Han vek undan med blicken från henne och såg ut mot älven. Blåste ut luft. Det kom en tyngd över honom.

– ... att du använde Nalle. Han är bara en liten pojk i huvudet. Och att du hade mage att nästla dig in här med hjälp av honom.

Nu dök Mimmi upp i dörröppningen. Micke gav henne en blick som gjorde att hon kom ut till dem, stängde dörren bakom sig och höll tyst.

– Jag tyckte att jag kände igen namnet, fortsatte Lars-Gunnar. Jag är gammal polis, vet du, så jag känner mycket väl till den där historien i Jiekajärvi. Men så trillade poletten ner. Du mördade de där personerna. I alla fall Vesa Larsson. Det må vara att åklagaren inte tyckte att det höll för åtal, men du ska veta att för oss poliser betyder inte det ett dugg. Inte ett jävla dugg. Nittio procent av fallen när man vet att någon är skyldig slutar med att det inte ens blir något åtal. Och du kan ju känna dig nöjd. Komma undan med mord, det är ju skickligt. Och jag vet inte vad du gör här. Om du fick mersmak av den där historien med Viktor Strandgård och leker privatdeckare helt på egen hand eller om du jobbar åt någon tidning kanske. Jag skiter i vilket. Men nu är maskeraden slut i alla fall.

Rebecka såg på dem.

Jag borde naturligtvis hålla tal, tänkte hon. Ropa till mitt försvar.

Och säga vad? Att hon fått annat att tänka på än att sy in sten i jackfickorna. Att hon inte klarade av advokatjobbet längre. Att hon hörde till den här älven. Att hon räddade livet på Sanna Strandgårds flickor.

Hon knöt av sig förklädet och räckte det till Micke. Vände sig om utan ett ord. Hon gick inte tillbaka genom kroglokalen. Istället gick hon rakt förbi hönshuset över landsvägen till sin friggebod.

Spring inte! förmanade hon sig själv. Hon kände deras blickar i ryggen.

Ingen följde efter henne och krävde förklaringar. Hon rafsade ner sina tillhörigheter i väskan och necessären, kastade in det i baksätet på hyrbilen och körde därifrån.

Hon grät inte.

Vad spelar det för roll? tänkte hon. De är helt och fullständigt obetydliga. Alla är obetydliga. Ingen betyder någonting.

Gula Ben

Smällkall februari. Dagarna blir längre, men kylan är som Guds hårda näve. Fortfarande obeveklig. Solen är bara en bild på himlen, luften är som hårt glas. Under ett tjockt vitt täcke finner möss och sork sina vägar. Klövdjuren gnager sig igenom trädens isbark. De magrar och väntar på våren.

Men fyrtio graders kyla eller snöstormar som drar med sig hela landskapet i en långsam vit våg av förintelse besvärar inte vargflocken. Tvärtom. Detta är den bästa tiden. Det bästa vädret. De har picknick med utomhusaktiviteter i snöyra. Födan räcker till. De har ett stort revir och ett gott jaktlag. Ingen värme som plågar. Inga blodsugande flygfän.

För Gula Ben är tiden utmätt. Alfatikens glimmande hörntänder säger att det är dags. Snart. Snart. Nu. Gula Ben har gjort allt. Krupit på knälederna i bön om att få stanna. Denna februarimorgon är det dags. Hon tillåts inte närma sig familjen. Alfatiken gör utfall. Hennes käkar klipper i luften.

Timmarna går. Gula Ben ger sig inte av med en gång. Håller sig en bit bort från flocken. Hoppas på ett tecken om att hon skall tillåtas att återvända. Men Alfatiken är orubblig. Kommer hela tiden upp på tassar och driver iväg henne.

En av hannarna, Gula Bens helbror, vänder bort sin blick. Hennes huvud vill borra ner nosen i hans päls, sova på hans bog.

Ungvargarna ser på Gula Ben med låga svansar. Hennes gula ben vill sträcka ut i en jakt mellan gammelgranarna efter dem, volta runt i busbråk, komma upp på tassar och själv jagas genom snön.

Och valparna, snart är de ettåringar, karska, dumdristiga, fortfarande valpiga. De begriper tillräckligt av vad som nu händer för att hålla sig lugna och på sin kant. Gnäller osäkert. Hon vill släppa ner en skadad hare framför deras fötter och se dem sätta efter den i vild jaktglädje, springa över varandra i sin iver.

Hon försöker en sista gång. Tar ett frågande steg. Den här gången jagar alfatiken henne ända bort till skogsbrynet. In under gammelgranarnas gråa barrlösa ris. Hon står därunder och betraktar flocken och alfahonan som lugnt återvänder till de andra.

Nu skall hon sova ensam. Förut har hon vilat i sömnljuden från flocken, gläfsandet och jagandet i drömmen, grymtarna, suckarna, pruttarna. Nu skall hennes öron vaka medan hon själv skall driva i orolig slummer.

Nu skall främmande lukter fylla hennes nos. Gröpa bort minnet av dessa, hennes systrar och bröder, halvsyskon och sysslingar, valpar och gamlingar.

Hon sätter av i långsam trav. Stegen åt ett håll. Längtan åt det andra. Här har hon levat. Där skall hon överleva.

DET ÄR SÖNDAG KVÄLL. Rebecka Martinsson sitter på golvet i kammaren i sin farmors hus i Kurravaara. Hon eldar i kaminen. En pläd över axlarna, armarna runt knäna. Då och då sträcker hon sig efter ett vedträ som ligger i en trälåda från Svenska Sockerbolaget. Blicken är inne i elden. Musklerna i kroppen är trötta. Under dagen har hon burit ut mattor, filtar, täcken, madrasser och kuddar. Piskat dem och låtit dem hänga ute. Hon har skurat golvet med gulsåpa och tvättat fönstrena. Diskat allt porslin och torkat ur köksskåpen. Nedervåningen har hon lämnat därhän. Hon har haft fönstrena på vid gavel hela dagen och vädrat ut den instängda gamla luften. Nu eldar hon i både köksspisen och kaminen för att driva ut den sista fukten. Nog har hon helgat vilodagen. Tanken har ju vilat. Nu vilar den i elden. På uråldrigt vis.

Polisinspektör Sven-Erik Stålnacke sitter i sitt vardagsrum. TV:n står på utan ljud. Ifall det skulle vara någon katt som jamar utanför. Det spelar ingen roll, han har sett den där filmen förr. Det är Tom Hanks som blir kär i en sjöjungfru.

Hela huset är tomt efter den där katten. Han har gått längs vägdikena och ropat lågmält. Nu känner han sig mycket trött. Inte av gåendet utan av det där skärpandet av hörseln. Av att hålla på. Fast han vet att det inte är någon idé.

Och inte ett livstecken från den försvunna prästen. Redan på lördagen hade det läckt ut till bägge kvällstidningarna. Mittuppslag om försvinnandet. En kommentar från någon på rikspolisens gärningsmannaprofilgrupp, men inte från den kvinnliga psykiatern som hjälpt dem med en eventuell profil. En av kvällstidningarna hade hittat något gammalt fall från sjuttiotalet där någon galning i Florida hade mördat två väckelsepredikanter. Mördaren hade själv blivit ihjälslagen av en medfånge när han städade toaletterna, men under fängelsetiden hade han skrutit om att ha begått fler mord som han inte fällts för. Stor bild på Stefan Wikström. Orden "präst", "fyrbarnsfar" och "förtvivlad hustru" återfanns i bildtexten. Inte ett ord om möjlig förskingring tack och lov. Sven-Erik noterade också att det inte någonstans nämndes att Stefan Wikström var kvinnoprästmotståndare.

Några resurser för bevakning av präster och pastorer i allmänhet fanns naturligtvis inte. Kollegorna hade känt modet sjunka när en av tidningarna skrev: "Polisen: Vi kan inte skydda dem!" Expressen bjöd på råd till den som kände sig hotad: Tag sällskap, bryt dina vanor, gå en annan väg hem från jobbet, lås dörren, parkera inte bredvid en skåpbil.

Det var en galning förstås. En sådan där som skulle hålla på tills han hade otur.

Sven-Erik tänker på Manne. Försvinnanden var på ett sätt värre än döden. Man kunde inte sörja. Bara plågas av ovissheten. Huvudet som en avfallsbrunn fullt av ohyggliga gissningar om vad som kan ha hänt.

Herregud, Manne var ändå en katt. Om det hade varit hans dotter. Den tanken är för stor. Det går inte att gripa om den.

Kyrkoherde Bertil Stensson sitter i vardagsrumssoffan. Ett glas konjak står på fönsterbrädan bakom honom. Höger arm vilar på soffryggen bakom hans hustrus nacke. Med vänster hand smeker han hennes bröst. Hon tar inte ögonen från TV:n, det är någon gammal film med Tom Hanks, men mungiporna går upp till godkännande. Ett bröst och ett ärr smeker han. Han minns hennes oro för fyra år sedan när de tog bort det. "Man vill bli åtrådd fast man har fyllt sextio", sa hon. Men han har kommit att älska ärret mer än bröstet som satt där förut. Till påminnelse om att livet är kort. För-rän edra grytor hava hunnit märka bränslet och medan köttet ännu är rått, skall en glödvind rycka bort det. Det där ärret återger saker och ting sina rätta proportioner. Hjälper honom att hålla balansen mellan arbete och fritid, plikt och kärlek. Han har ibland tänkt att han skulle vilja predika över ärret. Men det går naturligtvis inte för sig. Dess-utom skulle det på ett oförklarligt sätt kännas som ett övertramp. Det skulle mista sin kraft i hans liv om han gav luft och ord åt det. Det är ärret som predikar för Bertil. Han har ingen rätt att råda över den predikan och hålla den för andra.

Det var Mildred han pratade med. Då för fyra år sedan. Inte Stefan. Inte biskopen fast de är vänner sedan många herrans år. Han vill minnas att han grät. Att Mildred var en god lyss-nare. Att han kände att han kunde lita på henne.

Hon gjorde honom galen. Men nu när han sitter här med hustruns ärr under vänster pekfinger kan han inte riktigt komma på vad som provocerade honom så. Än sedan då att hon var en rödstrumpa och att hon inte riktigt hade känsla för vad som hörde till kyrkans verksamhet.

Hon diskvalificerade honom som chef. Det hade stört honom. Frågade aldrig om lov. Frågade aldrig om råd. Hade mycket svårt att rätta sig i ledet.

Han hajar nästan till vid sitt eget ordval, rätta sig i ledet. Han är verkligen inte en sådan chef. Han berömmer sig av att ge sina anställda frihet och eget ansvar. Men han är ändå chef. Ibland hade han behövt markera det för Mildred. Som den där begravningshistorien. Det var en man som hade gått ur kyrkan. Men han hade besökt Mildreds gudstjänster åren innan han blev sjuk. Så dog han. Och hade låtit meddela att han ville ha Mildred som officiant. Och hon hade förrättat en borgerlig begravning. Han hade naturligtvis kunnat se genom fingrarna med det lilla regelbrottet, men han hade anmält henne till domkapitlet och hon hade fått åka och prata med biskopen. Det hade inte varit mer än rätt tyckte han då. Varför skulle man ha regler om de ändå inte följdes?

Hon kom tillbaka till arbetet och var precis som vanligt. Nämnde inte samtalet med biskopen med ett ord. Varken stukad, sur eller förorättad. Det ingav Bertil en smygande känsla att biskopen kanske stått på hennes sida i samtalet. Att biskopen sagt något i stil med att han var tvungen att prata med henne och ge henne en prick eftersom Bertil ju insisterat. Att de i tyst samförstånd avfärdat Bertil som lättkränkt, osäker på sitt ledarskap och kanske till och med lite svartsjuk. För att det inte var honom man begärt som officiant.

Det är inte så ofta människor på allvar ägnar sig åt självrannsakan. Men nu sitter han som i bikt framför ärret.

Det var sant. Visst hade han varit lite avundsjuk. Lite arg över den där onyanserade kärleken som hon åtnjöt från så många.

– Jag saknar henne, säger Bertil till sin hustru.

Han saknar henne och kommer att sörja henne länge.

Hans hustru frågar inte vem han menar. Hon överger filmen och sänker ljudet.

– Jag var ett dåligt stöd för henne medan hon arbetade här, fortsätter han.

– Nejdå, säger hans hustru. Du gav henne frihet att jobba på sitt eget sätt. Lyckades hålla kvar både henne och Stefan i församlingen, det var en prestation.

De två bråkiga prästerna.

Bertil skakar på huvudet.

– Ge henne stödet nu då, säger hans hustru. Hon har ju lämnat så mycket efter sig. Förr kunde hon ju ta hand om det själv, nu kanske hon behöver ditt stöd mer än någonsin.

– Hur då? skrattar han. De flesta av kvinnorna i Magdalena ser mig som fienden själv.

Hans hustru ler mot honom.

– Du får väl hjälpa och stödja utan att få varken tack eller kärlek tillbaka. Du kan få lite kärlek av mig istället.

– Vi kanske ska gå och lägga oss, föreslår kyrkoherden.

Vargen, tänker han när han sätter sig ner och kissar. Det skulle Mildred ha velat. Att han verkligen använder pengarna i stiftelsen till att bekosta bevakning i vinter.

Så fort han har tänkt den tanken är det som att badrummet blir nästan elektrifierat. Hans hustru ligger redan i sängen och nu ropar hon på honom.

– Snart, svarar han. Törs nästan inte ropa högt. Närvaron är så påtaglig. Men flyktig.

Vad vill du? frågar han och Mildred kommer närmare.

Det är så typiskt henne. Just här när han sitter på toan med byxorna nere.

Jag är i kyrkan hela dagarna, säger han. Du kunde väl ha sökt upp mig där.

Och i samma stund vet han precis. Pengarna i stiftelsen räcker inte. Men om jaktarrendet omförhandlas. Antingen att jaktföreningen börjar betala marknadsvärdet på det. Eller att man skaffar en ny arrendator. Och att de pengarna får gå in i stiftelsen.

Han kan känna hur hon ler. Hon vet vad hon begär av honom. Han kommer att få alla gubbarna emot sig. Det kommer att bli bråk och insändare i tidningen.

Men hon vet att han kan göra det. Han kan få kyrkorådet med sig.

Jag gör det, säger han till henne. Inte för att jag anser att det är det rätta. För din skull.

Lisa Stöckel står ute på gården och eldar. Hundarna är instängda och ligger och sover på sina bäddar.

Jäkla gangsters, tänker hon kärleksfullt.

Hon har fyra stycken nu. Som mest i sitt liv har hon haft fem.

Det är Bruno, en korthårig helbrun vorstehhanne. Alla kallar honom tysken. Det är hans behärskade stil och lite militäriska stramhet som gett honom smeknamnet. När Lisa plockar fram ryggsäcken och hundarna förstår att de skall ut på långtur brukar det bli ett sjujäkla liv i hallen. De far runt som i en karusell. Skäller, dansar, gläfser, gnyr och utstöter illtjut av lycka. Knuffar nästan omkull henne, trampar omkring i packningen. Ser på henne med ögon som säger: För visst ska vi väl få följa med, det är väl helt säkert, du sticker inte utan oss?

Alla utom tysken. Han sitter som en staty till synes helt oberörd mitt på golvet. Men om man böjer sig fram och ser efter ordentligt kan man se en skälvning under hundskinnet.

En nästan omärklig darrning av återhållen upphetsning. Och om det till slut blir för mycket honom, om han måste få ge utlopp för sina känslor för att inte spricka mitt itu, så händer det att han stampar med framtassen där han sitter, två gånger. Då vet man att han är riktigt i gasen.

Sedan är det förstås Majken. Hennes gamla labradortik. Men henne är det just inte så mycket med nuförtiden. Grå om nosen och trött. Majken har fostrat dem allihop. En riktig valpälskare är hon. Nykomlingar i flocken har fått sova mot hennes mage, hon har varit deras nya mamma. Och hade hon ingen unghund i flocken att vårda om så blev hon skendräktig. Till för bara två år sedan kunde Lisa komma hem och finna sovrumssängen helt uppriven och omorganiserad. Bland täcken och kuddar brukade Majken ligga. Med sina små låtsasvalpar: en tennisboll, en sko eller som en gång när Majken haft tur, ett mjukisdjur som hon hittat någonstans i skogen.

Och så var det Karelin, hennes stora svarta korsning mellan schäfer och newfoundland. Han hade kommit till Lisa som treåring. Det var veterinären i Kiruna som hade ringt henne och frågat om hon inte ville ha den. Hunden skulle avlivas, men ägaren hade sagt att han helst hade sett att den blev omplacerad. Han passade bara inte i stan. "Tror jag det", hade veterinären sagt till Lisa, "du skulle ha sett hunden dra husse i kopplet efter sig."

Och så Spy-Morris, hennes norska springer spaniel. Efter jaktmeriterade utställningschampions. Talangen helt bortkastad härute med resten av rövarbandet. Lisa som inte ens jagar. Han tycker om att sätta sig vid hennes sida och bli smekt på bröstkorgen, brukar lägga tassen tungt i hennes knä och påminna henne om att han finns. En snäll och blid herre. Silkespäls och lockiga öron som en fröken, plågas svårt av bilåkning.

Men nu ligger de därinne alla fyra. Lisa kastar allt möjligt på elden. Madrasser och gamla hundfiltar, böcker och en del möbler. Papper. Mer papper. Brev. Gamla fotografier. Det blir en rejäl brasa. Lisa förlorar blicken i lågorna.

Det blev till slut så arbetsamt att älska Mildred. Att smyga, att tiga, att vänta. De grälade. Det var värsta Norénpjäserna.

Nu grälar de i Lisas kök. Mildred stänger fönstrena.

Det är det viktigaste, tänker Lisa. Att ingen ska höra.

Lisa häver ur sig. Alla orden är de samma. Hon är led på dem innan de är sagda. Om Mildred som inte älskar henne. Om att hon är trött på att vara hennes tidsfördriv. Trött på hycklandet.

Lisa står mitt på golvet. Hon vill kasta saker omkring sig. Hennes förtvivlan gör henne skrikig och yvig. Hon har aldrig varit såhär förut.

Och Mildred liksom hukar sig. Sitter i kökssoffan med Spy-Morris tätt intill. Spy-Morris hukar också. Mildred klappar hunden som om hon tröstade ett barn.

– Församlingen då? frågar hon. Och Magdalena? Om vi skulle leva öppet med varandra, då skulle det vara slut. Det skulle vara det slutliga beviset för att jag bara är en bitter manshatare. Jag kan inte pröva folks tålamod över deras förmåga.

– Så då offrar du hellre mig?

– Nej, varför måste det bli så? Jag är lycklig. Jag älskar dig, jag kan säga det tusen gånger, men du ska liksom ha bevis.

– Det handlar inte om bevis, det handlar om att kunna andas. Äkta kärlek vill synas. Men det är det som är felet. Du vill inte, du älskar inte mig. Magdalena är bara din jävla ursäkt för att ta ut distansen. Erik kanske ställer upp på det, men inte jag.

Du får skaffa en annan älskarinna, det finns säkert många hågade.

Nu börjar Mildred gråta. Munnen försöker hålla emot. Hon döljer ansiktet mot hunden. Torkar tårarna med baksidan av handen.

Lisa har velat ha henne hit. Helst hade hon kanske velat slå henne. Hon längtar efter hennes tårar och hennes smärta. Men hon är inte nöjd. Hennes egen smärta är fortfarande hungrig.

– Du kan sluta grina, säger hon hårt. Det betyder ingenting för mig.

– Jag ska sluta, lovar Mildred som ett barn, rösten är sprucken, handen fortsätter att torka undan tårarna.

Och Lisa som alltid anklagat sig själv för sin oförmåga till kärlek avkunnar dom:

– Du tycker synd om dig själv, det är allt. Jag tror att det är något fel på dig. Det saknas någonting därinne. Du säger att du älskar, men vem kan öppna en annan människa och titta in och se vad det betyder? Jag skulle kunna lämna allt, stå ut med allt. Jag vill gifta mig med dig. Men du... du kan inte känna kärlek. Du kan inte känna smärta.

Då ser Mildred upp från hunden. På köksbordet brinner ett stearinljus i en mässingsljusstake. Hon för sin hand över lågan, den brinner rakt in i hennes handflata.

– Jag vet inte hur jag ska bevisa att jag älskar dig, säger hon. Men jag ska visa dig att jag kan känna smärta.

Munnen kniper ihop till ett plågat streck. Ögonen rinner. En vedervärdig lukt i köket.

Till slut, det känns som hur länge som helst, tar Lisa tag om Mildreds handled och rycker undan handen från ljuset. Såret i handen är bränt och köttigt. Lisa ser förskräckt på den.

– Du måste till sjukhus, säger hon.

Men Mildred skakar på huvudet.

– Lämna mig inte, tigger hon.

Nu gråter Lisa också. Leder ut Mildred till bilen, spänner fast henne som ett barn som inte kan själv, hämtar ett paket frusen spenat.

Det går veckor innan de bråkar igen. Mildred vänder insidan av den bandagerade handen mot Lisa ibland. Liksom av en händelse, för att stryka håret bakom örat eller något. Det är ett hemligt kärlekstecken.

Nu är det mörkt. Lisa slutar tänka på Mildred och går till hönshuset. Hönsen sover på sina pinnar. Tryckta mot varandra. Hon tar dem en och en. Lyfter ner hönan från pinnen. Bär ut den till tomtgränsen. Håller den tryckt mot kroppen, hönan känner sig trygg, skrockar lite lågt bara. Där finns en stubbe som får fungera som huggkubbe.

Snabbt grepp om benen, svingar den mot stubben, ett bedövande slag. Så yxan, enhandsgrepp precis intill yxhuvudet, hugget, ett enda, lagom hårt, träffar exakt. Hon håller i benen medan flaxandet pågår, blundar för att inte få fjädrar eller skräp i ögonen. Tillhopa är det tio höns och en tupp. Hon gräver inte ner dem. Hundarna skulle gräva upp dem direkt. Hon slänger dem i soptunnan i stället.

Lars-Gunnar Vinsa kör hem till byn i mörkret. Nalle sover i passagerarsätet bredvid. De har varit ute i lingonskogen hela dagen. Det är mycket tankar nu. Som far in i huvudet på honom. Gamla minnen.

Han kan plötsligt se Eva, Nalles mamma, stå framför honom. Han har precis kommit hem från jobbet. Han har haft kvällsskift och det är mörkt ute, men hon har inte tänt lamporna. Står helt stilla i mörkret tätt intill väggen i hallen när han kliver in.

Det är ett så märkvärdigt beteende att han blir tvungen att fråga henne:

– Hur är det?

Och hon svarar:

– Jag dör här, Lars-Gunnar. Jag är ledsen, men jag dör här.

Vad skulle han ha gjort? Som om inte han också var dödens trött. Han var på arbetet och hanterade allsköns elände dag ut och dag in. Och kom hem för att ta hand om Nalle. Än i denna dag begriper han inte vad hon gjorde hela dagarna. Sängarna var aldrig bäddade. Det var ytterst sällan som hon hade lagat någon middag. Han gick och lade sig. Bad henne komma med upp, men hon ville inte. Nästa morgon var hon borta. Tog bara sin handväska. Inte ens ett brev tyckte hon att han var värd. Han fick städa ut henne ur huset. Packade hennes pinaler i kartonger och ställde undan på vinden.

Efter ett halvår ringde hon. Ville prata med Nalle. Han förklarade att det inte gick. Hon skulle bara ha gjort pojken upprörd. Han förklarade hur Nalle letat efter henne, frågat och gråtit den första tiden. Men nu var det bättre. Han berättade för henne hur det var med pojken, skickade henne teckningar. Han såg nog på byborna att de tyckte att han var för snäll. För eftergiven. Men han ville henne inget ont. Vad skulle det tjäna till?

Och tanterna från socialtjänsten, de tjatade om att Nalle skulle till ett gruppboende.

– Han kan vara där ibland, sa de. Så att du får lite avlastning.

Han hade farit och tittat på det där jävla gruppboendet.

Man blev deprimerad bara man klev innanför tröskeln. Av allt. Av den där fulheten, det skrek "institution", "förvaringsplats för dårar, efterblivna och vanföra" om varenda pryl. Av prydnaderna som tillverkats av de boende, gipsgjutningar och pärlplattor och skitfula tavlor i billiga ramar. Och av personalens kvitter. Av deras randiga bomullsförkläden. Han minns hur han såg på en av dem. Hon kan inte ha varit mer än en och femtio lång. Han tänkte:

Är det du som ska gå emellan om det blir bråk?

Nalle var visserligen stor, men han kunde inte försvara sig.

– Aldrig, sa Lars-Gunnar till soctanterna.

De försökte insistera.

– Du behöver avlastning, sa de. Du måste tänka på dig själv.

– Nej, hade han sagt. Varför det? Varför måste jag tänka på mig själv? Jag tänker på pojken. Pojkens mor tänkte på sig själv, berätta för mig vad för gott som kom ut av det.

Nu är de hemma. Lars-Gunnar saktar in bilen när han närmar sig infarten till sin gård. Han spanar in mot gården. Man ser ganska bra i månskenet. I bagageutrymmet ligger älgstudsaren. Den är laddad. Om det står en polisbil på gården så ska han bara fortsätta åka rakt fram. Upptäcker man honom kommer han ändå att ha en minut på sig. Innan de hunnit starta och köra ut på vägen. Nå, trettio sekunder i alla fall. Och det räcker.

Men det är tomt på gården. Mot månen ser han en uggla i en låg spaningsflygning över strandkanten. Han parkerar bilen och fäller tillbaka förarsätet så mycket det går. Han vill inte väcka Nalle. Pojken kommer nog att vakna till om någon timme. Då kan de gå in och lägga sig. Han ska själv sluta ögonen en stund.

Gula Ben

GULA BEN TRAVAR ut ur det egna territoriet. Där kan hon inte stanna. Över gränsen till en annan flocks revir. Där får hon inte vara. Det är ytterst farligt. Ett välmarkerat område. Nygjorda doftmarkeringar är taggtråd mellan trädstammarna. Genom långgräset som sticker upp ur snön löper en mur av lukter, här har de skvättat och sprättat med baktassarna. Men hon måste igenom, norrut måste hon.

Första dagsetappen går väl. Hon springer på tom mage. Kissar lågt, trycker sig mot marken för att kisslukten inte ska sprida sig, kanske kan hon klara sig. Hon har vinden i baken, det är bra.

Nästa morgon får de vittring på henne. Två kilometer bakom henne står fem vargar och trycker ner nosarna i hennes spår. Så sätter de efter henne. De turas om att hålla täten och får snart synkontakt.

Gula Ben känner deras vind. Hon har korsat en älv och när hon vänder sig om ser hon dem på andra sidan en knapp kilometer nedströms.

Nu galopperar hon för sitt liv. En inkräktare dödas omedelbart. Tungan fladdrar långt utanför hennes öppna käft. De långa benen för henne genom snön, men hennes stig är otrampad.

Benen finner ett skoterspår som går i rätt riktning. De knappar in, men inte så fort.

När de endast är trehundra meter efter henne stannar de plötsligt upp. De har jagat henne ut ur sitt eget område och ytterligare en bit.

Hon har undkommit.

En kilometer till, sedan lägger hon sig ner. Snappar snö. Hungern river som en sork i buken.

Hon fortsätter färden norrut. Sedan, där Vita havet skiljer loss Kolahalvön från Karelen, svänger hon av mot nordväst. Vårvintern gör följe. Det blir tungsprunget. Skog. Hundraårig och äldre. Barrträd halvvägs upp till himlen. Nakna spretiga barrlösa nästan hela vägen upp. Och där uppe bildar deras gröna vajande, knakande armar ett tak. Solen kan knappt tränga igenom, förmår inte smälta undan snön ännu. Fläckar av ljus bara och droppandet av smältande snö från längst upp på träden. Det är ett droppande, kvillrande, tjirrande. Alla vädrar vår och sommar. Nu kan man göra mer än bara överleva. Slagen av tunga skogsfågelvingar, räven allt oftare ute ur lyan, sork och mus springer på snöns morgonskorpa. Och så den plötsliga tystnaden när hela skogen stannar upp, vädrar och lyssnar på varghonan som passerar. Bara spillkråkan fortsätter med sitt envetna knackande på stammen. Droppandet upphör inte heller. Våren fruktar inte vargen.

Långmyr. Vårvintern är ett blött vattenflöde under ett mosigt vattensjukt snötäcke som vid minsta beröring förvandlas till ett grått slask. Varje steg sjunker djupt. Varghonan börjar färdas om natten. Skaren bär. Hon slår läger i en sänka eller under en gran om dagen. På sin vakt även i sömnen.

Jakten blir annorlunda utan flocken. Hon tar hare och annat småvilt. Inte mycket i en varg som är på vandring. Förhållandet till andra djur blir också annorlunda. Räv och korp samsas gärna med vargar i flock. Räven äter flockens rester. Vargen gräver ur ett rävgryt och tar det i besittning. Korpen städar vargens bord. Korpen ropar från träden: Här är byte! Här står en hjort full av brunst! Upptagen med att gnida kronan mot barken! Ta honom, ta honom! En uttråkad korp kan dunsa ner framför en sovande varg, picka den i huvudet och backa några skutt. Hoppa på flygarens löjeväckande och klumpiga sätt. Vargen gör ett utfall. Fågeln lyfter i sista sekunden. Så kan de roa varandra ett bra tag, den svarte och den grå.

Men en ensam varg är ingen lekkamrat. Hon försmår inget byte, har ingen lust till lek med fåglar, delar inte med sig frivilligt.

En morgon överraskar hon en rävhona vid sitt gryt. Flera hålor är uppgrävna i en sluttning. En av hålorna ligger dold under en rotvälta. Bara spåren och lite jord på snön utanför avslöjar dess läge. Från den kommer räven ut. Vargen har känt den skarpa doften och tagit en liten avstickare från sin riktning. Nu kommer hon i motvinden nerför slänten, ser räven sticka ut sitt huvud, den pinniga kroppen. Vargen stannar, fryser fast där hon står, räven måste ut en bit till, men så fort den vänder huvudet hitåt kommer den att upptäcka henne.

Ett språng. Som om hon vore ett kattdjur. Ett brak genom ris och grenarna på en nedfallen ungfura. Klipper räven tvärs över ryggen. Knäcker ryggraden. Äter henne girigt, håller ner kroppen med ena tassen och sliter i sig det lilla som finns.

Två kråkor kommer genast sättande och samarbetar om att försöka få en andel. En vågar livet, farligt nära för att få henne att jaga efter, så att kamraten snabbt skall kunna stjäla en bit. Hon hugger efter dem när de störtdyker över hennes huvud, men tassen lämnar inte rävkroppen. Hon glupar i sig alltihop, travar sedan mellan de olika hålorna och vädrar. Om räven haft ungar och de inte ligger för långt in kan hon gräva fram dem, men där finns inget.

Hon återvänder till sin riktning. Ensamvargens ben vandrar rastlöst bortåt.

– HAN ÄR SOM uppslukad av jorden.

Anna-Maria Mella såg på sina kollegor. Det var morgon-genomgång hos åklagaren. De hade precis konstaterat att de inte hade några spår efter den försvunna prästen Stefan Wikström.

Det blev knäpptyst sex sekunder. Polisinspektör Fred Olsson, åklagare Alf Björnfot, Sven-Erik Stålnacke och polisinspektör Tommy Rantakyrö såg bedrövade ut. Det var det värsta tänkbara, att han var just uppslukad av jorden. Nedgrävd någonstans.

Sven-Erik såg bedrövad ut. Han var den som hade anlänt sist till åklagarens morgonandakt. Det var olikt honom. Han hade ett litet plåster på hakan. Det var brunfärgat av blod. Ett mannens tecken på en dålig morgon. Behåringen på halsen under adamsäpplet hade i hastigheten undkommit hyveln och stack upp ur huden som grova grå stammar. Nedanför ena mungipan satt rester av intorkat raklödder kvar som vit fogmassa.

– Nå, än så länge är det ändå ett försvinnande, sa åklagaren. Det var ju en kyrkans tjänare. Och så fick han reda på att vi var honom på spåren med den där resan som hans familj gjorde med vargstiftelsens pengar. Det kan vara nog för att man skall fly fältet. Rädslan att få sitt rykte solkat. Han kanske dyker upp som gubben i lådan.

Det var tyst runt bordet. Alf Björnfot såg sig omkring. Det var en svårmotiverad skara som satt runt bordet. Det var som att de bara väntade på att prästens kropp skulle dyka upp. Med spår och bevis, så att utredningen kunde få ny fart.

– Vad vet vi om tiden före försvinnandet? frågade han.

– Han ringde frun från sin mobil vid fem minuter i sju på fredagkvällen, sa Fred Olsson. Sedan hade han ansvaret för kyrkans unga, låste upp deras lokal, höll kvällsandakt vid halvtio. Han försvann därifrån strax efter tio och efter det är det ingen som har sett honom.

– Bilen? frågade åklagaren.

– Står parkerad bakom församlingshemmet.

Det var en så kort bit, tänkte Anna-Maria. Från kyrkans ungas lokal till baksidan av församlingshemmet var det kanske hundra meter.

Hon mindes en försvunnen kvinna för ett antal år sedan. Tvåbarnsmamma som gått ut på kvällen för att ge hundarna i hundgården mat. Och så var hon borta. Mannens uppriktiga förtvivlan och hans och alla andras försäkringar om att hon inte skulle ha lämnat sina barn frivilligt hade fått polisen att prioritera försvinnandet. De hade hittat henne nedgrävd i skogen bakom huset. Mannen hade slagit ihjäl henne.

Men Anna-Maria hade tänkt likadant då. Så kort bit. Så kort bit.

– Kontrollen av telefonsamtal, mejl och bankkonto, vad gav den? frågade åklagaren.

– Inget speciellt, sa Tommy Rantakyrö. Telefonsamtalet till hustrun var det sista. Annars var det lite jobbsamtal med olika församlingsmedlemmar och med kyrkoherden, jaktledaren i jaktlaget om älgjakten, hustruns syster... jag har en lista med samtal här och så har jag skrivit en liten anteckning om vad samtalen handlade om också.

– Bra, sa Alf Björnfot uppmuntrande.

– Vad sa systern och kyrkoherden? undrade Anna-Maria.

– Med systern pratade han om att han oroade sig för hustrun. Att hon skulle bli dålig igen.

– Hon skrev de där breven till Mildred Nilsson, sa Fred Olsson. Det verkar ju ha varit värsta konflikten mellan paret Wikström och Mildred Nilsson.

– Vad pratade Stefan Wikström med kyrkoherden om då? frågade Anna-Maria.

– Du, han vart besvärad när jag frågade, sa Tommy Rantakyrö. Men han berättade att Stefan hade varit bekymrad över att vi lånat med oss stiftelsens bokföring.

En knappt märkbar rynka framträdde i åklagarens panna, men han sa inget om tjänstefel och beslag utan tillstånd. I stället sa han:

– Vilket skulle kunna peka på att han försvunnit frivilligt. Håller sig borta för att han är rädd för skammen. Sticka huvudet i sanden är den vanligaste reaktionen när det gäller sånt där, tro mig. Man säger till sig själv "fattar de inte att de gör det värre för sig", men de har oftast passerat det där sunda förnuftet.

– Varför tog han inte bilen? frågade Anna-Maria. Har han bara promenerat ut i ödemarken? Något tåg gick ju inte vid den tiden. Inget flyg heller.

– Taxi? frågade åklagaren.

– Ingen körning, svarade Fred Olsson.

Anna-Maria såg uppskattande på Fred Olsson.

Din jäkla envetna terrier, tänkte hon.

– Nå, sa åklagaren. Tommy, jag vill att du…

– … knackar dörr i området runt församlingshemmet och

frågar om det är någon som har sett något, sa Tommy upp-givet.

– Precis, sa åklagaren och…

– … och pratar en extra gång med ungdomarna från Kyr-kans unga.

– Bra! Fred Olsson följer med.

– Sven-Erik, sa åklagaren. Du kanske kunde ringa gär-ningsmannaprofilgruppen och höra vad de har att säga?

Sven-Erik nickade.

– Hur har det gått med teckningen? frågade åklagaren.

– SKL håller på med den fortfarande, sa Anna-Maria. De har inte fått fram något ännu.

– Bra! Återsamling i morgon bitti om det inte inträffar nåt spec, sa åklagaren och smackade ihop skalmarna på sina glasögon och stoppade dem i bröstfickan.

Och därmed var mötet över.

Innan Sven-Erik gick till sitt arbetsrum passerade han Sonja i växeln.

– Du, sa han. Om det är någon som ringer om en upphit-tad gråstrimmmig katt så säg till mig.

– Är det Manne?

Sven-Erik nickade.

– En vecka, sa han. Han har aldrig varit borta så länge.

– Vi ska hålla ögonen öppna, lovade Sonja. Du ska se att han kommer tillbaka. Det är ju varmt ännu. Han är väl och friar någonstans.

– Han är kastrerad, sa Sven-Erik dystert.

– Nå, sa hon. Jag säger till tjejerna.

Kvinnan på Rikskriminalens gärningsmannaprofilgrupp svarade på sitt direktnummer. Hon lät glad när Sven-Erik presenterade sig. Alldeles för ung för att hålla på med sån där skit.

– Antar att du har läst tidningarna? sa Sven-Erik.

– Ja, har ni hittat honom?

– Nej, han är fortfarande försvunnen. Så, vad tror du?

– Tja, sa hon. Vad menar du?

Sven-Erik försökte samla ihop sina tankar.

– Alltså, började han. Om vi antar att det är som alla tidningar antyder.

– Att Stefan Wikström är mördad och att det är en seriemördare, fyllde hon i.

– Just precis. Nog är det konstigt i så fall?

Nu blev hon tyst. Väntade på att Sven-Erik skulle fullfölja sin tanke.

– Jag menar, sa han. Nog är det konstigt att han är försvunnen. Om mördaren hängde upp Mildred i orgeln, varför gör han inte samma sak med Stefan Wikström?

– Han kanske måste skrubba honom ren. På Mildred Nilsson hittade ni ju ett hundhår, inte sant? Eller så vill han behålla honom ett tag.

Hon avbröt sig och tycktes fundera.

– Jag är ledsen, sa hon till slut. När kroppen dyker upp – om den dyker upp, han kan ju ha försvunnit frivilligt – då får vi prata igen. Se om det finns något mönster.

– Okej, sa Sven-Erik. Det kan vara frivilligt. Han hade inte rent mjöl i påsen när det gällde en stiftelse som hörde till kyrkan. Och så upptäckte han att vi var den lilla smutsliga historien på spåren.

– "Den lilla smutsiga historien"?

– Ja, det handlade om ungefär hundra tusen. Och det är väl

tveksamt om det skulle ha räckt för något åtal. Det var en utbildningsresa som egentligen var mer en privat semesterresa.

– Så du tycker att han inte hade någon anledning att ta till flykten på grund av den?

– Egentligen inte.

– Om det nu inte var så att det var polisens närmande i sig som skrämde honom?

– Vad menar du?

Hon skrattade till.

– Ingenting! sa hon med eftertryck.

Sedan lät hon plötsligt formell.

– Jag önskar er lycka till. Hör av dig om något händer.

Så fort de lagt på förstod Sven-Erik vad hon hade menat. Om Stefan mördade Mildred…

Hans hjärna satte genast igång att protestera.

Om vi nu bara antar att det var så, framhärdade Sven-Erik för sig själv. Då skulle han ha skrämts på flykten om polisen närmade sig. Vad vi än ville. Om vi så bara ville fråga vad klockan var.

Det ringde på Anna-Marias telefon. Det var kvinnan från science fiction-bokhandeln.

– Jag har fått napp på det där tecknet, sa hon utan omsvep.

– Ja?

– Det var en av mina kunder som kände till det. Det finns på framsidan av en bok som heter The Gate. Den är skriven av Michelle Moan, det är en pseudonym. Boken finns inte i svensk översättning. Jag har den inte. Men jag kan beställa ett exemplar åt dig. Ska jag det?

– Ja! Vad handlar den om?

– Om döden. Det är en dödsbok. Jättedyr. Femtiotvå pund.

Och så blir det frakt på det. Jag ringde faktiskt till förlaget i England.

– Ja?

– Jag frågade om de fått några beställningar från Sverige. Några stycken. Och en i Kiruna.

Anna-Maria höll andan. Leve amatördetektiverna.

– Fick du något namn?

– Ja. Benjamin Wikström. Jag fick en adress också.

– Behövs inte, ropade Anna-Maria i luren. Tack. Jag hör av mig.

Sven-Erik Stålnacke stod hos Sonja i växeln. Han hade inte kunnat låta bli att gå ut och fråga.

– Vad sa tjejerna? Var det någon som hört något om katten?

Hon skakade på huvudet.

Tommy Rantakyrö materialiserades plötsligt bakom Sven-Eriks rygg.

– Har katten din försvunnit? frågade han.

Sven-Erik grymtade till svar.

– Han har väl flyttat hem till någon annan, sa Tommy sorglöst. Du vet katter, de fäster sig inte vid någon, det är bara våra egna... projektifi... att man läser in sina egna känslor. De kan inte känna tillgivenhet, det är vetenskapligt bevisat.

– Vad är det för skitsnack, morrade Sven-Erik.

– Men det är dagsens sanning, sa Tommy utan att låta varna sig av Sonjas blickar. Du vet när de håller på att stryka sig mot benen och orma sig på katters vis. Det gör de för att doftmarkera en för att man är en typ mat- och rastplats som tillhör dem. De är inga flockdjur.

– Nähä, kanske det, sa Sven-Erik. Men han kommer upp och sover i min säng som en barnunge i alla fall.

– För att det är varmt. Du betyder inte mer för katten än en elektrisk värmedyna.

– Men du är hundmänniska, bet Sonja av. Du kan inte uttala dig om katter överhuvudtaget.

Till Sven-Erik sa hon:

– Jag är också kattmänniska.

I samma stund slog glasdörren upp. Anna-Maria kom farande. Hon högg tag i Sven-Erik och drog med honom från receptionen.

– Vi ska till Jukkasjärvi prästgård, sa hon bara.

KRISTIN WIKSTRÖM ÖPPNADE dörren i morgonrock och tofflor. Sminket låg lite smetigt under ögonen. Det blonda håret var struket bakom öronen och låg platt och ofixat på baksidan av huvudet.

– Vi söker Benjamin, sa Anna-Maria. Vi skulle vilja prata lite med honom. Är han hemma?

– Vad vill ni?

– Prata med honom, sa Anna-Maria. Är han hemma?

Kristin Wikströms röst gick upp ett hack.

– Vad vill ni honom? Vad ska ni prata med honom om?

– Hans pappa är ju försvunnen, sa Sven-Erik tålmodigt. Vi måste ställa lite frågor.

– Han är inte hemma.

– Vet du var han är? frågade Anna-Maria.

– Nej, ni borde söka efter Stefan. Det är vad ni två borde göra just nu.

– Kan vi få se hans rum? frågade Anna-Maria.

Modern blinkade trött.

– Nej, det kan ni inte.

– Då ber vi om ursäkt för att vi störde, sa Sven-Erik snällt och släpade med sig Anna-Maria till bilen.

De körde ut från gården.

– Fan! utbrast Anna-Maria när de passerade grindstolparna. Hur kunde jag vara så korkad att jag åkte hit utan husrannsakan?

– Stanna en bit bort och släpp av mig, sa Sven-Erik. Och så åker du fort som fan och fixar husrannsakan och kommer tillbaka hit. Jag vill kolla henne.

Anna-Maria stannade bilen, Sven-Erik gled ut.

– Skynda på, sa han.

Sven-Erik småsprang tillbaka mot prästgården. Han ställde sig bakom en av grindstolparna där han doldes av en rönnbärsbuske. Han hade utsikt över både ytterdörren och skorsten.

Börjar det ryka i den, då går jag in, tänkte han.

Efter en kvart kom Kristin Wikström ut. Hon hade bytt från morgonrock till jeans och tröja. I handen höll hon en knuten soppåse. Hon gick mot soptunnan. I samma stund som hon öppnade locket till tunnan vred hon på huvudet och fick syn på Sven-Erik.

Inget annat att göra. Sven-Erik skyndade fram till henne. Han sträckte fram handen.

– Sådärja, sa han. Ge mig nu den där.

Hon räckte över påsen utan ett ord. Han såg att hon hade dragit en borste genom håret och att hon satt lite färg på läpparna. Så började tårarna rinna. Inga åthävor, knappt en skiftning i ansiktet, bara tårarna. Hon hade lika gärna kunnat skala lök.

Sven-Erik knöt upp påsen. I den fanns urklipp om Mildred Nilsson.

– Såja, sa han och drog henne intill sig. Såja. Berätta nu var han är.

– I skolan förstås, sa hon.

Hon lät sig omfamnas och hållas. Grät stumt mot hans axel.

– Men vad menar du? frågade Sven-Erik när han och Anna-Maria parkerade bilen utanför Högalidskolan. Att han skulle ha mördat Mildred och sin pappa?

– Jag menar absolut ingenting. Men han har en bok med samma symbol som fanns på den där hotteckningen till Mildred. Förmodligen har han ritat den. Och han hade en massa urklipp om mordet på henne.

Rektorn för Högalidskolan var en tjusig kvinna i femtioårsåldern. Hon var lite rund, hade knälång kjol och mörkblå udda kavaj till. En färgglad scarf satt som ett smycke runt halsen. Sven-Erik blev på gott humör av att se henne. Han gillade kvinnor som verkade sådär energiska.

Anna-Maria förklarade att hon ville att Benjamin Wikström skulle hämtas utan buller och bång. Rektorn drog fram ett schemahäfte. Sedan ringde hon ett kort samtal till den lärare som hade lektion för Benjamins klass.

Medan de väntade frågade rektorn vad det gällde.

– Vi tror att han kanske hotade Mildred Nilsson, prästen som mördades i somras. Så vi måste ställa lite frågor.

Rektorn skakade på huvudet.

– Ursäkta, sa hon. Men det har jag så väldigt svårt att tro. Benjamin och hans kompisar. De ser helt förfärliga ut. Svarta i håret och vita i ansiktet. Ögonen sotiga av smink. Och ibland när man ser deras tröjor! Förra terminen hade en av Benjamins kompisar en tröja med ett skelett som åt spädbarn.

Hon skrattade och drog upp axlarna i en låtsad rysning. Blev allvarlig när Anna-Maria inte drog på smilbanden.

– Men de är verkligen snälla ungar, fortsatte hon. Benjamin hade det jobbigt ett tag förra året när han gick i åttan, men jag skulle absolut låta honom sitta barnvakt åt mina egna ungar. Alltså om jag hade småbarn.

– På vilket sätt hade han det jobbigt förra året? frågade Sven-Erik.

– Det gick dåligt för honom med skolarbetet. Och han blev så väldigt… De vill ju skilja ut sig med sitt sätt att klä sig och sådär. Jag tänker ibland att de bär sin känsla av utanförskap på utsidan. Gör den till sitt eget val. Men han mådde inte bra. Han hade en massa småsår på armen som han alltid satt och petade loss skorporna från. Det blev som ett område med sår som aldrig fick läka. Men efter jul någon gång så rätade det upp sig. Då blev han tillsammans med en tjej också och startade ett band.

Hon log.

– Det bandet. Herregud, de hade en spelning i våras här på skolan. Och på något sätt hade de fått tag på ett grishuvud som de kunde stå och hacka på med yxor på scenen. De var helt överlyckliga.

– Är han duktig på att teckna? frågade Sven-Erik.

– Ja, sa rektorn. Det är han faktiskt.

Det knackade på dörren och Benjamin Wikström klev in. Anna-Maria och Sven-Erik presenterade sig.

– Vi vill ställa några frågor till dig, sa Sven-Erik.

– Jag snackar inte med er, sa Benjamin Wikström.

Anna-Maria Mella suckade.

– I så fall måste jag anhålla dig som misstänkt för olaga hot.
Du får komma med till stationen.

Blicken i backen. Det stripiga håret framför ansiktet.

– Gör det då.

– Jaha, sa Anna-Maria till Sven-Erik. Ska vi prata med honom då?

Benjamin Wikström satt i förhörsrum ett. Han hade inte yttrat ett ord sedan de tog honom. Sven-Erik och Anna-Maria hade hämtat varsin mugg kaffe. Och en coca-cola till Benjamin Wikström.

Chefsåklagare Alf Björnfot kom galopperande genom korridoren mot dem.

– Vem har ni tagit? flämtade han.

De berättade om anhållandet.

– Femton, sa åklagaren. Hans vårdnadshavare skall vara med, är modern här?

Sven-Erik och Anna-Maria utbytte en blick.

– Se till att få hit henne då, sa åklagaren. Ge grabben något att äta om han vill. Och ring soc. De skall skicka hit en företrädare också. Ring mig sedan.

Han försvann iväg.

– Jag vill inte! stönade Anna-Maria.

– Jag hämtar henne, sa Sven-Erik Stålnacke.

Efter en timme satt de i förhörsrummet. Det var Sven-Erik Stålnacke och Anna-Maria Mella på ena sidan bordet. På andra sidan satt Benjamin Wikström. En handläggare från socialtjänsten satt på hans vänstra sida. Till höger om honom satt Kristin Wikström. Hennes ögon var rödkantade.

– Skickade du den här teckningen till Mildred Nilsson? frågade Sven-Erik. Vi får fram fingeravtrycken snart. Så om du har gjort den kan vi väl lika gärna prata om det.

Benjamin Wikström teg envetet.

– Herregud, sa Kristin. Vad är det här, Benjamin? Hur kan du göra så här? Det är ju sjukt!

Benjamins kinder hårdnade. Han såg ner i bordet. Armarna pressade mot kroppen.

– Vi kanske ska ta en liten paus, sa socialsekreteraren och lade armen om Kristin.

Sven-Erik nickade och slog av bandspelaren. Kristin Wikström, socialsekreteraren och Sven-Erik gick ut.

– Varför vill du inte prata med oss? frågade Anna-Maria.

– För att ni inte fattar någonting, sa Benjamin Wikström. Ni fattar absolut ingenting.

– Det säger min son till mig också jämt. Han är lika gammal som du. Kände du Mildred?

– Det är inte hon på teckningen. Fattar ni inte? Det är ett självporträtt.

Anna-Maria såg på teckningen. Hon hade utgått från att det var Mildred. Men han hade ju också långt mörkt hår.

– Du var kompis med henne! utbrast Anna-Maria. Det var därför du hade klippen.

– Hon fattade, sa han. Hon fattade.

På bordet bakom slöjan av hår droppade några tårar ner på bordsskivan.

Mildred och Benjamin sitter på hennes arbetsrum på församlingshemmet. Hon har bjudit på älgörtste med honung. Hon har fått det av någon av kvinnorna i Magdalena som har plockat och torkat själv. De skrattar åt att det smakar skit.

En av Benjamins kompisar konfirmerades för Mildred. Och genom kompisen lärde han och Mildred känna varandra. The Gate ligger på Mildreds skrivbord. Nu har hon läst den.

– Vad tycker du då?

Boken är tjock. Jättetjock. Mycket text på engelska. Många färgbilder också.

Den handlar om The Gate to the unbuilt house, to the world you create. Porten till det obyggda huset, till världen du skapar. Den är en uppmaning att genom riter och i sitt huvud skapa den värld man vill leva i i evigheten. Den handlar om vägen dit. Självmordet. Det kollektiva eller det ensamma. Det engelska förlaget har blivit stämt av en föräldragrupp. Fyra ungdomar som tog sina liv tillsammans våren 1998.

– Jag gillar tanken på att man skapar sin egen himmel, säger hon.

Sedan lyssnar hon. Räcker honom näsdukar när han gråter. Han gör det när han pratar med Mildred. Det är den här känslan av att hon bryr sig som sätter igång det.

Han berättar om sin pappa. Det finns väl lite hämnd i det också. Att han pratar med Mildred som pappa avskyr.

– Han hatar mig, säger han. Och det spelar ingen roll. Om jag klippte håret och gick omkring i skjorta och hela braller och skötte skolan och blev ordförande i elevrådet så skulle han ändå inte vara nöjd. Jag vet det.

Det knackar på dörren. Mildred får en irriterad rynka mellan ögonen. När röda lampan lyser...

Dörren öppnas och Stefan Wikström kliver in. Det är hans lediga dag egentligen.

– Så det är här du är, säger han till Benjamin. Ta din jacka och gå genast ut till bilen och sätt dig.

Till Mildred säger han:

– Och du skall låta bli att blanda dig i mina familjeangelägenheter. Han missköter skolan. Han klär sig så att man vill kräkas. Skämmer ut familjen så gott han förmår. Ivrigt påhejad av dig förstår jag. Bjuder honom på te när han skolkar från skolan. Hörde du vad jag sa? Jackan och till bilen.

Han knackar på sitt armbandsur.

– Du har svensklektion nu, jag skjutsar dit dig.

Benjamin sitter där han sitter.

– Din mamma sitter hemma och gråter. Din klassföreståndare ringde hem och undrade var du höll hus. Du gör mamma sjuk. Är det det du vill?

– Benjamin ville prata, säger Mildred. Ibland...

– Man pratar med sin familj! säger Stefan.

– Jaså! ropar Benjamin. Men du vägrar ju att svara. Som igår när jag frågade om jag fick hänga med Kevins familj till Riksgränsen. "Klipp håret och klä dig som en normal människa så skall jag också tala med dig som en normal människa."

Benjamin reser sig upp och tar sin jacka.

– Jag cyklar till skolan. Du behöver inte skjutsa mig.

Han störtar ut.

– Det här är ditt fel, säger Stefan och pekar på Mildred där hon sitter, fortfarande med tekoppen i handen.

– Det är synd om dig, Stefan, svarar hon. Det måste vara mycket ödsligt omkring dig.

– VI SLÄPPER HONOM, sa Anna-Maria till åklagaren och sina kollegor. Hon gick ut till fikarummet och bad socialsekreteraren följa son och mor hem.

Sedan gick hon in till sig.

Hon kände sig trött och modlös.

Sven-Erik kom förbi och frågade om hon skulle med och äta lunch.

– Klockan är ju tre, sa hon.

– Har du ätit då?

– Nej.

– Ta din jacka. Jag kör.

Hon flinade.

– Varför ska du köra?

Tommy Rantakyrö dök upp bakom Sven-Eriks rygg.

– Ni måste komma, sa han.

Sven-Erik såg bistert på honom.

– Jag snackar inte ens med dig, sa han.

– För det där med katten? Jag skojade ju bara. Men det här måste ni lyssna på.

De följde efter Tommy Rantakyrö till förhörsrum två. Där satt en kvinna och en man. Båda var skogsklädda. Mannen var ganska storvuxen, höll den militärgröna kepan från överskottsbolaget i näven, torkade svetten ur pannan. Kvinnan var onaturligt mager. Hade sådana djupa fåror över läppen och i ansiktet som mångårig rökning ger. Snusnäsduk på huvudet och bärfläckar på jeansen. Båda luktade rök och myggolja.

– Kan man få ett glas vatten, sa mannen när de fyra poliserna kom in i rummet.

– Men sluta nu! sa kvinnan med en ton som antydde att ingenting som mannen kunde säga eller göra skulle vara rätt.

– Kan ni berätta igen vad ni berättade för mig, bad Tommy Rantakyrö.

– Nå, berätta du! sa kvinnan irriterat till sin man.

Hennes blick flackade stressat från polis till polis.

– Tja vi var norr om Nedre Vuolusjärvi och plockade bär, sa mannen. Min svåger har en koja därute. Otroliga hjortronmarker när det är den tiden, men nu var det ju lingon...

Han såg upp på Tommy Rantakyrö som vevade lite med handen till tecken på att mannen borde komma till saken.

– Nå, vi hörde ett oväsen där på natten, sa mannen.

– Det var ett skrik, fastslog hustrun.

– Ja, ja. I alla fall, sedan hörde vi ett skott.

– Och sedan ett skott till, fyllde hustrun i.

– Men berätta du då! sa mannen irriterat.

– Nä, jag sa ju det! Att nu får du prata med polisen.

Kvinnan knep ihop munnen.

– Ja, det är väl inte mer än det, avslutade mannen.

Sven-Erik såg häpet på dem.

– När var det här? frågade han.

– Natten mot lördagen, sa mannen.

– Och nu är det måndag, sa Sven-Erik långsamt. Varför kommer ni först nu?

– Jag sa ju till dig att... började kvinnan.

– Ja ja, käften på dig nu, bröt mannen av.

– Jag sa ju att vi skulle åka in på en gång, sa kvinnan till Sven-Erik. Och gud när jag såg den där prästen på löpsedeln, tror ni att det är han?

– Såg ni något? sa Sven-Erik.

– Nej, vi hade lagt oss, sa mannen. Hörde bara precis det jag berättade. Jo, vi hörde en bil också. Men det var långt senare. Det går ju en bilväg dit ut från Laxforsen.

– Förstod ni inte att det kunde vara något allvarligt? frågade Sven-Erik milt.

– Inte vet jag, sa mannen buttert. Det är ju älgjakt så det är ju faktiskt inte konstigt att folk skjuter i skogen.

Sven-Eriks röst var onaturligt tålmodig.

– Det var ju mitt i natten. Under jakt är det eld upphör en timme innan solens nedgång. Och vem var det som skrek? Var det älgen?

– Jag sa ju att… började kvinnan

– Du, ljud blir jäkligt konstiga i skogen, sa mannen och såg vrång ut. Det kan ha varit räven. Eller en brunstig råbock som skällde till. Har du hört det någon gång? Nå, nu har vi ju i alla fall berättat. Så då kanske vi kan åka hem.

Sven-Erik stirrade på mannen som om han var från vettet.

– Åka hem! utbrast han. Åka hem? Ni stannar här! Vi ska hämta karta och titta på området. Ni ska tala om varifrån skottet kom. Vi ska reda ut om det var kula eller hagel. Ni ska tänka efter vad det var för skrik, kunde ni urskilja något ord. Och vi ska prata om det där billjudet också. Varifrån, hur långt borta, allting. Jag vill ha exakt klockslag för när det här hände. Och vi ska gå igenom det här mycket noga. Många gånger. Begrips!

Hustrun såg vädjande på Sven-Erik:

– Jag sa åt han att vi skulle åka till polisen med en gång, men du vet när han har kommit igång med bärplockningen.

– Ja och se nu hur det gick, sa mannen. Jag har lingon för tretusen spänn i bilen. I vart fall måste jag få ringa grabben så han kommer och hämtar. Jag ska jävlar i mig inte ha bären förstörda.

Sven-Eriks bröstkorg hävde sig upp och ned.

– Men bilen var i alla fall en diesel, sa mannen.

– Driver du med mig? frågade Sven-Erik.

– Nä, nog fan känner man igen en sådan. Stugan ligger en bit bort från vägen, men ändå. Men som sagt, det var långt senare. Behöver inte ha med skottet och det att göra.

KLOCKAN KVART ÖVER FYRA på eftermiddagen flög Anna-Maria Mella och Sven-Erik Stålnacke med helikopter norrut. Nedanför dem slingrade sig Torneälven som ett silverband. Några enstaka drivande moln kastade sin skugga längs bergsidorna, men annars lyste solen över den guldgula terrängen.

– Det får man ju förstå att de ville stanna och plocka bär, inte åka in och förstöra ledigheten, sa Anna-Maria.

Sven-Erik gav efter och skrattade.

– Vad är det med folk?

De tittade ner i kartan.

– Om stugan ligger här vid sjöns norra ände och skottet kom söderifrån… sa Anna-Maria och pekade.

– Han tyckte att det lät rätt nära.

– Jo, och längre ner har du ju några stugor vid strandkanten. Och så hörde de en bil. Det kan inte vara mer än en, max två kilometer bort från kojan räknat.

De hade ringat in ett område på kartan. Nästa dag skulle poliser tillsammans med hemvärnet söka igenom området.

Helikoptern gick ner i höjd. Följde den avlånga sjön Nedre Vuolusjärvi norrut. De lokaliserade den koja som bärplockarna sovit i.

– Gå ner lite lågt så kollar vi så gott vi kan, skrek Anna-Maria till piloten.

Sven-Erik satt med kikare. Anna-Maria tyckte att det gick lättare utan. Björk och mycket sankmark. Skogsvägen som följde sjöns kant nästan ända upp till dess norra ände. Någon enstaka ren som glodde dumt och en älgko med kalv som galopperade undan genom snåren.

Men ändå, tänkte Anna-Maria, kisade och försökte se något annat än fjällbjörk och snår. Det är inte gjort på noll och nix att gräva ner någon. Rötter och skit.

– Vänta, ropade hon plötsligt. Kolla där.

Hon drog i Sven-Erik.

– Ser du, sa hon. Det ligger en båt där nedanför rengärdet. Den kollar vi.

Sjön var över sex kilometer lång. En stig ledde från skogsvägen ner till sjön. Sista biten var det spångat. Den vita plastekan låg uppdragen på land. Ordentligt upp och nedvänd för att inte vattenfyllas.

De vände ekan tillsammans.

– Ren och fin, sa Sven-Erik.

– Alldeles väldigt ren och fin, sa Anna-Maria.

Hon lutade sig ner och tittade noga på båtens botten. Såg upp på Sven-Erik och nickade. Han böjde sig ner han också.

– Jo, nog är det blod alltid, sa han.

De såg ut över sjön. Den låg blank och lugn. Ett vak krusade ytan. Någonstans ropade en lom.

Där nere, tänkte Anna-Maria. Han ligger i sjön.

– Vi går tillbaka, sa Sven-Erik. Ingen idé att vara där och trampa så teknikerna blir förbannade. Vi tar hit Krister Eriksson och Tintin. Om de hittar nåt så får vi ta hit en dykare. Vi låter bli att använda stigen, det kan ju finnas spår eller nåt.

Anna-Maria Mella kollade på klockan.

– Vi hinner innan det blir mörkt, sa hon.

Klockan hade hunnit bli efter halv fem på eftermiddagen när de samlades vid sjön igen, Anna-Maria Mella, Sven-Erik Stålnacke, Tommy Rantakyrö och Fred Olsson. De väntade på Krister Eriksson och Tintin.

– Ligger han i närheten så hittar Tintin honom, sa Fred Olsson.

– Fast hon är inte lika bra som Zack, sa Tommy.

Tintin var en svart schäfertik. Hon ägdes av polisinspektören Krister Eriksson. När han flyttade upp till Kiruna för fem år sedan hade han haft Zack med sig. En schäferhanne med tjock ragg i beige och brunsvart. Brett huvud. Ingen utställningshund precis. Enmansjycke. Det var bara Krister som gällde. Försökte någon hälsa eller klappa honom vände han likgiltigt bort huvudet.

– Det är en ära att få arbeta med honom, hade Krister själv sagt om den hunden.

Fjällräddningspersonalen hade sjungit en flerstämmig hyllningskör. Zack var den bästa lavinhund man någonsin sett. Han hade varit bra på sök också. De enda tillfällen när man fick se Krister Eriksson i fikarummet på polisstationen var när Zack bjöd på tårta. Eller rättare sagt när någon tacksam anhörig eller någon han räddat livet på bjöd på tårta. Annars utnyttjade Krister Eriksson sina fikaraster till promenader med hunden eller träning.

Han var just inte så sällskaplig. Kanske berodde det på hur han såg ut. Enligt vad Anna-Maria hade hört så var det en husbrand när Krister var tonåring som orsakat de skador han hade. Hon hade aldrig tordats fråga, han var inte den typen.

Hans ansikte var som grisrosa pergament. Öronen var två hål rakt in i huvudet. Han hade ingen hårväxt, inga ögonbryn eller fransar, ingenting.

Näsan var det inte heller mycket kvar av. Två avlånga grottor rakt genom kraniet. Anna-Maria visste att han kallades Michael Jackson av kollegorna.

När Zack levde hade man skojat om husse och hund. Att de satt tillsammans och knäppte en öl på kvällarna och kollade sporten. Att det var Zack som prickade in flest rätt på Oddset.

Nu när Krister skaffat Tintin hade hon inte hört någonting. Antagligen fortsatte skämtandet som förr, men eftersom Tintin var tik så var det väl för grovt för att dra när Anna-Maria hörde på. "Hon blir bra", brukade Krister säga om Tintin. "Lite för ivrig än. För ung i huvudet, men det kommer att rätta till sig."

Krister Eriksson kom till platsen tio minuter efter de andra. Tintin satt i framsätet, fastspänd i ett hundsäkerhetsbälte. Han släppte ut henne.

– Har båten kommit? frågade han.

De övriga nickade. En helikopter hade satt ner den i sjöns norra ände. Den var orange och grundgående, försedd med strålkastare och ekolod.

Krister Eriksson tog på Tintin flytvästen. Hon visste precis vad det betydde. Jobb. Roligt jobb. Hon snodde ivrigt runt hans ben. Munnen var öppen och förväntansfull. Nosspeglarna vände sig åt flera håll.

De gick ner till båten. Krister Eriksson platsade Tintin på den lilla plattformen och sköt ut från land. Kollegorna stod kvar och såg dem glida ut. De hörde Krister dra igång motorn. De sökte i motvind. I början trampade Tintin upphetsad omkring, pep och dansade. Till sist parkerade hon sig. Satt där i fören och verkade tänka på något annat.

Fyrtio minuter gick. Tommy Rantakyrö rev sig i huvudsvålen. Tintin hade lagt sig. Båten gick fram och tillbaka över sjön. Jobbade sig söderut. Poliskollegorna flyttade efter längs stranden.

– Fan som de biter, klagade Tommy Rantakyrö.

– Karlar med hundar. Det är väl egentligen din grej, sa Sven-Erik till Anna-Maria.

– Lägg av nu, morrade Anna-Maria varnande. Det var dessutom inte hans hund.

– Vadå? undrade Fred Olsson.

– Ingenting! sa Anna-Maria.

– Nä, har man sagt A, sa Tommy Rantakyrö.

– Det var Sven-Erik som sa A, sa Anna-Maria. Berätta då! Dra mig ner i förnedringen bara.

– Ja, men det var väl när du bodde i Stockholm, började Sven-Erik.

– När jag gick på polishögskolan.

– Nå, Anna-Maria flyttade in hos en karl. Och det var ganska nytt.

– Vi hade bott ihop i två månader och vi hade inte varit tillsammans så mycket längre egentligen.

– Och nu får du väl rätta mig om jag har fel, men en dag när hon kom hem så låg det ett par svarta stringläderkalsonger på sovrumsgolvet.

– Och de hade porrknäppning, sa Anna-Maria. Dessutom hade de ett hål på framsidan. Man behövde ju inte fundera så länge på vad som skulle sticka ut ur det hålet.

Hon gjorde en paus och såg på Fred Olsson och Tommy Rantakyrö. Hon hade nog aldrig sett dem så lyckliga och förväntansfulla i sitt liv.

– Och dessutom, sa hon. Så låg det en dambinda på golvet.

– Lägg av! sa Tommy Rantakyrö andäktigt.

– Jag vart helt chockad, fortsatte Anna-Maria. Jag menar, vad vet man om en människa egentligen? Så när Max kom hem och ropade i hallen satt jag bara där i sovrummet. Han bara: "Hur är det?" Och jag pekade på de där läderkallingarna och sa: "Vi måste prata. Om det där." Och han reagerade inte ens. "Jaha", sa han helt oberörd. "De måste ha ramlat ner från garderoben." Så satte han upp kallingen och bindan ovanpå garderoben. Han var helt kall liksom.

Så flinade hon till.

– Det var en hundtrosa. Hans morsa hade en boxertik som han brukade passa. Och när hon var i löpen så hade hon den där lilla trosan med hål för svansen med en binda i. Så enkelt var det.

Skrattet från de tre karlarna rullade ut över sjön.

De fortsatte att fnissa lång efteråt.

– Ja jäklar, pep Tommy Rantakyrö och torkade sig i ögonen.

Så reste sig Tintin upp i båten.

– Kolla nu, sa Sven-Erik Stålnacke.

– Som om någon av oss skulle ha en tanke på att sluta kolla precis nu, svarade Tommy Rantakyrö och sträckte på nacken.

Tintin hade ställt sig upp. Hon var helt stel i kroppen. Nosen pekade inåt mot sjön som en kompassnål. Krister Eriksson saktade farten så att de precis bara hade styrfart och styrde båten åt det håll Tintins nos pekade. Hunden började gny och skälla, trampade runt på plattformen och krafsade. Hon skällde allt intensivare och till slut hängde hon ner mot vattnet med framdelen av kroppen. När Krister Eriksson plockade fram bojen med blysänket för att markera träffplatsen kunde Tintin inte hålla sig. Hon hoppade ner i vattnet och simmade runt bojen, skällde och fnös ut vatten.

Krister Eriksson kallade på henne och tog tag i flytvästens handtag och drog upp henne. Ett tag såg det ut som att han själv skulle ramla i vattnet. I båten fortsatte Tintin att ynka och yla av lycka. Poliserna hörde Krister Erikssons röst genom bullret från motorn och hundens gläfsanden.

– Det är fint gumman. Braaa.

Tintin hoppade i land blöt som en svamp. Hon ruskade sig så att samtliga poliser fick en ordentlig dusch.

Krister Eriksson berömde henne och strök hennes huvud. Hon stod bara stilla en sekund. Sedan drog hon iväg en repa i skogen och ropade ut hur jäkla bra hon var. De hörde hennes skall från olika riktningar.

– Var det meningen att hon skulle hoppa i? frågade Tommy Rantakyrö.

Krister Eriksson skakade på huvudet.

– Hon blev bara så het, sa han. Men att hon får träff och hittar det hon söker ska bara vara en positiv känsla för henne, så man kan ju inte banna henne för att hon hoppade i men…

Han såg i riktning mot hundskallet med en blandning av omåttlig stolthet och fundersamhet.

– Hon är för jäkla duktig, sa Tommy imponerat.

De övriga instämde. Sist de träffat Tintin hade hon hittat en försvunnen senildement kvinna på sjuttisex i skogen bortanför Kaalasjärvi. Det hade varit ett stort område att genomsöka och Krister Eriksson hade kört en terrängbil i låg fart efter gamla timmervägar. På motorhuven hade Krister fäst en badkarsmatta för att Tintin inte skulle glida. Hunden hade suttit som en sfinx på motorhuven med nosen i luften. En imponerande uppvisning.

Det var inte så ofta man fick så här pass långa samtal med

342

Krister Eriksson. Tintin kom tillbaka från sin skrytrunda och till och med hon drabbades av den plötsliga gruppsamhörigheten. Hon gick så långt som att springa ett varv bland poliserna och hastigt nosa på Sven-Eriks byxor.

Så var ögonblicket över.

– Jaha, då var vi väl klara, sa Krister nästan vresigt, kallade på hunden och tog av henne flytvästen.

Det började skymma.

– Bara att ringa teknikerna och dykarna, sa Sven-Erik. De får komma hit så fort det ljusnar i morgon.

Han kände sig både glad och ledsen. Det värsta hade inträffat. En präst till hade blivit mördad, det kunde man ju vara nästan helt säker på nu. Men å andra sidan. Där nere fanns en kropp. Det fanns spår i ekan och säkert efter stigen också. De visste att det hade varit en dieseldriven bil. Nu hade de något att jobba med igen.

Han såg på sina kollegor. Märkte att den där elektriciteten fanns i dem allihop.

– De får komma hit ikväll, sa Anna-Maria. De får åtminstone göra ett försök i mörkret. Jag vill ha upp honom nu.

Måns Wenngren satt på Grodan och tittade på sin mobil. Hela dagen hade han sagt till sig själv att inte ringa Rebecka Martinsson, men nu kom han inte längre ihåg varför han inte skulle göra det.

Han skulle ringa henne och lättsamt fråga hur det gick med svartjobbet.

Han tänkte sådana där tankar som han tänkte när han var femton. Hur hennes ansikte skulle se ut precis när man trängde in i henne.

Pinsam gubbe! sa han till sig själv och slog numret.

Hon svarade efter tre signaler. Lät trött. Han frågade lättsamt om svartjobbet precis som han hade tänkt.

– Det gick inte så bra, sa hon.

Så rann hela historien om hur hon blivit anklagad av Nalles pappa för att snoka ur henne.

– Det var rätt skönt att slippa vara "kvinnan som har dödat tre män", sa hon. Jag höll det inte hemligt, men det fanns som ingen anledning att berätta det heller. Det värsta är att jag stack utan att betala räkningen.

– Det går väl att betala in på postgiro eller något, sa Måns.

Rebecka skrattade till.

– Det tror jag inte.

– Vill du att jag ska fixa det åt dig?

– Nej.

Nej, såklart, tänkte han. Kan själv.

– Då får du väl åka dit och betala bara, sa han.

– Ja.

– Du har inte gjort något fel, du behöver inte huka.

– Nej.

– Även om man gjort något fel så ska man inte huka sig, fortsatte Måns.

Nu blev hon tyst i luren.

– Nu blev du svårpratad, Martinsson, sa Måns.

Skärp till dig nu, sa Rebecka till sig själv. Var inte som ett psykfall hela tiden.

– Förlåt, sa hon.

– Strunta i det där just nu, sa Måns. Jag ringer dig i morgon bitti och peppar dig. Åka och betala en räkning i någon av-krok, det fixar väl du. Kommer du ihåg den gången du fick ta Axling Import själv?

– Mmm.

– Jag ringer dig i morgon.

Han ringer inte, tänkte hon när de lagt på. Varför skulle han?

Dykarna från räddningstjänsten hittade Stefan Wikströms kropp i sjön klockan fem över tio på kvällen. Man fick upp ho-nom med nätbåren, men han var tung. En järnkätting var vi-rad runt honom. Huden var alldeles vit och porös, liksom blötlagd och urtvättad. I pannan och i bröstet hade han halv-centimeterstora ingångshål.

Gula Ben

DET ÄR BÖRJAN PÅ MAJ. Löven som legat under snön har pressats ihop till ett brunt skal över marken. Här och där sticker något försiktigt grönt upp. Varma vindar söderifrån. Fågelsträck.

Varghonan är ännu i rörelse. Ibland övermannas hon av den stora ensamheten. Då sträcker hon strupen mot himlen och låter allting komma.

Fem mil söder om Sodankylä ligger en by med öppen soptipp. Där rotar hon runt ett tag, finner rester och gräver fram skräckslagna feta råttor. Fyller buken ordentligt.

En bit utanför byn står en karelsk björnhundshanne i en kedja. När varghonan kommer fram ur skogsbrynet börjar han inte skälla som besatt. Inte heller blir han rädd och försöker komma undan. Står tyst och väntar på henne.

Människolukten skrämmer henne visserligen, men nu har hon varit ensam länge och den här orädda björnhunden duger åt henne. I tre dagar återvänder hon till honom när skymningen faller. Vågar sig ända fram. Nosar och låter sig nosas på. De uppvaktar varandra. Så återvänder hon till skogsbrynet. Där stannar hon och ser på hannen. Väntar på att han skall följa efter.

Och hunden rycker i sin kedja. På dagarna upphör han att äta.

När varghonan återvänder den fjärde kvällen är han inte längre där. Hon står i skogsbrynet ett tag. Så travar hon in i skogen igen. Och fortsätter bortåt.

Snön är helt borta. Marken ångar och skälver av längtan efter livet. Det kryllar och tjirrar, knäpper och spelar överallt. Löven spränger sig ur de värkande träden. Sommaren kommer underifrån som en grön obetvinglig våg.

Hon vandrar två mil norrut längs Torneälven. Passerar över människobro i Muonio.

Kort därefter knäböjer en man för henne för andra gången i hennes liv. Hon ligger i björkskogen med tungan långt utanför munnen. Benen finns inte. Träden ovanför henne i ett oskarpt töcken.

Mannen på knä är vargforskare från Naturvårdsverket.

– Du är så vacker, säger han och stryker hennes sidor, hennes långa gula ben.

– Jo, hon är snygg, håller veterinären med.

Hon ger henne en vitaminspruta, kollar hennes tänder, böjer försiktigt i hennes leder.

– Tre år, kanske fyra gissar hon. Jättefin status, ingen skabb, ingenting.

– En riktig prinsessa, säger forskaren och skruvar ihop radiosändaren runt hennes hals, ett märkligt smycke för en kunglighet.

Helikoptern går fortfarande. Marken är så sank att föraren inte vågat slå av motorn, då kanske den sjunker så att den inte orkar lyfta.

Veterinären ger varghonan en spruta till och det är dags att lämna henne.

Forskaren kommer upp på fötter. Känner henne fortfarande i händerna. Den tjocka friska pälsen. Ullen längst in. De grova långa håren i ytterlagret. De tunga tassarna.

När de lyft ser de hur hon kommer upp på benen. Lite vinglig.

– Tuffing, kommenterar veterinären.

Forskaren skickar en tanke till makterna. En bön om beskydd.

ALLT STÅR I MORGONTIDNINGARNA. Och de pratar om det på nyheterna i radion. Den försvunne prästen har hittats i en sjö med kedjor kring kroppen. Skjuten med två skott. Ett i bröstet. Ett i huvudet. Ren avrättning säger en källa inom polisen och beskriver det som mer tur än skicklighet att kroppen påträffades.

Lisa sitter vid köksbordet. Hon har slagit igen tidningen och stängt av radion. Hon försöker att sitta alldeles stilla. Så fort hon rör sig startar som en våg i hennes inre. En våg som går genom kroppen, som får upp henne på fötter, som får henne att trampa runt i sitt tomma hus. In i vardagsrummet med de gapande bokhyllorna och de tomma fönsterbrädorna. In i köket. Disken är diskad. Skåpen ordentligt torkade. Alla skrotlådor är tomma. Inga papper eller obetalda räkningar driver omkring. In i sovrummet. I natt har hon sovit utan sängkläder, drog bara täckkappan över sig, somnade till sin stora förvåning. Täcket ligger vikt i fotändan, kuddarna ligger ovanpå. Hennes kläder är borta.

Genom att sitta alldeles stilla tämjer hon sin längtan. Längtan efter gråt och skrik. Eller efter smärta. Längtan efter att sätta handen på den glödheta spisplattan. Det är snart dags att åka. Hon har duschat och satt på sig rena underkläder. BH:n skaver ovant under armhålorna.

Hundarna lurar man inte så lätt. De kommer svansande till henne. Ljudet av deras klor mot golvet, klicketi-klicketi-klick. De bryr sig inte om hennes stela avisande kropp. De tränger in sina nosar mot hennes mage, trycker in dem mellan hennes ben, får in huvudena under hennes händer och kräver att bli klappade. Hon klappar. Det är en monstruös ansträngning. Att stänga av så mycket att hon förmår att smeka dem, känna den mjuka pälsen, värmen därunder av det levande strömmande blodet.

– Gå på bädden, säger hon med främmande röst.

Och de går på bädden. Sedan är de strax tillbaka och trampar.

När klockan är halv åtta reser hon sig. Sköljer ur kaffemuggen och ställer den i diskstället. Den ser konstigt övergiven ut.

Ute på gården sätter hundarna igång att trilskas. I vanliga fall hoppar de in i bilen direkt, vet att det betyder en lång dag i skogen. Men nu tjafsar de omkring. Karelin springer iväg och kissar på vinbärsbuskarna. Tysken sätter sig på baken och ser oavvänt på henne där hon står och kommenderar med hela handen in genom den öppna bakluckan. Majken är den första som ger med sig. Kommer hukspringande över gårdsplanen med svansen intryckt mellan benen. Karelin och Tysken hoppar in efter henne.

Spy-Morris är aldrig angelägen om att åka bil. Men nu är han värre än någonsin. Lisa måste jaga ikapp honom, hon svär och gormar tills han stannar. Hon får släpa och dra honom till bilen.

– Hoppa in nu då för helvete, ryar hon och daskar till honom på länden.

Och då hoppar han in. Han fattar. De gör de bestämt allihopa. Ser på henne genom glasrutan. Hon sätter sig på kofångaren, redan alldeles utmattad. Det sista hon gör är att gräla med dem, så hade hon inte tänkt.

Hon åker till kyrkogården. Hundarna får stanna i bilen. Går ner till Mildreds grav. Som vanligt en massa blommor, små kort, till och med fotografier som böjts och tjocknat i fukten. De håller fint åt henne, alla tanterna.

Hon borde förstås haft någonting med sig att lägga på graven. Men vad skulle det ha varit?

Hon försöker komma på något att säga. En tanke att tänka. Hon stirrar på Mildreds namn på den våtgrå stenen. Mildred, Mildred, Mildred. Kör namnet in i sig själv som en kniv.

Min Mildred, tänker hon sedan. Dig som jag hade på armen.

Erik Nilsson ser Lisa på håll. Hon står där stelt och passivt och verkar se rakt genom stenen. De andra kvinnorna, de står alltid på knä och påtar i jorden, pysslar och rensar, pratar med andra besökande.

Han är på väg ner till graven, men nu hejdar han sig ett ögonblick. Han brukar komma hit på vardagmorgnar. För att få ha sin stund ifred. Magdalenagänget, han har inget emot dem, men de har ockuperat Mildreds grav. Han får inte plats bland de sörjande där. De belamrar platsen med blommor och ljus. Lägger små stenar på krönet till gravstenen. Hans bidrag försvinner in i plottret. För de andra är väl det okej, att få tillhöra det sörjande kollektivet. Det är en tröst för dem att de är många som saknar henne. Men han. Det är en barnslig tanke, han vet. Han vill att folk ska peka på honom och säga: "Han var hennes man, det är mest synd om honom."

Mildred går snett bakom honom.

Ska jag gå fram? frågar han.

Men hon svarar inte. Ser oavvänt på Lisa.

Han går fram mot Lisa. Harklar sig i god tid för att inte skrämma henne, hon verkar så försjunken.

– Hej, säger han försiktigt.

De har inte träffats sedan begravningen.

Hon nickar och försöker få fram ett leende.

Han är precis på väg att säga: "så du har också frukostmöte här" eller något annat meningslöst som ska olja maskineriet mellan dem lite. Men han ändrar sig. Istället säger han allvarligt:

– Man hade henne bara till låns. Nog är det som fan att man inte kan inse det medan man har någon hos sig. Jag var ofta arg på henne för det jag inte fick. Nu önskar jag att jag hade... inte vet jag... tagit det jag fick med glädje istället för att finna plåga i det jag inte fick.

Han ser på henne. Hon ser uttryckslöst tillbaka.

– Jag bara pratar, säger han avvärjande.

Hon skakar på huvudet.

– Nej nej, får hon fram. Det är bara... jag kan inte...

– Hon var så upptagen alltid, jobbade jämt. Nu när hon är död känns det äntligen som att vi har tid för varandra. Det är som om hon har tagit pension.

Han ser på Mildred. Hon har hukat sig ner och läser på korten på graven. Ibland ler hon stort. Hon tar småstenarna som ligger på gravstenens krön och håller dem i handen. En efter en.

Han tystnar. Väntar på att Lisa kanske ska fråga hur det går för honom. Hur han klarar sig.

– Jag måste gå, säger hon. Hundarna är i bilen.

Erik Nilsson ser efter henne när hon försvinner. När han böjer sig ner för att byta blommor i vasen som står nedtryckt i jorden är Mildred borta.

LISA SÄTTER SIG i bilen.

– Lägg er, säger hon till hundarna där bak.

Jag borde ha lagt mig själv, tänker hon. Istället för att vanka runt i huset och vänta på Mildred. Då. Natten innan midsommaraftonen.

Det är natten innan midsommaraftonen. Mildred är redan död. Det vet inte Lisa. Hon vankar och vankar. Dricker kaffe fast hon inte borde så sent.

Lisa vet att Mildred har hållit midnattsmässa i Jukkasjärvi. Hon har hela tiden tänkt att Mildred kommer till henne efteråt, men nu börjar det bli väl sent. Kanske har någon dröjt sig kvar och pratat. Eller så har Mildred åkt hem och lagt sig. Hem till sin Erik. Magen knyter sig i Lisa.

Kärleken är som en växt eller ett djur. Den lever och utvecklas. Föds, växer, åldras, dör. Skjuter nya underliga skott. Nyss var kärleken till Mildred en het vibrerande glädje. Fingrarna tänkte på Mildreds hud. Tungan tänkte på hennes bröstvårtor. Nu är den lika stor som förut, lika stark. Men i mörkret har den blivit blek och sugande. Den drar i sig allt som finns i Lisa. Kärleken till Mildred gör henne utmattad och ledsen. Hon är så osannolikt trött på att tänka på Mildred hela tiden. Det finns inte plats för någonting annat i huvudet.

Mildred och Mildred. Var hon är, vad hon gör, vad hon sagt, vad hon menat med det ena och det andra. Hon kan längta efter henne en hel dag bara för att gräla med henne när hon äntligen kommer. Såret i Mildreds hand har läkt för länge sedan. Det är som att det aldrig funnits där.

Lisa ser på klockan. Det är långt efter midnatt. Hon tar Majken i koppel och går ner mot stora vägen. Tänker sig att hon skall gå ner till bryggan för att se om Mildreds båt ligger där.

På vägen passerar hon Lars-Gunnars och Nalles hus.

Hon noterar att bilen inte står på gården.

Efteråt. Alla dagar efteråt tänker hon på detta. Hela tiden. Att Lars-Gunnars bil inte stod på gården. Att Lars-Gunnar är den enda Nalle har. Att ingenting kan göra Mildred levande igen.

MÅNS WENNGREN RINGER och väcker Rebecka Martinsson. Hennes röst är varm och morgonkraxig.

– Upp med dig! kommenderar han. Drick kaffe och ta en macka. Duscha och fixa till dig. Jag ringer igen om tjugo minuter. Då ska du vara klar.

Det här har han gjort förut. När han var gift med Madelene och fortfarande stod ut med hennes periodvisa torgskräck och panikångest och gud vet allt möjligt, då pratade han henne genom tandläkarbesök, släktmiddagar och skoinköp på NK. Inget ont som... nu kan han i alla fall tekniken.

Han ringer igen efter tjugo minuter. Rebecka svarar som en lydig scout. Nu skall hon sätta sig i bilen, åka in till stan och ta ut pengar så att det räcker till att betala stughyran i Poikkijärvi.

När han ringer henne nästa gång säger han åt henne att åka ner till Poikkijärvi, parkera utanför krogen och ringa honom.

– Sådär, säger Måns när hon ringer. Nu tar det en och en halv minut, sedan har du det här bakom dig. Gå in och betala. Du behöver inte säga ett ord om du inte vill. Räck fram pengarna bara. När du har gjort det sätter du dig i bilen och ringer mig igen. Okej?

– Okej, säger Rebecka som ett barn.

Hon sitter i bilen och ser på krogen. Vit och skavd ligger den där i den skarpa höstsolen. Hon undrar vem som är där. Micke eller Mimmi?

LARS-GUNNAR SLÅR upp ögonen. Det är Stefan Wikström som väcker honom genom drömmen. Hans ynkliga rop, jämrande och kvidande när han sjunker ner på knä där vid sjön. När han vet.

Han har sovit i fåtöljen i vardagsrummet. Geväret ligger i knäet. Han reser sig mödosamt, stel i rygg och axlar. Han går upp till Nalles rum. Nalle sover fortfarande tungt.

Han borde naturligtvis aldrig ha gift sig med Eva. Men han var ju bara en dum norrlänning. Ett lättfångat byte för en sådan som hon.

Stor har han alltid varit. Redan som barn var han tjock. På den tiden var barn magra spret som flög efter fotbollar. De var tunna och snabba och kastade snöboll på tjocka pojkar som lufsade hemåt så fort benen förmådde. Hem till farsan. Som slog med bältet om han var på det humöret.

Jag har aldrig burit hand mot Nalle, tänker han. Aldrig skulle jag göra det.

Men den tjocke pojken Lars-Gunnar växte upp och klarade sig hyfsat i skolan trots trakasserierna. Han utbildade sig till polis och flyttade hem igen. Och nu vart han en annan man. Det är inte lätt att komma tillbaka till sin barndoms by och inte falla in i den roll man hade förut. Men Lars-Gunnar förändrades under året på polisskolan. Och en polis jäklas man

inte med. Han hade nya kamrater också. Inne i stan. Kolle-
gorna. Han fick en plats i jaktlaget. Och eftersom han inte var
rädd för att arbeta och hade fallenhet för att planera blev han
snart jaktledare. Tanken hade nog varit att jaktledarrollen
skulle växla, men det blev aldrig så. Lars-Gunnar tänker att
det nog var bekvämt för de övriga att ha någon som planerade
och organiserade. I ett litet skrymsle av sig själv är han också
medveten om att ingen skulle ha vågat ifrågasätta hans rätt att
fortsätta som jaktledare. Det är bra. Respekt skadar inte. Och
han har förtjänat den respekten. Inte dragit nytta av den som
många andra skulle ha gjort.

Nej, felet med honom har snarare varit att han är för snäll.
Tror för gott om sina medmänniskor. Som Eva.

Det är svårt att inte anklaga sig själv. Men han hade fyllt
femtio när han träffade henne. Levt ensammen alla de åren,
för med kvinnorna ville det sig inte riktigt. Med dem var han
fortfarande liksom trög, medveten om sin alltför stora kropp.
Och så Eva. Som hade lutat huvudet mot hans bröst. Hennes
huvud försvann nästan i hans näve när han drog henne intill
sig. "Lilla människan", brukade han säga.

Men sedan när det inte passade längre, då hade hon stuckit.
Lämnat honom och pojken.

Han kommer knappt ihåg månaderna som gick och gick
efter att hon stack. Det var som ett mörker. Han hade tyckt att
de tittade på honom i byn. Undrat vad de sa honom bakom
hans rygg.

Nalle vänder sig mödosamt i sömnen. Sängen knakar un-
der honom.

Jag måste... tänker Lars-Gunnar och kommer av sig.

Det är svårt att koncentrera sig. Men vardagen. Den måste
fortsätta. Det är det som är hela meningen. Hans och Nalles

vardag. Det liv Lars-Gunnar har skapat åt dem bägge.

Jag måste handla, tänker han. Mjölk och polarbröd och pålägg. Allt håller på att ta slut.

Han går ner för trappen och ringer Mimmi.

– Jag åker till stan, säger han. Nalle sover och jag vill inte väcka honom. Om han kommer till dig så ger du honom frukost va?

– Är han där?

Anna-Maria Mella hade ringt till rättsmedicinska i Luleå. Det var obduktionssteknikern Anna Granlund som svarade, men Anna-Maria ville tala med överläkaren Lars Pohjanen. Anna-Granlund vaktade honom som en mor passar på sitt sjuka barn. Hon höll obduktionssalen i perfekt skick. Öppnade kropparna åt honom, lyfte ut organen, lade tillbaka dem när han var klar, sydde ihop dem och skrev större delen av hans rapporter också.

– Han får inte sluta, hade hon sagt till Anna-Maria vid något tillfälle. Du vet, det blir som ett äktenskap till slut, jag har vant mig vid honom, vill inte ha någon annan.

Och Lars Pohjanen segade sig fram. Andades som genom ett sugrör. Bara att tala gjorde honom andfådd. För något år sedan hade han opererats för sin lungcancer.

Anna-Maria kunde se honom framför sig. Förmodligen låg han och sov i personalrummets noppiga sjuttiotalssoffa. Askfatet bredvid de nötta träskorna. Den gröna operationsrocken som filt.

– Ja, han är här, svarade Anna Granlund. Ett ögonblick.

Pohjanens röst i andra änden, skrap och rossel.

– Berätta, sa Anna-Maria Mella, du vet hur jävla dålig jag är på att läsa.

– Det är inte mycket. Hrrrm. Skjuten framifrån i bröstet. Sedan från mycket nära håll i huvudet. Du har en explosionseffekt i utgångshålet i huvudet.

Lång inandning, sugrörsljudet.

– ... tvätterskehud men inte svullen... fast ni visste när han försvann...

– Natten mot lördagen.

– Han har väl legat sedan dess antar jag. Du har småskador i de delar av huden som inte täckts av kläderna, på händerna och ansiktet. Det är fiskar som har varit på och noppat. Inte mycket mer. Har ni hittat kulorna?

– De letar fortfarande. Ingen strid? Inga andra skador.

– Nej.

– Annars då?

Pohjanens röst blev snäsig.

– Inget mer, sa jag ju. Du får väl be någon... läsa rapporten högt för dig.

– Jag menar annars då med dig.

– Jaha, ah vad fan, sa han, genast blidare i tonen. Det är bara skit förstås.

Sven-Erik Stålnacke pratade med rättspsykiatrikern. Han satt ute på parkeringen i sin bil. Han gillade hennes röst. Redan från början hade han fäst sig vid den där värmen. Och att hon pratade långsamt. De flesta kvinnor i Kiruna pratade så in i helvete fort. Och ganska högt. De var som kulsprutor, man hade inte en chans. Nu kunde han höra Anna-Maria inom sig: "Vadå inte en chans, det är ju vi som inte har en chans. Inte en chans att få ett vettigt svar i någorlunda tid. Man frågar: Hur var det då? Och så är det tyst, och det är tyst och efter en jävla lång inre överläggning kommer det: Bra. Sedan är det tji att krama ut nåt mer ur Robert i alla fall. Så man måste som prata för två. Inte en chans va? Kyss mig."

Nu lyssnade han på rättspsykiatrikerns röst och hörde den där humorn. Trots att samtalet var allvarligt. Om han hade varit några år yngre...

– Nej, sa hon. Jag kan inte tro att det är en copycat. Mildred Nilsson visades upp. Det var inte ens meningen att Stefan Wikströms kropp skulle hittas. Och inget förlösande våld heller. Det är ett helt annat modus. Det kan också vara någon helt annan. Så svaret på din fråga är nej. Det är mycket osannolikt att Stefan Wikström dödats av en seriemördare som lider av en psykisk störning och att mordet skett under stark affekt och inspirerats av Viktor Strandgård. Antingen är det någon annan, eller så blev Mildred Nilsson och Stefan Wikström dödade av en mer, hur ska jag säga, verklig anledning.

– Jaha?

– Ja, alltså, mordet på Mildred känns ju väldigt... känslostarkt. Medan det på Stefan är mer en...

– ... avrättning.

– Exakt! Det känns lite grann som ett passionsmord, nu spekulerar jag bara, det vill att du kommer ihåg, jag bara försöker förmedla den känslomässiga bild jag får... okej?

– Ja.

– Som ett passionsmord alltså. Make slår ihjäl sin hustru i vredesmod. Dödar sedan älskaren på ett mer kallblodigt sätt.

– Men de var ju inte ett par, sa Sven-Erik.

Såvitt vi vet, tänkte han sedan.

– Jag menar inte alls att det är maken. Jag menar bara...

Hon tystnade.

– ... jag vet inte vad jag menar, sa hon sedan. Det kan finnas en koppling. Det kan absolut vara samme gärningsman.

Psykopat. Visst. Kanske. Men inte alls nödvändigtvis. Och inte på det där sättet där din uppfattning om verkligheten har tappat all förankring i verkligheten.

Det var dags att lägga på. Sven-Erik gjorde det med ett styng av saknad. Och Manne var fortfarande borta.

Rebecka Martinsson stiger in på Mickes. Tre frukostgäster sitter i lokalen. Äldre farbröder som ger henne uppskattande blickar. Kvinnlig fägring live. Det är alltid välkommet. Micke våttorkar golvet.

– Hej, säger han till Rebecka och ställer undan moppen och hinken. Kom med.

Rebecka följer efter honom in i köket.

– Du får förlåta, säger han. Det blev så fel i lördags. Men jag blev helt ställd när Lars-Gunnar berättade... Var det du som dödade de där pastorerna i Jiekajärvi?

– Ja. Fast det var två pastorer och en...

– Jag vet. En galning va? De skrev ju om det. Fast de skrev ju aldrig vad du hette. De skrev ju aldrig ut Thomas Söderbergs och Vesa Larssons namn heller, men här visste ju alla vilka pastorerna var. Det måste ha varit för jävligt.

Hon nickar. Det måste det ha varit.

– I lördags, då tänkte jag att det kanske var som Lars-Gunnar sa. Att du var här för att snoka. Jag frågade ju dig om du var journalist och du sa nej, men så tänkte jag att nänä hon kanske inte är journalist, men hon jobbar åt en tidning i alla fall. Men det var inte så vad?

– Nej, jag... jag hamnade först här av misstag för att vi skulle äta någonstans jag och Torsten Karlsson.

– Snubben som var med dig första gången?

– Ja. Och det är ingenting som jag brukar berätta för folk. Allt det där... som hände då. Ja och så blev jag kvar här, för att vara ifred och för att jag inte riktigt tordes åka ut till Kurravaara. Jag har min farmors hus därute och... men sedan åkte jag dit med Nalle i alla fall. Han är min hjälte.

Det sista säger hon med ett leende.

– Jag kom för att betala för stugan, säger hon sedan och sträcker fram pengar.

Micke tar emot och ger henne växel.

– Jag har kvittat mot din lön också. Vad säger din andra chef om att du knegar svart på krogen?

Rebecka skrattar till.

– Ah, där har du en hållhake på mig nu.

– Du borde säga hejdå till Nalle, du passerar ju hans hus på väg härifrån. Om du tar höger upp mot kapellet...

– Jag vet, men det är nog en rätt dålig idé, hans pappa...

– Lars-Gunnar är i stan och Nalle är ensam hemma.

Aldrig i livet, tänker Rebecka. Det finns gränser.

– Du får hälsa honom, säger hon.

Ute i bilen ringer hon Måns.

– Nu är det gjort, säger hon.

Måns Wenngren svarar som han brukade svara sin fru. Det går av bara farten.

– Det är min flicka!

Sen tillägger han snabbt:

– Det är bra Martinsson. Nu ska jag på möte. Vi hörs av.

Rebecka sitter kvar med mobilen i handen.

Måns Wenngren, tänker hon. Han är som fjället. Det regnar och jäklas. Blåser hårt. Man är trött och skorna är blöta och man har ingen riktig koll på var man är. Kartan vill inte jämka ihop sig med verkligheten. Och så plötsligt driver molnen isär. Kläderna torkar i vinden. Man sitter på fjällsidan och ser ner över en soldränkt dal. Med ens är det värt det.

Hon försöker ringa Maria Taube, men får inget svar. SMS:ar: "Allt bra. Ring."

Hon åker iväg efter landsvägen. Sätter på bilradion på någon skvalkanal.

Vid avfarten upp till kapellet möter hon Nalle. En ilning av saknad och skuld drar igenom henne. Hon höjer handen till hälsning. I backspegeln ser hon hur han vinkar efter henne. Vinkar ivrigt. Så börjar han springa efter bilen. Fort går det inte, men han ger inte upp. Plötsligt ser hon hur han ramlar. Illa ser det ut som. Han far ner i diket.

Rebecka stannar bilen intill vägkanten. Ser i backspegeln. Han reser sig inte. Nu blir det fart på henne. Hon hoppar ur och springer tillbaka.

– Nalle, ropar hon. Nalle!

Tänk om han har slagit huvudet i en sten.

I diket ligger han och ler mot henne. Som en skalbagge på rygg.

– Becka! säger han när hon dyker upp ovanför honom.

Det är väl klart att jag måste säga hejdå, tänker hon. Vad är jag för människa?

Han kommer upp på fötter. Hon borstar av honom.

– Hejdå Nalle, säger hon sedan. Det var jätteroligt att...

– Följa, avbryter han, rycker i hennes ärm som ett barn. Följa!

Så vänder han på klacken och lufsar iväg efter vägen. Han är på väg hem.

– Nej alltså, jag... börjar hon.

Men Nalle fortsätter. Vänder sig inte om. Litar på att hon kommer efter.

Rebecka ser på bilen. Den står ordentligt på sidan. Bra sikt också för andra trafikanter. En liten stund kan hon följa med. Hon sätter efter honom.

– Vänta på mig då, ropar hon.

LISA STANNAR BILEN utanför veterinärmottagningen. Hundarna vet precis var de är. Det här är inget trevligt ställe. De står upp allihopa och ser ut genom bilfönstret. Käftarna öppna och flämtande. Tungorna är långt ute. Tysken börjar mjälla. Det gör han alltid när han är nervös. Ett vitt fnas tränger upp genom hårremmen och lägger sig som snö ovanpå den bruna pälsen. Svansarna är klistrade under deras magar.

Lisa går in. Hundarna får bli kvar i bilen.

Ska vi inte med? frågar deras blickar. Slipper vi sprutor, undersökningar, skrämmande lukter och förnedrande vita plasttrattar kring skallen?

Anette, veterinären, tar emot. De klarar av betalningen, Anette fixar det själv. Det är bara de två där. Ingen annan personal. Ingen sitter i väntrummet. Lisa blir rörd av omtanken.

Det enda Anette frågar är:

– Ska du ta dem med dig?

Lisa skakar på huvudet. Hon har faktiskt inte tänkt så långt. Det är knappt att tanken orkat ta sig ända hit. Och nu är hon här. De blir avfall. Hon motar undan tanken på hur ovärdigt det är. Att hon är skyldig dem bättre än så.

– Hur ska vi göra? frågar Lisa. Ska jag ta in dem en och en eller?

Anette tittar på henne.

– Det blir för tufft för dig, tror jag. Ska vi inte ta in allihop så får de lite lugnande först.

Lisa vacklar ut.

– Stanna! varnar hon när hon öppnar bakluckan.

Hon kopplar dem. Vill inte riskera att någon av dem sticker.

In på veterinärmottagningen med hundarna runt benen. Genom väntrummet, runt hörnet förbi kontoret och behandlingsrummet.

Anette öppnar dörren in till operationsrummet.

Deras flämtanden. Och ljudet av deras klor som stressigt klickar och glider över golvet. De trasslar in sig i varandras koppel. Lisa drar och försöker trassla tillbaka dem samtidigt som hon går mot det där rummet, in med dem där nu bara.

Nu är de äntligen på plats. I det asfula rummet med sitt asfula röda plastgolv och brunflammiga väggar. Lisa slår låret mot den svarta behandlingsbänken. Alla klor som repat golvet har gjort att smutsen trängt ner i plastmattan så att den inte längre går att skura ren. Det har blivit som en mörkröd stig från dörren och runt bordet. På ett av väggskåpen sitter en vidrig affisch med en liten flicka i ett blomsterhav. Hon håller en mjukörad valp i famnen. Klockan på väggen har en text som löper över urtavlan från tian till tvåan: "Nu är det tid".

Dörren glider igen bakom Anette.

Lisa tar av dem kopplen.

– Vi börjar med Bruno, säger Lisa. Han är så envis, han kommer ändå att lägga sig sist. Du vet ju.

Anette nickar. Medan Lisa smeker Bruno över öronen och på bröstet sätter Anette den lugnande sprutan i frambensmuskeln.

– Är du min fina kille? frågar Lisa.

Då ser han på henne. Rakt in i ögonen fast det inte är hundars sätt. Sedan vänder han snabbt undan blicken. Bruno är en hund som håller på etiketten. Inte får man titta flockledaren i ögonen inte.

– Det är en tålmodig herre det här, säger Anette. Och ger honom en klapp när hon är klar.

Snart sitter Lisa där. På golvet under fönstret. Elelementet bränner bakom ryggen. Spy-Morris, Bruno, Karelin och Majken ligger halvsovande på golvet runt om henne. Majkens huvud på hennes ena lår. Spy-Morris på det andra. Anette makar Bruno och Karelin närmare Lisa så att hon når dem allihop.

Det finns inga ord. Bara en ohygglig värk i halsen. Deras varma kroppar under hennes händer.

Att ni har orkat med att älska mig, tänker hon.

Hon som är så hopplöst tung inuti. Men hundkärlek är enkel. Man springer i skogen. Och är glad. Man ligger och gonar sig i värmen från varandra. Släpper sig och har det gott.

Anette brummar med rakapparaten och sätter permanentkanyler i deras framben.

Det går fort. Alldeles för fort. Anette är redan klar. Det är bara det sista kvar. Var är tankarna till farväl? Värken i halsen växer till en outhärdlig smärta. Det gör så ont överallt. Lisa skakar som om hon hade feber.

– Då sätter jag den, säger Anette.

Och så ger hon dem avlivningssprutan.

Det tar en halvminut. De ligger där som förut. Huvudena i hennes famn. Brunos rygg mot hennes ryggslut. Majkens tunga har fallit ut på ett sätt som den inte gör när hon sover.

Lisa tänker att hon ska resa sig. Men det går inte.

Gråten ligger under huden i ansiktet. Ansiktet försöker hålla emot. Det är som en dragkamp. Musklerna kämpar emot. Vill dra munnen och ögonbrynen tillbaka till det normala uttrycket, men gråten vrider sig ut. Till slut spricker hon upp i en grotesk hulkande grimas. Ut rinner tårar och snor. Att det kan göra så outhärdligt ont. Tårarna har legat bakom ögonen och det är som att ha tryckt ner locket på en gryta. Nu rinner de kokheta över ansiktet. Ner på Spy-Morris.

Det kommer ut ett kvidande jämmer ur hennes hals. Det låter så fult. Ett uhu, uhu. Hon hör själv på den här gamla förtorkade utdömda kärringens skrikande. Hon kommer upp på alla fyra. Omfamnar hundarna. Hennes rörelser är häftiga och besinningslösa. Hon kravlar mellan dem och trär in armarna under deras slappa kroppar. Smeker dem över ögonlocken och nosarna, öronen, magarna. Trycker sitt ansikte mot deras huvuden.

Gråten är som en storm. Den rister och sliter i kroppen. Hon snörvlar och försöker svälja. Men det är svårt att svälja där hon står på alla fyra med ansiktet neråtvänt. Till slut rinner snoret ut ur hennes mun. Hon torkar med handen.

Och samtidigt finns där en röst. En annan Lisa som står och tittar på. Som säger: Vad är du för en människa? Mimmi då?

Och så upphör gråten. Precis när hon tänker att den aldrig kommer att upphöra.

Det är märkligt. Hela sommaren har varit en lång lista på saker som ska göras. En efter en har hon bockat av dem. Gråten fanns inte på listan. Den skrev dit sig själv. Hon ville den inte. Hon var rädd för den. Rädd att hon skulle drunkna i den.

Och nu när den kom. Först var den ohygglig, outhärdlig plåga och mörker. Men sedan. Sedan blev gråten en fristad. Ett rum att vila i. Ett väntrum inför nästa sak på listan. Då ville plötsligt en del av henne bli kvar där i gråtandet. Skjuta upp det där andra som skall ske. Och då lämnar gråten henne. Säger: då var det färdigt. Och bara upphör.

Hon reser sig upp. Det finns ett handfat, hon tar tag i kanten och häver sig upp på benen. Anette har tydligen lämnat rummet.

Ögonen är svullna. Känns som halva tennisbollar. Hon trycker sina iskalla fingertoppar mot ögonlocken. Vrider på kranen och blaskar sig i ansiktet. Det finns grovt papper i pappershållaren bredvid handfatet. Hon torkar och snyter sig, undviker att titta i spegeln. Pappret raspar mot näsan.

Hon ser ner på hundarna. Nu är hon så utmattad och färdiggråten att hon inte kan känna så där starkt längre. Den häftiga sorgen är bara som ett minne. Hon hukar sig ner och ger dem varsin mer sansad smekning.

Så går hon ut. Anette sitter upptagen framför datorn inne på kontoret. Lisa behöver bara skrovla fram ett hejdå.

Ut i septembersolen. Som sticker och plågar. Skarpt skurna skuggor. Några moln på drift gör solkatter mot hennes ögon. Hon sätter sig i bilen och fäller ner solskyddet. Hon startar bilen och åker genom stan innan hon åker ut på Norgevägen.

Under hela färden tänker hon just inte på någonting. Annat än hur vägen slingrar sig fram. Hur bilderna ändras. Illblå himmel. Vita molntrasor som fransar av sig i sin snabba färd högt över fjällryggarna. Skarpa skrovliga raviner. Långsträckta Torneträsk som en blåblank sten omspunnet med gult guld.

När hon passerat Katterjåkk dyker den upp. En stor långtradare. Lisa håller hög fart. Hon knäpper upp säkerhetsbältet.

REBECKA MARTINSSON FÖLJDE efter Nalle ner i husets källare. Det var en grönmålad stentrappa som svängde sig in ner under huset. Han öppnade en dörr. Innanför låg ett rum som användes som matkällare och snickarrum och förråd. Mycket saker överallt. Det var fuktigt. Vitfärgen var svartprickig på sina ställen. Här och där hade putsen släppt. Där fanns enkla lagerhyllor med syltburkar, kartonger med spik och skruv och alla möjliga sorters beslag, färgburkar, burkar med avdunstad lacknafta och penslar som hårdnat, sandpapper, hinkar, elverktyg, härvor av skarvsladdar. På de fria väggytorna hängde verktyg.

Nalle hyssjade åt henne. Lade pekfingret mot munnen. Han tog hennes hand och ledde henne till en stol där hon satte sig. Själv ställde han sig på knä på källargolvet och knackade med nageln i golvet.

Rebecka satt knäpptyst och väntade.

Ur jackans bröstficka plockade han fram ett nästan tomt paket Mariekex. Prasslade och vecklade upp, fick fram ett kex som han bröt.

Och då kom en liten mus farande över golvet. Den sprang i en s-formad bana fram till Nalle, stannade vid hans knän, reste sig på bakbenen. Den var brungrå, inte mer än fyra fem centimeter. Nalle sträckte fram ett halvt kex. Musen försökte dra det med sig, men eftersom Nalle inte släppte taget stannade den och åt. Små knaprande ljud var allt som hördes.

Nalle vände sig mot Rebecka.

– Musen, sa han högt. Liten.

Rebecka trodde att den skulle skrämmas av att han pratade så högt, men den stod kvar och knaprade. Hon nickade mot honom och log stort. Det var en sällsam syn. Jättestora Nalle och den lilla musen. Hon undrade hur det hade gått till. Hur han fått den att övervinna sin rädsla. Kunde han ha varit så tålmodig att han suttit här nere stilla och väntat på den? Kanske.

Du är en mycket speciell pojke, tänkte hon.

Nalle sträckte fram pekfingret och försökte klappa musen över ryggen, men då blev oron starkare än hungern. Den pilade iväg som ett grått streck och försvann in bland bråten som stod mot väggen.

Rebecka såg efter den.

Nu måste hon gå. Kunde inte stå med bilen parkerad sådär hur länge som helst.

Nalle sa något.

Hon såg på honom.

– Musen, sa han. Liten!

Det kom en sorg över henne. Här stod hon i en gammal källare med en utvecklingsstörd pojke. Han kändes som det närmaste hon kommit en annan människa på evigheter.

Varför kan jag inte? tänkte hon. Kan inte tycka om folk. Litar inte på dem. Men Nalle kan man lita på. Han kan inte förställa sig.

– Hej då Nalle, sa hon.

– Hej då, sa han utan minsta ledsenhet i rösten.

Hon gick upp för den gröna stentrappan. Hon hörde inte

bilen som stannade utanför. Hörde inte stegen på förstubron. I samma ögonblick som hon öppnade dörren till hallen öppnades ytterdörren. Lars-Gunnars stora gestalt fyllde dörröppningen. Som ett berg som hindrade hennes väg. Någonting krymte ihop inuti henne. Och hon såg in i hans ögon. Han såg på henne.

– Vad i helvete, sa han bara.

BROTTSPLATSUNDERSÖKARNA HITTADE en gevärskula klockan halv tio på morgonen. De grävde fram den ur marken vid sjöstranden. Kaliber 30-06.

Klockan kvart över tio hade polisen samkört vapenregistret med bilregistret. Alla som ägde en diseldriven personbil och var registrerade för ett kulvapen.

Anna-Maria Mella lutade sig tillbaka i sin kontorsstol. Den var verkligen en superlyxig sak. Man kunde fälla ryggstödet bakåt så att man nästan låg som i en säng. Som en tandläkarstol, men utan tandläkare.

Träff på 473 personer. Hon ögnade igenom namnen.

Så föll hennes blick på ett som hon kände igen. Lars-Gunnar Vinsa.

Han ägde en diselmerca. Hon slog på honom i vapenregistret. Han var registrerad för tre vapen. Två kulvapen och ett hagel. Ena kulvapnet var en Tikka. Kaliber 30-06.

Nå, man skulle ju ta in alla vapen med rätt kaliber för provskjutning. Men man kanske skulle prata med honom först. Det var ju inte särskilt trevligt när det var en gammal kollega.

Hon kollade på klockan. Halv elva. Efter lunchen kunde hon åka dit med Sven-Erik.

Lars-Gunnar Vinsa ser på Rebecka Martinsson. Halvvägs till stan hade han kommit på att han glömt sin plånbok och vänt om.

Vad var det här för en jävla konspiration? Han hade sagt till Mimmi att han skulle bort. Hade hon ringt den här advokaten då? Han kan knappt tro det. Men så måste det förstås vara. Så har hon kommit störtande för att snoka.

Mobiltelefonen ringer i kvinnans hand. Hon svarar inte. Han ser sammanbitet på hennes ringande telefon. De står där helt stilla. Mobilen ringer och ringer.

Rebecka tänker att hon måste svara. Det är nog Maria Taube. Men hon kan inte. Och när hon inte svarar så står det plötsligt skrivet i hans blick. Och hon vet. Och han vet att hon vet.

Förlamningen släpper. Mobilen far i marken. Är det han som har slagit den ur hennes hand? Är det hon som har kastat den?

Han står i vägen. Hon kan inte komma ut. En vanvettig fruktan slår ut inuti henne.

Hon vänder och springer upp för trappan till övervåningen. Den är smal och brant. Tapeterna smutsiga av ålder. Ett blommönster. Lacken på trappstegen är som tjockt glas. Hon kravlar ilsnabbt på alla fyra som en krabba. Inte halka nu.

Hon hör Lars-Gunnar. Tung bakom henne.

Det är som att springa in i en fälla. Vart skall hon ta vägen? Toalettdörren rakt framför henne. Hon störtar in.

På något sätt får hon igen dörren och lyckas få fingrarna att vrida om låset.

Handtaget vrids ner utifrån.

Det finns ett fönster, men det finns ingenting kvar i henne som orkar försöka komma undan. Allt som finns är fruktan. Hon kan inte stå upp. Sjunker ner på toalettlocket. Så börjar hon skaka. Kroppen är i en ryckig kramp. Armbågarna är tryckta mot magen. Händerna är framför ansiktet, de skakar så våldsamt att hon ofrivilligt slår sig själv på munnen, näsan, hakan. Fingrarna är krökta som klor.

En tung duns, ett brak mot utsidan av dörren. Hon kniper ihop ögonen. Tårarna strömmar ut. Hon vill trycka händerna mot öronen, men de lyder inte, bara skakar och skakar.

– Mamma! gråter hon när dörren far upp med en smäll. Den träffar hennes knän. Det gör ont. Någon lyfter henne i kläderna. Hon vägrar att öppna ögonen.

Han lyfter henne i kragen. Hon piper.

– Mamma, mamma!

Han hör sig själv pipa. Äiti, äiti! Det är mer än sextio år sedan och hans pappa slänger runt mamma som en vante i köket. Hon har låst in Lars-Gunnar och syskonen i kammaren. Han är äldst. Småflickorna sitter bleka och tigande på soffan. Mellanbrodern och han själv bankar på dörren. Mammans gråt och böner. Saker som faller i golvet. Pappan som ska ha nyckeln. Han får den snart. Snart skall Lars-Gunnar och brodern få sig en omgång medan jäntorna ser på. Mamman kommer att vara inlåst i kammaren. Remmen kommer att gå. För något. Han kan inte minnas vad. Det var så många orsaker.

Han slår hennes huvud mot handfatet. Hon tystnar. Barngråten och mammans: "Älä lyö! Älä lyö!" tystnar också i huvudet. Han släpper henne. Hon faller ner på golvet.

När han vänder på henne ser hon på honom med stora stumma ögon. Blodet rinner från pannan. Det är som då när han körde på den där renen på väg till Gällivare. Samma stora blick. Och skakningarna.

Han tar tag i hennes fötter. Släpar ut henne i lillhallen.

Nalle står i trappen. Han får syn på Rebecka.

– Va? ropar han.

Ett högt och oroligt utrop. Han låter som fjällabben.

– Va?

– Det är inget, Nalle! ropar Lars-Gunnar. Ut med dig.

Men Nalle är uppskrämd. Lyssnar inte. Tar några kliv till uppför trappan. Ser på Rebecka där hon ligger. Ropar sitt "va?".

– Men hör du inte, ryter Lars-Gunnar. Ut med dig.

Han släpper Rebeckas fötter och sjasar med händerna. Till slut går han ner för trappan och föser ut Nalle på gården. Han låser dörren.

Nalle står utanför. Han hör honom därute. "Va? Va?" Rädslan och förvirringen i rösten. Kan i sitt huvud se honom trampa omkring helt rådlös på förstubron.

Han känner en ohygglig vrede mot kvinnan på övervåningen. Det är hennes fel. Hon skulle ha lämnat dem ifred.

Han tar trappen i tre kliv. Det är som Mildred Nilsson. Hon skulle ha lämnat dem i fred. Honom och Nalle och den här byn.

Lars-Gunnar står ute på gården och hänger tvätt. Det är sent i maj. Inga löv än, men det har börjat komma upp lite i rabatten. En solig och blåsig dag är det. Nalle skall fylla tretton till hösten. Det är sex år sedan Eva dog.

Nalle springer omkring på gården. Han är duktig på att sysselsätta sig själv. Men man får just aldrig vara ensammen. Lars-Gunnar saknar detta. Att få vara ifred ibland.

Vårvinden drar och sliter i vittvätten. Snart hänger lakan och underkläder som en rad med dansande flaggor mellan björkarna på gården.

Bakom Lars-Gunnar står den nya prästen Mildred Nilsson. Som hon kan prata. Det tar visst aldrig slut. Lars-Gunnar tvekar när han sträcker sig efter de kalsonger som är lite trasiga. Helt vita blir de inte heller, fast de är rena.

Men så tänker han att vad fan. Varför ska han skämmas inför henne?

Hon vill att Nalle ska konfirmeras i kyrkan.

– Du, säger han. För ett par år sedan var det några sådana där hallelujamänniskor här och skulle be för honom så att han vart helad. Dem slängde jag ut på öronen. Jag är inte så mycket för kyrkan.

– Det skulle jag aldrig göra! säger hon med eftertryck. Ja, alltså, jag kommer säkert att be för honom, men jag lovar att göra det tyst och hemma på min egen kammare. Men aldrig skulle jag vilja ha honom annorlunda. Du har verkligen välsignats med en fin pojke. Han kunde väl inte vara bättre.

Rebecka drar upp knäna. Skjuter ifrån. Drar upp. Skjuter ifrån. Baxar in sig själv på toaletten igen. Klarar inte av att resa sig. Kravlar in i ett hörn så långt hon kan. Nu kommer han tillbaka uppför trappen.

Det var ju jävligt enkelt för Mildred att säga att Nalle var en välsignelse, tänker Lars-Gunnar. Hon behövde ju inte passa honom för jämnan. Och det var inte hon som hade ett äktenskap bakom sig som kraschat på grund av det barn man fått. Hon behövde inte oroa sig. För framtiden. Hur Nalle skulle klara sig. För Nalles pubertet och sexualitet. När man stod där med de solkiga lakanen och undrade hur fan man skulle göra. Ingen tjej skulle ju vilja ha honom. En massa konstiga rädslor i huvudet, att han skulle bli farlig av den där driften.

Och efter prästens besök kom tanterna i byn springande. Låt pojken konfirmera sig, sa de. Och så erbjöd de sig att ordna mottagningen. Sa att det kunde väl vara roligt för Nalle, det var ju bara att sluta om han inte trivdes. Till och med Lars-Gunnars kusin Lisa kom och snackade. Sa att hon kunde ordna kostym så slapp han stå där i för liten kåpa.

Då hade Lars-Gunnar blivit förbannad. Som att det handlade om kostymen eller presenten.

– Inte handlar det om pengar! röt han. Jag har väl alltid betalt för honom. Hade jag velat snåla in så skulle jag ha satt honom på institution för länge sedan. Låt honom konfirmeras då!

Och han hade betalat för en kostym och för en klocka. Om man skulle välja två saker som var det sista Nalle hade användning för så var det väl just en kostym och en klocka. Men Lars-Gunnar sa inget om det. Snål skulle ingen kalla honom bakom ryggen.

Sedan vart det som en förändring. Det var som att Mildreds vänskap med pojken tog ifrån Lars-Gunnar något. Folk glömde bort det pris han fått betala. Inte så att han hade några överdrivna tankar om sig själv. Men inte hade han haft ett lätt liv. Farsans brutalitet mot familjen. Evas svek. Tyngden av att vara ensamstående förälder till ett utvecklingsstört barn. Han hade kunnat göra andra val. Enklare val. Men han utbildade sig och återvände till byn. Blev någon.

Eva kastade ner honom i brunnen när hon stack. Han gick därhemma med Nalle och kände sig som han som ingen ville ha. Skammen av att bli över.

Ändå tog han hand om Eva när hon var döende. Han behöll Nalle hemma. Tog hand om honom själv. Lyssnade man på Mildred Nilsson så var han en jävla turgubbe som fått en så fin pojke. "Visst", hade Lars-Gunnar sagt till någon av tanterna, "men det är ett tungt ansvar också. Mycket oro." Och han hade fått svar: föräldrar kände ju alltid oro för sina barn. Nalle slapp han ju skiljas från, som andra föräldrar måste när barnen växer upp och lämnar en. En jävla massa skitprat blev det. Från folk som överhuvudtaget inte kunde sätta sig in i hur det var. Men efter det höll han tyst. Hur skulle någon kunna förstå.

Det vart samma med Eva. Sedan Mildred flyttade dit och

Eva kom på tal så hände det att folk sa: "Stackarn." Om henne! Ibland ville han fråga vad de menade med det? Om de trodde att han var så jävlig att leva med att hon till och med lämnade sin egen pojke.

Han fick känslan av att det pratades bakom hans rygg.

Redan då ångrade han att han gått med på att låta Nalle konfirmeras. Men då var det försent. Han kunde inte förbjuda honom att hänga med Mildred i kyrkan, för då skulle han framstå som rent ut sagt missunnsam. Nalle trivdes ju. Han hade ju inte skalle att se igenom Mildred.

Så Lars-Gunnar lät det pågå. Nalle fick ett liv vid sidan av honom. Men vem tvättade hans kläder, vem bar ansvaret och oron?

Och Mildred Nilsson. Nu tänker Lars-Gunnar att det hela tiden var han själv som var hennes mål. Nalle var bara ett medel.

Hon flyttade in i den där prästgården och organiserade sin kvinnomaffia. Fick dem att känna sig betydelsefulla. Och de lät sig ledas som tjattrande gäss.

Det är klart att hon fick ett horn i sidan till honom på en gång. Hon avundades honom. Visst kan man säga att han hade en ställning i byn. Jaktledare i laget. Att han hade varit polis. Han lyssnade ju till folk också. Satte andra framför sig själv. Och det gav honom en respekt och en auktoritet. Detta kunde hon inte tåla. Det var som att hon satte sig i sinnet att ta ifrån honom allt.

Det blev som ett krig mellan dem. Som bara de kunde se. Hon försökte misskreditera honom. Han försvarade sig så gott han förmådde. Men han hade aldrig haft någon fallenhet för den sortens spel.

Kvinnan har krupit in på toaletten igen. Hon ligger hopkrupen mellan toalettstolen och handfatet och håller upp armarna över ansiktet som för att skydda sig. Han tar tag i hennes fötter och släpar ner henne för trappan. Huvudet dunsar rytmiskt i varje trappsteg. Dunk, dunk, dunk. Och Nalles rop utanför. "Vad? Vad?" Det har han svårt att stänga öronen för. Det måste få ett slut. Nu måste det äntligen få ett slut.

Han minns Mallorcaresan. Den var ett sådant där tilltag från Mildred. Plötsligt skulle kyrkans unga resa på läger utomlands. Och Mildred ville att Nalle skulle följa med. Lars-Gunnar hade sagt blankt nej. Och Mildred hade sagt att kyrkan skulle skicka med en extra personal bara för Nalles skull. Det bjöd församlingen på. "Och tänk själv", sa hon, "vad ungdomar i den här åldern kostar i vanliga fall. Slalomutrustning, resor, datorspel, dyra grejer, dyra kläder…" Och Lars-Gunnar hade begripit. "Det handlar inte om pengar", hade Lars-Gunnar sagt. Men han hade förstått att i bybornas ögon var det precis så det skulle låta. Att han inte unnade Nalle. Att Nalle fick vara utan allt. Att nu när Nalle hade chansen att göra något roligt… Så Lars-Gunnar fick ge med sig. Det var bara att plocka fram plånboken. Och alla sa till honom att det var väl roligt att Mildred var så mycket för Nalle. Roligt för pojken att hon flyttat hit.

Men Mildred ville se honom gå under, det vet han. När hon fick fönsterrutorna sönderslagna eller när den där tokfan Magnus Lindmark försökte sätta eld på hennes uthus, så polisanmälde hon inte. Och då gick ju snacket. Precis som hon avsett. Polisen kan inte göra något. När det verkligen gäller så står de bara där. Allt pratet drabbade Lars-Gunnar. Det var han som fick stå där med skammen.

Och sedan siktade hon in sig på hans plats i jaktlaget.

Det må vara kyrkans mark på pappret. Men skogen är hans. Det är han som känner den. Visst har arrendet varit lågt. Men egentligen, om rätt ska vara rätt så borde jaktlaget få betalt för att skjuta av. Älgen orsakar stora betesskador på skog. Älgjakten om hösten. Planeringen med gubbarna. Genomgången i ottan. Solen har inte kommit upp. Hundarna är taggade och drar i sina koppel. Vädrar in mot det grå dunklet i skogen. Där någonstans finns bytet. Jakten under dagen. Höstluft och hundskall långt borta. Gemenskapen när man tar hand om viltet. Slitet i slakthuset med kroppen. Snacket vid eldstaden i kojan på kvällen.

Hon skrev ett brev. Tordes inte ta det ansikte mot ansikte. Skrev att hon kände till att Torbjörn dömts för jaktbrott. Att han inte blivit fråntagen vapenlicensen. Att det var Lars-Gunnar som ordnat med det. Att han själv och Torbjörn inte kunde tillåtas att jaga på kyrkans mark. "Det är inte bara olämpligt utan stötande med tanke på varghonan som kyrkan avser att skydda", skrev hon.

Han känner hur det kramar runt bröstet när han tänker på det. Hon skulle störta ner honom i isoleringen, det var det hon ville. Göra honom till en jävla förlorare. Som Malte Alajärvi. Inget jobb och ingen jakt.

Han hade pratat med Torbjörn Ylitalo. "Vad fan kan man göra?" tyckte Torbjörn. "Jag får vara glad om jag får behålla jobbet." Lars-Gunnar hade känt det som att han sjönk i ett myrhål. Han kunde se sig själv om några år. Åldras där hemma tillsammans med Nalle. De kunde sitta som två tombollar och glo på Bingolotto.

Det var inte rätt. Det där med vapenlicensen! Det var ju nästan tjugo år sedan! Det var bara hennes ursäkt för att skada honom.

"Varför", hade han sagt till Torbjörn. "Vad vill hon mig?" Och Torbjörn hade ryckt på axlarna.

Sedan gick det en vecka utan att han pratade med en människa. En försmak av hur livet skulle bli. På kvällarna drack han. För att kunna somna.

Kvällen före midsommaraftonen satt han i köket och festade till. Eller festade, det var just inte rätta ordet. Instängd i köket med sina egna funderingar. Skötte sig själv, pratade med sig själv och drack för sig själv. Lade sig till slut och försökte somna. Det var som någonting som bankade i bröstet på honom. Något som han inte känt sedan han var barn.

Sedan satt han i bilen och försökte få ihop sig själv. Han minns att han sånär backade i diket när han skulle ut från gården. Och då kom Nalle utspringande i bara kalsongerna. Lars-Gunnar trodde att han hade somnat för länge sedan. Han viftade och hojtade. Lars-Gunnar måste stanna motorn. "Du får följa med", sa han. "Men du lär ta på dig någonting." "Inte, inte", sa Nalle och vägrade först att släppa bildörren. "Nä nä, jag åker inte. Gå och ta på dig."

Det blir som dimmigt i skallen när han försöker minnas. Han skulle prata med henne. Hon skulle jävlar i mig lyssna på honom. Nalle somnade i passagerarsätet.

Han minns hur han slog. Att han tänkte: Det får vara nog. Det får vara nog.

Hon slutade inte låta. Hur han än slog. Hon rosslade och pep. Andades. Han drog av henne skorna och strumporna. Tryckte in strumporna i munnen på henne.

Han var forfarande rasande när han bar opp henne till kyrkan. Hängde upp henne i kättingen framför orgelpiporna. Tänkte medan han stod där uppe på läktaren att det inte spelade någon som helst roll om någon kom, om någon sett honom.

Så kom Nalle in. Han hade vaknat och kom stövlade in i kyrkan. Stod plötsligt nere i kyrkgången och såg upp på Lars-Gunnar och Mildred med stora ögon. Sa ingenting.

Lars-Gunnar blev spik nykter. Arg blev han på Nalle. Och livrädd plötsligt. Det minns han mycket tydligt. Han minns hur han drog Nalle med sig därifrån till bilen. Körde därifrån. Och de teg. Nalle sa ingenting.

Varje dag väntade Lars-Gunnar på att de skulle komma. Men ingen kom. Jo, de kom förstås och frågade om han sett något. Eller visste något. Frågade honom samma sak som de frågade alla andra.

Han tänkte på att han tagit på sig arbetshandskarna. De hade legat i bagageluckan. Inte hade han haft någon tanke med det. På fingeravtryck eller sådant. Det hade gått automatiskt. Tar man ett verktyg som kofoten så drar man på handskarna. Ren tur. Ren tur.

Och sedan blev allt som vanligt. Nalle verkade inte minnas något. Han var precis som vanligt. Lars-Gunnar vart också som vanligt. Han sov gott om natten.

Jag låg som i en sårlega, tänker han nu när han står med den här kvinnan framför fötterna. Som ett djur som lägger sig ner i en grop och det är bara en tidsfråga innan jägaren är i kapp.

När Stefan Wikström ringde hördes det i hans röst. Att han visste. Bara det att han ringde Lars-Gunnar, varför gjorde han det? De sågs till jakten, inte hade han något med den där sill-mjölksprästen att göra annars. Och nu ringde han. Berättade att kyrkoherden verkade vackla när det gällde jaktlagets framtid. Kanske skulle Bertil Stensson föreslå kyrkorådet att säga upp arrendet. Och han pratade om älgjakten på ett sätt som... som om han hade något alls överhuvudtaget att säga till om i den saken.

Och när Stefan ringde lättade dimman i Lars-Gunnars minne. Han mindes hur han stod där vid båtplatsen och väntade på Mildred. Pulsen som en slagborr. Såg upp mot prästgården. Och någon stod i fönstret på övervåningen. Inte förrän då när Stefan Wikström ringde mindes han detta.

Vad ville han mig? tänker han nu. Han ville ha makt över mig. Lika som Mildred.

Lars-Gunnar och Stefan Wikström sitter i bilen på väg mot sjön. Lars-Gunnar har sagt att han skall dra upp båten inför vintern och kedja fast årorna.

Stefan Wikström gnäller som en barnunge om Bertil Stensson. Lars-Gunnar lyssnar bara med ett halvt öra. Det är jaktarrendet och att Bertil inte uppskattar det arbete som Stefan gör i sin prästtjänst. Och så måste Lars-Gunnar lyssna till hans olidligt barnsliga jaktprat. Som om han fattade något. Lillpojken som fått platsen i laget i present av kyrkoherden.

Lars-Gunnar känner sig förvirrad också av det där babblandet. Vad vill han, prästen? Det känns som om Stefan håller upp kyrkoherden mot Lars-Gunnar som ett litet barn håller upp sin skrubbade arm. Blås, så går det onda bort.

Han tänker inte stå under den där spinnmaskens sko. Han är beredd att betala priset för sina handlingar. Men inte skall det betalas till Stefan Wikström. Aldrig.

Stefan Wikström håller ögonen på den del av vägen som syns i skenet av helljuset. Han blir lätt åksjuk. Måste titta framåt.

Det är en rädsla som börjar krypa över honom. Han känner hur den slingrar sig i magen som en tunn orm.

De pratar om allt möjligt. Inte om Mildred. Men hon känns tydlig närvarande. Det är nästan som om hon satt i baksätet.

Han tänker på natten före midsommaraftonen. Hur han stod i sovrumsfönstret. Han såg någon stå vid Mildreds båt. Plötsligt gick personen några steg. Försvann bakom en timrad liten stuga på hembygdsgårdens mark. Han såg inget mer. Men han tänkte på det efteråt förstås. Att det var Lars-Gunnar. Att han haft något i handen.

Inte ens nu tänker han att det var fel att inte säga något till polisen. Lars-Gunnar och han tillhör de aderton i jaktlaget. På så sätt är han ju Lars-Gunnars präst. Lars-Gunnar tillhör hans flock. En präst lyder under andra lagar än den vanlige samhällsmedborgaren. Som präst kunde han inte lyfta sitt finger och peka mot Lars-Gunnar. Som präst måste han finnas där den stund Lars-Gunnar är redo att prata. Detta var ännu en börda som lades på honom. Och han fogade sig. Lade det i Guds händer. Bad: Ske din vilja. Och tillade: Jag kan inte känna att ditt ok är milt och din börda är lätt.

De är framme och kliver ur bilen. Han får bära kedjan. Lars-Gunnar säger åt honom att gå i förväg.

Han börjar gå efter stigen. Det är månsken.

Mildred går bakom honom. Han kan känna det. Han är framme vid sjön. Släpper kedjan på marken. Ser på den.

Mildred klättrar in i hans öra.

Spring! säger hon därinne. Spring!

Men han kan inte springa. Står bara där och väntar. Hör Lars-Gunnar komma. Sakta tar han form i månskenet. Och ja, han har vapnet med sig.

Lars-Gunnar ser ner på Rebecka Martinsson. Efter turen nerför trappen har skakningarna upphört. Men hon är vid medvetande. Ser oavvänt på honom.

Rebecka Martinsson ser upp på mannen. Hon har sett den här bilden förut. Mannen som är en solförmörkelse. Ansiktet vilar i skugga. Solen från köksfönstret. Som en korona runt huvudet. Det är pastor Thomas Söderberg. Han säger: Jag älskade dig lika mycket som min egen dotter. Hon skall snart krossa hans huvud.

När mannen böjer sig ner över henne tar hon tag i honom. Eller tar tag, det är för mycket sagt, höger hands lång- och pekfinger letar sig in under halslinningen på hans tröja. Bara handens egen tyngd drar honom närmare.

– Hur kan man leva med det?

Han lirkar loss hennes fingrar.

Leva med vadå? tänker han. Stefan Wikström? Han kände större sorg den gången då han sköt en älgko borta i Paksuniemi. Det är över tjugo år sedan. Sekunden efter att hon fallit kom två kalvar ut ur skogsbrynet. Så försvann de in i skogen. Länge tänkte han på sitt misstag. Först kon. Och sedan att han inte reagerat i tid och skjutit kalvarna också. De måste ha gått en plågsam död till mötes.

Han öppnar luckan i köksgolvet till jordkällaren. Hugger tag i henne och släpar henne mot hålet.

Nalles hand knackar på köksfönstret. Hans oförstående blick mellan pelargonerna i plast.

Och nu blir det liv i kvinnan. När hon ser luckan i golvet. Hon börjar slingra sig i hans grepp. Griper med handen i benet till köksbordet, hela bordet glider med.

– Släpp nu, säger han och bänder upp hennes händer.

Hon klöser honom i ansiktet. Vrider och bänder sig. En stum krampaktig kamp.

Han lyfter henne i hampan. Hennes fötter lättar från golvet. Inte ett ord kommer ur henne. Skriket är i hennes ögon: Nej! Nej!

Han kastar ner henne som en påse sopor. Hon faller baklänges. Buller och bång och det blir tyst. Han låter luckan falla igen. Så tar han med båda händerna tag i skänken som står mot söderväggen och drar den över luckan. Den är tung som satan, men han har krafter.

Hon slår upp ögonen. Det tar en stund för henne att inse att hon har förlorat medvetandet ett tag. Men hon kan inte ha varit borta länge. Några sekunder. Hon hör hur Lars-Gunnar släpar något tungt över luckan.

Vidöppna ögon och hon ser ingenting. Tätt mörker. Hon hör stegen och släpandet däruppe. Upp på knä. Höger arm hänger lealöst utan styrsel. Instinktivt greppar hon med vänster hand över höger arm i axelhöjd och drar armen i led. Det knakar. En eldstråle av smärta skjuter ut från axeln ut i armen och i ryggen. Det är ömt och ont överallt. Utom i ansiktet. Där känner hon ingenting. Hon försöker känna med handen. Det är som bedövat. Och någonting hänger löst och blött. Är det läppen? När hon sväljer smakar det blod.

Ner på alla fyra. Jordgolv under händerna. Fukten tränger igenom jeansen vid knäna. Det luktar råttbajs.

Om hon dör här. Då äter råttorna upp henne.

Hon börjar krypa. Känner med handen framför sig på jakt efter trappan. Överallt klibbig spindelväv som fastnar på den trevande handen. Något rasslar till i hörnet. Där är trappan. Hon står på knä med händerna på trappstegen lite längre upp. Som en hund på bakbenen. Hon lyssnar. Och väntar.

Lars-Gunnar har dragit skänken på plats. Han torkar pannan med baksidan av handen.

Nalles "Va?" har tystnat. Lars-Gunnar ser ut genom fönstret. Nalle vandrar runt i en cirkel ute på gårdsplanen. Lars-Gunnar känner igen den där gången. När Nalle blir rädd och ledsen kan han börja vanka sådär. Det kan ta en halvtimme att få honom lugn. Det är som att han slutar höra. Första gången han vart sådan där blev Lars-Gunnar så frustrerad och maktlös att han till slut klappade till honom. Det slaget bränner inuti honom ännu. Han minns att han såg på handen, den som slog, och tänkte på sin egen farsa. Och Nalle vart ju inte bättre. Bara värre. Nu vet han att man måste ha tålamod. Och tid.

Om det bara funnits tid.

Han går ut på gårdsplanen. Försöker fast han vet att det inte går:

– Nalle!

Men Nalle hör inget. Runt runt går han.

Tusen gånger har Lars-Gunnar tänkt på den här stunden. Men i tanken har Nalle sovit fridfullt. Lars-Gunnar och han har haft en fin dag. Kanske varit i skogen. Eller kört skoter på älven. Lars-Gunnar har suttit en stund vid Nalles säng. Nalle har somnat in och sedan...

Det här är för mycket. Jävligare än så här kunde det inte vara. Han stryker med handen över kinden. Det tycks som att han gråter.

Och han ser Mildred framför sig. Ända sedan dess har han varit på väg hit. Det förstår han nu. Första slaget. Då var han uppfylld av vrede mot henne. Men sedan. Sedan var det sitt eget liv han slog sönder och samman. Hängde upp det för var och en att beskåda.

Till bilen. Där ligger studsaren. Den är laddad. Det har den varit hela sommaren. Han osäkrar.

– Nalle, säger han grötigt.

Han vill ändå säga farväl. Det hade han gärna velat göra.

– Nalle, säger han till sin stora pojke.

Nu. Innan det blir så att han inte kan hålla vapnet. Han kan inte sitta här när de kommer. Låta dem ta Nalle med sig.

Han lyfter upp vapnet mot axeln. Siktar. Skjuter. Den första kulan i ryggen. Nalle faller framlänges. Det andra skottet sätter han i huvudet.

Så går han in.

Helst vill han öppna golvluckan och ha ihjäl henne. Vad är hon? Ingenting.

Men han orkar inte rubba skänken som han är nu.

Han sätter sig tungt på kökssoffan.

Så reser han sig. Öppnar väggklockan och stoppar pendeln med handen.

Sätter sig åter.

Pipan i munnen. Det har varit en plåga så långt bakåt han kan minnas. Det ska bli en lättnad. Det ska äntligen vara förbi.

Nere i mörkret hör hon skotten. De kommer utifrån. Två stycken. Sedan smäller det i ytterdörren. Hon hör stegen över köksgolvet. Så det sista skottet.

Det är något gammalt som vaknar i henne. Någonting från förr.

Hon klättrar upp för stegen för att komma undan. Slår huvudet i luckan. Faller nästan ner, men får tag.

Luckan är omöjlig att rubba. Hon bankar på den med nävarna. Knogarna fläks upp. Hon klöser av sina naglar.

Anna-Maria Mella kör in på Lars-Gunnar Vinsas gårds-plan klockan halv fyra på eftermiddagen. Sven-Erik sitter bredvid henne i bilen. De har suttit tysta hela vägen ner till Poikkijärvi. Det känns olustigt att tala om för en gammal kollega att man skall beslagta och provskjuta hans vapen.

Anna-Maria kör lite för fort som alltid och det är på håret att hon kör över kroppen som ligger där på gruset.

Sven-Erik svär till. Anna-Maria tvärbromsar och de störtar ur bilen. Sven-Erik är redan på knä och känner med handen vid sidan av halsen. En svart svärm av tunga flugor lyfter från det blodiga bakhuvudet. Han skakar på huvudet till svar på Anna-Marias stumma fråga.

– Det är Lars-Gunnars pojke, säger han.

Anna-Maria ser mot huset. Hon har inget tjänstevapen på sig. Fan.

– Nu gör du jävlar inget tok, varnar Sven-Erik. In i bilen så ringer vi på förstärkning.

Det tar en evighet innan kollegorna kommer, tycker Anna-Maria.

– Tretton minuter, säger Sven-Erik som kollar på klockan.

Det är Fred Olsson och Tommy Ranttakyrö i en civilbil. Och fyra kollegor i kevlarvästar och svarta overaller.

Tommy Rantakyrö och Fred Olsson parkerar uppe på åsen

och kommer springande på huk ner till Lars-Gunnars gård. Sven-Erik har backat undan Anna-Marias bil utom skotthåll från huset.

Den andra polisbilen stannar på gården. De tar skydd bakom den.

Sven-Erik Stålnacke får en megafon.

– Hallå, ropar han. Lars-Gunnar! Om du är därinne så var snäll och kom ut så får vi snacka.

Inget svar.

Anna-Maria möter Sven-Eriks blick och skakar på huvudet. Ingenting att vänta på.

De fyra i skyddsutrustning tar sig in. Två genom ytterdörren. Den ena först. Den andre tätt efter. Två går in genom ett fönster på baksidan.

Det är helt tyst bortsett från ljudet av fönsterglaset som krossas på baksidan av huset. De övriga väntar. En minut. Två.

Så kommer en av dem ut på bron och vinkar. Fritt fram.

Lars-Gunnars kropp ligger på golvet framför kökssoffan. Väggen bakom soffan är stänkt med hans blod.

Sven-Erik och Tommy Rantakyrö skjuter undan skänken som står mitt på golvet över luckan.

– Det är någon här nere, ropar Tommy Ranttakyrö.

– Kom då, säger han och sträcker ner handen.

Men den som finns där nere kommer inte. Till slut klättrar Tommy ner. De andra hör honom:

– Shit! Så, ta det lugnt. Kan du komma upp på benen?

Nu kommer hon upp genom luckan. Det går långsamt. De andra hjälper henne. Tar tag under hennes armar. Då jämrar hon sig lite.

Det tar en bråkdels sekund innan Anna-Maria känner igen Rebecka Martinsson.

399

Rebeckas halva ansikte är blåsvart och svullet. Hon har ett stort sår i pannan och hennes överläpp hänger lös, sitter fast i en skinnslamsa. "Det var som en pizza med allting på", kommer Tommy Rantakyrö att säga långt senare.

Anna-Maria tänker mest på hennes tänder. De är så hårt ihopbitna. Som om käken låst sig.

– Rebecka, säger Anna-Maria. Vad...

Men Rebecka viftar undan henne med armen. Anna-Maria ser att hon sneglar på kroppen på köksgolvet innan hon stelt går ut genom dörren.

Anna-Maria Mella, Sven-Erik Stålnacke och Tommy Rantakyrö följer efter henne ut.

Utomhus har himlen grånat. Molnen hänger mulna och dräktiga med regn ovanför dem.

Fred Olsson står ute på gården.

Inte ett ord kommer över hans läppar när han får syn på Rebecka. Men hans mun öppnas runt det där osagda och ögonen spärras upp.

Anna-Maria ser på Rebecka Martinsson. Hon står som en pinne framför Nalles döda kropp. Det är något i hennes ögon. Instinktivt känner de allihop att det inte är läge att röra vid henne. Hon är i sitt eget.

– Var fan är sjukvårdarna? frågar Anna-Maria.

– På väg, svarar någon.

Anna-Maria ser uppåt. Nu börjar det dugga. De måste få något över kroppen som ligger på gårdsplanen. En presenning eller något.

Rebecka tar ett steg bakåt. Hon viftar till med handen framför ansiktet som om det fanns något där som hon försökte sjasa undan.

Så börjar hon gå. Först stapplar hon iväg mot huset. Sedan

vinglar hon till och går mot älven i stället. Det är som om hon hade en ögonbindel på sig, verkar inte veta var hon är och vart hon går.

Så kommer regnet. Anna-Maria känner höstkylan komma som en kall luftflod. Den drar in över gårdsplanen. Ett tätt kallt regn. Tusen nålar av is. Anna-Maria drar upp dragkedjan i sin blå jacka, hakan får försvinna ner i halslinningen. Nu måste hon fixa den där presenningen över kroppen.

– Kolla henne, ropar hon till Tommy Rantakyrö och pekar på Rebecka Martinsson som vacklar iväg. Håll henne borta från vapnet därinne, era egna också. Och låt henne inte gå ner till älven.

Rebecka Martinsson tar sig över gårdsplanen. Det ligger en död död död stor pojke i gruset. Nyss satt han i källaren med ett mariekex i näven och matade en mus.

Det blåser. Vinden är ett dån ner i örongångarna.

Himlen fylls av klösmärken, djupa revor som i sin tur fylls av svart bläck. Regnar det? Har det börjat regna? Hon lyfter prövande sina händer mot himlen för att se om de blir våta. Kappärmarna glider ner, blottar de smala bara handlederna, händerna som nakna björkar. Hon tappar halsduken i gräset.

Tommy Rantakyrö springer i kapp Rebecka Martinsson.

– Hördu, säger han. Inte ner till älven. Snart är ambulansen här och då…

Hon lyssnar inte. Stapplar vidare ner mot stranden. Nu tycker han att det är otäckt. Hon är otäck. Otäcka uppspärrade ögon i det där köttansiktet. Han vill inte vara ensam med henne.

– Sorry, säger han och hugger tag i hennes arm. Jag kan inte... Du får inte gå dit helt enkelt.

Nu spricker jorden som en rutten frukt. Någon tar henne i armen. Det är pastor Vesa Larsson. Han har inget ansikte mer. Ett brunt hundhuvud sitter på hans axlar. De svarta hundögonen ser anklagande på henne. Han hade barn. Och hundar som inte kan gråta.

– Vad vill du mig? skriker hon.

Och där står pastor Thomas Söderberg. Han drar upp döda spädbarn ur brunnen. Böjer sig ner och lyfter upp dem ett och ett. Håller dem upp och ner, i hälen eller runt den lilla fotleden. De är nakna och vita. Deras skinn är uppluckrat och vattensjukt. Han kastar dem i en stor hög. Den växer och växer framför hans fötter.

När hon hastigt vänder sig om står hon öga mot öga med sin mamma. Hon är så ren och fin.

– Du sätter inte de där fingrarna på mig, säger hon till Rebecka. Förstår du? Förstår du vad du har gjort?

Anna-Maria Mella har fått tag på en matta. Hon skall lägga den över Lars-Gunnars pojke. Det är inte så lätt att veta hur teknikerna vill ha det. Hon måste fixa avspärrningar också innan hela byn kommer hit. Och pressen. Fan att det skulle börja regna. Mitt i allting, när hon ropar om avspärrningar och halvspringer med mattan, längtar hon efter Robert. Efter ikväll när hon får gråta i hans famn. Över att det är så överjävligt och meningslöst allting.

Tommy Rantakyrö ropar och hon vänder sig om.

– Jag kan inte hålla henne, ropar han.

Han brottas med Rebecka Martinsson i gräset. Hon fäktar

med armarna och slår vilt omkring sig. Kommer fri och börjar springa ner mot älven.

Sven-Erik Stålnacke och Fred Olsson sätter efter henne. Anna-Maria hinner knappt reagera förrän Sven-Erik nästan är i kapp. Fred Olsson är steget efter. De fångar in Rebecka. Hon är som en orm i Sven-Eriks armar.

– Såja, säger Sven-Erik med hög röst. Såja, såja.

Tommy Rantakyrö håller handen under näsan. En liten rännil av blod letar sig mellan fingrarna. Anna-Maria har alltid papper i fickorna. Alltid är det något som ska torkas av Gustav. Glass, banan, snor. Hon räcker pappret till Tommy.

– Ta ner henne på backen, ropar Fred Olsson. Vi måste boja henne.

– Här bojas i helvete, svarar Sven-Erik skarpt. Kommer det någon ambulans snart?

Det sista ropar han till Anna-Maria. Anna-Maria gör en rörelse med huvudet som betyder att hon inte vet. Nu håller Sven-Erik och Fred Olsson Rebecka Martinsson i varsin arm. Hon står på knä mellan dem och kränger från sida till sida.

Och precis då kommer äntligen ambulansen. Tätt följd av ytterligare en radiobil. Saftblandare och sirener genom det hårda grå regnet. Det är ett jäkla liv.

Och rakt igenom allting hör Anna-Maria hur Rebecka Martinsson skriker.

Rebecka Martinsson skriker. Hon skriker som en vettlös. Hon kan inte sluta.

Gula Ben

HAN ÄR SVART som satan. Kommer farande genom ett hav av utblommade brunrosa rallarrosor. De vita ulliga frökapslarna flyger som snö i höstsolen. Så tvärstannar han. Hundra meter ifrån henne.

Hans bringa är bred. Huvudet lika så. Långa grova svarta stickelhår runt halsen. Vacker är han inte. Men stor. Precis som hon själv.

Blick stilla står han när hon närmar sig. Hon har hört honom ända sedan igår. Hon har lockat och ropat. Sjungit efter honom. Berättat i mörkret att hon är alldeles ensam. Och han har kommit. Nu har han äntligen kommit.

Lyckan sticker i hennes tassar. Hon travar rätt på honom. Hennes uppvaktning är helt utan förbehåll. Hon drar ihop öronen och ställer sig i friarställning. Kråmar sig. Den långa ryggen som ett smidigt S. Hans svans viftar i långa långsamma svepande gungningar.

Nos mot nos. Nos mot genitalier. Nos under svans. Och så nos mot nos igen. Bringan ut och nacken sträckt. Det är outhärdligt högtidligt alltihop. Gula Ben lägger allt hon har framför honom. Vill du ha mig så får du mig, det säger hon tydligt.

Och så ger han henne tecknet. Han lägger ena framtassen över hennes bog. Sedan tar han ett lekfullt skutt framåt.

Och då kan hon inte hålla tillbaka längre. Leklusten som

hon glömt att hon hade kommer tillbaka med full kraft. Hon tar ett språng ifrån honom. Rivstartar så jorden sprutar bakom henne. Accelererar, vänder tvärt, rusar tillbaka och flyger över honom i ett långt hopp. Vänder sig om. Sänker huvudet, rynkar nosen och visar tänderna. Och så iväg.

Han sätter efter henne och de slår en kullerbytta ihop när han får tag i henne.

De är helt i gasen. Leker som vettvillingar. Ligger efteråt i en hög och flämtar.

Hon sträcker lojt på nacken och slickar hans käke.

Solen sjunker mellan tallarna. Benen är trötta och nöjda.

Allt är nu.

Författarens tack

Rebecka Martinsson kommer på fötter, jag tror på den där lilla tjejen i röda gummistövlar. Och kom ihåg: i min saga är det jag som är gud. Personerna må ställa till det med sina fria viljor ibland, men jag har hittat på dem. Platserna i boken är också mest påhitt. Det finns en by som heter Poikkijärvi vid Torneälven, men där slutar alla likheter, det finns ingen grusväg, ingen krog, ingen prästgård.

Många har hjälpt mig och några av dem vill jag tacka här: jur. kand. Karina Lundström som snokar rätt på intressanta personer inom polismyndigheten. Överläkaren Jan Lindberg som hjälpt mig med mina döda. Doktoranden Catharina Durling och assessorn Viktoria Edelman som alltid kollar lagboken när jag inte förstår eller ids själv. Hundföraren Peter Holmström som berättat om superjycken Clinton.

Felen i boken är mina. Jag glömmer att fråga, missförstår eller hittar på mot bättre vetande.

Tack också till: förläggaren Gunnar Nirstedt för synpunkter. Elisabeth Ohlson Wallin och John Eyre för omslaget. Lisa Berg och Hans-Olov Öberg som läst och tyckt. Mamma och Eva Jensen som alltid orkar trycka på repeatknappen och säga jättebra! verkligen! Pappa som fixar kartor och kan svara på alla möjliga frågor och som såg varg när han var sjutton år och lade isnät.

Och till slut: Per, för precis allt.